EL TIEMPO VIVIDO

La maldición del marqués de Sade

JOEL WARNER

La maldición del marqués de Sade

Un manuscrito mítico, un canalla infame y el mayor escándalo de la historia de la literatura

Traducción castellana de
Efrén del Valle

CRÍTICA

Obra editada en colaboración con Editorial Planeta – España

Título original: *The Curse of the Marquis de Sade. A Notorious Scoundrel, a Mythical Manuscript, and the Biggest Scandal in Literary History.*

La maldición del marqués de Sade. Un manuscrito mítico, un canalla infame y el mayor escándalo de la historia de la literatura
Joel Warner

Bajo el sello editorial CRÍTICA M.R.
Avenida Presidente Masarik núm. 111,
Piso 2, Polanco V Sección, Miguel Hidalgo
C.P. 11560, Ciudad de México
www.planetadelibros.com.mx
www.paidos.com.mx

Primera edición impresa en España: noviembre de 2023
ISBN: 978-84-9199-587-6

Primera edición impresa en México: noviembre de 2024
ISBN: 978-607-569-800-7

Impreso en los talleres de Litográfica Ingramex, S.A. de C.V.
Centeno núm. 162-1, colonia Granjas Esmeralda, Ciudad de México
Impreso en México – *Printed in Mexico*

Para Emily, Gabriel y Charlotte, que disfrutan
tanto de una buena historia como
de una gran aventura.

Al final, Sade se burla de sus verdugos;
ha rebasado las olas del mar negro.
Pero, a pesar de vosotros, oh, pedantes infernales,
a pesar de vuestros gritos, sus honestas obras
irán sin vosotros al templo de los recuerdos.
Ha hecho suficiente para ganarse la gloria
y demasiado para ganarse su descanso.

El marqués de Sade, «Mi epitafio»[1]

Amigo lector (como decían en los prólogos de antaño), si sabes apreciar los buenos libros y los personajes divertidos, hazme el favor de acompañarme.

Alfred Bonnardot, *Espejo de bibliófilos. Novela satírica*[2]

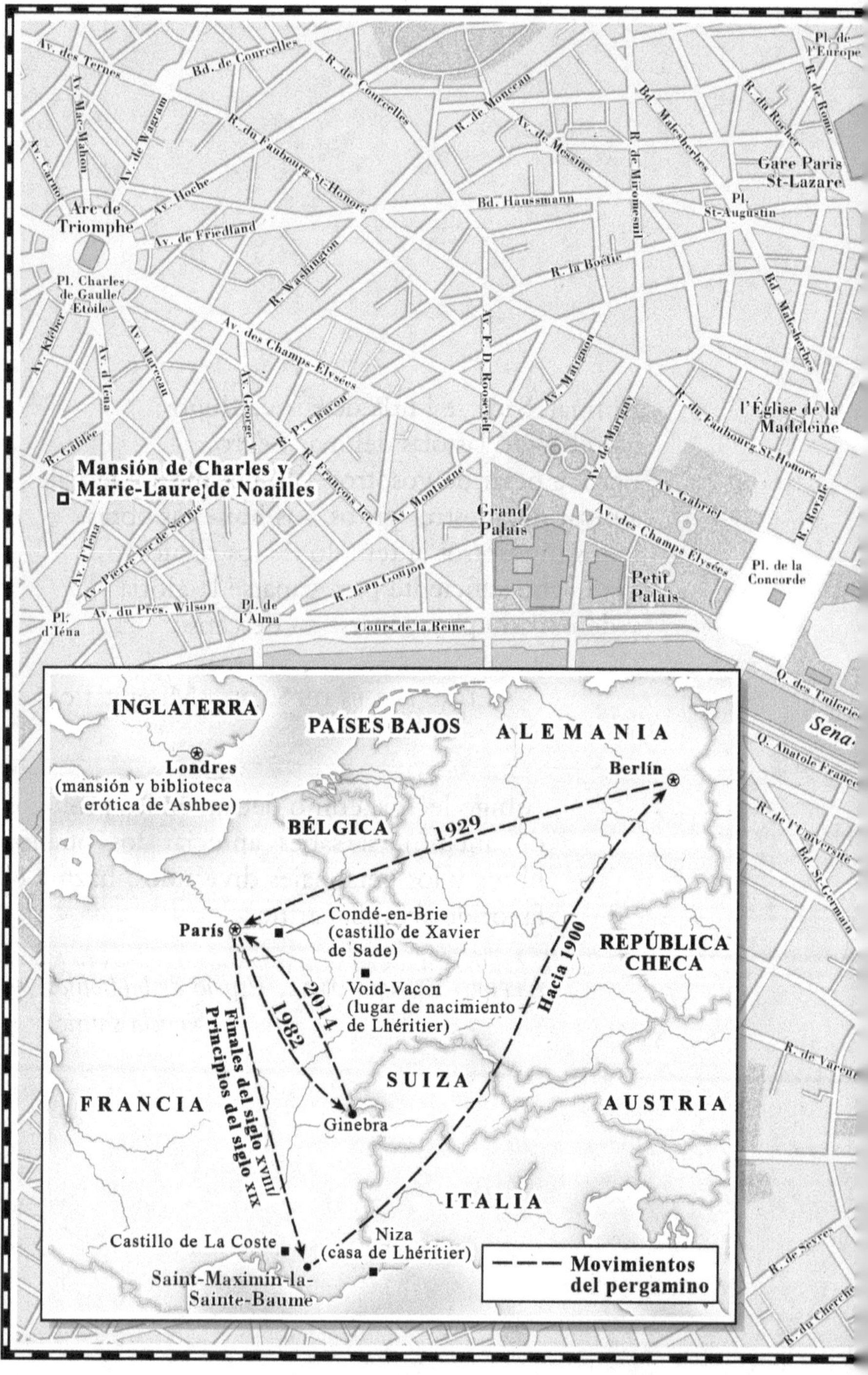

Av. des Ternes
Bd. de Courcelles
R. de Courcelles
R. de Monceau
Av. de Messine
Bd. Malesherbes
R. de Miromesnil
R. du Rocher
R. de Rome
Pl. de l'Europe
Gare Paris St-Lazare
Pl. St-Augustin
Av. Mac-Mahon
Av. de Wagram
Av. Carnot
R. du Faubourg St-Honoré
Av. Hoche
Bd. Haussmann
Arc de Triomphe
Av. de Friedland
R. Washington
R. la Boétie
Pl. Charles de Gaulle/ Etoile
Av. Kléber
Av. d'Iéna
Av. Marceau
Av. des Champs-Élysées
Av. F. D. Roosevelt
Av. Matignon
Bd. Malesherbes
Av. George V
R. P. Charon
R. Galilée
R. François Ier
Av. de Marigny
l'Église de la Madeleine
R. du Faubourg St-Honoré
Mansión de Charles y Marie-Laure de Noailles
Av. Pierre Ier de Serbie
Av. Montaigne
Grand Palais
Av. Gabriel
Av. des Champs Elysées
R. Royale
Av. d'Iéna
Petit Palais
Pl. de la Concorde
R. Jean Goujon
Pl. d'Iéna
Av. du Prés. Wilson
Pl. de l'Alma
Cours de la Reine
Q. des Tuileries
Sena
Q. Anatole France
R. de l'Université
Bd. St-Germain
R. de Varenne
R. de Sèvres
R. du Cherche
INGLATERRA
PAÍSES BAJOS
ALEMANIA
Londres
(mansión y biblioteca erótica de Ashbee)
Berlín
BÉLGICA
1929
París
Condé-en-Brie (castillo de Xavier de Sade)
Void-Vacon (lugar de nacimiento de Lhéritier)
Hacia 1900
REPÚBLICA CHECA
2014
1982
Finales del siglo XVIII Principios del siglo XIX
SUIZA
FRANCIA
Ginebra
AUSTRIA
ITALIA
Castillo de La Coste
Niza (casa de Lhéritier)
Saint-Maximin-la-Sainte-Baume
Movimientos del pergamino

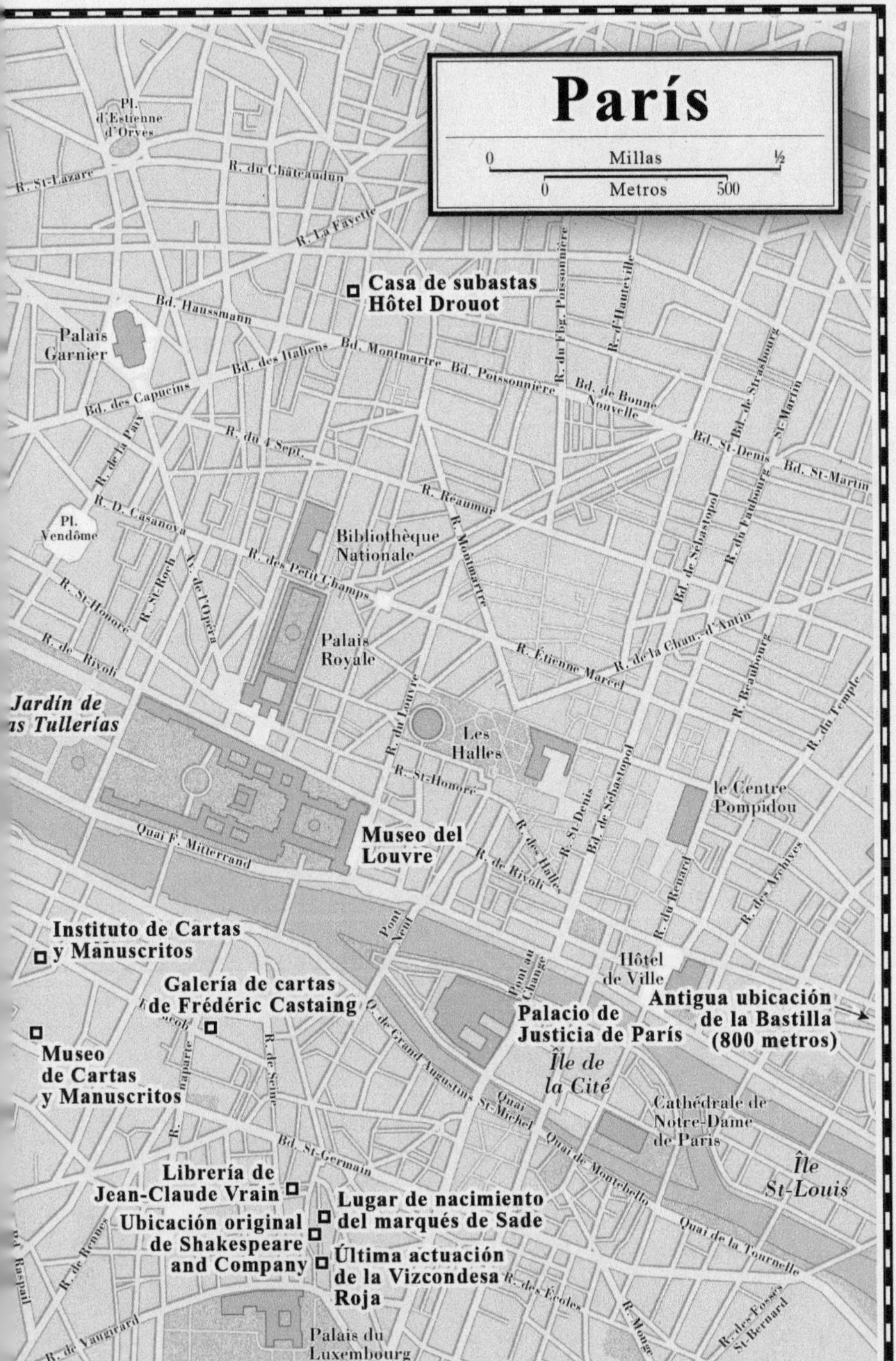
París
0 Millas ½
0 Metros 500
Casa de subastas Hôtel Drouot
Palais Garnier
Pl. d'Estienne d'Orves
R. St-Lazare
R. du Châteaudun
R. La Fayette
Bd. Haussmann
Bd. des Italiens
Bd. Montmartre
Bd. Poissonnière
Bd. des Capucins
R. du Fbg. Poissonnière
R. d'Hauteville
Bd. de Bonne Nouvelle
Bd. de Strasbourg
St-Martin
Bd. St-Denis
Bd. St-Martin
R. du 4 Sept.
R. de la Paix
R. Réaumur
Pl. Vendôme
R. D. Casanova
Bibliothèque Nationale
R. des Petits Champs
R. Montmartre
Bd. de Sébastopol
R. du Faubourg
R. St-Honoré
R. St-Roch
Av. de l'Opéra
Palais Royale
R. de Rivoli
R. Étienne Marcel
R. de la Chau. d'Antin
R. Beaubourg
R. du Temple
Jardín de las Tullerías
R. du Louvre
Les Halles
R. St-Honoré
le Centre Pompidou
Quai F. Mitterrand
Museo del Louvre
R. des Halles
R. St-Denis
R. de Rivoli
R. du Renard
R. des Archives
Pont Neuf
Pont au Change
Instituto de Cartas y Manuscritos
Hôtel de Ville
Galería de cartas de Frédéric Castaing
Antigua ubicación de la Bastilla (800 metros)
Palacio de Justicia de París
Museo de Cartas y Manuscritos
R. de Seine
Q. de Grand Augustins
Île de la Cité
Quai St-Michel
Cathédrale de Notre-Dame de Paris
Bd. St-Germain
Quai de Montebello
Île St-Louis
Librería de Jean-Claude Vrain
Lugar de nacimiento del marqués de Sade
Ubicación original de Shakespeare and Company
Quai de la Tournelle
Última actuación de la Vizcondesa Roja
R. de Rennes
Bd. Raspail
R. des Écoles
R. Monge
R. des Fossés St-Bernard
R. de Vaugirard
Palais du Luxembourg

Elenco de personajes

Sade

DONATIEN ALPHONSE FRANÇOIS, MARQUÉS DE SADE Aristócrata del siglo XVIII que escribió numerosos textos libertinos, entre ellos *Las 120 jornadas de Sodoma.*

LOUIS MARAIS Inspector de policía que investigó el mercado sexual del París prerrevolucionario.

JEAN-BAPTISTE JOSEPH FRANÇOIS, CONDE DE SADE Diplomático y aristócrata francés, padre de Sade.

MARIE ÉLÉONORE DE MAILLÉ DE CARMAN Noble francesa y madre de Sade.

JACQUES FRANÇOIS PAUL ALDONSE, ABAD DE SADE Intelectual de la Provenza y tío de Sade.

RENÉE-PÉLAGIE DE MONTREUIL Mujer de Sade.

MARIE-MADELEINE DE MONTREUIL La poderosa suegra de Sade, conocida como «la Présidente».

ANNE-PROSPÉRE DE LAUNAY Cuñada de Sade.

GASPAR FRANÇOIS XAVIER GAUFRIDY Abogado y notario de Sade.

MARIE-CONSTANCE QUESNET Actriz y madre soltera que se convertiría en la compañera de Sade después de la Revolución francesa.

FRANÇOIS SIMONET DE COULMIER Director del manicomio de Charenton, situado a las afueras de París, a principios del siglo XIX.

LOUIS-MARIE, DONATIEN-CLAUDE-ARMAND y MADELEINE-LAURE DE SADE Los tres hijos de Sade.

GILBERT LELY Poeta surrealista y biógrafo de Sade.

XAVIER DE SADE Aristócrata de mediados del siglo XX y tataranieto de Sade.

THIBAULT DE SADE Asesor gubernamental y tataratataranieto de Sade.

El rollo

ARNOUX Ciudadano francés del municipio provenzal de Saint-Maximin-la-Sainte-Baume que encontró *Las 120 Jornadas de Sodoma* en la Bastilla.

HÉLION DE VILLENEUVE, MARQUÉS DE VILLENEUVE-TRANS Aristócrata provenzal del siglo XIX que coleccionaba literatura erótica.

JULES-ADOLPHE CHAUVET Ilustrador erótico francés.

FREDERICK HANKEY Célebre coleccionista de literatura erótica que pasaba libros de contrabando de Francia a la Inglaterra victoriana.

HENRY SPENCER ASHBEE Bibliófilo francés que acumuló una de las colecciones de literatura erótica más grandes del mundo y escribió una bibliografía en tres volúmenes sobre el género.

IWAN BLOCH Sexólogo alemán de principios del siglo XX.

MAGNUS HIRSCHFELD Compañero de Bloch que fundó el Instituto de Ciencias Sexuales en Berlín.

MARIE-LAURE DE NOAILLES, VIZCONDESA DE NOAILLES Parisina, influyente mecenas de las artes.

CHARLES DE NOAILLES, VIZCONDE DE NOAILLES Marido de Marie-Laure.

MAURICE HEINE Escritor francés y devoto de Sade.

ANDRÉ BRETON Líder de los surrealistas.

NATHALIE DE NOAILLES Hija de Marie-Laure de Noailles.

JEAN GROUET Editor radical francés.

GÉRARD NORDMANN Multimillonario y coleccionista suizo de literatura erótica.

CARLO PERRONE Nieto de Marie-Laure de Noailles y magnate de los medios de comunicación italianos.

JEAN-JACQUES PAUVERT Joven editor francés que publicó

abiertamente las obras de Sade en la década de 1940, desafiando así la vieja prohibición vigente en el país.

MARTIN BODMER Heredero de una fortuna industrial suiza y conocido como «el rey de los bibliófilos».

FLORENCE DARBRE Experta suiza en conservación de papel y papiros.

El imperio de las letras

GÉRARD LHÉRITIER Fundador de Aristophil.

JEAN-CLAUDE LE COUSTUMER Gran inversor de Aristophil.

KENNETH RENDELL Destacado vendedor estadounidense de cartas y manuscritos.

FRÉDÉRIC CASTAING Importante comerciante parisino de manuscritos y en su día presidente de la asociación francesa de vendedores de libros raros.

JEAN-CLAUDE VRAIN Uno de los vendedores de libros raros más importantes de Francia y archienemigo de Castaing.

ALAIN NICOLAS Parisino, importante vendedor de manuscritos.

BRUNO RACINE Exdirector de la Bibliothèque Nationale de France.

JÉRÔME DUPUIS Periodista de investigación de la revista francesa *L'Express* que informaba sobre el sector editorial.

CLAUDE AGUTTES Fundador de la casa de subastas francesa Aguttes.

EMMANUEL BOUSSARD Adinerado banquero de inversión francés.

Prólogo

El prisionero de la torre

22 de octubre de 1785

Cuando se ponía el sol tras los tejados de pizarra en el París de finales del siglo XVIII, un preso solitario empezó a escribir, inclinado sobre su mesa en la Torre de la Libertad de la Bastilla:

> Las considerables guerras que hubo de librar Luis XIV a lo largo de su reinado, aun habiendo agotado las finanzas del Estado y los recursos del pueblo, revelaron sin embargo el secreto para enriquecer a una enorme cantidad de sanguijuelas siempre al acecho de las calamidades públicas, provocándolas en lugar de apaciguarlas [...] Fue hacia el final de ese reinado [...] cuando cuatro de ellos idearon el singular hito de libertinaje que estamos a punto de describir.[1]

La punta delgada de la pluma corría por la estrecha hoja de papel, llenándola de letras delicadas y casi microscópicas, las hileras de tinta marrón tan juntas para ahorrar espacio que las astas descendentes de las jotas, las pes y las íes griegas se hendían cual lancetas en la línea inferior.[2] Mientras escribía, la luz de las velas centelleaba en las paredes de piedra encalada de su diminuta celda octogonal, con el aire viciado a causa de los residuos que caían al foso desde la alcantarilla situada bajo su ventana. Fuera de la celda se oía el eco de las puertas crujiendo, las llaves tintineando y los cerrojos deslizándose, los únicos signos de que no estaba completamente solo.[3]

En aquella noche fría, las sombras se proyectaban sobre los enseres que le estaban permitidos a un prisionero como él, de apellidos aristocráticos: estanterías combadas bajo el peso de seiscientos libros que incluían títulos de Homero, Newton y Shakespeare, así como obras sobre la existencia de Dios, el movimiento de los fluidos y la historia de los vampiros.[4] En las paredes había frascos de colonia cara, toallas de lino, cojines de terciopelo y tapices de vivos colores.[5] Había también una preciada colección de consoladores tallados en palisandro y ébano por un destacado fabricante de armarios parisino, siguiendo unas exigentes especificaciones.[6]

El ocupante de la celda era uno de los delincuentes más impopulares de la Francia del siglo XVIII. Se había pasado el grueso de sus cuarenta y cinco años de vida deleitándose en la depravación: participando en actos blasfemos con una meretriz, torturando a un vagabundo, envenenando a prostitutas, escondiéndose en Italia con la romántica compañía de su cuñada, encerrando a chicas y chicos en su castillo para satisfacer sus deseos sexuales y sobreviviendo por poco a un balazo en el pecho. Durante años había esquivado a la ley: escapó de una prisión alpina, eludió una redada militar en su casa, se zafó de las garras de un escuadrón de policía y evitó su ejecución pública.

Se llamaba Donatien Alphonse François de Sade, pero casi todo el mundo lo conocía como el marqués de Sade.

Las hazañas de Sade tocaron a su fin cuando fue capturado en 1778. Al principio lo destinaron al Château de Vincennes, una residencia monárquica reconvertida en prisión y situada en un coto de caza a las afueras de París, donde había permanecido encerrado una breve temporada cuando era mucho más joven. Durante seis años vivió en una celda húmeda e infestada de roedores cuyas estrechas ventanas solo dejaban entrar una tenue luz. Pero, en 1784, las autoridades clausuraron Vincennes y fue trasladado a unas instalaciones aún más deprimentes: la Bastilla. Situada cerca del corazón de París, la Bastilla era una de las cárceles más famosas de toda Europa. Con una orden de arresto firmada por el rey, Sade había sido encerrado sin cargos, juicio ni posibilidad de apelación. Probablemente no saldría nunca de allí.

El tiempo entre rejas había pasado factura a la figura antaño esbelta de Sade. La inactividad y su afición a las exquisiteces que le enviaba su mujer —paté de anguila, pasteles de chocolate, tordos envueltos en bacón— le habían provocado obesidad.[7] Padecía migrañas, gota, hemorragias nasales, problemas respiratorios, mareos y hemorroides tan dolorosas que necesitaba un cojín especial de cuero para sentarse a la mesa.[8] Como prácticamente había perdido la visión, empezó a llevar unas extrañas gafas también de cuero que parecían una máscara.[9] En sus crecientes delirios había llegado a percibir un código secreto de señales numéricas ocultas en su monótona existencia: los días que llevaba encarcelado, el número de cartas y paquetes que recibía o las veces que se había estimulado sexualmente en su celda. Creía que, una vez descifrados, esos números revelarían la fecha de su puesta en libertad.[10] Otras veces llegaba a la conclusión de que se estaba volviendo loco.[11]

Sade había desarrollado una obsesión que eclipsaba a todas las demás: la necesidad de poner pluma sobre papel. «Me es imposible darle la espalda a mi musa», escribió en una carta. «Me arrastra, me obliga a escribir aunque no quiera y, hagan lo que hagan para tratar de impedírmelo, no lo conseguirán.»[12] Componía cartas interminables, ensayos, obras teatrales y novelas, y emprendió una carrera literaria cuya reputación perduraría mucho después de que él se hubiera ido y daría lugar a una obra tan violenta y obscena que su autor sería descrito como «el espíritu más libre que haya vivido jamás», el «apóstol de los asesinos» y el «profesor emérito del crimen».[13] Gracias a sus escritos, Sade estaría tan profundamente asociado a la crueldad y la perversión que, en todo el mundo, su nombre sería sinónimo de la obtención de placer a través del dolor.

Pero nada igualaría la vulgaridad que alcanzó con el proyecto inaugurado aquella noche de octubre. Los expertos describirían el resultado como «una de las novelas más importantes jamás escritas» y como «el evangelio del mal».[14] La obra se titulaba *Las 120 jornadas de Sodoma o la escuela de libertinaje.*

La novela narra la historia de cuatro ricos degenerados —un duque, un obispo, un juez y un financiero— que inician una orgía de cuatro meses para la cual reúnen a treinta y dos subordinados: sus cuatro jóvenes esposas, ocho hombres viriles, cuatro prostitutas ancianas y, como los principales blancos de sus delitos, dieciséis chicos y chicas de doce a quince años, elegidos entre varios centenares de niños raptados de sus hogares. En la narración, los cuatro nobles y su séquito se retiran a un castillo situado en lo alto de una montaña en las profundidades de Europa Central, una ciudadela fuertemente custodiada que lleva el nombre de castillo de Silling. Gracias a las puertas amuralladas, los desfiladeros insalvables y los bancos de nieve impenetrables, no hay esperanza alguna de huir. Como advierte el duque, el más dominante de los cuatro, a varios prisioneros: «Ya estáis muertos para el mundo, y solo respiráis para nuestros placeres».[15]

En el castillo de Silling, entre estancias suntuosamente amuebladas, compartimentos insonorizados y cámaras de torturas subterráneas, los cuatro nobles someten a sus jóvenes víctimas a ciento veinte jornadas de creciente depravación. El primer día, una de las viejas prostitutas relata una historia que aúna sacerdotes, pedofilia y fluidos corporales. Es el episodio más comedido de la novela. Día tras día, a medida que crece la perversión, las descripciones se tornan cada vez más crudas y toda semblanza de hilo narrativo desaparece. A la postre solo queda una descarnada lista de horrores: incesto, bestialidad, coprofilia, necrofilia, hambruna, destripamientos, amputaciones, castraciones, canibalismo e infanticidio. Al final de la novela, el castillo está lleno de sangre y cadáveres descuartizados.

El acto mismo de leer la historia de principio a fin parece cobrarse un peaje físico. En 1957, el filósofo francés Georges Bataille declaró: «Nadie, a menos que sea totalmente insensible a él, puede terminar *Las 120 jornadas de Sodoma* sin tener náuseas».[16] Jean-Jacques Pauvert, el editor de Sade, reconocía en relación con su trabajo y el de sus compañeros con la novela: «Nos incomodó profundamente durante varias semanas, y el ambiente se veía interrumpido por repentinas carcajadas, verdaderamente enloquecidas».[17] Austryn Wainhouse, el autor estadounidense que tradujo por primera vez el libro al inglés en los años sesenta, escribía: «A veces sucede que leer se convierte en algo más, en algo excesivo y peligroso; y a veces sucede que un libro lee a sus propios lectores».[18] En los años ochenta, Annie Le Brun, crítica especializada en literatura surrealista, comparaba la tarea de analizar el texto con verse «arrastrado a una ciénaga erótica aparentemente ilimitada».[19] Y, más recientemente, el profesor británico Will McMorran empezó a trabajar en una versión inglesa actualizada, y en su blog señalaba que «traducirla fue como una batalla de la voluntad. Unas veces parecía que yo actuaba sobre el texto y, otras, que el texto actuaba sobre mí».[20] Al final de aquella experiencia, McMorran concluiría que *Las 120 jornadas de Sodoma* era lo peor que se había escrito nunca.[21]

La embestida de violencia y libertinaje de la novela convertía su existencia en un misterio. ¿Por qué alguien escribió algo tan espantoso que resultaba prácticamente ilegible? ¿Por qué alguien se molestó en hacer un esfuerzo tan hercúleo en una época en la que los resultados podían no llegar a publicarse jamás? ¿Y quién era exactamente el hombre que se ocultaba detrás de la obra? ¿Era Sade un revolucionario empeñado en sacar a la luz la esencia putrefacta de la aristocracia, en cuyo seno él había nacido? ¿Era un filósofo radical que pretendía exponer los deseos más crueles y retorcidos de la humanidad? ¿O era tan solo un criminal incorregible elaborando una crónica de sus atrocidades, ya fueran consumadas o simplemente soñadas?

También está el rompecabezas del propio manuscrito. Sade trabajaba en el texto de siete a diez de la noche, ya que su contenido era demasiado escandaloso como para arriesgarse a ser descubierto de día. Cuando llegaba al final de una hoja, pegaba otra debajo para crear un rollo cada vez más largo. Tras veintidós noches, le dio la vuelta al documento y siguió escribiendo. El resultado, después de treinta y siete días de trabajo, era un rollo formado por treinta y tres hojas de papel pegadas de un extremo al otro, con tan solo diez centímetros de anchura y casi doce metros de longitud. Ambas caras estaban repletas de palabras —157.000 en total—, y el texto era tan diminuto que resultaba casi ilegible sin una lupa.[22]

En años posteriores, el rollo se embarcaría en una odisea que lo llevaría por toda Europa a lo largo de varios siglos. Resistiría revoluciones y guerras mundiales, aterrizaría en el epicentro de turbulencias científicas, artísticas y literarias y se convertiría en objeto de un robo audaz y de batallas judiciales internacionales. Mientras era testigo de cientos de años de historia tumultuosa, el frágil texto pasaría de un propietario extraordinario a otro y los sobreviviría a todos.

Finalmente, en 2014, uno de los hombres más poderosos de Francia compraría *Las 120 jornadas de Sodoma* por siete millones de euros.[23] Su precio lo convirtió en uno de los manuscritos más valiosos del mundo, comparable a ejemplares originales de la Biblia de Gutenberg, *Los cuentos de Canterbury* y el *First Folio* de Shakespeare.[24] El rollo se instaló en su nuevo hogar justo a tiempo para las celebraciones nacionales del bicentenario de la muerte de Sade, el último paso en una reevaluación del escritor antaño prohibido que llevó a algunos intelectuales autóctonos a declarar que era la versión francesa de Shakespeare.[25]

Pero, a los pocos meses de su regreso, el manuscrito sería arrebatado de nuevo, esta vez por las autoridades francesas. El posterior escándalo sacaría a relucir venganzas enconadas en las más altas esferas del gobierno francés, ventas millonarias de manuscritos malogradas por sabotajes y turbios acuerdos económicos a la sombra del Casino de Montecarlo, en Mónaco. El asunto involucraría a vendedores de libros antiguos enemistados y a casas de subastas asediadas por robos, y culminaría en alegaciones de una estafa multimillonaria que abarcó una década y todo un continente y cuyos detalles, de ser ciertos, la convertirían en uno de los mayores delitos económicos de la historia de Francia.

Las repercusiones harían temblar los cimientos del libro más célebre del mundo y también el mercado de los manuscritos, y plantearían un interrogante con grandes consecuencias para todo aquel que aprecie la palabra escrita: ahora que está tocando a su fin la era de la caligrafía, ¿qué valor poseen los textos originales que han quedado atrás?

Hay quienes dirán que no fue casual que la agitación empezara justo después del retorno de *Las 120 jornadas de Sodoma.* Al fin y al cabo, fue solo el último ejemplo de cómo casi todos los que habían buscado o poseído el rollo a lo largo de los siglos habían perdido su fortuna y se habían quedado sin su premio. Para muchos observadores, las pruebas eran claras: *Las 120 jornadas de Sodoma*, en toda su fealdad e infamia, tenía que estar maldito.[26]

Sin duda, la reputación de la que goza actualmente el manuscrito habría complacido a su autor. Cuando Sade empezó *Las 120 jornadas de Sodoma* aquella noche de octubre de 1785, sabía exactamente qué estaba escribiendo. Como señalaba en la introducción de la novela: «Es ahora, querido lector, cuando tienes que preparar tu corazón y tu espíritu para el relato más impuro que haya sido creado desde que el mundo existe».[27]

El rollo

1

Reliquia de libertad

14 de julio de 1789

El cielo estival de París estaba cubierto de nubes y una columna de humo se elevaba al este del centro urbano. El olor a pólvora flotaba en el aire húmedo de la tarde mientras el restallido de los mosquetes y los gritos de batalla resonaban en las calles adoquinadas.[1]

Habían pasado cuatro años desde que Sade escribió *Las 120 jornadas de Sodoma.* Tras los muros de la Bastilla, la vida continuaba en una de las ciudades más grandes de Europa, una bulliciosa metrópolis con 810 calles y 23.000 casas habitadas por más de medio millón de personas.[2] En muchos aspectos, el París de finales de la década de 1780 había avanzado mucho para cumplir la afirmación de Luis XVI un siglo antes: que la capital francesa debía competir con las glorias de la antigua Roma. Los viejos muros que rodeaban la ciudad habían caído, reemplazados por arcos de triunfo y elegantes bulevares. En los puentes del Sena se habían derribado las casas medievales que congestionaban las vías públicas y los dejaban al borde del derrumbamiento. Nuevas plazas públicas colosales como la Place Vendôme y la Place de la Concorde aportaron nuevos espacios cívicos a la capital, y un extenso tramo de campos abiertos y huertos situado en la zona oeste de la ciudad se había convertido en un gran bulevar conocido como los Campos Elíseos. En barrios ricos de las afueras como Saint-Honoré y Saint-Germain se habían edificado mansiones palaciegas para albergar a un creciente número de burgueses, poseedores de fortunas recientes y nuevos títulos nobiliarios concedidos o vendidos por la corona.

Pero, en el atestado centro urbano, las condiciones de vida seguían siendo intolerables. El laberinto de callejones oscuros estaba infestado de suciedad y delincuencia, y en él apenas entraba la luz de las *réverbères*, o lámparas metálicas de aceite instaladas por toda la capital. A ambos lados de las calles llenas de barro, en andrajosas casas de madera, caliza y yeso con cuatro, cinco y seis plantas de altura, las familias de los sirvientes, peones y artesanos de París se hacinaban en pisos de tres habitaciones, muchos de los cuales carecían de cocina, por no hablar de retrete o bañera.

Quienes se habían trasladado recientemente a las ciudades vieron que el precio del pan, el principal ingrediente de su exigua dieta, consumía una parte aún mayor de sus menguantes ingresos a medida que años de guerras costosas, malas cosechas y el tímido liderazgo del monarca Luis XVI provocaban crisis económicas. Las medidas desesperadas de la corona, como un nuevo muro alrededor de París para imponer aranceles a los productos que entraban en la ciudad y un acuerdo comercial que permitió que las mercancías británicas inundaran el mercado, enterraron a la nación en deudas. Muchos perdieron su empleo, y casi doscientos mil parisinos dependían de la ayuda religiosa o los subsidios del gobierno. Mientras los campos que rodeaban la ciudad se deterioraban a causa de la sequía, los soldados patrullaban los mercados para impedir revueltas por el pan. Y, al tiempo que nuevos movimientos filosóficos abogaban por el igualitarismo y una clase media incipiente pugnaba por obtener poder político, el pueblo veía cómo la nobleza seguía disfrutando de su opulencia.[3]

La provocación definitiva había llegado aquel verano. Un intento del rey por aumentar los ingresos y acallar la disidencia convocando una reunión de los Estados Generales, una asamblea de representantes de las diversas clases sociales del país, había fracasado estrepitosamente en medio de luchas políticas por quién debía tener más voz en los asuntos de la nación. El pueblo llano, que luchaba por conseguir comida y temía una conspiración aristocrática que socavara a las clases medias y bajas, se había echado a las calles. Fábricas y monasterios ricos fueron saqueados, y la mayoría de las nuevas aduanas situadas en las entradas de la ciudad ardieron hasta los cimientos. Alrededor de París, varios regimientos militares tomaron posiciones de batalla.[4]

Cuando corrió el rumor de que se tomarían medidas drásticas, los parisinos se prepararon para combatir. Teatros y cafeterías tapiaron sus puertas y se hizo un llamamiento para levantar barricadas, recabar provisiones y, lo más importante de todo, conseguir armas. A primera hora de aquella mañana lluviosa, una muchedumbre irrumpió en los cuarteles del hospital militar de los Invalides y salió con miles de rifles y varios cañones, pero muy poca munición. Más tarde descubrieron que se almacenaban cientos de barriles de pólvora en otro lugar: la Bastilla.[5]

Las ocho torres medievales del mastodonte de piedra gris dominaban el perfil de la ciudad y ocupaban un lugar preponderante en la imaginación ciudadana. Allí era donde se habían podrido numerosos presos del Estado, entre ellos el legendario Hombre de la Máscara de Hierro, un misterioso delincuente obligado a ocultar su rostro que finalmente moriría en su celda antes de que alguien pudiera descubrir su identidad.[6] Las historias sobre prisioneros que escapaban de la ciudadela alimentaron toda una industria editorial, que generó libros apasionantes sobre celdas mugrientas, raciones peligrosamente inadecuadas y mazmorras subterráneas repletas de cadáveres.[7] Y ahora, según las noticias, en sus profundidades acechaba el marqués de Sade, un criminal tristemente célebre.

Mientras Versalles, con sus fuentes centelleantes y sus pasillos forrados de espejos, simbolizaba la opulencia de la monarquía, la Bastilla representaba el gobierno de hierro que lo sostenía todo. Por ese motivo, cuando, a primera hora de aquella tarde, cientos de ebanistas, cerrajeros, zapateros, peluqueros, sastres, comerciantes de vino y fabricantes de pelucas cogieron picos, cuchillos y mosquetes y gritaron «¡A la Bastilla!», no solo pretendían requisar pólvora. Estaban organizando un ataque directo a la tiranía de su rey.[8]

En la Bastilla, el alcaide aguardaba nervioso, como había hecho durante días. Era la persona idónea para el cargo, ya que había nacido en la fortaleza cuando la dirigía su padre. Pero, siendo como era un funcionario del Estado de los pies a la cabeza, apenas sabía cómo hacer frente a un ataque de esas características. Tampoco ayudaba que, del centenar de guardias y soldados que tenía a sus órdenes, muchos fueran ancianos o veteranos enfermizos. Las últimas noches había empezado a observar desde las murallas, y confundía los árboles con agentes que tramaban la destrucción de la ciudadela.[9]

Ahora, los peores temores del alcaide se estaban haciendo realidad. Por la mañana, cuando paró de llover, los soldados que montaban guardia en las torres de la Bastilla vieron a una multitud desfilando por delante de los talleres y las fábricas del barrio con gorras decoradas con hojas de castaño como símbolo de su causa. Al llegar a los límites de la ciudadela, un ágil fabricante de carruajes trepó por un muro y cortó las cadenas del puente levadizo exterior de la fortaleza. Cuando la puerta cayó con gran estruendo, los revolucionarios entraron en tromba y en el patio se enfrentaron a más obstáculos: un foso seco de ocho metros de profundidad y otro puente levadizo que impedía la entrada a la Bastilla.[10]

Entonces dio comienzo la batalla. Los revolucionarios intercambiaron fuego de mosquete con los soldados apostados en las almenas, parapetándose detrás de los muros y en la cocina de la cárcel. Para mayor protección, los asaltantes arrastraron varios carromatos cargados de paja desde una cervecería cercana y les prendieron fuego para que el humo ocultara sus movimientos. Pronto, los revolucionarios se vieron reforzados por un contingente de soldados monárquicos que habían desertado, además de varios cañones. La artillería abrió fuego contra el castillo, pero las bolas de cuatro kilos rebotaban contra los muros de piedra, que tenían casi cinco metros de grosor. Cambiando de estrategia, los revolucionarios orientaron sus cañones hacia el puente de madera. Dentro, las tropas colocaron sus armas en posición. Ahora, ambos contingentes tenían artillería pesada apuntando al enemigo, y solo los separaban los tablones del puente levadizo.

Antes de que alguien empezara a disparar, un tamborilero tocó desde la torre la llamada al alto el fuego. A través de un agujero en el puente llegó una nota del alcaide de la prisión, en la que pedía a los revolucionarios que les permitieran escapar a él y a sus hombres. Si los atacantes se negaban, utilizaría los nueve mil kilos de pólvora de los que disponía para hacer saltar por los aires la fortaleza y todo lo que la rodeaba.

Los revolucionarios se negaron y siguieron gritando «No capitularemos» y «Bajad el puente».[11] Justo cuando la multitud se preparaba para disparar, los soldados se rindieron y el puente descendió con un traqueteo de cadenas. Los revolucionarios irrumpieron en el bastión y procedieron a desarmar a las tropas. Entonces descubrieron que en los combates solo había perecido un defensor del castillo, mientras que fuera yacían muertos noventa y ocho atacantes.

El alcaide y sus hombres fueron sacados de la fortaleza y conducidos al ayuntamiento, donde el gobierno provisional decidiría su destino. La furia de los revolucionarios y el ruidoso populacho que llenaba las calles difícilmente podía contenerse, y varios cautivos fueron asesinados durante el trayecto. Ya en la entrada del ayuntamiento, la multitud perdió el control. Atacaron al alcaide y a uno de sus subalternos, a los que clavaron espadas y bayonetas, y luego descargaron sus pistolas sobre los cuerpos. La muchedumbre estalló cuando dos estacas ensangrentadas se elevaron hacia el cielo nocturno, coronadas por las cabezas cercenadas de las víctimas.

Aquella noche, en Versalles, situado a larga distancia de la ciudad, un asesor anunció a Luis XVI que la Bastilla había caído.

—¿Es una revuelta? —preguntó el rey.

—No, señor —respondió el asesor—. Es una revolución.[12]

En la prisión, los revolucionarios se adueñaron de las reservas de pólvora y saquearon los archivos. Cuando abrieron las celdas, solo encontraron a siete prisioneros, ninguno de los cuales parecía especialmente maltratado. Había cuatro falsificadores, un hombre que presuntamente había participado en un complot para matar al rey décadas antes, un anodino aristócrata encerrado por incesto y un irlandés loco que a veces se creía Julio César y otras veces Dios. Sade no estaba entre ellos.[13]

Aunque localizar al marqués no era una prioridad, su ausencia era desconcertante. Tras subir la escalera de caracol que conducía a la torreta de la prisión, sarcásticamente bautizada como Torre de la Libertad, los revolucionarios hicieron un alto en el sexto piso, donde llegaron a la doble puerta de la celda en la que el marqués de Sade había pasado mucho tiempo.

Allí encontraron una pequeña habitación con una mareante profusión de lujos. Sobre todo, la estancia estaba abarrotada de papel: cartas, notas, ensayos y numerosos manuscritos en varias fases de creación. Pero su ocupante no se encontraba allí, aunque la celda había estado habitada hacía tan poco que ni siquiera se apreciaba polvo en los muebles. No había indicios de salida o fuga planificada, ya que la celda se encontraba en desorden y no se habían llevado nada. Incluso la ropa estaba intacta. Era como si Sade se hubiera esfumado.

En los días posteriores a los enfrentamientos de la Bastilla descubrieron en la celda de Sade un objeto metido entre las piedras de la pared: un pequeño pergamino bien enrollado y cubierto de una caligrafía minúscula. En la parte superior aparecía el título: *Las 120 jornadas de Sodoma o la escuela de libertinaje.* Sin duda, el manuscrito figuraba entre las posesiones más preciadas del prisionero, pues lo había ocultado a conciencia. Nadie había reparado en él durante el saqueo posterior al asedio, cuando numerosos documentos fueron arrojados al patio de la cárcel y consumidos por las llamas. Tampoco fue descubierto durante una recogida de documentos más sistemática que había llevado a cabo el gobierno parisino tras el ataque.[14]

El manuscrito acabó en manos de un hombre llamado Arnoux.[15] Quizá fuera uno de los muchos curiosos que entraron en la cárcel después de su caída. Como miembro de uno de los grupos que visitaron la fortaleza acompañados de unos guías profesionales con tendencia a embellecer sus explicaciones —las viejas armaduras se convertían en doncellas de hierro y las imprentas en máquinas de tortura—, es posible que Arnoux viera el pergamino escondido en la habitación de Sade. O puede que lo descubriera al pasar una noche en la torre, ya que los visitantes podían pagar por dormir en una celda entre ratas y cadenas.[16]

Lo más probable es que Arnoux fuera uno de los trabajadores contratados para demoler la Bastilla. Las obras empezaron horas después de la caída de la prisión y contaron con un ejército de albañiles, canteros, aserradores, carpinteros, administrativos y supervisores que abarrotaban el lugar. En las murallas, los equipos de trabajadores, armados con martillos, lanzaban piedras a las montañas de escombros que se acumulaban más abajo mientras otros hacían rodar bloques hasta zonas de obras de toda la ciudad para que fueran reutilizados en la construcción de nuevos puentes y casetas de centinela. Los muros de siete alturas menguaron rápidamente, y a final de mes ya se podían ver las vigas del techo abovedado. Entre tanto, los empresarios se prepararon para conmemorar la victoria comercializando la fortaleza. Pronto, los talleres de París estaban convirtiendo sus restos en «reliquias de libertad»: grilletes transformados en tinteros, abanicos tejidos con documentos de la prisión y piedras de construcción reconvertidas en maquetas de la Bastilla con puentes levadizos funcionales y artillería minúscula.

Si Arnoux formaba parte del equipo de demolición de la Bastilla, probablemente descubrió el rollo mientras desmantelaba la celda de Sade. El hallazgo era perfecto para su inclusión en las «reliquias de libertad». La historia de unos nobles que utilizaron un castillo inexpugnable para perpetrar horrores encajaba a la perfección en el mito de la Bastilla y la idea de que la aristocracia que la controlaba se había vuelto demasiado corrupta. Pero, cuando apareció el documento en la habitación de Sade, nadie anunció el descubrimiento. Con independencia de cómo se apropiara de él, a Arnoux debió de resultarle fácil echárselo al bolsillo aprovechando el caos de la demolición.

Arnoux era oriundo de Saint-Maximin-la-Sainte-Baume, una pequeña comunidad situada a los pies de una cadena montañosa que se elevaba como un baluarte de piedra gris desde las colinas de la Provenza central. El municipio era conocido por ser el lugar donde descubrieron la supuesta tumba de María Magdalena en el siglo XIII. Es posible que Arnoux abandonara Saint-Maximin justo antes de que estallara la Revolución francesa y que huyera de las cosechas devastadoras y la agitación política que habían desencadenado revueltas por la comida, represalias militares e incluso el supuesto ahorcamiento de uno de sus habitantes rebeldes aquel mismo año.[17]

Fuera cual fuera el motivo de su traslado a París o su ocupación laboral una vez allí, Arnoux pasó desapercibido. No figuraba entre los 954 ciudadanos que recibieron el prestigioso título de *vainqueurs de la Bastille* por irrumpir en la prisión y conquistarla.[18] Su nombre no aparecía en los documentos estatales ni en los expedientes judiciales, y tampoco en los registros municipales de Saint-Maximin.[19] Pero no cabe duda de que era emprendedor y astuto. Sabía que, a pesar del tumulto revolucionario, los motores del comercio seguirían en marcha. El documento que había descubierto alcanzaría un precio considerable si encontraba a alguien que apreciara su valía.

Meses o años después, Arnoux volvió a casa con el rollo entre sus posesiones, y en el pueblo vecino de Brignoles encontró a un interesado: Charles-André de Beaumont. Nacido en 1762, Beaumont era descendiente de una próspera familia provenzal que había obtenido un título nobiliario el siglo anterior. Durante los primeros años de la Revolución francesa, fue alcalde de la cercana Cabasse, pero huyó del país cuando la radicalización de la nueva república francesa puso su vida en peligro. Una vez que hubo amainado la agitación regresó, y en 1796 se instaló en su pueblo natal, donde utilizó su riqueza para adquirir una abadía cisterciense desacralizada. Además, realizó otra compra: el manuscrito de *Las 120 jornadas de Sodoma*, que le ofreció Arnoux o uno de sus descendientes. Debió de considerar que el rollo era la incorporación perfecta a su colección de libros raros.[20]

Alojado en la biblioteca de Beaumont, el pergamino era un desconocido para el resto del mundo. Pensara lo que pensara del manuscrito, se lo guardó para él. A medida que los años se convertían en décadas, el mundo convulsionaba a causa de las revueltas. La revolución propició el ascenso de Napoleón, seguido de décadas de caos y guerra en los que Francia oscilaba entre el imperio, la monarquía y la república. Aunque gran parte de la Provenza, con su paisaje accidentado y sus comunidades aisladas, se hallaba congelada en el tiempo, en otras regiones de Francia las vías ferroviarias y las líneas de telégrafo surcaban la tierra, y grandes barcos con casco de hierro zarpaban de sus puertos rumbo a los centros coloniales de África, Indochina y el Pacífico Sur. En París, los atestados barrios medievales dieron paso a grandes bulevares con modernos edificios de caliza blanca coronados por buhardillas empinadas.[21]

Mientras tanto, *Las 120 jornadas de Sodoma* siguió en posesión de Beaumont hasta que su colección literaria pasó a manos de su yerno, Raimond de Villeneuve. El rollo viajó hacia el este, atravesando viñas y polvorientas aldeas de montaña hasta llegar al Château de Valbourgès, la vieja finca provenzal de la familia Villeneuve. Es probable que el manuscrito reposara en la biblioteca del castillo, entre los archivos familiares y los recuerdos que Raimond iba acumulando meticulosamente para reconstruir los vestigios de un linaje noble que se había visto azotado por la revolución. Sus esfuerzos constituyeron el último aliento de una estirpe moribunda. La aristocracia francesa, desprovista de sus tierras, privilegios y estilo de vida, estaba cayendo en la obsolescencia.[22]

Así pues, *Las 120 jornadas de Sodoma* podría haber seguido cogiendo polvo en la villa provenzal de no ser por su siguiente propietario: Hélion de Villeneuve, el hijo de Raimond. Nacido en la cercana Draguignan en 1827, Hélion heredó el título de marqués de Villeneuve-Trans, uno de los apellidos más antiguos y distinguidos de toda Francia.[23] El linaje estaba vinculado matrimonialmente a muchas otras casas nobles, entre ellas la de Sade. Louis Henri de Villeneuve, el último marqués de Trans antes de la revolución, culpaba a la familia Sade de la disputa que lo había privado de una herencia que le dejó la tía del marqués de Sade.[24]

Desde una edad muy temprana, Hélion demostró una vertiente progresista y apoyó la revolución de 1848, que sustituyó la monarquía constitucional del país por una república democrática, y más tarde la Comuna de París, de signo socialista radical, que se hizo brevemente con el control de la capital en 1871. Y, como su padre y su abuelo, se entregó a la creación de una biblioteca excepcional. En otras palabras, el marqués de Villeneuve-Trans era bibliófilo.[25]

El término «bibliófilo», utilizado por primera vez en la Francia de principios del siglo XIX, hacía referencia a alguien que amaba los libros, en especial a los coleccionistas. Pero los bibliófilos no solo adoraban los libros, sino que los percibían de manera distinta a los demás. La mayoría de la gente los veía como meros conductos de información, cosas que leer, consultar u ojear y luego olvidar o desechar. Pero los bibliófilos veían los libros como tesoros por derecho propio.

En realidad, muchas de las obras que buscaban eran objetos de una belleza sobrecogedora. Puesto que los libros eran cada vez más baratos y fáciles de producir desde que Johannes Gutenberg inventara la imprenta con tipos móviles en 1440, los mejores ejemplos adoptaban más ornamentaciones al convertirse en símbolos de estatus y riqueza. Las cubiertas de piel de ternero y cabra se prensaban, engomaban, pulían y teñían para minimizar o acentuar su grano natural, y luego se adornaban con motivos hechos a mano, bordes de pan de oro, retratos engastados y, en algún caso infrecuente, piedras preciosas. Los lomos presentaban elaboradas filigranas y fajines de tela multicolor. Las páginas estaban flanqueadas por guardas veteadas y forros de muaré, sus bordes embellecidos con pigmentos vibrantes, patrones en bajorrelieve e incluso pinturas ocultas que se revelaban cuando uno desplegaba las hojas.[26]

Para la mayoría de los coleccionistas, el contenido de un libro también era muy importante. Además de su estado, su atractivo dependía de la reputación del escritor, así como del reconocimiento y la escasez del título. Los toques personalizados, como revisiones, anotaciones o inscripciones del autor, disparaban el valor de un libro. En general, las primeras ediciones eran las más valiosas, pero lo más valorado eran los manuscritos originales escritos del puño y letra del creador de la obra. Para los bibliófilos, esos documentos únicos eran puros vestigios del momento de la creación literaria, tan preciados y divinos como los fragmentos de la Verdadera Cruz.[27]

Cuando, en la segunda mitad del siglo XIX, Villeneuve-Trans se convirtió en un gran coleccionista de libros, Francia estaba abarrotada de bibliófilos. El número de librerías se disparó, como también lo hicieron los precios de los títulos raros.[28] Las casas de subastas atraían a multitudes con sus ventas de libros, y materiales como los catálogos editoriales, las reseñas y las bibliografías se convirtieron en productos de consumo. Si disponían de fondos, algunos coleccionistas se asociaban con editores e ilustradores para producir ediciones limitadas de su propia creación. Otros preferían los libros antiguos y organizaban cenas literarias en las que veneraban primeras ediciones y manuscritos medievales iluminados.

El escritor y coleccionista de libros Octave Uzanne declaró que Francia se había convertido en «la nueva Bibliópolis». Y en esa nueva Bibliópolis, los gustos de Villeneuve-Trans resultaron ser bastante particulares. Es posible que, igual que en la política, decidiera rebelarse contra la refinada historia de su noble linaje. O puede ser que heredar *Las 120 jornadas de Sodoma* despertara inclinaciones inusuales. Sea cual fuere el motivo, el marqués se sintió atraído por la vertiente más sombría de la bibliofilia: el mundo de los libros eróticos.

En aquel momento, mientras miles de prostitutas legales ejercían su profesión en las *maisons de tolérance* parisinas, unos establecimientos que contaban con autorización oficial, y otros miles recorrían las calles ilegalmente, Francia, una nación abierta de miras, estaba viviendo un auge del erotismo.[29] Los editores publicaban furtivamente obras como *Gamiani o dos noches de pasión, El Kamasutra de Vatsyayana* y *La leyenda de los sexos: poemas histéricos y profanos de Sire de Chambley,* muchas de las cuales iban acompañadas de ilustraciones.[30] Asimismo, reeditaron títulos clásicos de la pornografía como *L'escole des filles* y *Le Parnasse satyrique,* que en siglos anteriores habían provocado la quema simbólica de sus autores y, en casos infrecuentes, su condena a muerte.[31] Los materiales acabaron en manos de coleccionistas de renombre como el escritor Charles Nodier, el dramaturgo Guilbert de Pixérécourt y el arquitecto Eugène Emmanuel Viollet-le-Duc, responsable de la restauración de los muros de Carcasona y la catedral de Notre-Dame. Aunque algunos coleccionistas relegaban las obras ilícitas a rincones especiales de sus bibliotecas, escondidas detrás de cortinas o en armarios con triple cerradura, otros las convirtieron en protagonistas de sus colecciones.[32] Cuando las autoridades francesas decidieron tomar cartas en el asunto —requisando y destruyendo libros de contrabando y arrestando a editores y libreros por violar la buena moral y poner en riesgo el interés ciudadano—, los vendedores de literatura erótica se trasladaron a Bruselas o Ámsterdam y siguieron con su negocio.[33]

Los coleccionistas de ese mundo eran como cazadores buscando especies raras y míticas en un safari. Las ediciones clandestinas de textos conocidos del marqués de Sade eran presas especialmente atractivas. Como señalaba un observador en la década de 1830: «Está en todas las librerías, en ciertas estanterías misteriosas y ocultas que se pueden descubrir sin problemas».[34] Dichas obras estaban impregnadas de indicios de peligro. Algunos afirmaban que la conocida novela *Justine* de Sade había sido el siniestro guion de la Revolución francesa y que Maximilien Robespierre, artífice del Reino del Terror, recurría a los escritos de Sade «siempre que consideraba que su lujuria necesitaba verse fortalecida».[35] Un detractor iba más allá y aseguraba que un joven había padecido convulsiones y envejecido veinte años después de leer un libro de Sade.[36]

De joven, Gustave Flaubert, que pronto se convertiría en uno de los novelistas más célebres de Francia, se obsesionó con la búsqueda de las obras del marqués. Figuras como Sade, le escribió a un colega, «me explican la historia, son su complemento, su apogeo, su moralidad [...] Son hombres grandes e inmortales». El distinguido poeta francés Charles Baudelaire opinaba algo parecido, y en su diario señalaba: «Para comprender el mal, uno siempre debe regresar a Sade, esto es, al *hombre natural*».[37]

Villeneuve-Trans también se enamoró de la obra de Sade.[38] Trabajó estrechamente con Jules-Adolphe Chauvet, el ilustrador erótico más importante de Francia en aquella época, a quien encargó dibujos indecentes para muchos de sus preciados volúmenes. Apoyó económicamente a Gay et Doucé, una prolífica editorial clandestina, mientras deambulaba por toda Europa para evadir la ley.[39] Y, después de contratar los servicios de un artesano de Marsella, fabricó una sugerente cápsula de madera con una tapa fálica a rosca para guardar *Las 120 jornadas de Sodoma*.[40]

Villeneuve-Trans llevaba la vida decadente de un soltero, y pagó caras sus tendencias libertinas. Tras la muerte de su padre en 1857, él y su hermana se repartieron lo que quedaba de la riqueza familiar. Menos de una década después, el atribulado marqués vendió su castillo por seiscientos mil francos, deshaciéndose así de una propiedad que había pertenecido a su familia desde 1201. En 1878, sus problemas económicos eran tales que subastó parte de su amada biblioteca. Tres años antes, había tomado la que probablemente consideraba una medida aún más drástica: vender *Las 120 jornadas de Sodoma*.[41]

Ofreció el manuscrito a dos distribuidoras importantes de París, pero ninguna quiso comprarlo, ya que preferían quedárselo en depósito mientras encontraban comprador. A Villeneuve-Trans no le interesaba el trato, así que pidió ayuda a Chauvet, el ilustrador, que conocía bien el negocio de la literatura clandestina. Para encontrar a un posible comprador, ambos se centraron en el que se había convertido en uno de los mercados eróticos más grandes de Europa: la Inglaterra de la reina Victoria.[42]

A diferencia de sus desenfadados homólogos franceses, los guardianes de las buenas costumbres victorianas consideraban el sexo algo extremadamente peligroso. Creían que los hombres que sucumbían a la tentación de sus apetitos sexuales corrían el riesgo de minar la vitalidad necesaria para mantener el glorioso Imperio británico. Se aconsejaba a las mujeres que se presentaran como símbolos de castidad, incluso dentro del matrimonio. Las sugerentes líneas del cuerpo femenino se enterraban en corsés, polisones, enaguas y miriñaques, y las piernas gruesas se envolvían con telas para ocultar sus curvas evocadoras. Incluso el inglés de la reina tuvo que purgarse de tentaciones peligrosas. Los pechos se convirtieron en «bustos» y los órganos sexuales en «innombrables». Las referencias a los escritos pornográficos se ocultaban tras eufemismos como libros «para adultos», textos «curiosos» o «jocosos» y «*kruptadia* literarias».[43]

A pesar de esos esfuerzos, en el Londres del siglo XIX se había afianzado una pujante industria sexual. Entre las chimeneas humeantes, las calles cubiertas de heces y las viviendas abarrotadas de la ciudad más grande del mundo, clubes mixtos de mala reputación, excitantes *tableaux vivants*, calles no oficiales para prostitutas, burdeles para personas del mismo sexo, espectáculos privados de travestidos y salones de flagelación prestaban servicio a una clientela cosmopolita con tiempo libre y dinero para gastar. En medio de todo aquello, en la confluencia de las calles Fleet, Kingsway y Strand, e impregnada de los aromas del cercano Támesis, lleno de aguas residuales, se encontraba la calle Holywell, una vía estrecha y torcida que también era el epicentro del negocio pornográfico del país. En aquella vía adoquinada, unos escaparates de vidrio emplomado atraían a los transeúntes con grabados explícitos y carteles lascivos. En el interior de aquellos establecimientos, las estanterías mal iluminadas alojaban costosas ediciones limitadas de títulos como *Adventures of a Bedstead, The Story of a Dildoe* y *Raped on a Railway*, por no mencionar las reediciones de *Fanny Hill*, un puntal británico del siglo XVIII. Entre directorios de prostitutas y guías sobre la vida nocturna homosexual, los libros de versos pornográficos ofrecían estrofas y canciones libidinosas.[44]

El mercado erótico de Inglaterra era el lugar perfecto para que Villeneuve-Trans y su compañero Chauvet se deshicieran de un manuscrito inédito del marqués de Sade. Su primera elección fue el individuo responsable de llevar gran parte de esa pornografía a Inglaterra, un hombre llamado Frederick Hankey. Nacido en 1821 e hijo de un diplomático bien posicionado, Hankey se había instalado a una edad bastante temprana en un lujoso barrio de París, donde se pasaba el día buscando títulos selectos del erotismo. Para entregar ese material a sus contactos de la calle Holywell y otros lugares, pedía a sus amigos que transportaran sus hallazgos al otro lado del canal en bolsas de correo y valijas de la embajada, e incluso atados a la espalda y ocultos bajo la ropa de algún compañero servicial.[45]

Pero Hankey no era un simple intermediario. Era un coleccionista y un libertino más que competente. Había acumulado una pequeña pero selecta colección de libros obscenos, que había adornado con diseños explícitos que evocaban el sexo, la muerte y la tortura.[46] Se jactaba de que, en una ocasión, había disfrutado de los servicios de una prostituta mientras asistía a una ejecución pública, probablemente para recrear unos hechos descritos en las memorias de Giacomo Casanova, del siglo XVIII. Deseaba encuadernar algunos títulos de su biblioteca en piel humana, a poder ser perteneciente a una joven viva. Tras conocerlo en 1862, Edmond y Jules de Goncourt, dos hermanos que habían empezado a documentar la vida literaria del París del siglo XIX, concluyeron en su diario que se habían encontrado con «un loco, un monstruo, uno de esos hombres que se tambalean al borde del abismo».

Con su cuidado cabello rubio y sus ojos azules, se decía que Hankey guardaba un asombroso parecido con su autor favorito: el marqués de Sade. Chauvet, que estaba al tanto de su reputación, contactó con él en 1875 y, siguiendo las directrices de Villeneuve-Trans, le ofreció *Las 120 jornadas de Sodoma* por cinco mil francos, casi el triple de lo que ganaba un trabajador parisino típico en un año.[47]

Después de examinar el manuscrito, Hankey puso reparos. Con su balbuceante dicción, le dijo a Chauvet que no le interesaba un rollo de doce metros lleno de lo que él consideraba garabatos ilegibles. Si Chauvet se molestaba en imprimir una copia legible de la novela, se lo replantearía.[48]

Es posible que, tal como insistió Hankey, no tuviera ningún interés en un objeto tan feo e incómodo como el rollo. A menudo parecía preocuparle más la estética de su colección —encuadernaciones hermosas, aunque obscenas, e ilustraciones lascivas y exquisitas— que los textos en sí.[49] No obstante, es más probable que no tuviera el dinero. Por aquella época vendió varias selecciones valiosas de su biblioteca, seguramente para mantenerse a flote.[50]

En años posteriores, Hankey siguió recorriendo las librerías de París, incluso cuando cojeaba tanto a causa de la gota que algunos murmuraban que padecía pie equino. Fallecería ahogado en su casa en 1882, poco después de oír a un visitante en el umbral de su puerta y gritar entre delirios que debía de ser un librero que iba a entregarle una edición rara de Sade.

Impávido ante el rechazo de Hankey, Chauvet siguió buscando comprador para el rollo y contactó con otro bibliófilo inglés, este con una reputación algo más sólida: Henry Spencer Ashbee. Poseedor de un marcado sentido de la decencia y una capacidad ilimitada para el trabajo duro, Ashbee había reunido una distinguida colección literaria y hacía gala de todos los atributos de un pilar de la sociedad británica. Nacido a las afueras de Londres en 1834 e hijo del director de una fábrica de pólvora, había mejorado enormemente sus perspectivas al casarse con una mujer perteneciente a un próspero clan mercantil alemán y convertirse en socio de la sucursal familiar en la capital inglesa. Con un puro, un sombrero de copa y una barba redondeada que acentuaba su atractivo juvenil, a menudo llevaba a sus hijos a dar un paseo en carruaje entre los castaños del Bushy Park londinense o asistía a reuniones de organizaciones prestigiosas como la Royal Geographical Society de Londres y Les Amis des Livres de París. Pero, mientras abría las oficinas de la empresa en Francia, Ashbee había emprendido una búsqueda que eclipsaría sus otros intereses: la literatura erótica. En un piso recóndito situado no muy lejos de su mansión, había utilizado su riqueza para amasar la que muchos consideraban la colección privada de pornografía más grande del mundo.[51]

Chauvet, que conocía esta faceta oculta de Ashbee, le escribió el 22 de abril de 1875 insinuándole que pronto podría ofrecerle un «manuscrito inédito del marqués de Sade», unas palabras que subrayó para mayor énfasis. Una semana después le envió a Ashbee más detalles: «¡He visto el famoso manuscrito! ¡No me cabe la menor duda de que es auténtico e inédito! Es un rollo hecho con hojas pegadas y escrito a dos caras con unos caracteres de una delicadeza que pondrían a prueba al ojo más avezado y solo pueden descifrarse con una lupa».[52]

No obstante, Ashbee rechazó la oferta. En aquel momento, sus intereses estaban en otra parte. La obsesión victoriana por coleccionarlo y clasificarlo todo lo había animado a embarcarse en un ambicioso proyecto: una bibliografía exhaustiva de la literatura erótica. La iniciativa exigía una labor detectivesca tan ardua como desalentadora, ya que la naturaleza clandestina del negocio implicaba que casi todos los detalles de esas obras fueran difíciles de verificar. Los libros eran publicados anónimamente en tiradas limitadas y se distribuían discretamente. Para evitar a la policía, los editores omitían o falsificaban las direcciones y fechas de publicación, y a menudo mentían sobre las tiradas y el proceso de impresión para inflar los precios. Asimismo, la gran mayoría de esos materiales ilícitos eran disfrutados a escondidas y destruidos antes de que alguien pudiera tomar nota de sus pormenores.[53]

Sin dejarse amedrentar, Ashbee invirtió dos años en esa empresa. En 1877 publicó los resultados en una edición privada: 544 páginas que formaban un compendio de libros, panfletos, antologías, ensayos, revistas, grabados, poemas, obras teatrales y manuscritos ilícitos con el nombre de *Index Librorum Prohibitorum,* un título prestado de la lista oficial de libros herejes confeccionada por la Iglesia católica.[54] A lo largo de la década posterior publicaría dos ampliaciones de su obra: *Centuria Librorum Absconditorum* («Cien libros que merecen permanecer ocultos») y *Catena Librorum Tacendorum* («Una serie de libros de los cuales no se debería hablar»). Para salvaguardar su reputación, publicó las tres obras bajo el seudónimo de «Pisanus Fraxi», un anagrama de las palabras latinas para «ceniza» (*fraxinus*) y «abeja» (*apis*) que denotaba un trasfondo escatológico poco sutil.

«Mi objetivo», señalaba en la introducción al primer volumen, «es reunir en un mismo rebaño a las ovejas descarriadas, encontrar un hogar para los parias de todas las naciones».[55] Su bibliografía sería un hito que evocaba el lado oscuro de la literatura occidental del siglo XIX, que de lo contrario se habría perdido con el paso del tiempo. Gracias a fuentes como Chauvet, a quien Ashbee contrató para que diseñara la portada de su primer libro, *Las 120 jornadas de Sodoma* fue incluido entre los parias. Aunque no había visto el manuscrito con sus propios ojos, Ashbee hablaba de «una obra inédita del marqués de Sade» y describía su aspecto inusual y sus convulsos orígenes. Sería la primera mención al rollo que se hacía por escrito, y casi cien años después de su creación.[56]

Ashbee insistía en que su objetivo era examinar, que no deleitarse, en la maldad de su temática elegida. Según escribió, tenía la esperanza de que sus actividades no excitaran más a sus lectores que «el cuerpo desnudo de una mujer sobre la mesa de autopsias».[57] Pero, por las gráficas descripciones de obras como *Las 120 jornadas de Sodoma*, estaba claro que hablaba con la pasión de un verdadero entusiasta.

Sin embargo, Ashbee volvió a rechazar la compra del rollo cuando Chauvet lo mencionó nuevamente en 1877, meses después de la publicación de *Index Librorum Prohibitorum*.[58] Aunque Villeneuve-Trans había subido el manuscrito a seis mil francos, el precio no debía de inquietar a un hombre rico como Ashbee. Es posible que al bibliófilo no le interesara demasiado el estilo de depravación del marqués. Pero había indicios de que Ashbee podía tener más en común con el autor del rollo de lo que nunca se atrevió a admitir.

A finales de la década de 1880, una editorial erótica holandesa empezó a imprimir, en ediciones extremadamente limitadas y elaboradas, unas memorias anónimas en inglés que llevaban por título *Mi vida secreta*. La obra acabaría ocupando once volúmenes con un total de 4.200 páginas.[59] Los libros, que supuestamente eran muy apreciados por el ocultista Aleister Crowley y la estrella del cine mudo Harold Lloyd, detallaban la vida de un caballero victoriano llamado «Walter» y sus devaneos sexuales con prostitutas, cortesanas y centenares de mujeres de todo el mundo. Fuera ficticia o no, en sus tabulaciones sexuales e innumerables relatos de depravación, la historia inconscientemente se hacía eco de *Las 120 jornadas de Sodoma*. Aunque el autor del misterioso *Mi vida secreta* nunca pudo ser desenmascarado de forma concluyente, bien podría ser obra de Ashbee. Tanto él como Walter poseían fortunas considerables y viajaban mucho. Ambos utilizaban léxico, estructuras sintácticas y expresiones similares. Y ambos catalogaron la sexualidad con fanático entusiasmo.

Con independencia de si Ashbee y Walter eran la misma persona, los dos compartían otra semejanza: estaban tan cautivados por su obsesión erótica que acabaron frustrados y solos. En 1891, la mujer de Ashbee y dos de sus tres hijos lo abandonaron.[60] Ashbee fue volviéndose cada vez más conservador en sus convicciones políticas, y es posible que su franqueza provocara enfrentamientos insalvables. O, tal vez, su familia descubrió la verdadera naturaleza de sus actividades furtivas. Fuera cual fuera el motivo, Ashbee no volvería a hablar con casi ningún miembro de su familia. Murió en 1900 y legó sus principales tesoros literarios al British Museum, pero con una condición: la institución también debía preservar sus textos eróticos, que a la sazón incluían casi toda la colección de Hankey, ya que Ashbee había adquirido muchos materiales tras el fallecimiento de su colega.[61] El museo aceptó y acabó confinando los libros en su «Maleta privada», una selección de obras ilícitas que guardaba bajo llave y a las cuales solo podía accederse con un permiso especial. Si Ashbee o Hankey, los dos mayores coleccionistas de literatura erótica de su época, hubieran conseguido *Las 120 jornadas de Sodoma*, el rollo habría acabado encerrado en el corazón de uno de los museos más grandes del mundo.

Pero el manuscrito nunca llegó a Inglaterra. Aunque la célebre bibliografía de Ashbee difundió por toda Europa el rumor de un viejo manuscrito perdido de Sade, el rollo siguió sin venderse. Cuando Villeneuve-Trans falleció en la Provenza en 1893 sin dejar viuda ni herederos, la reliquia cayó en manos de su numerosa familia, o tal vez en las de un librero local.[62] Y allí residió, a la espera de que la reclamara la persona adecuada.

2

Par ballon monté

Primavera de 1985

Para Gérard Lhéritier, todo empezó con una carta.

Esa misiva en particular le llamó la atención cuando, enfundado en un traje de mediados de los años ochenta, estaba hojeando una carpeta de sellos y sobres raros.[1] Durante un viaje profesional a París para la compañía de inversiones de la cual era propietario, el empresario de treinta y seis años había entrado en Roumet, una de las tiendas de sellos más importantes que rodeaban Hôtel Drouot, una reconocida casa de subastas parisina que organizaba numerosas ventas filatélicas de alto nivel. En la diminuta y abarrotada tienda, donde había cajas y álbumes de sellos amontonados hasta el techo, Lhéritier le dijo al propietario que estaba buscando piezas interesantes para la colección de su hijo Fabrice. Lhéritier, que medía poco más de un metro sesenta y cinco, tenía un aspecto juvenil, con un cabello rizado y oscuro que empezaba a clarear a la altura de las sienes, y probablemente resultaba un tanto ingenuo. Era un atributo que a menudo utilizaba en su propio beneficio.

El propietario de Roumet le entregó una carpeta, cuyo contenido no interesó demasiado a Lhéritier, pero una carta le pareció única. El sobre, viejo y amarillento, llevaba un sello azul de veinte céntimos y una nota inusual escrita a mano: «*Par ballon monté*», «Por globo tripulado». Las cejas de Lhéritier, ya de por sí arqueadas, se elevaron en un gesto de sorpresa.

El propietario paró de hurgar en las pilas de sellos y sonrió. «Esa carta fue escrita en 1870 durante el sitio de París, cuando el ejército prusiano rodeó la capital», le explicó a

Lhéritier. «Salió de la ciudad en uno de los globos que despegaron durante el asedio. Formó parte del primer correo aéreo de la historia.»

A Lhéritier, la historia le pareció increíble, como salida de una novela de Julio Verne. Era la clase de aventura que siempre había anhelado. Lhéritier había nacido el 21 de junio de 1948 en Void, una tranquila aldea de unos pocos centenares de habitantes situada en una zona rural del noreste de Francia. Allí, varias casas sencillas con tejas rojas se apiñaban junto a un meandro del plácido río Vidus, rodeadas por todas partes de ondulantes tierras de cultivo y bosques de arces, alerces y hayas. Aquel lugar, en el que apenas se vieron automóviles hasta la década de 1960, no podía distar más de la vida urbana moderna.[2]

Ese entorno le brindó una infancia agradable, pero ordinaria. Los padres de Lhéritier, industriosos y estrictos, trabajaban muchas horas. Su madre era recaudadora de impuestos y su padre regentaba un negocio de fontanería que había pertenecido a su familia durante tres generaciones. Lhéritier, el mayor de tres hermanos, hacía todo lo posible por no molestar. El muchacho desgreñado pasaba el tiempo libre pescando truchas de río a orillas del Vidus con su abuelo, también fontanero, ambos armados con cañas de bambú y una caja de cerillas llena de efémeras que atrapaban en las hojas de los árboles cercanos. Dado que la televisión era una extravagancia inalcanzable para ellos, Lhéritier se pasaba las noches escuchando las voces rasposas de Édith Piaf y Tino Rossi envueltas en la electricidad estática de la radio familiar.

Entre sus pocas escapadas estaban las visitas a su tía de Niza, en la Riviera francesa. Lhéritier no paraba de moverse mientras el tren se dirigía hacia el sur por un paisaje cada vez más árido y las ventanas de su compartimento dejaban entrar un humo acre siempre que la locomotora pasaba por un túnel. Cuando el tren se acercaba a su destino, Lhéritier divisaba lo que había estado esperando en todo momento: el azul infinito del Mediterráneo. De aquella ciudad turística le gustaba todo: el aire cálido y dulce del verano, los varios kilómetros de playas de guijarros pulidos y el transitado paseo de los Ingleses. Desde muy pequeño se juró a sí mismo que algún día viviría en aquella ciudad frente al mar.[3]

No estaba claro cómo llegaría hasta allí. Lhéritier, un estudiante obstinado pero poco distinguido, sobre todo en matemáticas, había ido labrándose un nombre en la escuela sobre todo cuando se metía en líos. Desarrolló un marcado sentido de la rectitud personal y se negaba a dar el brazo a torcer ante cualquier agravio. Cuando era adolescente, organizó una huelga de hambre en su internado para protestar por la comida, infestada de gusanos. Como respuesta, el director lo expulsó. Enfadado y avergonzado, Lhéritier decidió huir, y se pasó casi toda la noche deambulando por los bosques que rodeaban la escuela. Al final, uno de los instructores dio con él y lo trajo de vuelta para que pudiera hacer las maletas e irse a casa. Lhéritier no tardó en recuperarse de aquel bochorno y jamás pensó demasiado en qué podía enseñarle aquel incidente sobre los peligros que entrañaba cuestionar el *statu quo*.

Ansioso por demostrar su valía pero incapaz de decantarse profesionalmente, Lhéritier dejó la escuela a los diecisiete años y se alistó en el ejército francés.[4] La vida militar atemperó sus tendencias impetuosas. Fue destinado a Alemania Occidental y pasó a formar parte de las fuerzas francesas acantonadas allí mientras la nación dividida se convertía en una línea del frente de la Guerra Fría. En ocasiones lo enviaban a Berlín Occidental, donde asistía a recitales sinfónicos cuando no estaba patrullando las barreras de cemento y las vallas de alambre de espino que bloqueaban Berlín Oriental. En 1970, cuando tenía veintidós años, se casó con su amor del instituto, una morena de ojos verdes llamada Annie. Poco después tendrían dos hijos, un niño, Fabrice, y una niña, Valérie.

Al año siguiente, el padre de Lhéritier, René, murió en un accidente de tráfico. Lhéritier nunca hablaría mucho de lo que sintió al perder a un hombre al que había visto trabajar incansablemente por poco dinero y que le había inculcado los preceptos morales de la época con una autoridad severa. Si acaso, la pérdida terminó de corroborar una decisión que el joven ya había tomado: tendría que encontrar la manera de triunfar por sí mismo. El negocio familiar, con noventa años de antigüedad, recaería en uno de sus hermanos. Cualquiera que fuese la decisión de qué hacer con su vida, Lhéritier no quería ser fontanero.

Pronto empezó a cobrar forma una opción más prometedora. Mientras se encontraba destinado en Tubinga, una ciudad del sur de Alemania, Lhéritier descubrió una compañía de seguros francesa que ofrecía unos precios mucho más atractivos que la opción local que contrataban sus compañeros. Hizo correr la voz en su regimiento y a cambio recibió parte de los beneficios del agradecido agente de seguros. En unos meses ganaba más con las comisiones que con el salario de soldado. A pesar de no contar con ningún tipo de formación, se dio cuenta de que tenía habilidad para descubrir mercados por explotar.

En 1974 abandonó el ejército y empezó a trabajar para una importante compañía de seguros francesa. Seis años después fundó una empresa de inversiones en Estrasburgo, situada en el norte de Francia. Un negocio paralelo dedicado a las inversiones en piedras preciosas no llegó a despegar nunca, y durante la caída del mercado de los diamantes a principios de los años ochenta, la empresa se fue a la bancarrota de manera tan espectacular que a lo largo de varios años se le prohibió legalmente que dirigiera otros negocios similares. Pero, entre tanto, su gestión había ido suficientemente bien como para trasladar su compañía de seguros a Niza en 1984. Había llegado a la ciudad junto al mar, como siempre había soñado. Pero anhelaba ganar dinero suficiente para que a su familia nunca le faltara de nada y poder entrar en la élite francesa, donde los ricos y poderosos seguían actuando como la aristocracia de siglos pasados. En la tienda de sellos sintió el aliento de ese esplendor y aventura en aquella misteriosa carta. Era un trozo de historia que el mundo había olvidado. Necesitaba saber más.

En septiembre de 1870, la ciudad de París estaba atrapada. El mes anterior, el emperador Napoleón III, sobrino de Napoleón Bonaparte, había conducido a sus ejércitos hacia el este para reprimir las ambiciones del reino de Prusia, cada vez más poderoso, dando así inicio a la guerra franco-prusiana. Pero las eficientes fuerzas prusianas, lideradas por el rey Guillermo I y el canciller Otto von Bismarck, no tardaron en derrotar al ejército francés y capturar al deshonrado Napoleón, para luego sitiar París.[5]

Mientras los refugiados de la Francia rural llegaban en tropel a la ciudad, el ejército prusiano rodeó París, cortó líneas ferroviarias y cables de telégrafo, bombardeó puentes e impidió cualquier huida. Pronto, los residentes se vieron obligados a comer caballos de tiro, patos de los parques e incluso a sus propias mascotas domésticas. Los restaurantes anunciaban tarrinas y estofados hechos con elefantes y canguros del zoo de la ciudad. Entre tanto, el sitio impedía cualquier tipo de comunicación con el exterior. Dentro de los muros de París, dos millones y medio de personas estaban aisladas del mundo.[6]

O más bien lo estuvieron hasta que Félix Nadar, un innovador fotógrafo local, propuso una solución: la ciudad podía recurrir a los globos aerostáticos, que hasta la fecha se habían utilizado sobre todo en espectáculos públicos o experimentos científicos, para enviar mensajes. Nadar ofreció su globo, llamado *Neptune*, como primer recluta de lo que bautizó extravagantemente como N.° 1 Compagnie des Aérostatiers, o Compañía N.° 1 de Aeronautas.[7]

Lhéritier desenterró poco a poco ese episodio consultando libros de historia y archivos, y descubrió algo que nunca le habían enseñado en la escuela. Puesto que las líneas ferroviarias regionales estaban cortadas a causa del asedio, dos importantes estaciones parisinas, la Gare d'Orléans y la Gare du Nord, fueron convertidas en fábricas de globos en las que unas modistas barnizaban y cosían largas tiras de percal que luego eran colgadas e infladas por marineros encaramados a las vigas.[8] Los globos resultantes, cargados de cartas y bautizados con nombres patrióticos como *La Liberté*,

 L'Égalité y *La Délivrance,* empezaron a despegar a finales de septiembre de 1870. Alimentados por gas de carbón, se elevaban por encima de las líneas prusianas, fuera del alcance de los mosquetes enemigos, y lanzaban panfletos provocadores con la dedicatoria: «Felicitaciones al káiser Guillermo y a Monsieur von Bismarck». Aunque viajaban de noche, enfrentándose a las bajas temperaturas y sin que nadie pudiese controlar adecuadamente la dirección de la aeronave, casi siempre aterrizaban más allá de las líneas enemigas.

Puesto que no había manera de orientar con precisión los globos para que volvieran a la ciudad, los aeronautas y sus compañeros idearon otras maneras de enviar mensajes a París. Al poco, empezaron a liberar palomas mensajeras que transportaban microfilmes de colodión en las plumas de la cola, y cada negativo contenía imágenes microscópicas de miles de cartas.[9] Las fuerzas francesas apostadas fuera de la ciudad también experimentaron introduciendo cartas en esferas de zinc huecas y lanzándolas al Sena más al norte de París, con la esperanza de que rodaran por el lecho del río y quedaran atrapadas en redes sumergidas más allá del bloqueo. Aunque no llegó una sola esfera a la ciudad, años después los parisinos las encontraban enterradas en el Sena con sus misivas de la época de la guerra.

A principios de 1871, a los prusianos se les agotó la paciencia y, utilizando la artillería pesada, bombardearon la capital y acabaron con la ya debilitada moral de sus habitantes.[10] El 28 de enero, la ciudad capituló. En los cuatro meses anteriores, los parisinos habían lanzado sesenta y siete globos aerostáticos. De ellos, solo cinco cayeron en manos enemigas y tres se perdieron en el mar. En total, los aeronautas lograron sacar a ciento dos pasajeros (incluido el líder francés Léon Gambetta), cinco perros, cuatrocientas palomas, varias cajas de dinamita, miles de panfletos políticos y unas doce toneladas de correo, es decir, millones de cartas. La iniciativa pasaría a la historia como uno de los hitos más audaces jamás logrados con globos aerostáticos.

Lhéritier decidió acumular todas las cartas y materiales que pudo. Escribió cuatro libros de referencia sobre el tema en los que cartografiaba los puntos de aterrizaje de los sesenta y siete globos por toda Francia y otros países, recopilaba los nombres de todas las personas que participaron en los vuelos y catalogaba el valor de las diversas cartas que superaron el bloqueo.[11] Descubrió la correspondencia de Alfred Roseleur, un parisino que durante el asedio ideó una versión propia del correo aerostático para comunicarse con su mujer, que estaba fuera de la ciudad cuando llegaron los prusianos. Desde su balcón, Roseleur había enviado una serie de cartas atadas a globos infantiles. Increíblemente, según la investigación de Lhéritier, su esposa recibió muchas de las misivas.

Esta obsesión impulsó en Lhéritier su vena creativa. Lanzó una línea de joyas de oro que recordaban a las esferas de zinc sumergibles, todas ellas con un compartimento oculto que podía contener un mensaje secreto. Y en 1995 escribió una novela histórica sobre el sitio, *Les ballons de la liberté*. El relato era pura ficción, pero en él utilizaba una cita real de Georges Clemenceau, el político francés que condujo a Francia a la victoria en la primera guerra mundial: «En la guerra, como en la paz, la última palabra es de quienes nunca se rinden».[12]

Lhéritier se obsesionó con el mundo del coleccionismo de cartas y manuscritos. En los pliegues, manchas, revisiones y tachones de esos documentos, los coleccionistas veían un vínculo directo con los escritores, artistas, compositores, científicos, filósofos, exploradores, inventores, rebeldes y otros personajes que habían forjado la historia.

El coleccionismo de ese tipo de textos existía casi desde el momento en que la gente empezó a dejar cosas por escrito. Los antiguos sumerios no solo crearon una de las primeras formas escritas de comunicación cuando desarrollaron la escritura cuneiforme hace más de cinco mil años en el actual sur de Irak, sino que también conservaron sus tablas de arcilla para la posteridad.[13] Por eso, los estudiosos de nuestra era tienen acceso a cientos de textos sumerios, entre ellos una tabla de 4.100 años de antigüedad con el nombre de un escriba, Gar Ama, al dorso, el primer escrito firmado por su autor que conocemos.

En la antigua Roma, los eruditos se preciaban de sus colecciones de cartas. El naturalista y escritor Plinio el Viejo, un coleccionista ávido, se quejaba de que los envíos de Julio César eran frustrantemente escasos un siglo después de la muerte del emperador.[14] La Gran Biblioteca de Alejandría nació en parte gracias a los obsesivos hábitos coleccionistas de la dinastía ptolemaica, que gobernaba Egipto en aquella época. El faraón Ptolomeo II Filadelfo se negó supuestamente a proporcionar trigo a Atenas, que estaba padeciendo una hambruna, hasta que la ciudad le prestara los escritos de sus grandes pensadores. Luego se quedó el material para su biblioteca y envió falsificaciones a Grecia.[15] También el califa Abu Ya'far al-Mansur, que había fundado Bagdad en el siglo VIII para que fuera la capital de su imperio islámico, ordenó a sus emisarios que recopilaran libros y colecciones de poesía raros para su biblioteca privada, ubicada en una estructura arquitectónica que él denominaba la Casa de la Sabiduría. Dicha iniciativa convirtió a Oriente Próximo en el epicentro de la cultura y el intercambio de ideas, cosa que dio pie a la Edad de Oro del islam.[16]

Después de la caída del Imperio romano y de siglos de declive cultural europeo, Petrarca, el poeta del siglo XIV, revivió el interés por los manuscritos históricos buscando tesoros escritos en monasterios de toda Europa y pidiendo a las órdenes religiosas que crearan bibliotecas. Aunque Petrarca insistía en que la misericordia divina lo había despojado de casi todos los anhelos terrenales, reconocía que su necesidad de acumular esos textos era el único deseo insaciable que hasta el momento había sido incapaz de controlar.[17] En el siglo XVI, estudiantes y aristócratas de Alemania y otros países habían empezado a acumular citas, recuerdos escritos y saludos notables de figuras destacadas, los cuales plasmaban en una pequeña libreta llamada *album amicorum,* o «libro de amistades», como una manera de conseguir prestigio.[18]

En la Europa del siglo XIX, acumular cartas y manuscritos se convirtió en una auténtica manía.[19] En la Inglaterra victoriana, los documentos atribuidos a Shakespeare cambiaban de manos por millones de los actuales dólares, y un conocido de John Keats cortó uno de sus sonetos en trozos para poder vender cada fragmento por el máximo valor. Las celebridades de la época estaban tan inundadas de peticiones de coleccionistas que les pedían muestras de escritura que algunas solicitaron al Parlamento que tomara medidas «a fin de eliminar a una secta problemática y cada vez más numerosa».[20] El escritor John Ruskin emitió un comunicado público en el que declaraba: «El señor Ruskin solo ofrece autógrafos a sus amigos, y últimamente apenas ha accedido a ampliar sus tareas cotidianas de caligrafía, ni siquiera para ellos».

Francia se convirtió en un centro neurálgico del comercio de cartas.[21] En 1821 se fundó en París la École Nationale des Chartes, que fue la primera escuela dedicada al estudio de archivos y manuscritos. Un año después, Mathieu-Guillaume-Thérèse Villenave, un abogado y periodista parisino que había evitado por poco la guillotina durante el Reino del Terror, puso a la venta, en la que sería la primera subasta de cartas y manuscritos, quinientos cincuenta documentos históricos que había salvado de la destrucción durante las convulsiones políticas. Poco después se inauguraba en la capital francesa la Maison Charavay, una de las primeras tiendas del mundo dedicadas a la venta de manuscritos. En las cuatro décadas posteriores salieron a la venta casi cien mil documentos históricos en casas de subastas de Francia.[22] Tal como señalaba Étienne Charavay, hijo del fundador de la Maison Charavay, en 1887: «París es el centro en el que todos los aficionados del mundo consiguen brillar. Aquí es donde se determina la autenticidad, el valor y el precio de los manuscritos».[23]

A medida que la búsqueda de cartas y manuscritos se convertía en un sector pequeño pero profesional, los coleccionistas fueron desarrollando intereses diversos. Algunos se centraban en obras de individuos concretos, por ejemplo, materiales firmados por León Tolstói o escritos de Simón Bolívar. Otros organizaban sus obras por temática, acumulando textos originales relacionados con el comercio de pieles canadiense o el expresionismo alemán. Otros aspiraban a completar una serie de documentos predeterminada; por ejemplo, cartas de todos los galardonados con el premio Nobel o las primeras damas de Estados Unidos.

Todos ellos eran conocidos como coleccionistas de autógrafos, pero tenían poco en común con quienes buscaban firmas de famosos. «Creen que llevo siempre encima un libro con encuadernación dorada y les pido a magnates desafortunados que escriban su nombre en él», protestaba Adrian Hoffman Joline en su autobiografía *Meditations of an Autograph Collector*, publicada en 1902. «Me estremezco al pensar que, en la mente de la multitud, la colegiala con su libreta de recortes y el fanático con su patético álbum son iguales que yo.»[24]

Para quienes comerciaban con textos históricos, lo importante era el contenido y el contexto de cada documento: no solo quién lo escribió, sino la fecha en que lo hizo, a quién iba dirigido y el tema que trababa. Un documento escrito por John Hancock en el trascendental año de 1776 era considerado superior a un documento similar de 1769.[25] Una carta de Charlotte Brontë era más preciada si iba dirigida a su hermana Emily.[26] La firma de Ernest Hemingway en un programa de tauromaquia podía alcanzar un precio decente en el mercado libre, pero uno de sus manuscritos desataba una guerra de ofertas. Y, aunque localizar un mensaje de Abraham Lincoln se consideraba un hallazgo extraordinario, encontrar uno que hablara de la esclavitud podía ser un descubrimiento capital.

El tipo de documento también era muy importante. La mayoría de los expertos consideraban que las firmas aisladas eran el material menos interesante, seguidas de las cartas breves y las misivas firmadas pero escritas a máquina. Los más valorados eran los mensajes manuscritos extensos, seguidos de las colecciones de correspondencia y, por último, las libretas y diarios detallados. En la cima del orden jerárquico, lo más valioso eran los manuscritos originales de obras influyentes.[27]

A los coleccionistas y vendedores de documentos históricos les gustaba jactarse del valor muy real de sus adquisiciones. En 1988, *Les autographes,* un influyente libro francés sobre dicha actividad, señalaba: «Sin duda, en el caso de las piezas importantes, la colección de autógrafos constituye un valor de inversión excelente».[28] Pero la mayoría de los expertos insistían en que cualquier beneficio económico que obtuvieran los coleccionistas debía considerarse un añadido; casi todos desdeñaban la idea de adquirir cartas y manuscritos para obtener réditos. Esa búsqueda era demasiado personal y el valor de cada texto demasiado subjetivo como para reducir la actividad a una serie de transacciones comerciales. Tal como advertía Mary Benjamin, una destacada coleccionista estadounidense y una de las pocas mujeres especialistas en ese campo, en la guía *Autographs and Manuscripts: A Collector's Manual*, de 1978: «Aunque los registros demuestran que los precios han oscilado a lo largo de los años, siendo siempre los precios altos más elevados que en el último momento cumbre y los bajos siempre más altos que el último precio más bajo, el hecho es que, aunque un coleccionista puede beneficiarse de lo que vende, también puede sufrir una pérdida considerable. Aquel que compre principalmente para invertir y no conozca las fluctuaciones de los precios puede verse obligado a vender inesperadamente antes de lo planeado».[29] En resumen: era mejor que se dedicaran a la venta de cartas y manuscritos valiosos quienes hubieran hecho fortuna en otros ámbitos.

Lhéritier discrepaba. A su juicio, aquella disciplina insular había enmascarado el auténtico valor de esos textos históricos, lo cual había permitido que la mayoría de los documentos estuvieran enormemente infravalorados en comparación con artículos como las monedas raras o las joyas. Ese estado de las cosas parecía especialmente cierto en su país natal. Gracias al reducido grupo de comerciantes que controlaban desde hacía mucho tiempo el mercado local y al hecho de que las instituciones francesas no acostumbraban a comprar materiales como sí hacían las bibliotecas universitarias en el Reino Unido o Estados Unidos, las cartas y los manuscritos parecían ser un tesoro oculto en la Francia de la época.

Lhéritier tuvo un primer pálpito el día que examinó la carta transportada en globo en la filatelia Roumet. Gracias a sus investigaciones, llegó a tasar la misiva en cientos, si no miles de dólares. Pero, aquel día, su propietario se la ofreció por ciento cincuenta francos; esto es, menos de veinte dólares. «Me sentía como el buscador de oro que descubre una veta», escribió más tarde.[30]

Lhéritier empezó poco a poco. Un año después de encontrar su primera carta enviada por globo aerostático se instaló en una oficina con dos salas cerca del centro de Niza. En una placa de latón situada a la entrada hizo grabar el nombre de su empresa: Valeur Philatélique. La empresa ofrecía cartas y sellos históricos, no solo como objetos de coleccionista, sino como productos financieros, y publicitaba esos materiales como vehículos de inversión que generarían beneficios rápidamente.[31] Invertir en sellos no era especialmente original; en los años setenta aparecieron empresas de inversión filatélica cuando un aumento en los precios de los sellos superó por poco tiempo la inflación y las ganancias generadas por acciones y bonos.[32] Añadir viejas cartas a esa mezcla era más innovador. Al permitir que los clientes compraran misivas del sitio de París entregadas por globos aerostáticos y otros sistemas, Lhéritier estaba brindando la posibilidad de obtener beneficios a partir de lo que él consideraba un infravalorado tesoro nacional de documentos históricos.

La habilidad de Lhéritier para encontrar nuevas oportunidades de negocio, su interés en los descubrimientos históricos y su ambición insaciable confluyeron en su nueva empresa. Pero en 1986 sufrió un duro golpe: Annie, la que había sido su esposa durante diecisiete años, se enamoró de otro hombre y puso fin al matrimonio. Destrozado, a Lhéritier le costaba guardar la compostura mientras consolaba a sus hijos. Para distraerse del dolor, se consagró a su trabajo.

Esos esfuerzos dieron sus frutos. A los clientes les interesaban las cartas enviadas en globo y, gracias a su empeño, el valor de las compras crecía a la par que la demanda. En

Cannes, otra ciudad costera, Lhéritier abrió una sucursal de su negocio. Su labor como detective histórico le cosechó elogios en periódicos locales y noticiarios, importantes revistas filatélicas de Francia calificaban sus materiales de inversiones prometedoras y recibió premios de la Cámara de Comercio de Niza y el Spellman Museum of Stamps and Postal History de Estados Unidos. Ahora que el dinero ya no era una preocupación, alquiló un lujoso velero y recorrió el Mediterráneo con sus hijos, recordando las tardes que pasaba pescando con su abuelo mientras recogía gigantescos atunes de aleta azul.

En otoño de 1995 salieron a la luz algunos problemas. Los medios de comunicación locales anunciaron que las autoridades estaban investigando una importante estafa económica que tenía su origen en el principado de Mónaco, situado al este de Niza. Mónaco, una ciudad-estado pequeña y densamente poblada, ocupa menos de tres kilómetros cuadrados en el rocoso litoral mediterráneo —el segundo Estado soberano más pequeño del mundo, después de Ciudad del Vaticano— y era especialmente conocida por el lujoso casino de Montecarlo. Pero las fuerzas del orden sabían desde hacía mucho tiempo que el país era un hervidero de negocios turbios gracias a los bajos impuestos y a las permisivas políticas bancarias instituidas por la familia Grimaldi, la casa principesca que gobernaba allí desde 1297.[33]

El escándalo más reciente surgido de la ciudad-estado guardaba relación con la filatelia.[34] Según los informes, el gobierno monegasco había emitido cifras inusualmente grandes de sellos conmemorativos. Aunque ese tipo de sellos no podían utilizarse como franqueo, las hojas se anunciaban como mercancías valiosas y se vendían a los consumidores a un notable sobreprecio a través de una serie de intermediarios. Presuntamente, se habían estafado sesenta millones de euros a más de 1.200 compradores. Como decía una página web dedicada a delitos filatélicos, fue «el mayor escándalo en la historia del sector de los sellos».[35] Aunque no se mencionó su nombre, corría el rumor de que las autoridades creían que el responsable de vender los sellos a clientes incautos era Lhéritier.

Desesperado por contener los daños, Lhéritier organizó una reunión informal con el juez que estaba investigando el caso, un célebre magistrado llamado Jean-Pierre Murciano. Puesto que Lhéritier aún no había sido acusado de ningún delito, esperaba que el juez pudiera ayudarlo a frenar las especulaciones que apuntaban a que había hecho algo ilícito. En diciembre de 1995, Murciano recibió a Lhéritier en su despacho de Grasse, la sede judicial de la región. Pero antes de que Lhéritier pudiera exponer sus argumentos, Murciano, un hombre calvo con una mirada intensa, lo señaló con el dedo y le llamó delincuente.[36] En Francia, los jueces investigadores llevaban los casos importantes igual que lo hacían los fiscales en Estados Unidos, y Murciano se había labrado un nombre echando el guante a ladrones de cajas fuertes, falsificadores y ladrones de joyas. Ahora, el magistrado había decidido convertir a Lhéritier en su próximo objetivo.

«Los sellos de Mónaco que usted vende no valen nada», le dijo a Lhéritier. «Cuando la policía vaya a buscarlo y toda la prensa empiece a hablar de usted, ya verá cómo reaccionan sus clientes.»[37]

Tres meses más tarde, en la mañana del 18 de marzo de 1996, Lhéritier se hallaba en la tranquila cocina de su casa en Niza ponderando las amenazas del juez. Todavía no lo habían acusado de nada, pero la controversia preocupaba a sus clientes. Para calmar los nervios, Lhéritier tomó un café y se preparó para dejar salir del gallinero a los pollos que tenía en su propiedad. Fue entonces cuando al mirar por la ventana vio un convoy de coches patrulla bajando la montaña en dirección a su casa, con las luces centelleando en el aire húmedo.[38]

Los agentes registraron la casa y pusieron a Lhéritier bajo custodia. Tras un interrogatorio que se prolongó hasta el día siguiente, Murciano lo sometió a investigación por fraude y otros delitos. Cuando era trasladado al enorme presidio de Grasse, no pudo evitar pensar en *Le pénitencier*, el gran éxito francés de los años sesenta que adaptaba la canción folk estadounidense *The House of the Rising Sun*:

«Las puertas de la penitenciaría / Volverán a cerrarse pronto / Y ahí se acabará mi vida».

Pero en modo alguno lo habían derrotado. A solas en su celda, el prisionero número 5546 se animaba comparando su situación con la de otros que habían sido encerrados injustamente: prisioneros de guerra, el Hombre de la Máscara de Hierro o el conde de Montecristo. No incluyó al marqués de Sade. Sentado a la mesa de la celda, empezó a defender su inocencia llenando páginas y páginas con los detalles de lo que él consideraba una conspiración urdida contra él durante años. Lhéritier no era de los que se amedrentaban, y creía que había trabajado demasiado como para permitir que unos intrusos le arruinaran los planes. Le vinieron a la mente las palabras de Georges Clemenceau, el héroe de la primera guerra mundial al que había citado en *Les ballons de la liberté.* Jamás se rendiría. Tendría la última palabra.[39]

La cruzada de Lhéritier por la redención empezó cuando el tribunal de apelaciones de Aix-en-Provence revocó uno de los dictámenes de Murciano y lo dejó en libertad después de dos semanas entre rejas. Lhéritier alentó a sus clientes a defender sus inversiones refutando las noticias críticas y a exigir respuestas en los procesos legales. Presentó demandas por difamación contra medios de comunicación que según él lo habían atacado injustamente. Cuando Lhéritier se enteró de que el director de la asociación francesa de vendedores de sellos había cuestionado sus prácticas empresariales ante los medios y la policía, le envió una carta de dieciocho páginas en la que insinuaba que se había caído de cabeza y se había vuelto loco. Envió copias de dicha carta a vendedores de sellos de toda Francia.

A pesar de los esfuerzos de Lhéritier, sus negocios financieros no sobrevivieron a la tormenta. Sus empresas fueron a la bancarrota y sus tiendas de Niza y Cannes tuvieron que liquidar sus existencias y cerrar. Pero, finalmente, Lhéritier se anotó un tanto en 2000. El caso se había abierto seis años antes cuando una mujer de la región denunció a sus empresas, a las cuales acusaba de haberla engañado para que comprara sellos carentes de valor. Por medio de un intermediario, Lhéritier convenció a la mujer de que retirara la denuncia, aduciendo que la habían manipulado para que criticara a la empresa.

Al año siguiente, el tribunal de apelaciones de Aix-en-Provence apartó del caso al juez Murciano, alegando sus dilaciones a la hora de responder a la denuncia retirada y otras cuestiones. Es posible que el magistrado se precipitara al convertir los sellos monegascos en su siguiente gran caso, y ahora todo empezaba a desmoronarse. En 2002, el sustituto de Marciano desestimó las principales alegaciones de fraude y, tres años después, el juzgado de lo penal de Niza declaró a Lhéritier inocente de todos los cargos restantes.

Pero Lhéritier no estaba satisfecho. A pesar de que era el segundo negocio que acababa en desastre y del sufrimiento económico de sus antiguos clientes, se negaba a admitir que hubiera cometido la más mínima irregularidad. Si era culpable de algo, era de ser demasiado ingenuo, de confiar en gente que acabaría apuñalándolo por la espalda.

Partiendo del relato que había empezado a escribir en la cárcel, en 2006 publicó *Intime corruption,* unas memorias de su dura experiencia. Según el libro, de trescientas páginas, todo empezó cuando un excompañero de trabajo huyó con hojas de sellos de la empresa y dinero de sus clientes. Una vez que Lhéritier alertó de lo sucedido, el agraviado socio aunó fuerzas con el juez Murciano y un agente de policía para acabar con él. «Es un cónclave demoníaco en el que participan un delincuente [...] un policía corrupto [y] un magistrado vanidoso al que le encanta salir en los medios», escribió.[40] Lhéritier llegó a crear un galardón literario, el Premio Conde de Montecristo, para brindar reconocimiento a otros libros franceses que detallaban errores judiciales parecidos.[41]

El caso de los sellos de Mónaco, que copó titulares en Francia y otros países, empezó a desvanecerse de la memoria ciudadana. No importaba que, en 2007, respondiendo a una petición legal, un tribunal de apelaciones desestimara parte de las sentencias anteriores y hallara a Lhéritier culpable de incumplir la ley del consumidor por negarse a resarcir a dos de sus clientes y le impusiera una multa de tres mil euros y una pena en suspenso de ocho meses de cárcel.[42] Para entonces, Lhéritier ya estaba urdiendo un plan mucho más ambicioso.

Sade

3

En el seno del lujo y la abundancia

19 de octubre de 1763

Jeanne Testard aporreó la puerta de la casa de Louis Marais, inspector de la policía parisina, alterando la paz de primera hora de la mañana. Estaba desesperada por informar de lo sucedido la noche anterior. Como director del Département des Femmes Galantes, la unidad policial que investigaba el turbio mercado sexual del París prerrevolucinario, Marais solía recibir visitas de mujeres como Testard, una fabricante de abanicos que a veces ejercía la prostitución.[1]

El París de mediados del siglo XVIII, a falta de dos décadas y media para la caída de la Bastilla, se había convertido en la capital del vicio del continente. El siglo anterior, para mantener a raya a los nobles, Luis XIV había trasladado la corte a Versalles y había instituido un sistema bizantino de rangos y responsabilidades que sus súbditos debían seguir si querían contar con el favor del denominado Rey Sol. Desde entonces, la monarquía y la estructura de clases del país se habían vuelto más centralizadas y absolutas. Irritadas por el tedio de la corte, las clases altas habían abrazado el libertinaje —la búsqueda del placer físico— con una intensidad rayana en el fervor religioso. Las novelas eróticas evadían a los censores reales y se convertían en éxitos de ventas clandestinos.[2] La adquisición de una *petite maison,* o «casa pequeña», un apartamento en el que los nobles podían disfrutar de aventuras extramatrimoniales, había pasado de ser una actividad discreta a convertirse en un importante gesto público de modernidad.[3] Y, varias décadas antes, los miembros de fraternidades sodomitas solo para hombres desarrollaban sus actividades amorosas en los salones de Versalles y los jardines del palacio de las Tullerías, justo debajo de la ventana de un joven Luis XV.[4]

En 1757, a Marais le habían encomendado que vigilara ese mundo después de que un convicto matara, mientras era escoltado a prisión, al fundador de la brigada antivicio.[5] Para poner límites a las actividades del próspero mercado sexual de la ciudad, cultivó una extensa red de fuentes, entre las cuales figuraban prostitutas, *madames* y clientes. Frío y arrogante, Marais no solo se encargaba de regular esos negocios, sino que también era cliente, y enojaba a las *madames* de los prostíbulos al negarse a pagar por sus visitas y a disfrazarse cuando lo hacía, ya que su presencia era perjudicial para el negocio. Recopiló miles de informes sobre *dames entretenues,* o mujeres mantenidas, así como sobre sus clientes, y permitía que las fuerzas del orden investigaran los asuntos personales y económicos de los ricos y poderosos de Francia. Corrían rumores de que los informes de Marais también eran muy valorados por el rey Luis XV y su amante, que leían los relatos para aderezar su vida sexual.

Mientras estuvo en el cargo, Marais oyó toda clase de historias inquietantes sobre el *demimonde,* o submundo, de la ciudad. Pero la historia de Testard le llamó la atención. Según ella, la víspera, un joven noble le había ofrecido dos monedas de oro por acompañarlo a su *petite maison,* situada en la parte sur de París. Una vez que la hubo encerrado, el hombre le preguntó si creía en Dios. Cuando respondió que sí, él declaró que le demostraría que se equivocaba. Gritó profanidades, se masturbó sobre efigies religiosas, le exigió que pisoteara una cruz, le introdujo hostias consagradas y luego mantuvo relaciones sexuales con ella. En todo momento, la prostituta gritó: «¡Si sois Dios, vengaos!». Después de llevarla a una habitación llena de instrumentos de flagelación y ornamentos religiosos, le pidió que lo azotara con un látigo llamado gato de nueve colas previamente calentado hasta que las tiras metálicas se pusieron rojas. Señalando una colección de pistolas que había cerca y amenazando con matarla, le ordenó que se azotara a sí misma y que defecara sobre una estatua de Cristo, a lo cual ella se negó.[6]

A la mañana siguiente, el hombre le hizo prometerle que el domingo siguiente realizarían actividades similares después de asistir juntos a la iglesia. También la obligó a jurar por escrito que jamás desvelaría lo sucedido. Sin embargo, en cuanto fue liberada, Testard acudió a la policía. Marais y sus compañeros no tardaron en encajar la descripción del abusador con el culpable, un joven que nunca había tenido problemas importantes con la ley: Donatien Alphonse François, un aristócrata de veintitrés años que respondía al nombre de marqués de Sade.

Marais conocía ese apellido. Como uno de los clanes provenzales más antiguos y distinguidos, la casa de Sade se remontaba como mínimo al siglo X, aunque la leyenda familiar iba más allá e insistía en que el linaje descendía directamente de uno de los tres Reyes Magos. Los Sade habían hecho fortuna con el negocio textil y mantenían una dilatada asociación con la *noblesse d'épée,* o «nobles de la espada», la clase más antigua y apreciada de la nobleza francesa. En 1177, Louis de Sade, a la sazón alcalde de la ciudad provenzal de Aviñón, había financiado la construcción de la primera versión del Pont Saint-Bénézet, el icónico puente peatonal que cruzaba el Ródano. En una nota más célebre, la belleza de otro miembro de la familia, Laura de Sade, supuestamente animó a Petrarca, el poeta renacentista del siglo XIV, a renunciar al sacerdocio e inspiró muchos de sus poemas de amor. El linaje de Sade tenía en su haber muchos otros logros, y el árbol genealógico estaba salpicado de magistrados, capitanes, chambelanes papales, gobernadores, caballeros de Malta y otros dignatarios.[7]

Marais sabía que el título de Sade había perdido parte de su lustre por culpa de su actual patriarca, Jean-Baptiste Joseph François, conde de Sade y padre del marqués. Jean-Baptiste, tan atractivo y encantador como astuto y ambicioso, fue el primero de su linaje en abandonar la Provenza, donde la familia era propietaria de varios castillos, y probar suerte en la corte real de París. Le fue bien, se incorporó a la casa de Condé, una poderosa familia que mantenía vínculos directos con la familia real, y trabajó como embajador del monarca en Holanda, Rusia, Inglaterra y el Electorado de Colonia.[8]

Pero el conde de Sade prácticamente había agotado la fortuna familiar para guardar las apariencias y satisfacer sus lujosos gustos. También era un libertino empedernido. Escribía poemas en los que celebraba su amor por la sodomía, y afirmaba: «Como un residente de Sodoma, hago de mujer con un hombre». En una carta enviada a una conocida confesó lo mucho que detestaba la idea de la fidelidad sexual: «En ocasiones he visto amantes fieles: su tristeza, su desolación, basta para hacerte temblar».[9] Su comportamiento no pasaba desapercibido. Cuando tenía veintidós años, la patrulla antivicio de París lo detuvo en el jardín de las Tullerías por solicitar los servicios de un joven prostituto que en realidad era un *mouche*, o «mosca», un informante de la policía.

Ese encontronazo con la ley, sobre el cual se corrió un tupido velo gracias a los contactos de Jean-Baptiste, no sirvió para moderar su conducta. Por el contrario, sus disolutas costumbres terminarían condicionando su matrimonio. En 1733, a la edad de treinta y un años, se encaprichó de Caroline Charlotte de Hesse-Rheinfeld, la joven esposa del príncipe de Condé, para quien trabajaba como asesor de confianza. Dado que el príncipe sometía a su mujer a una estrecha vigilancia, el conde trazó un plan. Decidió proponer matrimonio a Marie Éléonore de Maillé de Carman, una pariente aristócrata pero económicamente limitada del príncipe de Condé y dama de honor de la princesa. Cuando estuviera firmemente afianzado como miembro de la casa de los Condé, podría buscar al verdadero objeto de sus afectos.[10]

Jean-Baptiste y Marie Éléonore se casaron el 13 de noviembre de 1733. Aquella noche, la nerviosa novia de veintiún años le suplicó a la princesa de Condé que se quedara con ellos en el dormitorio. El conde agradeció la compañía añadida. «La presencia de la princesa acentuó mi éxtasis y me infundió más ansias que nunca de no estar sin ella», escribiría más tarde. Gracias a su posición íntima en el palacio, el conde no tardó en tener acceso a las estancias privadas de la princesa, cosa que utilizó para seducirla.

Según el relato de la mujer que había aparecido en el umbral del inspector Marais, parecía que el marqués de Sade, el único hijo de Jean-Baptiste, estaba siguiendo los pasos de su padre, pero con inclinaciones mucho más inquietantes. Los delitos que describió Testard no obedecían a un arranque impulsivo de libertinaje, sino que era un ataque cuidadosamente coreografiado, y entre las víctimas figuraban los valores y costumbres tan apreciados por la nación. Días después del incidente, el inspector detuvo al marqués y lo encerró en la mazmorra de Vincennes. Debido a la naturaleza extrema del delito y a los orígenes nobles de su autor, la orden llegó directamente del rey.[11]

Cuando lo trasladaban a la prisión, con sus muros de cinco metros de grosor, sus puertas reforzadas con hierro y sus empinadas escaleras de caracol, el marqués de Sade fue despojado de todo: de sus prendas de encaje, su peluca rizada y empolvada, sus joyas y su reloj de bolsillo.[12] El joven cortesano solía pasar las noches en medio del bullicio del París de clase alta: salas de juegos, burdeles de lujo y grandes escenarios como la ópera del Palais Garnier y el teatro de la Comédie-Française, donde el parloteo del público a menudo ahogaba el espectáculo que estaba desarrollándose.[13] Pero allí, en su lúgubre cámara situada en lo alto de un castillo con vistas al campo, su única compañía era un delgado camastro, un par de sillas rellenas de paja, una mesa grasienta y un orinal raído.[14] Estaba acostumbrado a comidas suntuosas como patés, brochetas y galletas untadas en rica mantequilla bretona.[15] Ahora tenía que conformarse con carne de cordero y ternera fría y seca acompañada de verduras sin sazonar y servida tan solo dos veces al día.[16]

El prisionero medía un metro sesenta y ocho y tenía una figura saludable y un rostro atractivo con una llamativa combinación de rasgos delicados —unos brillantes ojos azules, un cabello rubio y rizado que enmarcaba una frente prominente, una nariz aguileña y una sonrisa delicada y desdeñosa— que las mujeres se detenían a admirar en la calle.[17] La atracción no era meramente sexual. Desde que Sade era niño, los miembros del sexo opuesto sentían una necesidad innata de protegerle, despertando en ellas su rol de madre. Era como si pudieran percibir su sensibilidad inherente, su soledad, la extrema dependencia de un alma que nunca había conocido otra cosa que la indulgencia absoluta.

Sade había llegado al mundo el 2 de junio de 1740 en uno de los palacios más grandes y opulentos de París: el Hôtel de Condé. La extensa finca, con sus elegantes edificios de piedra caliza blanca, sus magníficos muebles y varias hectáreas de jardines elegantes, albergaba a la casa de Condé y su comitiva, incluidos los padres de Sade. Poco después del nacimiento del niño, el príncipe y la princesa de Condé murieron por causas naturales, lo cual puso fin a la aventura extramatrimonial del conde de Sade y dejó al hijo único de la pareja, Louis Joseph de Bourbon, como señor del palacio.[18] Como compañero de juegos del joven príncipe, el pequeño Sade gozaba de un trato no muy diferente al del miembro de la realeza. El niño desarrolló una visión sesgada de la realidad, la suposición de que todo y todos debían someterse a su voluntad. Como señalaría Sade más adelante: «Nacido en París en el seno del lujo y la abundancia, desde que tuve uso de razón pensaba que la naturaleza y la fortuna se habían dado la mano para colmarme de regalos [...] Parecía que todo debía ceder ante mí, que el mundo entero debía halagar mis caprichos y que solo yo debía concebirlos y satisfacerlos».[19]

En una ocasión, el joven príncipe de Condé le cogió uno de sus juguetes y Sade, que a la sazón tenía dos años, atacó al niño, un poco mayor que él, gritando «crío», el único nombre con el que se refería a su señor.[20] Tampoco ayudó que el joven Sade recibiera poca orientación de sus padres. A menudo, los matrimonios aristocráticos eran uniones más por conveniencia que por amor, y los cónyuges tenían poco tiempo para sus hijos debido a sus responsabilidades como miembros de la nobleza. Aun así, los cuidadores de Sade eran especialmente negligentes. El trabajo de su padre como embajador lo obligó a vivir en el extranjero durante la primera infancia de su hijo, pero incluso cuando estaba en casa, las tendencias libertinas del conde lo convertían en un mal modelo a seguir. Por su parte, Marie Éléonore, la madre de Sade, era a todas luces una mujer fría y arrogante. Su indiferencia probablemente se veía exacerbada por el comportamiento libertino de su marido y por una maternidad erizada de tragedias. En 1737, tres años antes de que naciera Sade, tuvo una hija llamada Caroline-Laure, pero murió cuando tenía dos años. En 1746 tuvo otra hija que solo vivió cinco días. Poco después de la segunda pérdida y siendo Sade pequeño, Marie Éléonore ingresó en un convento parisino. Allí pasaría gran parte de su vida, y rara vez se molestaba en mostrar afecto u orientación a su único hijo.[21]

Con sus padres casi siempre fuera de escena, Sade admiraba a una figura extremadamente problemática del Hôtel de Condé: el conde de Charolais, tío del príncipe de Condé, se había convertido en tutor del joven vástago tras la muerte de sus padres. En una época en la que la élite de la sociedad solía mostrar conductas degeneradas, las del conde de Charolais destacaban por encima de las demás. Uno de los pasatiempos que más le divertían, por ejemplo, era disparar a los campesinos. Cuando se ponía celoso de su prostituta favorita, los atacaba a ella y a quienes anduvieran cerca. Y, según decían, envenenó al bebé que tuvo con ella y, una vez muerto, declaró: «¡Si esa bebida lo ha matado, ese niño no era mío!». Bajo el tutelaje de Charolais, Sade empezó a aprender lo lejos que podían llegar los aristócratas sin temor a las consecuencias.[22]

En verano de 1744, cuando tenía cuatro años, Sade abandonó París y observó por la ventanilla el avance del carruaje hacia la Provenza por un largo camino polvoriento. Debido a su comportamiento, ya no era bienvenido en el Hôtel de

 Condé, así que sus padres habían decidido enviarlo a la tierra de sus antepasados para que aprendiera las costumbres de un joven noble. Dicha tarea recayó en su tío paterno, el abad de Sade, que residía en el Château de Saumane, un viejo castillo familiar situado a las afueras de Aviñón.

Sade encontró su nuevo hogar en lo alto de una formación rocosa, una ciudadela de piedra que se elevaba sobre las colinas ondulantes y las granjas en terrazas del sur de Francia. Dentro de sus muros medievales de dos metros de grosor, Sade descubrió elegantes estancias adornadas con frescos renacentistas y techos abovedados. Pero enfilando pasadizos secretos y bajando estrechas escaleras de caracol encontró celdas húmedas y solitarias enterradas en las profundidades de la roca. También se topó con un taller repleto de instrumental para estudiar vegetales y animales, una *orangerie* plantada recientemente y una extensa biblioteca con títulos de Hobbes, Locke, Molière, Rousseau, Cervantes, Diderot y otros grandes de la literatura. Todo ello era obra de su tío Jacques François Paul Aldonse. El abad de Sade, un hombre ingenioso y un apreciado intelectual, contaba entre sus amistades a Voltaire, el destacado filósofo de la Ilustración francesa, y estaba recopilando una biografía en tres volúmenes de Petrarca, el poeta renacentista que figuraba prominentemente en la leyenda de la familia Sade.[23]

El abad también disfrutaba de actividades menos respetables. En su biblioteca, Sade encontró la colección de libros ilícitos de su tío, entre ellos *El burdel, o todos los hombres degenerados* e *Historia de los flagelantes, en la que se citan los buenos y malos usos de la flagelación entre los cristianos*. En el castillo vivían una madre y una hija, las cuales al parecer mantenían relaciones con el abad. «A pesar de ser sacerdote, tiene un par de rameras en casa», escribiría Sade más adelante. «¿Su castillo es un [harén]? No, mejor aún. Es un prostíbulo.»[24]

A los diez años de edad, Sade regresó a París. En aquel momento, la carrera de su padre se había ido a pique y había destinado la riqueza y la influencia que le quedaban a garantizar que su hijo ocupara el puesto que merecía en la sociedad. Como primer paso, consiguió que lo admitieran en Louis-le-Grand, uno de los colegios de secundaria más prestigiosos de Francia.[25] Allí, entre las oraciones de las seis de la mañana y las nueve menos cuarto de la noche, Sade estudiaba literatura, idiomas y retórica junto a los hijos de las familias más importantes del país. Cada mes de agosto veía cómo transformaban el patio central de la escuela en un teatro al aire libre que presentaba los logros del célebre programa de arte dramático de la institución. Rodeado de vibrantes escenarios, efectos teatrales creados por máquinas y actuaciones emocionantes, el niño desarrolló un amor por la dramaturgia que perduraría el resto de su vida.

Es probable que experimentara su primer encuentro sexual en el colegio, pero no por decisión propia. Un informe policial redactado al final de la vida del marqués mencionaba el descubrimiento de un breve ensayo personal en el que explicaba que había sido agredido por uno de los instructores de Louis-le-Grand. Según la descripción del agente, «el autor relata su primera experiencia con el libertinaje antes de embarcarse en la carrera en la que hizo tan rápidos progresos. Cuenta que, después de ser sodomizado desde las cinco de la mañana hasta las ocho [...] fue a confesarse y tomó la comunión».[26]

La escolarización de Sade terminó a los catorce años, cuando su padre lo obligó a realizar el servicio militar, no tanto para que obtuviera valor marcial como para que acumulara estatus social. Sade se unió a los Chevaux-légers, un regimiento de caballería al que solo podían acceder jóvenes con un extenso linaje noble, y luego pasó a una unidad aún más prestigiosa, los carabineros.[27] Entró en el ejército justo a tiempo para combatir en la guerra de los Siete Años, un conflicto que abarcó todo el continente y en el que participaron Francia, Rusia, Austria, Prusia e Inglaterra. En las líneas del frente de Prusia Occidental, Sade, a lomos de su caballo ornamentado y luciendo un uniforme azul Francia y un tricornio con plumas, hizo gala de su actitud tempestuosa. Un oficial describió al joven soldado como una persona «degenerada pero extremadamente valerosa».

Aunque Sade dio todos los pasos necesarios para alcanzar una posición en la alta sociedad, seguía siendo incapaz de formar relaciones duraderas. Según le escribió a su padre, tenía «pocos amigos, tal vez ninguno, porque no hay nadie que sea verdaderamente sincero y que no te sacrificaría veinte veces por conseguir la mínima ventaja». De adolescente se sintió emocionalmente abrumado cuando una de las muchas compañeras de su padre le ofreció afecto, cosa que lo hacía pasar de una parálisis muda a arranques violentos de celos y añoranza.[28] Cuando ingresó en el ejército, su anhelo afectivo se había convertido en una creciente obsesión sexual. Al oír a sus compañeros decir que la mejor manera de aprender un nuevo idioma era acostarse regularmente con una hablante nativa, decidió poner a prueba la teoría: «En mi cuartel de invierno cerca de Cleve me instalé con una baronesa gorda que me triplicaba o cuadruplicaba la edad y me educó muy bien».[29]

Cuando salía de permiso, Sade iba inmediatamente al burdel más cercano, cosa que luego le sumía en un desprecio hacia sí mismo. «¿Una persona disfruta realmente la felicidad comprada?», escribió entristecido a su tío. Pero estos reproches que se hacía no duraban mucho. Sin excepción, a la mañana siguiente despertaba con la conciencia tranquila y hambriento de nuevos placeres.[30]

Cuando la carrera militar de Sade terminó en 1763 tras el final de la guerra de los Siete Años, su padre se propuso conseguir el siguiente objetivo social para su hijo: encontrarle una esposa adecuada. Se decantó por Renée-Pélagie de Montreuil, la hija mayor de una familia de comerciantes que recientemente había adquirido un título nobiliario. Aunque los Montreuil carecían de una historia aristocrática de la que alardear, poseían una fortuna considerable, por no hablar de la voluntad de pasar por alto los menguantes activos y la mala fama del marqués y su padre para poder entrar en uno de los linajes notables de Francia.

Renée-Pélagie no era especialmente bella o grácil. Medía un metro cincuenta y tenía una cara redonda e insulsa con unos ojos grises y el pelo castaño, una imagen que casi nunca se molestaba en realzar con maquillaje o ropa elegante.[31] Sade tenía la esperanza de conseguir una unión más romántica. Tal como le escribió a su padre: «Te pido perdón si estoy decidido a casarme solo allá donde me lleve el corazón».[32] Nada de eso surtió efecto. Igual que el matrimonio de sus padres, su unión sería una cuestión práctica. El 15 de mayo de 1763, el obediente hijo conoció a Renée-Pélagie en la mansión de sus padres, situada en un lujoso barrio parisino, y tal como le había indicado su padre, llevó una docena de alcachofas y un manojo de tomillo, que era un regalo de boda tradicional —y también frugal— de la Provenza. Dos días después, la pareja recitó sus votos en la parroquia cercana.[33]

En años posteriores, Sade tacharía el matrimonio concertado de «pacto mercenario y vil, un tráfico vergonzoso de fortunas y nombres».[34] Insistía en que no sentía ninguna pasión por la novia y en que solo había logrado reprimir la repugnancia que le causó desde el primer momento que la vio.[35] Sin embargo, eran la pareja perfecta. Igual que Sade, Renée-Pélagie había sido ignorada durante su infancia. Según le confesó a su marido: «Mi padre no era un hombre cariñoso».[36] A menudo se sentía eclipsada por Anne-Prospére, su bella hermana menor. Igual que su marido, la joven, sincera y nada pretenciosa, despreciaba a la alta sociedad francesa y describía a sus miembros como «gentuza, la más exitosa de la cual es la más fraudulenta». Y lo que era más importante para Sade: la belleza y elegancia de las que carecía, Renée-Pélagie las compensaba con atenciones hacia su nuevo marido. Según la madre de ella, «nunca lo regañará. Lo amará más de lo que uno pueda imaginar». Era una mujer que podía ofrecer la adoración y los cuidados maternales que Sade había ansiado toda su vida.

A todas luces, la vida de casado le sentaba bien a Sade. Con su esposa recorría los bulevares parisinos de moda, observando a las bailarinas españolas, los artistas de circo y las bestias exóticas, entre ellas monos y osos, que actuaban para las multitudes. En la finca campestre de los Montreuil disfrutaba montando a caballo y cazando ciervos con su suegro.[37] Cautivó de tal manera a su suegra que esta lo declaró el paradigma «de la razón, la amabilidad y la buena educación». Ahora, Sade tenía acceso a la riqueza e influencia de una de las familias mercantiles más poderosas de la capital a la vez que seguía disfrutando de sus flirteos extraconyugales. «¡Qué granuja! Así le llamo yo a mi pequeño yerno», le escribió su suegra al abad de Sade poco después de las nupcias. «Sí, es distraído, pero el matrimonio le está haciendo sentar la cabeza. O mucho me equivoco, o usted mismo notaría los progresos si lo viera.»[38]

Pero, en lugar de sentar la cabeza, después de solo seis meses de matrimonio Sade se hallaba en la prisión de Vincennes por lo que le había hecho a la mujer llamada Testard. A las autoridades no les preocupaba especialmente que la víctima afirmara que Sade la había ordenado azotarlo. Como señalaba Marais en uno de sus informes, «actualmente no existe ninguna casa pública en la que uno no encuentre gran cantidad de látigos listos para la "ceremonia", como se denomina la práctica de estimular el ardor de los libertinos hastiados».[39] Mucho más grave era el relato de la fabricante de abanicos sobre las actividades sacrílegas. Tres años después, un joven aristócrata sería arrestado en el norte de Francia por destruir cruces, entonar canciones blasfemas y negarse a arrodillarse y quitarse el sombrero cuando pasaba una procesión religiosa. Sería ejecutado e incinerado en la plaza pública de su localidad.[40]

Lejos de negar las acusaciones, Sade reconoció su conducta y pidió perdón. Al guardia de la prisión le rogó que le dejara ver a un sacerdote: «Gracias a sus buenas lecciones y a mi arrepentimiento sincero, espero alcanzar en breve esos sentimientos divinos cuyo abandono absoluto se convirtió en la causa principal de mi ruina».[41] En realidad era un ateo declarado, así que el ardid solo tenía como intención salir airoso. Suplicó a sus captores que le permitieran ver a su esposa, y escribió que «su conversación, más que cualquier otra cosa, es capaz de llevar por el buen camino a un desdichado cuya desesperación por haberse desviado no tiene igual».

Entre tanto, la familia de Sade trabajaba para lograr su puesta en libertad. Su padre viajó al palacio de Fontainebleau y le pidió al rey que perdonara a su hijo. La maniobra funcionó: tras quince días entre rejas, Sade consiguió el indulto del monarca. Luis XV ordenó su salida de Vincennes y su traslado al castillo de su familia política en Normandía, donde permaneció bajo arresto domiciliario hasta el mes de septiembre.

Sade se portó bien unos años, al menos en público. Asumió el control de un teatro situado en el castillo del tío de su mujer, y en él representaba obras que a menudo protagonizaba él mismo junto a amigos y parientes. Lloró la muerte de su padre a principios de 1767, aunque, ya fuera por respeto o por resentimiento, nunca adoptó el título de *comte* como dictaba la tradición familiar cuando la autoridad pasaba de un patriarca al siguiente. Ese mismo año celebró el nacimiento de Louis-Marie, su primer hijo.

Pero, lejos de su familia, Sade siguió entregándose a los placeres. Alternaba con actrices y bailarinas que, al igual que muchas intérpretes de la época, también trabajaban como damas de compañía para complementar su sueldo.[42] Mantuvo una relación con una distinguida cortesana a la que sufragaba su fastuoso estilo de vida y que en ocasiones hacía pasar por su mujer. Aunque no era especialmente honorable, su conducta tampoco era particularmente escandalosa; muchos aristócratas disfrutaban de los servicios de prostitutas de lujo. «Cuando haya dejado atrás la pletórica edad de la pasión, apreciará el valor de la esposa que le habéis dado», escribió el abad de Sade, que frecuentaba las numerosas fiestas de su sobrino, a la suegra del marqués.[43]

Pero el inspector Marais no perdía de vista a Sade, y cada vez había más indicios de que este no solo se hallaba en mitad de un ensimismamiento posadolescente. Atacó a un cochero que le pidió algún tipo de compensación económica por llevarle mujeres.[44] Durante una disputa de tráfico en una calle concurrida, bajó del carruaje, apuñaló a un caballo que le impedía el paso y la cuchilla se partió en la barriga del animal. Y, según la policía local, en una pequeña casa de una sola planta que había adquirido como *petite maison* en el adinerado municipio de Arcueil, al sur de París, recibía a «personas de ambos sexos con las que mantiene un comercio degenerado». Eso incluía a un grupo de cuatro chicas a las que pegó y luego invitó a cenar.

Finalmente, el domingo de Pascua de 1768, los impulsos de Sade se descontrolaron. Aquella mañana, en la Place des Victoires, una concurrida plaza pública del centro de París, el joven de veintisiete años, envuelto en una levita gris y manguitos de lince blanco, se acercó a una viuda llamada Rose Keller, que estaba pidiendo limosna. Sade le dijo que quería contratarla como sirvienta y la llevó a su *petite maison* de Arcueil. Allí, según la declaración de Keller, le arrancó la ropa y la empujó a una cama. Tumbada boca abajo, la azotó hasta sangrar, le hizo varios cortes con un cuchillo y le vertió cera caliente en las heridas. Luego le dio un ungüento para que se lo aplicara en las heridas y la encerró en una habitación.[45]

En cuanto Sade la dejó sola, Keller buscó la manera de huir. Logró abrir una ventana, bajó utilizando una cuerda hecha con sábanas y salió corriendo a pedir ayuda.

De nuevo, las autoridades detuvieron y encerraron a Sade, esta vez en el Château de Saumur, un castillo medieval del oeste de Francia que se utilizaba como presidio. En esta ocasión, las autoridades querían dar ejemplo a costa de Sade. La gente estaba perdiendo la paciencia con los excesos de la nobleza y exigía medidas severas contra esos comportamientos. «Ahora mismo es víctima de la furia ciudadana», escribió un amigo de la familia en el momento de la detención. «Durante los últimos diez años, los nobles de la corte han cometido horrores indecibles, eso es seguro. Habrá protestas.» Tampoco ayudó que el padre de Sade le hubiera dejado pocos contactos útiles en la corte o que el marqués nunca hubiera sido dado a cultivar sus relaciones políticas. Así pues, transcurridas unas semanas desde el incidente, el Parlamento de París, uno de los tribunales más poderosos de Francia, abrió una investigación criminal de alto nivel sobre el «horrible delito que se produjo en Arcueil». Esta vez, el castigo de Sade no quedaría en manos de los caprichos del rey.

Sin embargo, Sade contaba con un aliado importante: su suegra Marie-Madeleine de Montreuil, que en aquel momento tenía cuarenta y seis años. Conocida por todos como «la Présidente», era ella, y no su dócil marido, quien llevaba los pantalones en la casa Montreuil, donde, para tratarse de una mujer perteneciente a un linaje relativamente poco distinguido, ejercía una autoridad política muy superior a la media.[46] Sade comentaba que poseía «el encanto del diablo» y, más tarde, un observador la describía como una mujer «más astuta que un zorro, pero sobre todo agradable y atractiva». Cuando era necesario, la Présidente utilizaba todos esos atributos, amén de una diligencia despiadada, para proteger a los miembros de su círculo íntimo o destruir a todo aquel que se interpusiera en su camino.

Por orden de la Présidente, Keller recibió un cuantioso pago a cambio de que retirara la denuncia, y unos agentes destruyeron cualquier prueba incriminatoria en la *petite maison* de Arcueil. También es probable que la Présidente hiciera correr la voz de que Keller estaba solicitando favores sexuales en lugar de pedir limosna.[47] Según Marais, en la plaza pública en la que la encontró Sade «uno puede conocer a toda clase de bellezas que te abordan con sus encantos y sin duda están a la venta». Esa no era la única parte de la historia de Keller que no resistía un escrutinio. Un cirujano que la examinó poco después del incidente testificó que las lesiones solo indicaban que Sade la había azotado, no que le hubiera hecho cortes o vertido cera en las heridas.

Los esfuerzos de la Présidente dieron sus frutos. En junio de 1768, el rey y el Parlamento de París accedieron a revocar la demanda contra Sade. Tras cinco meses más en cautividad, salió libre a condición de que se retirara a la finca familiar de la Provenza. «Un acto vergonzoso e injustificable no ha podido acabar de manera más reputada», escribió con cierto orgullo la Présidente al tío de Sade. Aun así, había quedado desilusionada con su otrora adorado yerno. «Por mi parte, yo me lavo las manos», le dijo al abad.[48] Si Sade no se andaba con cuidado, acabaría teniendo a la Présidente entre sus enemigos.

A Marais no le cabía la menor duda de que el noble atacaría de nuevo. Como señalaba en uno de sus informes: «No tardaremos en oír hablar de los horrores de M. le comte de Sade».[49]

El rollo

4

Psychopathia Sexualis

1900

Iwan Bloch no podía creerse lo que estaba leyendo. Al ahondar en *Las 120 jornadas de Sodoma*, sus ojos se abrían cada vez más detrás de los quevedos que llevaba apoyados en el tabique nasal. A su alrededor, las estanterías mostraban su gigantesca colección de libros antiguos y modernos, una biblioteca que rondaba los diez mil volúmenes a pesar de que su propietario aún no había cumplido la treintena.[1] Bloch los leía todos vorazmente, alimentando un intelecto formidable que le había permitido dominar el inglés, el francés, el griego y el latín y desarrollar notables conocimientos de hebreo y sánscrito. Le encantaba la vía de escape que representaban los libros, que le permitieran amasar una profunda comprensión del mundo, libre de las decepciones y los desprecios personales que a menudo lo sumían en la depresión.

Al otro lado de la ventana, el Berlín de principios del siglo XX era un hervidero de actividad. Décadas antes, la ciudad era un aletargado páramo de provincias, un lugar que el novelista francés Honoré de Balzac describía como «la capital del aburrimiento».[2] Pero eso cambió en 1871, cuando Berlín se convirtió en la capital de la nueva nación alemana unificada. Desde entonces, su población se había duplicado con creces y Charlottenburg, el barrio acomodado de las afueras en el que vivía Bloch con su mujer, Rosa, y su hijo pequeño, Robert, iba camino de verse engullido por la metrópolis.

Allá donde mirara Bloch, Berlín rugía, daba bocinazos y centelleaba impulsada por el progreso. En el centro de la metrópolis, los motores de vapor circulaban por las arcadas de ladrillo del primer ferrocarril elevado de la Europa continental. Más abajo, el metro atravesaba la tierra junto a un vanguardista sistema de alcantarillado. En las avenidas asfaltadas, carruajes y ómnibus tirados por caballos compartían espacio con tranvías eléctricos y taxis a motor. A las afueras de la ciudad, fábricas colosales producían dinamos, bombillas y productos farmacéuticos. Y, por la noche, bajo los brillantes arcos voltaicos que habían llevado a los berlineses a bautizar a su hogar como «Elektropolis», los habitantes admiraban los escaparates y las carteleras iluminadas de los grandes almacenes y se sentaban en las terrazas de las cafeterías a comentar los extraños dirigibles que estaba diseñando el conde Ferdinand von Zeppelin.[3]

«Es una ciudad nueva, la más nueva que he visto nunca», afirmó Mark Twain tras pasar un tiempo en Berlín, un lugar al que llamaba «la Chicago de Europa».[4]

En la nueva ciudad estaban aflorando transformaciones más íntimas a puerta cerrada. En el anonimato de las grandes multitudes y en la privacidad de sus grandes complejos de viviendas, la gente estaba explorando su sexualidad. A diferencia de Francia, que técnicamente había descriminalizado las relaciones entre personas del mismo sexo evitando mencionarlas en sus códigos penales revolucionarios y napoleónicos, Alemania seguía regulando la actividad sexual; según el párrafo 175 de su código penal, la sodomía era un delito. Pero, en parte para combatir las leyes antisodomía, la comunidad gay del país figuraba entre las más ruidosas de Europa. En 1867, Karl Heinrich Ulrichs, un abogado alemán que ya había confesado a su familia que era homosexual, se personó ante el Congreso de Juristas Alemanes de Múnich argumentando que la gente no debía ser perseguida simplemente porque «la naturaleza haya plantado en ella una tendencia sexual que es la opuesta a la habitual».[5] Dos años después, un periodista austríaco llamado Karl-Maria Kertbeny acuñó el término «homosexualidad» en una serie de cartas y panfletos que exigían justamente la abolición del párrafo 175.[6]

Aunque la ley seguía figurando en los libros, en Berlín tenía muy poco peso.[7] Hasta cierto punto, fue gracias a Leopold von Meerscheidt-Hüllessem, el inspector de policía al mando del nuevo «Departamento de Homosexuales» de la ciudad, que en la década de 1880 concluyó que la mejor manera de controlar a las personas que debía mantener bajo vigilancia era permitirles confraternizar de manera respetable. Bajo su atenta mirada nació una vibrante vida nocturna gay en toda la ciudad, desde lugares donde se daban cita hombres de clase obrera hasta clubes de lesbianas y bares lujosos en los que actuaban travestidos. Los bailes de disfraces con personas del mismo sexo se convirtieron en un elemento importante de la temporada social de Berlín, y grandes salas como la Philharmonie y el Café National se llenaban de hombres que bailaban con otros hombres, y el inspector Meerscheidt-Hüllessem y sus compañeros ejercían a veces de invitados de honor.

Bloch conocía bien ese mundo. Nacido en 1872 en la población rural de Delmenhorst, en el noroeste de Alemania, e hijo de un comerciante textil judío, pronto llamó la atención por su mente excepcional. Cuando, a una edad muy temprana, se hizo con un volumen de una vieja enciclopedia, lo leyó rápidamente de principio a fin. Sin embargo, la naturaleza sensible de Bloch, por no mencionar su judaísmo, no le permitían enfrentarse al escrutinio y a la competencia de una carrera universitaria.[8]

En lugar de eso, se decantó por la dermatología, y en 1898 abrió una consulta especializada en enfermedades cutáneas y de transmisión sexual. Situada cerca de Kurfürstendamm, uno de los bulevares más de moda en la zona, la consulta se inundaba de las consecuencias del comportamiento libertino de sus conciudadanos. Trataba erupciones, pústulas, lesiones y otras desfiguraciones. Fue testigo de las repercusiones de las enfermedades venéreas: matrimonios rotos, infertilidad y vidas descarriladas irreparablemente. Asimismo, se enfrentó al temido azote de la sífilis, el «veneno de la oscuridad», que podía causar ceguera, sordera, demencia y parálisis antes de condenar a sus víctimas a una muerte prematura.[9]

Bloch llegó a pensar que el potencial de la humanidad se estaba viendo limitado por los efectos de una promiscuidad descontrolada. A diferencia de Ulrichs, el activista por los derechos de los homosexuales, Bloch no creía que la naturaleza hubiera implantado intereses sexuales únicos a ciertos individuos. Por el contrario, estaba convencido de que, en la mayoría de los casos, la gente adquiría esas tendencias, igual que ocurría con las enfermedades. Y, como muchos expertos médicos aparentemente bienintencionados, pretendía utilizar su experiencia para sanarlos.

«El paradigma de la higiene sexual», afirmaba, «sería entrar en el matrimonio lo antes posible».[10] El movimiento a favor de los derechos de las mujeres, advertía, podía desestabilizar los roles de género y despertar sentimientos antinaturales entre sus miembros.[11] Y creía que las semillas de la atracción entre personas de un mismo sexo estaban por todas partes, como gérmenes listos para ser contraídos, argumentando que la homosexualidad podía ser una consecuencia del consumo de drogas, el alcoholismo, la masturbación, el celibato, la poligamia, el travestismo, la espiritualidad extrema, la vanidad excesiva, la epilepsia, la exposición a climas templados, las actuaciones de ballet y la jardinería ornamental, entre otras opciones peligrosas.[12] Según él, la abolición del párrafo 175 y la aceptación oficial de la homosexualidad en Alemania sería un desastre que ocasionaría «una degeneración moral y física progresiva de la raza humana».[13]

Las iniciativas de Bloch, por erróneas que fueran, lo situaron a la cabeza del incipiente campo de la ciencia sexual. A medida que el nacimiento de unas sociedades urbanas diversas y abarrotadas convertía los comportamientos íntimos de la gente en una cuestión de creciente preocupación social y legal, médicos y estudiosos llegaron a la conclusión de que era el momento de avanzar en el conocimiento ciudadano de la sexualidad, que en gran medida seguía basado en manuales anticuados como *La obra maestra de Aristóteles,* el cual argumentaba que muchas criaturas, como las moscas y los mosquitos, no se concebían a través de la procreación, sino que nacían espontáneamente de objetos inanimados como los materiales en estado de putrefacción.[14] Igual que Bloch, muchos investigadores sexuales emergentes eran judíos, sobre todo porque el ámbito marginal de la sexualidad humana era uno de los pocos terrenos científicos en el que tenían la oportunidad de prosperar.[15]

Sin embargo, ese campo de estudio incipiente adolecía de una marcada falta de pruebas empíricas. La mayoría de la gente no tenía ningún interés en que su vida sexual fuera sometida a análisis, y menos aún en participar en experimentos invasivos. Y cuestiones como la atracción física y el deseo sexual no podían ser analizadas en tubos de ensayo, en cadáveres o por medio de exámenes médicos normales. Para remediar la situación, muchos emprendedores de la investigación sexual recurrieron a materiales que habían ahondado en las complejidades del deseo humano durante siglos: la literatura romántica, los discursos filosóficos y, en gran medida, el erotismo.[16]

En Francia, el psicólogo Alfred Binet estudió los textos de Alejandro Dumas y Jean-Jacques Rousseau para desarrollar el concepto del fetichismo erótico.[17] En Gran Bretaña, el médico Havelock Ellis ponderó las posibles perversiones sexuales de Walt Whitman, Christopher Marlowe y William Shakespeare en el primer libro de texto en lengua inglesa dedicado a la homosexualidad.[18] En Austria, Sigmund Freud buscó en la mitología griega para formular su concepto del complejo de Edipo, el narcisismo y otras teorías psicoanalíticas.[19] Y, en 1886, el psiquiatra austroalemán Richard von Krafft-Ebing aderezó *Psychopathia Sexualis,* su innovadora taxonomía de las patologías sexuales, con numerosos ejemplos del mundo de la literatura, el más famoso de ellos la historia del marqués de Sade. Según el análisis que hacía Krafft-Ebing de este último, «el coito solo le excitaba cuando podía pinchar a su objeto de deseo hasta que brotara sangre».[20] Krafft-Ebing acuñó el término «sadismo» para definir el fenómeno de obtener placer de la crueldad y la violencia, y de ese modo introdujo a Sade en el léxico global.

Igual que Krafft-Ebing, Bloch se sentía fascinado por Sade. Inició su carrera editorial con la obra *Der Marquis de*

Sade und Seine Zeit, de 1899, en la que se sostenía que el marqués era un ejemplo de la depravación y la anarquía de la Revolución francesa. Como señalaba en el libro: «Las principales características de la injusticia, el egoísmo y la inmoralidad sexual [en el siglo XVIII] se observan en su máximo apogeo en la vida y las obras del marqués de Sade». Bloch se había propuesto arrojar luz sobre ese libertinaje para que la sociedad moderna no se descarriara de la misma manera.[21]

Mientras preparaba el libro, Bloch conoció al británico Henry Spencer Ashbee, el famoso coleccionista de literatura erótica. Ambos trabaron amistad e intercambiaron cartas cordiales hasta la muerte de Ashbee en julio de 1900.[22] En esa correspondencia, Ashbee desvelaba en una muestra de confianza que su identidad secreta era Pisanus Fraxi, autor de *Index librorum prohibitorum* y sus dos secuelas.[23] Conmovido por ese gesto, Bloch describiría más tarde a su difunto compañero como un dechado de «bondad, franqueza y generosidad» y como «el mejor bibliógrafo y bibliófilo de literatura erótica de todos los tiempos».[24]

Seguramente, Ashbee le confesó algo más a Bloch: que Chauvet, el ilustrador erótico, le había ofrecido *Las 120 jornadas de Sodoma*. Sorprendido por la historia, Bloch buscó el manuscrito, y es muy probable que lo encontrara en manos de un familiar o representante de su último propietario legal, el recientemente fallecido marqués de Villeneuve-Trans. Después de adquirirlo, se lo llevó a Alemania, probablemente en tren, y una vez en Berlín pudo contemplar el pergamino perdido del marqués de Sade.

Pero no era la novela que se esperaba. El delicado texto plasmado en el papel amarillento con unos trazos alargados que le recordaban a mil puntas de cuchillo diminutas no parecían las diatribas de un aristócrata degenerado y sumido en un caos revolucionario. Aquello era otra cosa, un trabajo mucho más radical que cualquier obra que hubiera producido Sade. Cuanto más leía, más asombrosamente profético le resultaba. La naturaleza misma de la novela y sus descripciones de la sexualidad parecían presagiar las preocupaciones que ahora consumían a Bloch y sus compañeros. Era como si Sade estuviera hablándole directamente desde otro siglo.

En 1904, ciento diecinueve años después de su creación en una celda, salió de imprenta la primera edición de *Las 120 jornadas de Sodoma*.[25] Los doscientos ejemplares de la novela, concebidos para su distribución exclusiva por suscripción a médicos, abogados, antropólogos y otros expertos en ciencia, tenían un precio de ciento cincuenta a trescientos cincuenta francos, dependiendo de la calidad del papel. Eran artículos de lujo destinados a la élite. En aquel momento, un obrero de París ganaba solo doscientos dieciséis francos al mes.[26]

Casi todo lo relacionado con la publicación del libro era mentira. Aunque la obra conservaba su francés original y la ornamentada primera página señalaba que había sido publicada en París por el «Club des Bibliophiles», como muchos libros de temática ilícita, los detalles de su salida al mercado fueron obviados intencionadamente. En realidad, fue publicado por Max Harrwitz, un vendedor de libros raros y editor de Berlín. Asimismo, aunque la primera página declaraba que el libro fue publicado y anotado por el «Dr. Eugène Dühren», era un pseudónimo. Tras confirmar la autenticidad del rollo consultando a estudiosos de Sade y contratar a un experto lingüístico para que creara una versión ampliada y legible del texto, Bloch había liderado la iniciativa él mismo.[27]

Según la extensa introducción de Bloch, que escribió utilizando su alias, un bibliófilo alemán anónimo había encontrado y comprado el manuscrito en Francia por una suma considerable, todo ello con la ayuda del propio Bloch. Pero es probable que esto también fuera una falsedad para salvaguardar la reputación de Bloch, que no quería verse asociado a la escandalosa novela.[28] En años posteriores, jamás hubo indicios de que otro ciudadano alemán fuera a poseer el rollo. Bloch siempre había sido un coleccionista sumamente codicioso. Como diría más tarde un compañero suyo: «Le costaba aceptar la idea de que alguien pudiera conseguir un libro que él había buscado en vano durante años».[29] Con toda probabilidad, Bloch había comprado el rollo, incluyendo el recipiente fálico hecho artesanalmente por Villeneuve-Trans, y se lo había quedado para él.

En la introducción, Bloch hablaba con honestidad sobre una cuestión: el descubrimiento del rollo había desmentido su teoría anterior, según la cual, Sade estaba canalizando el caos revolucionario de la época a través de sus escritos.[30] Por el contrario, ahora pensaba que había concebido *Las 120 jornadas de Sodoma* como un catálogo de la sexualidad humana. En sus propias palabras, Sade «reunió todas sus observaciones e ideas sobre la vida sexual del hombre» y compuso el libro «conforme a un plan sistemático con el objetivo de agrupar científicamente los ejemplos citados». ¿Por qué sino iba a ordenar de manera tan metódica las seiscientas perversiones de la novela y a dividirlas en «pasiones simples», «pasiones dobles», «pasiones criminales» y «pasiones homicidas»? ¿Por qué, en medio de la narración, iba a afirmar: «El hombre que pudiera identificar y describir esas depravaciones tal vez produciría una de las mejores obras sobre costumbres que uno pudiera imaginar»?[31]

Bloch estaba convencido de que Sade no debía quedar relegado a un estudio práctico en la clasificación de las patologías sexuales elaborada por Richard von Krafft-Ebing. A su juicio, Sade había allanado el terreno para el psiquiatra un siglo antes de que este publicara su influyente tratado. Desde su perspectiva, *Las 120 jornadas de Sodoma* era el primer y más exhaustivo ejemplo de una *psychopathia sexualis*, lo cual convertía a Sade en el precursor de la ciencia sexual.[32]

Durante años, Bloch siguió los pasos de Sade y se consagró a la investigación del deseo erótico. Luciendo un aspecto cada vez más académico con su cabello ralo, un bigote cuidado, camisas de cuello alto y corbatas, intercambiaba con sus colegas reflexiones sobre la prostitución religiosa y las sectas sexuales rodeado de lámparas de cristal y columnas con espejos en el animado restaurante berlinés Kempinski.[33] Entre 1901 y 1912, en un arrebato de productividad, publicó otros diez libros que abarcaban desde los orígenes de la sífilis y las complejidades de la vida sexual británica hasta la historia de la prostitución y la ciencia de los olores eróticos.[34] Muchos fueron grandes éxitos internacionales, probablemente debido tanto a su temática salaz como a sus reflexiones científicas, y cimentaron la posición de Bloch en la vanguardia de la investigación sexual.

En 1906, Bloch cimentó aún más su reputación al aprovechar la publicación de *La vida sexual de nuestro tiempo*, una enciclopedia del conocimiento sexual en ochocientas cincuenta páginas, para bautizar su especialidad. En el libro utilizaba el término «sexología» para definir el método interdisciplinar que requiere el estudio la sexualidad humana y argumentaba que la única manera de desentrañar los secretos del deseo humano era mediante una fusión de medicina, psicología, filosofía, biología, antropología, etnología y, como bien sabía por experiencia propia, el estudio de la literatura.[35]

Pero, a medida que crecía su estatus, empezaron a asaltarle dudas sobre las opiniones que se había formado en su camino a la fama. Las semillas de esos recelos surgieron, curiosamente, de *Las 120 jornadas de Sodoma*. Los relatos de Sade sobre innumerables actividades sexuales en todos los niveles de la sociedad francesa parecían indicar que el sexo no era solo una cuestión de bondad y maldad, de moralidad o depravación, sino que existía en un espectro amplio. La afianzada creencia de Bloch en que las orientaciones sexuales tenían su origen en influencias externas parecía verse refutada por uno de los protagonistas de la novela, que declaraba: «No necesito refrenar mis inclinaciones para complacer [a Dios], pues es de la Naturaleza de quien recibo esas inclinaciones».[36] Esa misma idea, aunque con menos salacidad, había sido expresada por Karl Heinrich Ulrichs, el pionero de los derechos homosexuales.

Pero, si las desviaciones sexuales se manifestaban de forma natural, ¿qué podía hacer Bloch para ayudar a quienes las desarrollaban? Para resolver ese nuevo enigma, Bloch empezó a apartarse de los libros y a reunirse con miembros de la comunidad gay de Berlín.[37] Fue testigo de sus hábitos, actitudes y relaciones, y se dio cuenta de que la homosexualidad era mucho más habitual de lo que imaginaba. Asimismo, vio con sus propios ojos que esos hombres y mujeres no eran más insalubres, degenerados o anormales que cualquier otro, y empezó a ser consciente de que no había nada que curar.

Las investigaciones de Bloch lo pusieron en contacto con Magnus Hirschfeld, un acomodado médico judío que se estaba convirtiendo en el activista más importante de la comunidad homosexual berlinesa. Hirschfeld había experimentado una transformación definitiva en 1896, cuando uno de sus pacientes se suicidó la víspera de su boda y reconoció en una nota que no podía vivir con la vergüenza que le provocaban sus deseos homosexuales secretos. Aquella muerte hizo que Hirschfeld tomara cartas en el asunto y formara el Comité Científico-Humanitario, la primera organización de la historia dedicada a los derechos de los homosexuales, con el objetivo de erradicar el párrafo 175. Hirschfeld organizó un ambicioso estudio cuyos resultados, según afirmaba, demostraron que el 2 % de sus compatriotas se identificaban como estrictamente homosexuales. Convenció a las autoridades alemanas de que emitieran pases que permitiesen a hombres y mujeres llevar ropa del género opuesto sin correr el riesgo de ser arrestados. Y él y sus compañeros se plantearon lanzar acciones directas, como una gran «salida del armario» en la que participarían tantas figuras prominentes que las autoridades no tendrían más remedio que aceptar su comportamiento.[38]

Con frecuencia, Bloch salía a pasear con Hirschfeld por los serpenteantes caminos arbolados del Tiergarten de Berlín. Aunque se llevaban pocos años, formaban una pareja extraña: Bloch menudo y reservado, Hirschfeld robusto y gregario. Pero reconocían dos importantes rasgos que tenían en común: el hambre de conocimiento y las ganas de que se hicieran bien las cosas.[39]

Bloch se tomó en serio la arraigada creencia de Hirschfeld en que la sexualidad existía en un espectro natural y que todas las permutaciones del deseo humanos eran tan normales como cualquier otra.[40] Dicha reflexión llevaría a Bloch a subvertir por completo sus ideas sobre el sexo y el género, y ya no consideraba un matrimonio temprano y para toda la vida la cúspide de la higiene sexual.[41] Él y Rosa se habían divorciado en 1905. Por el contrario, creía que un amor libre y sin restricciones desincentivaría la promiscuidad insalubre de manera mucho más adecuada que los matrimonios tradicionales.[42]

En lugar de temer los efectos del movimiento feminista, hizo un llamamiento «a la completa igualdad de hombres y mujeres».[43] Pero su giro más radical guardaba relación con la orientación sexual. Después de todo lo que había visto y experimentado, declaró: «Ya no me cabe la menor duda de que la homosexualidad es compatible con una salud mental y física completa». El párrafo 175, insistía, debía ser abolido.[44]

Para Hirschfeld, la amistad con Bloch también fue transformadora. Se había pasado años buscando una manera de elevar su defensa por encima de la retórica y la polémica. Gracias a Bloch y a las ideas que extrajo de su colección de libros, Hirschfeld encontró una solución: se dio cuenta de que podía cambiar el mundo con la ayuda de la sexología.

Una cálida noche de julio de 1919, un canto de celebración se colaba entre los árboles del Tiergarten. Al borde de los jardines municipales, una gran casa de ladrillo estaba abarrotada de personajes de la élite local: médicos, literatos y políticos. Mientras el cantor judío concluía su himno, Magnus Hirschfeld se preparaba para dirigirse a la multitud y darle la bienvenida a la gran inauguración del Instituto de Ciencias Sexuales, la primera institución mundial dedicada al estudio de la sexualidad humana. En aquella mansión había tomado forma el concepto multidisciplinar de la sexología que propuso Boch y se había creado una institución que lo aplicaría para beneficio del mundo. La organización personificaría la máxima de Hirschfeld: «A través de la ciencia hacia la justicia».[45]

Aquella noche, los visitantes recorrieron las elegantes instalaciones. Observaron las consultas, donde el personal trataría enfermedades venéreas, ofrecería información anticonceptiva y explicaría a hombres y mujeres homosexuales que no tenían nada de qué avergonzarse. Pasaron por salas en las que se celebrarían reuniones de estrategia política y sesiones de té frecuentadas por travestis sofisticados. Asimismo, recorrieron el museo, que cada año atraería a miles de visitantes con su colección de fetiches de todo el mundo y sus exposiciones fotográficas sobre la vida de los travestis. Hirschfeld había acuñado el término a partir de los términos latinos *trans* y *vestitus*. Pronto, el complejo también incluiría instalaciones médicas vanguardistas en las que el personal analizaría vello corporal no deseado con máquinas de rayos X, inyectaría a los pacientes novedosas terapias hormonales e incluso llevaría a cabo algunas de las primeras operaciones de cambio de sexo.[46]

Hirschfeld había elegido el momento perfecto para lanzar el instituto. Tras la reciente derrota en la Gran Guerra y la fundación de la progresista pero atribulada república de Weimar sobre las ruinas del imperio del káiser Guillermo II, los alemanes se habían dado a la indulgencia con el desenfreno de un pueblo sin nada que perder y nadie que se lo impidiera.[47] La decadencia sexual de Berlín se extendió como nunca antes y dio lugar a una Babilonia de bares para hombres, cabarés para travestis, clubes sociales para lesbianas, periódicos homosexuales e incluso un largometraje abiertamente gay titulado *Diferente a los demás* y coprotagonizado por el propio Hirschfeld. «Allí se encontraba el caldo de cultivo de un momento que haría historia», declaraba el novelista Christopher Isherwood en su crónica sobra la vida en la ciudad en aquella época.[48] Alentado por ese caldo de cultivo, Hirschfeld llevaría su mensaje por todo el mundo. Utilizó el instituto para celebrar el 1.er Congreso Internacional sobre Ciencias Sexuales, al que asistieron tres mil científicos de todo el planeta, y más tarde ayudó a organizar la Liga Mundial para la Reforma Sexual. Deslumbrada por sus actividades, la prensa estadounidense lo bautizaría como «el Einstein del sexo».[49]

A lo largo de los años, Bloch había trabajado estrechamente con Hirschfeld, colaborando en el lanzamiento de *Revista de sexología* y asociándose con él para escribir un manual de ciencias sexuales.[50] Y, aunque seguía prefiriendo el consuelo de sus libros, ya no mostraba reparos ante la clase de personas que Hirschfeld reclutaba para su nueva aventura. Sin embargo, no participaba demasiado en el Instituto de Ciencias Sexuales, ya que Bloch se había convertido en una sombra de lo que era. Como muchos otros médicos, Bloch fue llamado a filas en 1915 para combatir en la Gran Guerra. Debido a su experiencia, le encomendaron que batallara con su vieja némesis, la sífilis, tratando a soldados aquejados de la enfermedad y llevando a cabo revisiones médicas semanales a las prostitutas a las que el Estado había autorizado a hacer negocios con el ejército.[51] Aunque estaba destinado en hospitales alejados de la línea del frente, fue testigo de la devastación de la guerra mundial. Bloch no estaba hecho para aquel trabajo. Con su guerrera gris de oficial y su gorra de pico, el médico de cuarenta y tres años parecía perdido y atormentado.

Hacia el final de la guerra, Bloch y su edición de *Los 120 días de Sodoma* empezaron a ser blanco de ataques. En 1918, Louis Morin, un ilustrador y periodista francés, publicó un panfleto propagandístico titulado *Cómo el doctor Boche, para justificar de antemano las infamias alemanas, acusó a los franceses en general y a los parisinos en particular de sadismo sangriento.*[52] El nombre «Boche», «huno» en francés, un término despectivo para los alemanes, sin duda hacía referencia a Boch. El panfleto, decorado con llamativas ilustraciones de soldados alemanes cometiendo saqueos y un académico barbudo disfrutando de sexo y torturas, acusaba a Boche de conspirar para convencer al mundo de que la degeneración de Sade representaba de algún modo la literatura y las costumbres francesas, con el fin de «robar a la civilización de Francia sus virtudes sin parangón». Además,

 Morin afirmaba que Boche estaba aprovechando sus investigaciones sobre Sade para aconsejar al káiser y su ejército cómo «violar, secuestrar, asesinar, torturar y llevar a cabo todas las demás prácticas diabólicas que habrían complacido la ferocidad del marqués». Bloch, que consideraba los puestos de libros situados a orillas del Sena uno de sus lugares favoritos del mundo, consideró aquella condena del francés casi demasiado humillante como para soportarla.[53]

Al final de la guerra, Bloch estaba hundido y su actividad caía en picado.[54] En noviembre de 1921, dos años después de la inauguración del Instituto de Ciencias Sexuales, recibió otro golpe al contraer un brote devastador de gripe que le causó una sepsis. Postrado en una cama de hospital durante meses, no tuvo más opción que dejar que los médicos le amputaran primero una pierna y después la otra. Durante su prolongada recuperación, se casó con una mujer llamada Lisbeth y celebró su cincuenta cumpleaños. A principios de otoño de 1922 salió del hospital, ansioso por retomar su trabajo, pero no tendría la oportunidad de hacerlo. Semanas después, tras completar un breve tratado sobre una importante carta del siglo XVIII que había descubierto, sufrió una grave apoplejía de la cual no llegaría a recuperarse.[55] Falleció el 19 de noviembre de 1922. Los compañeros de Bloch lamentaron su muerte prematura, y Sigmund Freud escribió a un socio: «La ciencia ha perdido mucho».[56] Pero, con la perspectiva del tiempo, algunos verían su muerte como un regalo, ya que no tuvo que presenciar lo que sucedió después.

En 1929, el Comité Científico-Humanitario se acercó prometedoramente a su principal objetivo político. Ese año, un comité gubernamental votó a favor de la abolición del párrafo 175, cosa que habría legalizado la homosexualidad en toda la nación. Pero antes de que esta iniciativa pudiera materializarse, el gobierno quedó paralizado debido a la debacle económica y los conflictos políticos.[57] De aquella revuelta nació un nuevo poder: el Partido Nacionalsocialista

Obrero Alemán, o Partido Nazi. Como judío, homosexual y defensor de maneras de vivir que eran contrarias a la disciplina sexual de los ideales nazis y a la procreación por el bien de la patria, Hirschfeld se convirtió de nuevo en blanco de los ataques. Los matones nazis repartieron panfletos condenando sus actividades, interrumpieron una de sus charlas encendiendo fuegos artificiales en el auditorio e incluso lo atacaron en la calle y lo dejaron tan magullado y ensangrentado que los periódicos anunciaron que había muerto a causa de las lesiones.[58]

Mientras Hirschfeld se recuperaba, la cruzada social que había ayudado a iniciar empezaba a hundirse. Asediada por luchas internas en torno a estrategias y objetivos, la comunidad homosexual de Alemania tenía pocas posibilidades de prosperar una vez que Adolf Hitler, el líder nazi, asumió el poder absoluto. Mientras los tenderos desplegaban banderas con la esvástica en las calles de Berlín y los altavoces atronaban al grito de «Alemania está despierta», los locales nocturnos para personas del mismo sexo cerraron, al igual que las publicaciones de temática gay, y las organizaciones para la defensa de los homosexuales eliminaron sus registros de miembros.[59]

El 6 de mayo de 1933, poco después de las nueve de la mañana, la música volvió a sonar en el parque ubicado cerca del Instituto de Ciencias Sexuales cuando un convoy de camiones negros se detuvo frente al edificio. De uno de esos camiones salió una banda interpretando un himno triunfal y de otros un centenar de estudiantes. Avanzando en formación, los jóvenes se situaron frente al instituto con los hombros echados hacia atrás y una pose decidida y amenazadora. Sobre el codo izquierdo de sus camisas blancas impolutas llevaban brazaletes carmesíes con esvásticas nazis.[60]

Los estudiantes echaron las puertas abajo e irrumpieron en la mansión. Al no encontrar a Hirschfeld ni a gran parte de sus empleados, descargaron su furia contra las instalaciones. Rompiendo muebles y cristales y volcando tinteros por donde pasaban, destrozaron salas de examen y vitrinas del museo y saquearon la biblioteca. Arrojaron maniquíes anatómicos por las ventanas, amontonaron el contenido de las estanterías y los armarios en el suelo y destruyeron muestras de diversidad sexual. Aquella misma tarde, un escuadrón de soldados paramilitares se llevó miles de libros y discos, probablemente, según se decía, para asegurarse de que nunca salieran a la luz las actividades sexuales de ciertos miembros del Partido Nazi.[61]

Cuatro días después, la amplia colección de libros y revistas del instituto fue depositada en una gran plaza pública situada delante de la ópera de Berlín, donde fue amontonada junto a otros miles de volúmenes. Aquella noche, mientras un mar de curiosos levantaba el brazo derecho haciendo el saludo nazi, los estudiantes prendieron fuego al material. Mirando por encima de las llamas, Joseph Goebbels, el ministro de Propaganda, se dirigió a la multitud. «El alemán del futuro no solo será un hombre de libros», declaró, imponiéndose al rugido de un millón de páginas en llamas, «sino un hombre de carácter».[62]

La destrucción de aquella noche supuso el final del gran experimento alemán con la diversidad sexual. Hirschfeld, que estaba embarcado en una gira mundial de conferencias, no volvería nunca a Alemania. Falleció de un infarto en la ciudad francesa de Niza dos años después sin haber podido reconstruir su organización.[63] En años posteriores, gracias a una ampliación del párrafo 175, los nazis detendrían a decenas de miles de individuos por presuntos actos homosexuales. Miles de condenados serían enviados a campos de concentración, y la mayoría nunca regresaría.[64]

Los nazis habían hecho bien su trabajo: el legado de los pioneros de los derechos homosexuales en Alemania prácticamente había sido borrado del mapa. En Alemania Oriental y Occidental, las relaciones entre personas del mismo sexo no serían totalmente despenalizadas hasta finales de la década de 1960, y algunos restos del párrafo 175 permanecerían en el código penal hasta 1994, casi un siglo después de que se fundara el Comité Científico-Humanitario con el propósito de abolirlo.[65] Ninguna de las figuras importantes de la innovadora exploración sexual en Alemania desapareció de manera más absoluta que el fundador de la sexología. Sin una universidad o institución privada que salvaguardara su legado, la obra de Bloch se vería eclipsada por las actividades de su protegido, Hirschfeld, y en mayor medida por las innovaciones de su colega Sigmund Freud. En 1972, coincidiendo con el centenario de su nacimiento, un profesor de psicología neozelandés escribió un breve tributo a Bloch: «Sus escritos han sufrido más que los de cualquier otro psicólogo a manos de los piratas literarios, de los editores sin escrúpulos [y] de los nazis que quemaban libros».[66]

En efecto, muchas ediciones de las obras de Bloch sucumbieron a las llamas aquella noche de 1933, incluidos sus libros sobre Sade. Pero la base de sus novedosas investigaciones sobre el marqués, el pergamino que contribuyó a transformar su visión del mundo, no se perdió en las hogueras. Mientras el Tercer Reich acrecentaba su dominio en gran parte de Europa, *Las 120 jornadas de Sodoma* ya había huido.

5
El auge de un imperio
2007

Jean-Claude Le Coustumer prestó atención a los detalles de una oportunidad que casi parecía demasiado buena para ser verdad. El hombre de sesenta y un años estaba sentado en su pequeño comedor escuchando al asesor financiero que tenía delante. Le Coustumer lo había invitado a su granja, parcialmente fabricada en madera a las afueras de Reims, una ciudad de 180.000 habitantes situada a dos horas en coche de París, después de oír que el asesor había realizado algunas inversiones interesantes para un amigo de su mujer.[1]

Recientemente, Le Coustumer había vendido sus cuatro peluquerías a una empresa de mucho mayor tamaño por una cifra considerable. Siempre había sido cauteloso con el dinero, controlando cada centavo que ganaba y sin despilfarrar nunca en coches nuevos u otros lujos, y estaba nervioso ahora que tenía que decidir qué hacer con sus ahorros. No le interesaban las cosas que no pudiera entender fácilmente, así que no estaba abierto a opciones como las propiedades inmobiliarias o las acciones, una decisión que pronto resultaría clarividente cuando estalló la gran recesión. Sin embargo, el asesor le estaba hablando de una opción financiera que parecía atractivamente sencilla: una empresa llamada Aristophil le permitiría invertir en cartas y manuscritos.

Le Coustumer no era especialmente erudito. No apoyó a sus dos hijos cuando quisieron dedicarse al tenis, ya que prefería que se centraran en sus carreras igual que había hecho él. Pero apreciaba el valor de la escritura; en Francia, todo el mundo lo hacía. Si Italia era conocida por sus pintores y Alemania por sus compositores, Francia era célebre por sus escritores. El país contaba con la mayor concentración de librerías del mundo.[2] Francia fijaba los precios de los libros a nivel nacional y desarrollaba programas de préstamos sin intereses para los libreros. Era una sociedad que cada miércoles por la noche se reunía para ver *La grande librairie,* un programa televisivo de noventa minutos dedicado a la palabra escrita que se emitía en horario de máxima audiencia. Para los franceses, la literatura atesoraba un estatus sagrado y desempeñaba un papel tan destacado en el trascendental *patrimoine* del país, su arraigado legado cultural, como Notre-Dame, el Louvre y la Torre Eiffel. Y ahora, según la charla promocional del asesor, Le Coustumer podía ser propietario de un trozo de ese *patrimoine.*

El asesor le explicó a Le Coustumer cómo funcionaba el sistema. Le dijo que podía comprar acciones de propiedad conjunta sobre varias colecciones de cartas y manuscritos, como un texto autografiado por Jean Cocteau o misivas del puño y letra del pintor Eugène Delacroix. Las colecciones serían aseguradas por Lloyd's of London y conservadas en las instalaciones parisinas de Aristophil, igual que un banco guarda los fondos de sus clientes. Además, Le Coustumer no pagaría ningún gravamen por esos activos, ya que las obras de arte, incluyendo cartas y manuscritos, no estaban sujetas al impuesto sobre el patrimonio de Francia.

De acuerdo con los contratos que le mostró el asesor, al cabo de cinco años Le Coustumer ofrecería vender de nuevo sus acciones a Aristophil. En ese momento, los textos probablemente habrían multiplicado su valor. ¿Y por qué? Para empezar, la empresa publicitaría mucho esos materiales, lo cual mejoraría su perfil. Y lo que era más importante —y esto era clave—, los documentos habrían disparado su valor por una sencilla pero convincente razón: cada vez había más gente en la Tierra, pero también menos textos escritos a mano. Gracias a los correos electrónicos, los procesadores de texto, los mensajes y los programas de dictado, los manuscritos empezaban a ser cosa del pasado.

Aunque la mayoría de la gente no había reparado en ese

cambio, quienes tenían intereses en ese ámbito llevaban décadas estudiándolo. En 1984, la Asociación de Editores de EE. UU. afirmaba que casi el 50 % de los autores literarios estadounidenses se habían decantado por los procesadores de texto.[3] «Escritores de toda índole están saliendo en manada a comprar procesadores de texto», señalaba Thomas Pynchon en *The New York Times*. «Las máquinas son tan fáciles de usar que se puede convencer incluso al ludita más recalcitrante de que suelte el viejo mazo y pulse unas cuantas teclas.»[4]

Un siglo antes, Mark Twain no mostró reparos en aplicar las nuevas tecnologías a su escritura y compuso sus memorias, *La vida en el Misisipí*, de un modo que nunca antes se había intentado. «Fui la primera persona del mundo que aplicó la máquina de escribir a la literatura», declaraba en unos anuncios diseñados para promocionar la primera máquina de escribir comercial.[5] Pero, en los albores de la informática, muchos escritores y amantes de la literatura veían algo siniestro en la idea de procesar palabras en lugar de escribirlas. Era como si el acto de plasmar y reorganizar pensamientos e ideas se estuviera volviendo tan fácil e instantáneo que algo en el proceso de la escritura corría el riesgo de desaparecer. «¿Qué será de ese lenguaje escrito que durante dos milenios fue el único molde de la sabiduría?», se lamentaba Gore Vidal en *The New York Review of Books*. «¿Qué será de los sacerdotes de la literatura cuando sus templos sean abandonados?»[6]

Cuando Le Coustumer estaba escuchando el discurso del asesor financiero en su salón, esas objeciones eran historia antigua. Los luditas habían perdido la batalla, y buena parte de las plumas y los bolígrafos habían sido sustituidos por unos y ceros digitales. Los documentos manuscritos que estaba acumulando Aristophil serían los últimos de su especie. La historia estaba repleta de ejemplos de escasez de recursos y materiales que desembocaba en precios desorbitados, desde la crisis del petróleo en los años setenta hasta la subida de la cotización del oro cuando se vaciaban las minas. Sin lugar a dudas, ocurriría lo mismo con las cartas y los manuscritos.

Las perspectivas eran tan prometedoras que todos los involucrados cosecharían beneficios, le explicó el asesor, que no era un empleado de Aristophil pero desde luego tenía buen concepto de la empresa. Aristophil cogería los documentos que comprara de nuevo a Le Coustumer y otros accionistas y se los vendería a inversores para obtener beneficios. Por su parte, Le Coustumer obtendría un rédito considerable por su inversión: un 40 % en cinco años, le prometió. No era tan lucrativo como la Bolsa, pero sí menos proclive a fluctuaciones del mercado.

En toda Francia y fuera de sus fronteras, otros asesores financieros independientes pronunciaban discursos similares sobre Aristophil, y a sus oyentes les gustaba lo que oían. En Aviñón, Robert Cipollina, un piloto de motocicletas reconvertido en pequeño empresario, invirtió 35.000 euros en documentos sobre ingeniería científica, y planeaba utilizar los beneficios resultantes para comprar un coche híbrido.[7] En el extrarradio de París, Geoffroy, un actor de cara dulce y padre de cinco hijos, compró 150.000 euros en materiales relacionados con el impresionismo y el surrealismo, imaginando que las ganancias ayudarían a su familia en los momentos difíciles en los que no conseguía ningún papel.[8] El parisino Jean-Marie Leconte, un director de telecomunicaciones retirado, gastó 250.000 euros en cartas escritas por figuras famosas como Charles de Gaulle, Napoleón y Baudelaire, mientras que su cuñado utilizó la venta de su restaurante para comprar acciones de manuscritos medievales y otros materiales por valor de 550.000 euros con la idea de que los beneficios complementaran su pensión.[9] Sacerdotes, policías, comerciantes, directivos de empresas, abogados, sargentos del ejército, dentistas, banqueros, agentes inmobiliarios, veterinarios, médicos, jueces, controladores aéreos y miles de personas más decidieron invertir en Aristophil.[10]

La lista incluía a Le Coustumer. Poco después de saber de la existencia de Aristophil, invirtió en una serie de cartas amorosas de Antoine de Saint-Exupéry, el autor de *El principito*, que la empresa había adquirido.[11] Más adelante, Le

Coustumer compró acciones de propiedad conjunta de otras colecciones de Aristohpil. En total invirtió alrededor de 1,7 millones de euros, prácticamente todos sus ahorros.

Gérard Lhéritier había fundado Aristophil en 1990, años antes de que sus negocios en Niza y Cannes sucumbieran a un escándalo. Se le ocurrió el nombre fusionando las palabras «arte», «historia» y «filología» (el estudio del lenguaje), y diseñó un majestuoso logotipo con leones heráldicos, un barco en el mar y un globo aerostático en pleno vuelo. Al principio, la empresa se dedicaba a la compraventa de cartas y documentos relacionados con el sitio de París en 1870, y luego incluyó otros textos históricos, entre ellos libros.[12]

El negocio fue relativamente modesto hasta el golpe maestro de Lhéritier en octubre de 2002. Pujando por teléfono durante una subasta de Christie's Nueva York que ofrecía documentos científicos, adquirió una colección de cartas entre Albert Einstein y su colaborador Michele Besso escritas en 1913. Las páginas, llenas de ecuaciones complejas, ayudaron a Einstein a formular su teoría general de la relatividad.[13] Después de consultar a varios expertos, Lhéritier se convenció de que el manuscrito valía millones, una suma muy superior a los 559.500 dólares que había pagado por él. Pero, dado que había muy pocos coleccionistas que manejaran esas cifras, no sabía cómo podría venderlo. Entonces se le ocurrió la idea de ofrecer acciones de propiedad conjunta a varias personas, una práctica común en el sector inmobiliario, pero no así en el de los manuscritos o el arte. De ese modo, incluso las personas con medios modestos podían ser propietarias de parte de un documento costoso como eran las cartas de Einstein. Al cabo de dos semanas, Lhéritier había encontrado a casi cuatrocientas personas dispuestas a comprar acciones del texto por un precio total de doce millones de euros.[14]

Gracias a la innovación de Lhéritier, asesores financieros de toda Francia pronto estaban animando a sus clientes a invertir en los materiales de Aristophil, que la empresa vendía a través de una distribuidora llamada Finestim, además de Art Courtage, su subsidiaria.[15] Aunque los asesores no estaban en la nómina de Aristophil, esta les ofrecía formación para que promocionaran su oferta. Muchos quedaron tan cautivados por la innovadora oportunidad que también compraron acciones de propiedad conjunta. Además, agradecían las atractivas comisiones: por cada venta, los agentes recibían entre un 5 y un 11 %, bastante más de lo que solían ganar con acciones o propiedades.[16]

Ofrecer documentos raros a las masas no era una idea del todo novedosa. Esa táctica ya se había probado en Estados Unidos. En las décadas de 1980 y 1990, un vendedor de autógrafos llamado Todd Axelrod abrió una serie de tiendas de cartas y manuscritos en centros comerciales de lujo de todo el país con el nombre de Gallery of History. Pero los costosos materiales no calaron entre los clientes estadounidenses. Al final, la empresa quedó reducida a una galería en Las Vegas y la tienda online historyforsale.com.[17] Sin embargo, el proyecto de Lhéritier incluía varias mejoras. Para empezar, su singular sistema de accionariado significaba que la gente podía ser propietaria, aunque fuera de manera parcial, de textos increíblemente valiosos e influyentes. Por otro lado, Aristophil no tenía por objetivo a los clientes estadounidenses que iban camino de Sharper Image o Banana Republic. La empresa ofrecía su material a los franceses, que figuran entre las personas más literarias y obsesionadas con los documentos que existen en el mundo.

El sistema de Aristophil fue todo un éxito. Algunos inversores, en especial los más adinerados, firmaron los contratos «Amadeus», lo cual significaba que habían adquirido cartas o manuscritos en su totalidad. Muchos más optaban por los contratos «Coraly's», la opción de propiedad conjunta cuyo innecesario apóstrofe evocaba los nombres de las icónicas casas de subastas Christie's y Sotheby's. Para asegurarse de que el proceso era completamente legítimo, Lhéritier pidió a un importante profesor de derecho de la Sorbona que revisara las condiciones del contrato. Además, convirtió la empresa en un negocio familiar y fichó a su hija Valérie como directora de compras.[18]

Dotado de capital, Lhéritier se instaló en los Campos Elíseos de París, dispuesto a convertir Aristophil en un actor importante en el mercado de las cartas y los manuscritos. En las subastas, la aparición de agentes de la empresa disparaba las pujas, lo cual alimentó un mercado alcista de documentos históricos y sacó a la luz textos que llevaban mucho tiempo enterrados en bibliotecas de castillos. Según *Le Figaro*, Francia estaba viviendo «el apogeo del manuscrito».[19]

En la casa de subastas Fontainebleau, situada al sur de París, la empresa se impuso al museo Hermitage ruso, uno de los más grandes del mundo, en una puja por una carta de Napoleón fechada en 1812 que detallaba en código secreto sus planes para hacer volar el Kremlin. Aristophil gastó ciento cincuenta mil dólares en la misiva, diez veces el precio estimado en la preventa.[20] En Sotheby's Londres, la empresa compró un manuscrito en miniatura de Charlotte Brontë hecho cuando tenía catorce años por ochocientos mil euros, más del doble de lo previsto, cosa que acabó con las esperanzas del Brontë Parsonage Museum, que pretendía adquirir la obra y devolverla a la casa de las hermanas Brontë en Yorkshire del Oeste.[21] Y, en 2008, cuando Sotheby's París subastó los influyentes manifiestos del líder surrealista André Breton y otros manuscritos complementarios, los representantes de la empresa esperaron tranquilamente a que se vendiera cada pieza de forma individual.[22] Después arrancaron una ovación en la sala al anunciar que Aristophil compraría el lote entero por 3,2 millones de euros, superando así el total de las nueve ventas y cuadruplicando el precio esperado de la colección. El tesoro de la empresa llegaría a acumular 135.000 artículos.[23] Aunque no existía una clasificación oficial de bibliotecas de manuscritos, ya que la mayoría de los grandes coleccionistas no hablaban del alcance de sus esfuerzos, Aristophil iba camino de amasar una de las colecciones privadas de cartas y manuscritos más grandes del mundo.

Los logros de la nueva empresa suponían un desafío directo para una escena literaria que, igual que muchas instituciones de élite francesas, se había visto alimentada durante mucho tiempo por tradiciones arraigadas y círculos sociales exclusivos. Los jueces de casi todos los premios literarios más relevantes del país ocupaban el cargo de forma vitalicia, y muchos miembros de ese grupo, predominantemente blanco y varón, no mostraban reparos en votar a compañeros y amigos.[24] Y, durante setenta años, el mercado parisino de libros raros había estado dominado por un único vendedor: el poderoso Pierre Berès, quien, hasta su jubilación en 2005, controlaba las casas de subastas y poseía un inventario inigualable gracias a su amistad con Pablo Picasso, Henri Matisse y Simone de Beauvoir.[25] El mundo de las letras francesas estaba a punto de sufrir una sacudida, y el hijo de un fontanero hecho a sí mismo estaba perfectamente situado para aceptar el reto.

En junio de 2004 abrió sus puertas una institución sin igual en una moderna galería del corazón de París. En medio de vigas de madera y suelos de mármol rojo, varios documentos únicos reposaban en vitrinas de cristal. En un caso, las páginas amarillentas mostraban la desaliñada caligrafía de Napoleón Bonaparte. En otro, una partitura manuscrita contenía las notas apresuradas y ladeadas de Ludwig van Beethoven. Una carta lucía la elegante cursiva de León Trotski —en tinta roja, por supuesto—, mientras que una firma de Joan Miró, con su orgullosa tilde, era exhibida como una obra de arte. Bajo una luz suave, aquellas páginas ofrecían momentos conmovedores: antes de la segunda guerra mundial, Charles de Gaulle se preguntaba cuál sería la relevancia de los vehículos militares blindados. Claude Monet buscaba respaldo financiero, desesperado por impedir que un cuadro de Édouard Manet fuera enviado a otro país. En el centro, una exposición especial presentaba la reliquia que había motivado la creación de la galería: el texto de Einstein comprado por Lhéritier.[26]

Este quedó asombrado al enterarse de que París nunca había tenido un museo dedicado a su amada palabra escrita. Así pues, con la inauguración del Museo de Cartas y Manuscritos, abrió uno él mismo. Seis años después amplió la institución privada al trasladarla a una mansión de mil metros cuadrados situada en el elegante bulevar Saint-Germain. Allí, por unos pocos euros, veinte mil estudiantes, investigadores y turistas contemplaban cada año exposiciones de materiales pertenecientes a la clientela de Aristophil. Si el museo también hacía las veces de sala de muestras para nuevos clientes de la empresa, mejor que mejor.[27]

Dividiendo su tiempo entre Niza y la sede de Aristophil en París, a Lhéritier no solo le interesaba crear su empresa. Orquestando ambiciosas campañas de marketing y proyectos filantrópicos, trabajó para ascender hasta lo más alto de la sociedad francesa. Siguiendo sus directrices, Aristophil empezó a publicar *Plume*, una revista dedicada al legado escrito, y también comercializó docenas de libros con portadas satinadas sobre varias selecciones de su propiedad. Prestaba documentos a instituciones de todo el mundo, desde el Museo Nacional de Arte de China, en Pekín, hasta el Museo de Arte Moderno de Nueva York.[28] Celebraba simposios en los que participaban expertos y periodistas, los cuales recibían generosas compensaciones por su tiempo, y galas opulentas frecuentadas por el creciente grupo de amigos famosos de Lhéritier, como Patrick Poivre d'Arvor, uno de los presentadores de informativos más conocidos del país, y el galardonado novelista Didier van Cauwelaert.[29] Cuando, a través de su empresa, Lhéritier adquirió el manuscrito original del discurso pronunciado por Charles de Gaulle en 1945 para anunciar la liberación de Niza de sus ocupantes nazis, se lo cedió sin coste alguno a la ciudad que se había convertido en su hogar de acogida.[30] Y cuando la Bibliothèque Nationale de France necesitó fondos para adquirir un manuscrito iluminado del siglo XV y, más tarde, los archivos del filósofo francés Michel Foucault, Aristophil donó más de cuatro millones de euros.[31] Los medios de comunicación empezaron a referirse a Lhéritier como «el rey de los manuscritos» y «el cazador de textos», y afirmaban que era un cruce entre Indiana Jones y Hércules Poirot, un hombre que poseía la habilidad de convertir viejos documentos en oro.[32]

Las ambiciones de Lhéritier iban más allá de Francia. En 2005 abrió una sucursal de Aristophil en Bruselas, seguida de un anexo belga a su Museo de Cartas y Manuscritos. Planeaba expansiones similares en Suiza, Austria, Luxemburgo y Hong Kong.[33] Gracias a sus esfuerzos por adquirir textos de todo el mundo, Lhéritier conoció a Kenneth Rendell, un importante comerciante estadounidense de cartas y manuscritos que llevaba en el negocio desde la década de 1950 y que había dirigido galerías de documentos en Nueva York, Beverly Hills y Tokio. Rendell, uno de los expertos en manuscritos históricos más respetados del planeta, era conocido por sacar a la luz negocios sucios en el sector. En 1983 demostró que los «diarios de Hitler» que habían sido descubiertos recientemente y aclamados en todo el mundo eran falsos.[34] Años después, ayudó a destapar que un vendedor de libros raros de Utah llamado Mark Hofmann había falsificado numerosos textos que vendió a la Iglesia mormona y otros compradores por varios millones de dólares, un caso en el que Hofmann intentó borrar cualquier rastro haciendo estallar varias bombas caseras que acabaron con la vida de dos personas.

Rendell era más hábil que nadie a la hora de detectar conductas sospechosas en el sector. Pero, para él, Lhéritier no hacía saltar ninguna alarma. El francés parecía movido por el entusiasmo y la pasión de un verdadero coleccionista. En una ocasión, cuando Rendell lo felicitó por una adquisición multimillonaria, Lhéritier repuso: «¡Habría pagado el doble para conseguirlo!». Además, no cabía duda de que las posesiones de Aristophil, adquiridas a las casas de subastas y los vendedores más respetados del mundo, eran auténticas.

Por tanto, Rendell estaba encantado de hacer negocios con Lhéritier, sobre todo porque los beneficiaba considerablemente a ambos.[35] En 2008, Rendell le vendió una colección de quinientas cartas de Napoleón por varios millones de dólares, cosa que llevó a Lhéritier a organizar una vistosa exposición del material en el Dôme des Invalides, la gran iglesia parisina que alberga la tumba del emperador. Al año siguiente, Lhéritier pagó una atractiva suma a Rendell por la despedida en dieciséis páginas que escribió el rey Luis XVI a sus súbditos antes de intentar huir del país durante la revolución, una adquisición calificada por la prensa de triunfo patriótico.

Con todo, a Rendell lo sorprendía el comportamiento cada vez más ostentoso de Lhéritier. Comía en los restaurantes más lujosos, bebía los mejores vinos y había empezado a viajar entre Niza y París en *jet* privado. Rendell nunca había conocido a nadie en el sector que llevara un estilo de vida tan extravagante. Durante una de sus visitas a Francia, Lhéritier lo invitó a sus nuevas y lujosas oficinas. «Esto no es su oficina. Esto es un salón del trono», le dijo Rendell, y luego advirtió con una sonrisa traviesa: «Recuerde lo que le sucedió a Napoleón».[36]

6

La tiranía de la lujuria

27 de junio de 1772

Cuando las campanas de la iglesia dieron las ocho de la mañana, un joven de cabello largo llamado Latour estaba recorriendo las estrechas calles del viejo puerto de Marsella. Para evitar suspicacias, llamó discretamente a la puerta de varias prostitutas en busca de voluntarias para un plan muy particular. En la Francia prerrevolucionaria, el hecho de que alguien trabajara para un noble confería autoridad a sus negociaciones. Finalmente convenció a cuatro mujeres para que acudieran a un pequeño piso situado en una tercera planta cercana.[1]

Las jóvenes se reunieron en el piso a la espera de su cliente. A mediodía llegó el marqués de Sade, un hombre de treinta y dos años, cabello rubio y unos rasgos tan atractivos como siempre. Llevaba un chaleco de seda y bombachos brillantes de un tono amarillo caléndula, y en la mano blandía un bastón con mango de oro. Junto a él estaba Latour, su ayuda de cámara, enfundado en un uniforme de marinero a rayas. «¡Habrá dinero para todo el mundo!», anunció Sade, siempre que lograran divertirlo. Del bolsillo sacó un puñado de monedas y pidió a cada mujer que adivinara cuántos *écus* tenía en la mano. Luego declaró vencedora a Marianne Laverne, que a sus dieciocho años era la más joven. Tras indicar a las otras que esperaran fuera, Sade acompañó a Marianne a la habitación junto con su sirviente y cerró la puerta. Dado que era su premio, él sería el primero en acostarse con ella.

En los últimos cuatro años, Sade se había alejado de la conmoción de París en el Château de La Coste, un castillo de la familia encaramado a una colina en una zona montañosa de la Provenza, tal como exigían las condiciones de su puesta en libertad tras el ataque a la vagabunda Rose Keller.[2] En 1769, su mujer había dado a luz a un segundo hijo, Donatien-Claude-Armand, y dos años después tuvieron una hija, Madeleine-Laure. En esas circunstancias, Sade parecía dispuesto a dejar atrás su frenético pasado. Antes de la llegada de Donatien-Claude, Sade le había escrito una carta a su mujer en la que manifestaba su emoción por el inminente nacimiento y «la esperanza que le da y la docilidad con la que espera sus efectos en él».

Como parte de su rehabilitación, Sade recuperó su viejo amor por el teatro. En La Coste guarneció un auditorio que había construido años antes con elaborados telones de fondo, decorados y equipos de iluminación. También supervisó la renovación de un teatro en otro castillo familiar situado en el municipio provenzal de Mazan. El hecho de que, después de sufragar sus caprichos libertinos y saldar las deudas de su difunto padre, sus apuros económicos lo obligaran a pasar una temporada en una cárcel de morosos no sirvió para frenar sus ambiciones. Estaba decidido a hacerse un nombre en el mundo de las artes dramáticas y, a principios de 1772, empezó a organizar un festival de teatro que tendría lugar en sus propiedades de La Coste y Mazan durante buena parte del año.[3]

Aquel mes de junio, en plena temporada de actuaciones, Sade viajó a Marsella en busca de fondos para su festival. Pero, una vez allí, se impusieron sus predilecciones. Tras la marcha de Sade, las cuatro jóvenes prostitutas que había reclutado su ayuda de cámara denunciaron que el marqués las había sometido a torturas sexuales. Decían que Sade las había azotado con un látigo y que exigió que ellas hicieran lo propio. Al mismo tiempo, practicó la sodomía con Latour. Las mujeres, así como una quinta prostituta a la que Sade había visitado aquella misma noche, aseguraban que las había obligado a consumir grandes cantidades de grajeas con sabor a anís, ya que quería degustar los aromas gástricos que les provocarían los dulces. Pero algunas se encontraban tan mal después de ingerirlas que las autoridades estaban convencidas de que el marqués las había envenenado con cantidades excesivas de cantárida, un polvo hecho de escarabajos que se utilizaba desde hacía mucho tiempo como afrodisíaco, pero que podía ser tóxico en grandes dosis. Inmediatamente después de oír la historia de las mujeres, el fiscal de Marsella dictó órdenes de arresto para Sade y Latour.[4]

Sade describió el maltrato a las mujeres de Marsella como una simple «fiesta con chicas, cosa que sucede ochenta veces diarias en París».[5] En cuanto a los vómitos, los dolores y la fiebre que afectaron a varias de sus víctimas, era una dolencia habitual en la región. Según escribía Sade más tarde: «La alteración leve de las entrañas es una enfermedad considerable en Marsella».[6] Después de toda una vida de privilegios, creía estar por encima de la ley. En una carta afirmaba: «Un hombre puede concebir todos los abusos posibles y todas las infamias imaginables siempre que cuide el trasero de la puta. El motivo es bastante simple: las putas pagan y nosotros no».[7]

Sade incluso desarrolló una filosofía propia para justificar sus delitos, elevando su egoísmo a una forma de virtud. Describiendo su ideología como «*isolisme*», afirmaba que todo el mundo estaba absolutamente solo, así que no había necesidad de preocuparse por el bienestar de los demás. «Mi vecino no significa nada para mí. No existe el menor vínculo entre él y yo», declaraba. Desde esa perspectiva, el dolor y el sufrimiento al que sometía a los demás no eran nada en comparación con la alegría que experimentaba al cumplir los deseos de su corazón.[8]

La actitud desinhibida de Sade hacia el deseo bebía de las nuevas ideas que estaban propagándose por toda Europa en lo que vendría en llamarse la era de la Ilustración. A medida que avanzaba el siglo XVIII, los economistas exploraron conceptos novedosos como la libre empresa, mientras los principales pensadores de Francia trabajaban para recopilar todo el conocimiento humano en la extremadamente ambiciosa *Encyclopédie*.[9] Y lo más importante: filósofos como Voltaire y Rousseau estaban buscando una nueva perspectiva social que se rigiera por leyes derivadas de la naturaleza y la razón humana y no por edictos dictados por la Iglesia o el rey. El movimiento brindó al instruido marqués una justificación para su conducta: como recibía sus apetitos de la naturaleza, daba por hecho que ignorarlos sería totalmente irracional.

En sus propias palabras: «Entreguémonos indiscriminadamente a todo lo que sugieren nuestras pasiones y siempre seremos felices [...] La conciencia no es la voz de la naturaleza. No nos dejemos engañar, porque es solo la voz del prejuicio».[10] Pero Sade nunca abrazó el principio esencial de la Ilustración, que buscaba un mundo mejor para todos. La convicción de que la gente debía rendirse a sus pasiones solo la aplicaba a sí mismo, no a quienes consideraba inferiores a él, y desde luego no a aquellos de los que abusaba.

La obsesión de Sade con el libertinaje lo llevó a sacrificarlo todo —su posición social, su bienestar económico, el apoyo de su familia, su libertad— para mantener relaciones sexuales violentas y abusivas. Según escribía: «La pasión de la lujuria será servida. Exige, milita, tiraniza y, por ende, debe ser apaciguada y, para su satisfacción, todas las otras condiciones son del todo irrelevantes».[11] Le decía a su esposa que tenía un defecto sexual y comparaba su libido con un arco «tenso y bien perfilado»: «Quiero que dispare, pero la flecha no vuela».[12] Ese problema le causaría tal frustración que padecía lo que él denominaba «los vapores», un término que en aquella época hacía referencia a estados psicológicos como la obsesión y la histeria. Cuando por fin se aliviaba sexualmente, experimentaba un orgasmo similar a un ataque epiléptico, con convulsiones y gritos de dolor. Una de las mujeres que acusó a Sade testificó que, cuando alcanzó el clímax mientras la azotaba, soltaba «gritos muy fuertes y aterradores».[13]

Pero Sade no solo buscaba el placer sexual a través de sus transgresiones. Anhelaba, consciente o inconscientemente, la respuesta que vendría después. Años más tarde escribió: «Daba igual que uno se portara bien o mal, ya que solo quienes armaban escándalo conseguían algo».[14] Como un hijo único mimado y melodramático que vivía un matrimonio concertado y limitado por las convenciones de su clase, buscaba el dramatismo que conllevaba el romper todas las reglas.

El 12 de septiembre de 1772, los habitantes de Aix-en-Provence se dieron cita en la Place des Prêcheurs, una concurrida plaza pública situada cerca del corazón de la ciudad provenzal. El pintoresco lugar, con hileras de árboles y una fuente coronada por un gran obelisco, era un centro social de la comunidad en el que se celebraban mercados al aire libre y animados festivales religiosos. Pero, aquel día, la multitud se había congregado allí para presenciar una ejecución: la del marqués de Sade y Latour, su ayuda de cámara, por delitos que habían cometido tres meses antes en Marsella.[15]

Diez días antes, el fiscal de Marsella los había condenado a ambos por sodomía. Sade también fue hallado culpable de envenenar al grupo de prostitutas. La sentencia consistía en que confesaran sus pecados de rodillas, llevando un blusón y una soga alrededor del cuello y sosteniendo antorchas de cera amarilla. Cuando hubieran pedido perdón a Dios y a su rey, serían ejecutados.

Mientras eran conducidos al patíbulo, la multitud guardó silencio e incluso se mostró reverencial. De vez en cuando, algunos testigos susurraban cánticos y oraciones. Lo que había trascendido en Marsella era un delito contra la comunidad. Más que demostrar la justicia del rey o saciar la sed de sangre de los ciudadanos, las ejecuciones pretendían ser un rito de redención cívica.[16]

Ante la mirada de la multitud, el verdugo se dispuso a cumplir su tarea. Latour fue ahorcado, y su cuerpo quedó balanceándose con la brisa. Y Sade, por sus delitos más graves, fue decapitado. Después, ambos fueron incinerados y sus cenizas esparcidas al viento.[17]

Pero, en realidad, Sade y Latour seguían muy vivos, disfrutando de las maravillas de Venecia a cientos de kilómetros de allí. Dos meses antes habían huido de Francia para evitar ser detenidos. Los tribunales, incapaces de dar con ellos, los condenaron a muerte *in absentia*. Aquel día, la muchedumbre había acudido a ver cómo se imponía el castigo a dos muñecos de paja, lo cual era una práctica frecuente. En los dos siglos anteriores, alrededor de un tercio de las ejecuciones se habían llevado a cabo con efigies en los casos en que las autoridades francesas no habían podido dar con los condenados.[18] Además de satisfacer la sed de justicia de la población y su necesidad de pasar página, la representación de aquel día en Aix supuso la muerte civil del marqués de Sade. De ese modo fue despojado de los derechos y ventajas de su nobleza.[19]

A Sade no le preocupaba especialmente la noticia de su falsa ejecución, y años después escribiría: «Todo el mundo conoce la historia del marqués de [...], quien nada más saber que había sido condenado a arder en efigie, se sacó la verga de sus bombachos y gritó: "¡Hostia, puta! Estoy justo donde quería estar. Me hallo cubierto de oprobio e infamia. ¡Dejadme en paz, dejadme en paz, necesito correrme!"».[20]

Sade tenía otro motivo para regocijarse: estaba viajando por Italia con su amante, Anne-Prospére de Launay, su hermosa cuñada de veinte años. Normalmente, Anne-Prospére vivía en un convento de clase alta, donde, como canonesa secular, debía llevar una vida devota, pero era libre de contraer matrimonio. Sin embargo, se había ausentado en varias ocasiones del monasterio por motivos de salud y se había alojado en La Coste. Durante su estancia en el castillo tres años antes, en el verano de 1769, Sade se había obsesionado con sus rasgos delicados y sus ojos oscuros y penetrantes, enmarcados por su hábito blanco y negro. El marqués se alegró al descubrir que ella también se sentía atraída por él. «Juro al marqués de Sade, mi amante, que seré solo suya, que nunca me casaré ni me entregaré a otros, y que le seré fiel mientras la sangre que utilizo para sellar este juramento corra por mis venas», le escribió más tarde Anne-Prospére a su cuñado desde el convento, y firmó la misiva con su sangre.[21]

La esposa de Sade había descubierto el romance, pero carecía de voluntad para ponerle fin. Así que, cuando Sade huyó del tumulto de Marsella, ella permaneció en La Coste, presenciando cómo su hermana pequeña escapaba a Italia con su marido.

La falta de autocontrol de Sade no tardaría en hacer descarrilar su romántica escapada italiana. Anne-Prospére pronto averiguó que la había engañado. Destrozada, volvió a Francia y juró pasar el resto de sus días respetando el celibato religioso. «Una vida austera me acercará más al final de mis deseos», le escribió a Sade en una carta en la que le suplicaba que la ayudara a dejar atrás su conducta descarriada.[22]

Sade también se fue de Italia. Haciéndose llamar «conde de Mazan», se instaló con Latour en Chambéry, la capital alpina del ducado de Saboya, un estado independiente situado al este de Francia. Pero la pérdida de Anne-Prospére lo había dejado más abatido que cualquiera de sus calamidades legales. Por primera y única vez en su vida, sintió el dolor del amor inalcanzable. «Entiendo perfectamente [...] que debo renunciar a la felicidad de tenerte», le escribió a su cuñada. «Y, con esta cruel certeza, ¿es de extrañar que solo busque la muerte?»[23]

El 20 de noviembre de 1772, Sade intentó quitarse la vida. No había indicios de que intentara dispararse, ahorcarse o degollarse, que eran algunos de los métodos de suicidio más comunes de la época.[24] Es muy probable que utilizara veneno. En el caso de Marsella, como hemos visto, ya había mostrado interés por las toxinas. Fuera cual fuera la forma de autodestrucción que eligió, estuvo a punto de funcionar. Sade pasó diez días debatiéndose entre la vida y la muerte. Un cirujano local lo atendió discretamente y mantuvo en secreto la verdadera causa de su aflicción. Si regresaba a Francia, el castigo por intento de suicidio era la muerte, aunque casi nunca se llevaba a cabo.

Sade terminó recuperándose, pero no dispondría de mucho tiempo para disfrutar de su salvación. Días después, su casa estaba rodeada de policías locales. Iban armados con una *lettre de cachet,* una orden de arresto firmada por el rey de Francia en respuesta a los delitos cometidos en Marsella.[25]

La operación había sido puesta en marcha por un nuevo y temible adversario: la suegra de Sade. El marqués había ido demasiado lejos al corromper a su segunda hija y burlarse de su matrimonio con la primera. En adelante, la Présidente utilizaría su poder político para condenarlo.

Los agentes trasladaron a Sade y Latour a la fortaleza de Miolans, una prisión remota situada en lo alto de un saliente montañoso de los Alpes que era conocida como la «Bastilla de los duques de Saboya».[26] Sade luchó contra su cautividad, tratando de sobornar a los guardias, suplicando indulgencia al gobernador de Saboya y lanzando invectivas contra su suegra en sus diversas apelaciones. Pero, con el paso de los meses, pareció resignarse a su destino. A mediados de abril de 1773, el alcaide le escribió a la Présidente que Sade había pasado el reciente domingo de Pascua haciendo las paces con los guardias de la fortaleza tras su mal comportamiento. «Ese avance parece ser un claro efecto de la gracia del sacramento», declaró el alcaide. «No creo que tenga planeado huir.»

Dos semanas después, tras ser alertado de que algo no iba bien, el alcaide entró en la celda de Sade en plena noche y la encontró vacía.[27] El marqués, Latour y otro prisionero se habían fugado saliendo por la ventana de una letrina y bajando por una escalera que les había facilitado un cómplice. En la celda de Sade, el alcaide encontró una carta dirigida a él. «No intentéis detenernos», decía. «Quince hombres armados me esperan debajo del castillo con buenos caballos, y están dispuestos a sacrificar su vida para que no vuelva a ser capturado.» No quedaba ni rastro del hombre presa de la desesperación que había intentado quitarse la vida meses antes. La carta iba firmada con una floritura por el marqués de Sade.

Bajo la tenue luz de una luna menguante, los soldados avanzaron por la pronunciada colina provenzal pertrechados con pistolas y sables. Mientras los caballos chacoloteaban por el camino rocoso, el vapor de su aliento flotaba en el aire de aquella noche de enero. Pronto, sus antorchas iluminaron los muros del Château de La Coste. Gracias a las labores de vigilancia, sabían que dentro se escondía el fugitivo Sade. Entre los militares había suficientes oficiales y suboficiales para librar una batalla a gran escala. En esta ocasión no habría huida posible para el marqués.[28]

El otoño anterior, tras pasar varios meses a la fuga en Francia y España, Sade se había reunido con su mujer en La Coste. En su creciente paranoia, veía aquel reducto apartado como su único refugio seguro. Para volver a capturar a su yerno y recuperar material incriminatorio que pudiera mancillar el apellido de su familia, la Présidente había organizado una gran operación policial en la que envió a espías disfrazados de campesinos al pueblo cercano y contrató arqueros para que protegieran su casa de París en caso de que Sade volviera a la ciudad.[29]

La noche del 6 de enero de 1774 había llegado el momento. Utilizando escaleras, varios agentes treparon los muros del castillo mientras otros abrían las puertas. Luego se dispersaron por toda la finca, donde algunos tomaron posiciones en las almenas, atentos a posibles contraataques desde el campo, y otros saquearon la propiedad. Destrozaron retratos familiares, rebuscaron en escritorios y armarios y confiscaron montones de documentos al tiempo que lanzaban otros a las hogueras que habían encendido en los patios.[30] Pero la orden principal era simple: disparar tres balas al marqués de Sade y entregar el cuerpo a su suegra. El comandante encontró a una aterrada Renée-Pélagie en medio del caos y le exigió que entregara a su marido. «Debo llevármelo vivo o muerto», gritó. Sade se había ido, repuso ella. El marqués había recibido un chivatazo media hora antes y había escapado al abrigo de la oscuridad provenzal.[31]

Nervioso por haber estado tan cerca de ser capturado, Sade huyó del país y volvió a refugiarse en Italia, donde permaneció hasta el otoño siguiente, momento en el cual regresó a Francia y fue recibido calurosamente por su esposa Renée-Pélagie en Lyon. La marquesa de Sade, que no había heredado la voluntad de hierro de su madre, nunca tuvo el temple suficiente para poner freno a la mala conducta de su marido o negarse a formar parte de ella. Renée-Pélagie «solo está hecha de hilos o filamentos tejidos por arañas», comentaba una de sus compañeras. «Ya no me sorprende que el desventurado cometiera tantas locuras. Habría necesitado una mujer valiente.» Desde el día de su boda, había jurado adorar y apoyar a su marido fueran cuales fueran sus defectos, y ahora que la Présidente ya no ejercía de protectora de Sade, Renée-Pélagie había tomado el relevo, gestionando sus crecientes deudas y trabajando para silenciar a sus acusadores. Con independencia de las transgresiones que se le ocurrieran a Sade, ella se sentía obligada a aceptar y luego arreglar el desaguisado.

Pero Renée-Pélagie no era un mero títere de Sade. Los doce años de relación con el marqués habían dejado huella.[32] Ya no era la mujer «excesivamente fría y devota» de la que Sade se quejaba al principio de su matrimonio, y había llegado a adoptar sus gustos en el dormitorio. «¡Por una buena follada por el culo, y que me lleve el demonio si no me hago una paja en honor a tus nalgas!», le escribiría Sade más tarde. Al igual que Sade, además, ella también miraba el mundo exterior con desprecio. «Conozco mejor mi mundo, y ese conocimiento hace que la raza humana me resulte odiosa», le dijo a Sade. «Veo muy poco, en el más amplio sentido de la palabra, de tu inteligencia y espíritu en el mundo.»[33] Durante años, Sade y la Présidente se habían esforzado en ocultar los detalles de su libertinaje a Renée-Pélagie, pero ahora que sus tres hijos vivían con su abuela en París, estaba directamente implicada. Mientras el marqués estuvo encarcelado, ella le mandaba cartas con mensajes secretos escritos con zumo de limón.[34] Cuando le prohibieron visitar la prisión alpina de Miolans, se disfrazó de hombre para intentar eludir dicha restricción. Y lo más sorprendente de todo era que, tras años sometida a su madre, Renée-Pélagie había empezado a despotricar de la Présidente en el mismo tono ferviente que su marido. «Una vez fuera de sus garras», escribió, «preferiría labrar la tierra que volver a caer en ellas».[35]

Renée-Pélagie era la única constante duradera en la vida del marqués, cada vez más aislado y acosado. «Nunca podré dejar de adorarte aunque me cosas a insultos», le escribió.[36] A pesar de las calamidades que sufriera él mismo y su familia, insistía Renée-Pélagie en otra carta, «te sigo adorando con la misma violencia».[37] Así pues, prestó su apoyo al marqués cuando este empezó a urdir su ofensa más elaborada hasta la fecha.

Se acercaba el cambio de estación cuando Sade y su mujer llegaron a las cercanías de su finca provenzal acompañados de numerosos empleados del servicio, seis chicas y un chico, todos ellos adolescentes. Cuando el séquito recorría las angostas calles adoquinadas que surcaban la aldea ancestral de La Coste, hubo pocos saludos amigables o miradas curiosas desde las ventanas de las casas de piedra. Los habitantes sabían que debían ignorar las extrañas actividades de su noble señor.[38] Como afirmaba Sade con deleite, «por estos lares soy como el hombre lobo».

Al llegar a lo alto de la árida meseta, la procesión encontró el Château de La Coste. Tras cruzar el puente y la puerta principal, el grupo se hallaba en lo que parecía más una lúgubre fortaleza de piedra que una gran casa de campo. Pero dentro de sus torres altas y sus viviendas de piedra, el marqués había instalado un oasis de lujos: salones provistos de sillones tapizados y elaboradas mesas para jugar a cartas, lavabos con calentadores de agua hechos de cobre e inodoros portátiles, y dormitorios con sábanas y doseles dorados. El teatro del castillo estaba listo para acoger las actuaciones que se adecuaran a los caprichos del marqués. En la biblioteca, una extensa colección de literatura erótica esperaba a ser leída con detenimiento. Al otro lado de una puerta oculta, una habitación secreta ofrecía todo un abanico de artilugios sexuales y curiosidades pornográficas. Y al pie de unas escaleras oscuras que conducían a las profundidades de la llanura rocosa estaban los restos de una mazmorra medieval cuya única llave solo tenía Sade.[39]

Mientras los jóvenes empleados escrutaban su nueva casa, oyeron un sonido inquietante tras ellos: Sade cerrando la puerta con llave. «Por multitud de razones, hemos decidido ver a muy poca gente este invierno», le escribió poco después el marqués a Gaspar François Xavier Gaufridy, un amigo de la infancia que se había convertido en el abogado y notario de la familia. «Cuando cae la noche», añadía, «el castillo se cierra a cal y canto y se apagan las luces». Nadie podía salir de allí.[40]

Los forasteros nunca llegarían a saber exactamente qué ocurrió aquel invierno entre los muros del castillo. Probablemente, Sade ahondó en sus transgresiones pasadas, creando escenas cada vez más extravagantes de violencia, perversión y sacrilegio. Allí, lejos de la moral de la sociedad y las leyes de la corona, tenía control absoluto sobre una casa llena de jóvenes inocentes. Y esta vez no habría policías ni familiares indignados. Esta vez no habría límites.

El mes de enero siguiente empezaron a correr rumores preocupantes, según los cuales una persona que había visitado el castillo encontró huesos humanos enterrados en el jardín.[41] Inquietos, algunos familiares de los sirvientes interpusieron denuncias por secuestro contra Sade. En lugar de dejar en libertad a las chicas, Sade las dispersó en varios conventos y en casa de su tío para que no hicieran público lo que habían sufrido y, con toda probabilidad, permitir que curaran las heridas que podrían incriminarle. Cuando el tío de Sade se planteó liberar a la sirvienta que le habían enviado, Renée-Pélagie amenazó con hacerle chantaje. La primavera siguiente, cuando una de las chicas dio a luz a una niña y parecía dispuesta a desvelar lo ocurrido en La Coste, Renée-Pélagie ordenó su detención por el presunto robo de vajillas de plata y dinero. El bebé, que se quedó en La Coste, murió de inanición.

«Me las llevo conmigo y las uso», escribió Sade sobre sus jóvenes empleadas. «Al cabo de seis meses aparecen algunos padres preguntando por las chicas, asegurándome que son sus hijas, así que yo se las devuelvo y de repente me acusan de rapto y violación.»[42] Reconocía, eso sí, que alguien había descubierto una colección de huesos: «Era una broma, de buen o mal gusto (eso lo dejo a tu elección), para decorar un estudio con ellos». Para huir del nuevo escándalo, Sade se fue por tercera vez a Italia, donde, haciéndose pasar nuevamente por «el conde de Mazan», visitó Florencia, Roma, Nápoles y otros lugares. Allí recabó notas para la que sería su primera aventura literaria, un libro de viajes titulado *Voyage d'Italie.* Sin que él lo supiera, sus actividades estaban siendo vigiladas por una red de informantes a sueldo —bailarinas, actores, el hijo de un deshollinador— que enviaban detalles al inspector Marais, jefe de la brigada antivicio de París.

Cuando hubo amainado el último escándalo, Sade volvió a La Coste e intentó repetir las actividades del invierno anterior contratando a un nuevo grupo de jóvenes sirvientes. Pero, cuando el padre de una de ellas, una sirvienta de trascocina de veintidós años a la que Sade llamaba Justine, se enteró de que el marqués solicitaba favores sexuales a su personal, fue corriendo a La Coste para reclamar a su hija. En enero de 1777 llegó al castillo y mantuvo una acalorada discusión con el marqués. Durante el altercado, el hombre sacó una pistola y disparó a marqués en el pecho. Hubo un fogonazo, pero Sade no sintió nada. Por alguna razón solo se había disparado el detonador. Presa del pánico, el atacante huyó. Un intento de asesinato contra un noble a manos de un plebeyo, aun tratándose de alguien tan desacreditado como Sade, se consideraba mucho peor que cualquier cosa que hubiera hecho el marqués en los confines de su castillo.[43]

Poco después de su encontronazo con la muerte en La Coste, Sade y su mujer viajaron apresuradamente a París, enfrentándose a unas temibles tormentas invernales. El marqués había recibido la noticia de que su madre, que aún vivía en un convento, estaba gravemente enferma. Pero cuando llegó a la capital el 8 de febrero, era demasiado tarde. La mujer había fallecido tres semanas antes, el 14 de enero de 1777, sin que nadie le informara de ello. Quienes conocían a Sade sospechaban que había caído en una trampa.[44] En respuesta a una carta amenazante de su hija, la Présidente había afirmado recientemente: «Si me atacan, como pretenden hacer, dispongo de medios para responder y no le temo a nada en el mundo».

Cinco días después de que Sade llegara a París, el inspector Marais lo encontró en un piso de la rue Jacob y lo detuvo. Una vez más, Sade fue encerrado en una celda de una torre oscura en Vincennes, la fortaleza de las afueras de París donde había sido encarcelado por primera vez hacía catorce años. Incluso el tío de Sade, que en su día afirmaba que el comportamiento de su sobrino obedecía simplemente a «la pletórica edad de la pasión», se alegró de la noticia. «Ahora estoy en paz, y creo que todo el mundo se alegrará», señalaba el abad de Sade, que fallecería ese mismo año.[45]

«¿Cuándo saldré?», le escribió el marqués a su mujer, que se había quedado en París. «¡Dímelo, dímelo o me golpearé la cabeza contra los muros que me tienen encerrado!»[46] En una carta escrita con sangre, le suplicó a la Présidente que lo dejara en libertad. Pero sus ruegos no sirvieron de nada y permaneció más de un año en Vincennes —pasando casi todo el tiempo «en soledad, llorando», según sus propias palabras— hasta que Marais lo trasladó a Aix-en-Provence en verano de 1778.[47] Allí compareció ante el tribunal regional mientras era absuelto de todos los cargos relacionados con su trato a las prostitutas de Marsella, los cuales habían provocado su falsa ejecución años antes. Varias mujeres se habían retractado de su testimonio, después de que la mujer de Sade las comprara con una atractiva suma de dinero. Además, los investigadores nunca habían demostrado de forma concluyente que el marqués les hubiera suministrado cantárida.

Eso no significaba que Sade fuera a salir en libertad. Gracias a la decisión del tribunal, el nombre de la familia de la Présidente había restituido su honor. Pero, dado que la *lettre de cachet* por la cual Sade había sido arrestado en Saboya seguía vigente, podía mantener a su incontrolable yerno encerrado indefinidamente sin necesidad de bochornosos juicios públicos. Eso era exactamente lo que pensaba hacer.

Sade no aceptó la decisión de buen grado. A su regreso a París desde Aix, huyó de Marais y sus hombres mientras pernoctaban en una posada. Luego regresó a La Coste, donde celebró la fuga con el resto de sus sirvientes mientras Renée-Pélagie permanecía en la capital francesa.

Pero Marais no renunció a la persecución. Al poco tiempo, el inspector tenía agentes disfrazados de comerciantes de seda vigilando el castillo y, el 26 de agosto a primera hora de la mañana, él y una brigada de agentes irrumpieron en La Coste y apresaron el marqués, todavía en camisón.[48] Tras varios años en los que Sade se le había escurrido entre los dedos, Marais perdió el control. Le espetó vulgaridades y exigió saber cómo había escapado de sus garras cinco semanas antes. «¡Habla, habla, hombrecillo!», gritó mientras sus hombres mantenían a raya a Sade con sables y pistolas. «Estás a punto de ser encerrado por el resto de tus días.»

Marais había ido demasiado lejos hablándole así a un noble.[49] «Es inexcusable emplear semejante lenguaje», declaró la Présidente cuando supo del comportamiento del inspector, y no tardó en presentar una queja contra él. Como respuesta, los superiores de Marais le rebajaron el sueldo y se negaron a reembolsarle los gastos en los que había incurrido durante la persecución del marqués. El deshonrado inspector moriría dos años después. Igual que Sade, había agraviado a la mujer equivocada.

Pero, por el momento, Marais saboreó el triunfo. Él y sus agentes se llevaron a Sade atado de pies y manos y salieron de La Coste en un carruaje de la policía. Mientras el convoy se dirigía hacia el norte, cientos de personas se agolparon junto al camino. Querían ver al hombre que, según los periódicos, había cortado en rebanadas a un mendigo para probar un nuevo bálsamo curativo, al canalla que presuntamente había utilizado grajeas adulteradas para convertir un baile de disfraces en una orgía en la que «las mujeres eran incapaces de resistir la furia uterina que ardía en su interior», al lunático del que se rumoreaba que había envenenado a su propia esposa para acostarse con su cuñada.[50]

Bajo la atenta mirada de los curiosos, la procesión avanzó lentamente hacia París y más tarde hacia Vincennes. Allí, en la oscuridad de la tarde del 7 de septiembre de 1778, los agentes escoltaron al prisionero por el puente levadizo, entraron en la imponente torre y cerraron la puerta con llave.

7

El reino de la Vizcondesa Roja

19 de junio de 1929

Con sus lámparas eléctricas iluminando cada ventana, la mansión que ocupaba el número 11 de la Place des États-Unis era como un faro en mitad de la noche, y en él se dio cita la alta sociedad parisina para celebrar la temporada 1929. Mientras unos agentes de policía con quepis dirigían el tráfico utilizando porras luminosas, las limusinas Rolls-Royce y los Mercedes descapotables buscaban aparcamiento debajo de los castaños que bordeaban la entrada de la espaciosa mansión del siglo XIX.[1] De los vehículos se apeaban aristócratas con brillantina en el pelo y mujeres con media melena, pero en lugar de esmóquines y vestidos de baile, llevaban conjuntos de plumas y juncos y americanas hechas de cartón y tapizados.[2] «Rogamos que no lleven la ropa habitual», advertían las invitaciones a lo que los asistentes llamaban el «Bal des Matières». No se toleraría el *statu quo*.

Al otro lado de unas puertas dobles de cristal que daban a un amplio vestíbulo y una escalera de mármol rodeada de columnas corintias y lámparas de cuarzo, muchos de los artistas más provocadores de la ciudad se mezclaban con la multitud.[3] En el gran salón, donde obras de viejos maestros como Goya y Rubens convivían incongruentemente en unas paredes modernistas llenas de pergaminos, el escritor Paul Morand se paseaba con un abrigo hecho de sobrecubiertas de libros, y el artista Valentine Hugo con un vestido de salvamanteles de papel. En el jardín, donde los invitados disfrutaron de un espectáculo de linterna mágica acompañado de una orquesta en directo, el escritor Maurice Sachs iba dando tumbos enfundado en un traje de guijarros y piedras.[4]

En el epicentro de la juerga se hallaba la anfitriona de la noche: Marie-Laure de Noailles, más conocida como vizcondesa de Noailles. Con un vestido de hojas de acebo artificiales y un tocado a juego, la aristócrata de veintiséis años observaba la gala con la satisfacción de quien se había convertido en una de las mecenas artísticas más influyentes de la ciudad. Noailles era facilitadora, no creadora, y sus herramientas profesionales eran su buen gusto, sus contactos y, sobre todo, su fortuna. Aunque no era hermosa, sus rasgos se habían hecho famosos gracias a artistas bien remunerados que plasmaron su imagen: su rostro largo y juvenil dibujado por Pablo Picasso y sus ojos oscuros y lastimeros fotografiados por Man Ray.[5]

Le gustaban aquellas fiestas, y no solo porque engrandecieran su ya formidable reputación. También le permitían huir del aburrimiento típico de alguien que nunca necesita nada. Su excéntrico disfraz la ayudaba a disimular su timidez, y en medio de las celebraciones podía zafarse de los grilletes de oro de su infancia.[6] Marie-Laure nació el 31 de octubre de 1902. Era la única hija de Maurice Bischoffsheim, el vástago de una poderosa familia de banqueros judíos. Tras la muerte de su padre y su abuelo cuando era niña, se convirtió en una de las herederas más ricas de toda Francia. Su madre, temiendo que padeciera las mismas fragilidades físicas que habían acabado con su marido, la trasladó a una tranquila residencia en el sur de Francia, donde la joven fantaseaba con reinos de cuentos de hadas y magos pérfidos. Se perdía en la literatura, incluyendo la de Dante y Edgar Allan Poe. Estaba enamorada de un amigo de la familia, el escritor Jean Cocteau, y admiraba a su abuela materna, la condesa de Chevigné, una parisina arrogante que inspiró un personaje de la famosa novela *En busca del tiempo perdido*, de Marcel Proust, y de la que se decía que fue la primera dama de la alta sociedad que había pronunciado la palabra «*merde*». De la condesa, la chica heredó un legado escandaloso: ambas eran descendientes directas del marqués de Sade.[7]

A los veintiún años, Marie-Laure se casó con Charles de Noailles, un aristócrata bigotudo once años mayor que ella. Hacían buena pareja. Charles, igual que su joven esposa, tenía una riqueza inmensa y una familia ilustre. Además del matrimonio, Marie-Laure recibió el título de «vizcondesa», cosa que la situaba solo un par de peldaños por debajo de «marquesa» en la jerarquía social. Es posible que los recién casados no estuvieran consumidos por la pasión —durante su luna de miel en un crucero, él se dedicó a cultivar su bronceado mientras ella leía *Introducción al psicoanálisis* de Freud en su camarote—, pero se llevaban bien. Y juntos decidieron utilizar su fortuna, influencia y abundante tiempo libre para alimentar un movimiento cultural diametralmente opuesto a todos los ingredientes de su educación: la vanguardia francesa.[8]

Durante el Bal des Matières, un homenaje al radicalismo, la vizcondesa de Noailles se llevaba aparte a los invitados para mostrarles la última adquisición de la pareja: el rollo de *Las 120 jornadas de Sodoma.* El 29 de enero de 1929 había llegado a Berlín un escritor francés llamado Maurice Heine y, actuando en nombre de los Noailles, gastó diez mil marcos imperiales en la compra del manuscrito a Max Harrwitz, el editor y librero responsable de publicar los libros sobre Sade escritos por Bloch, fallecido aquella misma década. Cinco meses después, residía cual *souvenir* entre los objetos esotéricos de la mansión, junto a tabaqueras enjoyadas y estatuas bizantinas. El nuevo hogar era apropiado para el manuscrito, teniendo en cuenta que ahora estaba en manos de la tataranieta de Sade.[9]

Pero el rollo estaba destinado a convertirse en mucho más que una chuchería fascinante. Pronto ayudaría a los Noailles a crear una obra tan sumamente transgresora que escandalizaría a la ciudad de París, pondría en peligro todo lo que amaban y permitiría a la vizcondesa seguir los pasos de su impopular antepasado. En años posteriores, a menudo le preguntaba a la gente: «¿A qué edad llegaste a ser tú mismo?». Para ella, la respuesta era sencilla: 1929, el año que cayó en sus manos *Las 120 jornadas de Sodoma.*[10]

En el oscuro auditorio de Studio 28, un pequeño cine situado a mitad de una empinada calle de adoquines cerca del barrio parisino de Montmartre, el público se acomodó para ver la película de la noche: *L'âge d'or*. El título, «La edad de oro», evocaba una época de armonía y esplendor. Pero, cuando empezó el espectáculo la noche del 3 de diciembre de 1930, nada parecía denotar una celebración de los logros humanos, ni tampoco tener demasiado sentido.

Las imágenes en blanco y negro no parecían tener relación entre sí. Un documental científico en el que se veía a un escorpión enfurecido atacando a una rata daba paso a una viñeta de unos forajidos desaliñados. Cuatro obispos católicos se marchitaban hasta convertirse en esqueletos en una playa rocosa de España, escena que llevaba a la fundación de la Roma imperial en el año 1930, donde descansaban sus restos. La banda sonora, emitida por un sistema de altavoces instalado recientemente para dar cabida al nuevo invento cinematográfico, parecía diseñada para una película totalmente distinta: durante un plano de lava hirviendo, resonó por todo el auditorio el ruido de una cadena de váter. Cuanto más avanzaba el largometraje, más parecía sobrepasar los límites de la realidad. Un hombre pateaba un violín en la calle. Una vaca reposaba en la cama de una mujer. Un padre disparaba a su propio hijo. Una jirafa caía por una ventana. Una mujer chupaba cariñosamente los dedos del pie de una estatua. Era como si la lógica de los sueños del público hubiera sido extraída de su mente y proyectada directamente en la pantalla.[11]

La película era una obra del surrealismo, el movimiento filosófico y artístico que se había propagado como un episodio delirante por los ambientes culturales de París. Surgido de la devastación de la Gran Guerra, el surrealismo aspiraba a sustituir las costumbres restrictivas de la sociedad por el poder del inconsciente, la epifanía de las coincidencias y la energía del deseo humano desatado. El movimiento estaba liderado por André Breton, un escritor y poeta francés que había desarrollado sus teorías mientras trabajaba en salas neurológicas durante la guerra. Ahora concedía audiencia entre rondas de cócteles *curaçao* en selectas cafeterías parisinas, donde impartía a sus devotos las doctrinas de la cruzada con todo el dogmatismo de las viejas estructuras sociales que pretendía destruir.[12]

Denunciando la pretenciosidad de la literatura moderna, Breton y sus colegas generaban poesía absurda en sesiones de escritura automática y publicaban la revista *La revolution surrealiste*, que informaba sobre los sueños de sus miembros y reemplazó los típicos anuncios sobre nacimientos y bodas con una columna titulada «Suicidios». Artistas surrealistas como René Magritte y Man Ray evocaban el insólito mundo de las alucinaciones pintando a amantes besándose a través de un velo y adosando una imagen de un ojo a un metrónomo en marcha. En sus actuaciones, los surrealistas se deleitaban en la blasfemia, la desnudez y las escenas extrañas: artistas profiriendo gritos bestiales o bailarinas haciendo piruetas al son del silencio. A menudo, dichas actividades degeneraban en altercados físicos y, cuando el público salía amoratado y maltrecho, se declaraba que la velada había sido un éxito.[13]

En el cine, los surrealistas encontraron el medio perfecto para escandalizar. Aunque, treinta años después de su creación, el sector cinematográfico era especialmente conocido por ser un entretenimiento frívolo para las masas, los seguidores de Breton se habían dado cuenta de que podían utilizar su hiperrealismo para reinventar la vida moderna. El ejemplo más sorprendente fue la película muda *Un chien andalou*, que asombró a todo París al mostrar a un hombre cortándole, aparentemente, el ojo a una mujer.

Los Noailles habían asistido a una proyección de la película en junio de 1929, justo antes de su «baile de materiales».[14] Ya habían decorado sus propiedades con obras de Max Ernst, Francis Picabia, Man Ray, Yves Tanguy y otros artistas del surrealismo. También financiaban publicaciones y otras iniciativas surrealistas, pasando por alto el hecho de que Breton y sus compañeros miraban con desdén a los ricos. Y fueron de los primeros en reconocer el potencial de un excéntrico joven catalán con gustos peripuestos y una risa nerviosa llamado Salvador Dalí, a quien proporcionaron fondos para convertir una casa de pescadores de la costa catalana en su hogar y estudio. Con *Un chien andalou* habían presenciado el primer proyecto cinematográfico de Dalí, que creó en colaboración con el director de cine Luis Buñuel. Los Noailles salieron entusiasmados y se ofrecieron a apoyar la siguiente aventura del dúo.[15] La pareja acabaría gastando casi un millón de francos en el proyecto, una de las primeras películas francesas con sonido sincronizado.[16] Tras un desencuentro entre Dalí y Buñuel, tomó las riendas este último. En enero de 1930, el fornido cineasta de cejas pobladas, que poseía la elegancia de una infancia acomodada y la rebeldía de un iconoclasta, se instaló en la casa que tenían los Noailles en el sur de Francia para trabajar en el guion. Cada noche, Buñuel leía a sus mecenas los últimos pasajes. A cambio, ellos le ofrecían inspiración creativa: *Las 120 jornadas de Sodoma.*[17]

En aquel momento, los surrealistas conocían bien a Sade. Guillaume Apollinaire, poeta experimental y uno de los primeros abanderados de la escena del arte vanguardista, había inspirado esa fascinación al descubrir muchos de los manuscritos de Sade mientras escarbaba en la sección prohibida de la Bibliothèque Nationale de France; ese departamento de la biblioteca se llamaba Enfer, la palabra francesa para «infierno». En *L'oeuvre du Marquis de Sade*, una breve pero influyente antología de los escritos de Sade que publicó en 1909, Apollinaire aducía que su autor no era simplemente el pionero de la sexología que imaginaba Bloch, sino el rebelde artístico definitivo, un hombre que aspiraba a erradicar las hipocresías morales, políticas y religiosas de su tiempo. «El divino marqués», como él llamaba a Sade, era «el espíritu más libre que haya vivido nunca», y sus ideas merecían «dominar el siglo XX».[18]

En los treinta y siete días de frenética creación de *Las 120 jornadas de Sodoma*, los surrealistas veían un precursor de sus experimentos con la escritura automática, y en las obsesiones pornográficas de Sade percibían los orígenes de la celebración del deseo erótico.[19] Los surrealistas creaban obras explícitas inspiradas en la vida de Sade y escribían ensayos esotéricos sobre sus teorías, organizaban excursiones a su hogar de infancia en la Provenza y planificaron una orgía de máscaras en una mansión abandonada al estilo de las saturnales del castillo de Silling.[20] E, igual que el marqués, el grupo, predominantemente masculino, trataba los cuerpos femeninos como objetos que podía pinchar y examinar, diseccionar y volver a ensamblar en esculturas, fotografías y pinturas.[21] En su influyente primer manifiesto del surrealismo, Breton anunciaba: «Sade es surrealista en el sadismo».[22] De este modo acogía al difunto escritor en su círculo íntimo más selecto.

Un año antes, a Buñuel le habían prestado un ejemplar de *Las 120 jornadas de Sodoma* que en su día perteneció a Proust, y fue toda una revelación. «Me pareció que, al lado de Sade, las demás obras maestras resultaban mediocres.» Ahora, gracias a los Noailles, tenía acceso a la versión original del manuscrito sin ningún tipo de restricciones.[23]

La novela impregnó *L'âge d'or*, la creación resultante de Buñuel. La trama de la película de sesenta y tres minutos, en la medida en que la haya, gira en torno a los intentos frustrados de una pareja por consumar su pasión, una historia con un trasfondo influido por Sade. Para la conclusión, el largometraje se traslada al Château de Selliny, un castillo situado en la montaña. Según un intertítulo, cuatro bribones están a punto de abandonar la fortaleza tras pasar ciento veinte días en una orgía criminal, empezando por el principal organizador del desenfreno. De allí sale un hombre con melena y barba que irradia benevolencia al cruzar el puente levadizo con una túnica ondulante. Con *L'âge d'or*, Buñuel había llevado *Las 120 jornadas de Sodoma* a la gran pantalla y había convertido a su principal villano en Jesucristo.[24]

El verano de 1930, los Noailles proyectaron la película en un cine privado que instalaron en su mansión, y luego llegó el gran estreno en el Cinéma du Panthéon, situado junto a la Sorbona.[25] Para Buñuel fue un triunfo, mientras que Dalí proclamó, a modo de cumplido, que la versión final parecía una película de Hollywood. Pero no le gustó a todo el mundo. Cuando, después de las proyecciones, los Noailles ocuparon sus puestos para despedir a los invitados, muchos miembros de las clases privilegiadas de la ciudad se fueron sin mediar palabra. En una recepción celebrada posteriormente en su gran salón, un activista del surrealismo montó una escena, profiriendo insultos, empujando a los camareros y destrozando el bufé, furioso por la impía alianza de arte revolucionario y generosidad aristocrática que había presenciado.

Impávidos, los organizadores siguieron adelante. Decoraron el vestíbulo de Studio 28, el cine de Montmartre en el que se proyectaría la película una larga temporada, con obras de Dalí, Ernst, Tanguy y Man Ray. Asimismo, crearon un programa dorado de cuarenta y ocho páginas en el que Breton y otros escritores surrealistas vinculaban la obra a las teorías de Lenin, Freud y Hegel.[26] El 28 de noviembre se estrenó finalmente la película, acompañada de varios cortometrajes y una entrega de *Silly Symphonies* de Walt Disney. Aquella velada y las cuatro posteriores se desarrollaron sin incidentes.

Pero, en plena proyección del 3 de diciembre, se empezaron a oír gritos en el auditorio: «¡Muerte a los judíos!» y «¡Esto os enseñará que aún quedan cristianos en Francia!». Quienes gritaban eran cincuenta miembros de la Liga de los Patriotas y la Liga Antisemita, grupos de extrema derecha que lanzaron bombas de humo entre los asientos y cubrieron la pantalla de tinta púrpura. Mientras el teatro se sumía en el caos, los manifestantes golpearon a los empleados con porras y rasgaron los cuadros del vestíbulo cuando se dirigían a la calle.[27]

A continuación se reanudó la proyección con trozos de papel pegados sobre las manchas de tinta de la pantalla, pero en el exterior la violencia no cesó. Los periódicos empezaron a tachar la película de espectáculo bolchevique, y los críticos la bautizaron como «*L'âge d'ordure*», o «La edad de la basura». Los diplomáticos italianos condenaron el retrato de la Roma imperial y otras supuestas ofensas contra el régimen fascista de Benito Mussolini. Una semana después de los altercados, los censores del Estado revocaron la autorización del largometraje y la policía confiscó todas las copias de *L'âge d'Or* que encontró. La película estaría descatalogada cincuenta años.[28]

Muchos surrealistas disfrutaron con el fiasco y firmaron un tratado que se preguntaba: «¿El uso de la provocación para legitimar una posterior intervención policial no es acaso un signo de fascismo?».[29] Las víctimas de los ataques, sin embargo, no parecían contentas. En un telegrama enviado desde Hollywood, donde había aceptado un efímero puesto de trabajo en MGM, Buñuel se responsabilizaba plenamente de las protestas. Dalí se preguntaba si sería deportado a España. Charles Noailles se vio obligado a abandonar el Club de Hípica, la asociación más exclusiva de la ciudad, y corrían rumores de que su madre se había citado en Roma con el papa Pío XI para salvar a su hijo de la excomunión.

Para dejar atrás el escándalo, los Noailles huyeron al sur de Francia, donde pasaron unas Navidades inusualmente tranquilas con sus dos hijas, Laure y Nathalie. Charles estaba especialmente afectado por la controversia. A partir de entonces limitó su mecenazgo de las artes experimentales y jamás volvería a participar en proyectos cinematográficos. Según le dijo a un colega al año siguiente: «Creo que tendremos menos problemas con la música».[30]

Pero su mujer no opinaba lo mismo. En pleno escándalo por *L'âge d'or,* Noailles vivió una epifanía tan inesperada como liberadora: se dio cuenta de que lo estaba pasando bien.

Noailles salió del dormitorio vestida con un negligé blanco y enfiló el pasillo de su casa mediterránea. La mujer de treinta y un años y su marido habían recibido aquellos terrenos montañosos de la Riviera francesa como regalo de bodas, y en ellos habían construido un enorme complejo cubista con quince habitaciones, un salón de peluquería, una pista de squash y una vanguardista piscina cubierta. Ahora, la luna llena proyectaba sombras extrañas y confusas sobre los espacios modernistas y los muebles tubulares revestidos de caucho. [31]

Luego se detuvo frente a otro dormitorio y entró sigilosamente. En la cama yacía uno de los muchos huéspedes distinguidos a los que los Noailles invitaban a pasar largas temporadas en su refugio junto al mar. Se llamaba Edward James y era un poeta y adinerado mecenas británico, pero su identidad no resulta aquí especialmente importante. En años venideros, habría muchos como él y muchos momentos como aquel. Sin decir nada, Noailles se metió en su cama. Su huida personal había empezado con *L'âge d'or*, pero su transformación se vio favorecida por otro incidente que tuvo lugar poco después: encontró a su marido en la cama con el monitor de gimnasia de la villa.[32] En lugar de poner fin a su matrimonio, aquel encuentro esclareció su relación. Ambos seguirían manteniendo una relación estrecha y se escribirían cada día cuando no estuvieran juntos, pero irían cada uno por su lado y seguirían su propio camino. Charles se aficionó a la horticultura y se entregó a los sencillos placeres de las camelias, los setos y los lirios. Su mujer optó por cultivar algo más exótico: la rebelión.

Ahora, en lugar de hacer gestiones entre bastidores, sería la protagonista de su propio espectáculo. Empezando con James, coleccionó toda una serie de amantes: el joven compositor ruso Ígor Markévich, el tempestuoso pintor español Óscar Domínguez y un criador de toros llamado Jean Lafont al que le llevaba bastantes años.[33] Se convirtió en un icono de la moda que lució los diseños de Coco Chanel y Elsa Schiaparelli en las páginas de *Vogue* y *Harper's Bazaar*.[34] Publicó una colección de relatos cortos extravagantes titulada *Diez años en la Tierra,* iniciando así una carrera editorial que abarcaría once libros y numerosos artículos.[35] También empezó a pintar paisajes fantasmagóricos poblados por animales extraños y figuras etéreas.[36] Y por último, se convirtió en la máxima agitadora de la alta sociedad parisina, provocando escándalos, haciendo correr falsos rumores sobre aventuras románticas y poniendo en práctica lo que leía en los libros de sexología de Magnus Hirschfeld.[37] Un compañero describía su comportamiento como sigue: «Marie-Laure es ante todo una niña, después una artista, en tercer lugar vizcondesa [...] en cuarto lugar una santa, en quinto lugar una masoquista [...] y en sexto lugar una zorra [...] Sobre todo es generosa, y también una loca».[38]

Entre sus «accesorios» de atrezo favoritos destacaba *Las 120 jornadas de Sodoma*. En las reuniones, sacaba el pergamino y leía pasajes lascivos en voz alta. «Marie-Laure era descendiente del marqués de Sade», explicaba más tarde su marido, «así que era muy violenta».[39]

El célebre antepasado de Noailles también había empezado a cosechar una nueva reputación gracias a Maurice Heine, el hombre que compró *Las 120 jornadas de Sodoma* en Alemania para los Noailles. Heine, un médico reconvertido en alborotador de extrema izquierda y devoto del surrealismo, había militado en el Partido Comunista francés hasta que fue expulsado por la organización en 1923, poco después de que el pacifista declarado presuntamente sacara un revólver en una reunión y, en un arrebato pasional, disparara al aire e hiriera a su esposa.[40] Durante años, Heine se consagró al único individuo que a su juicio estaba a la altura de su ardor por la libertad: el marqués de Sade. Después de encontrar *Las 120 jornadas de Sodoma* para los Noailles, estos le brindaron acceso al pergamino para que creara una nueva edición de la novela y corrigiera los numerosos errores que había descubierto en la versión de Bloch.

Los resultados aparecieron en 1931 y 1935: una «edición crítica» en tres volúmenes de *Las 120 jornadas de Sodoma*. La tirada de trescientos noventa y seis ejemplares fue distribuida mediante suscripción por la Société du Roman Philosophique, una organización privada que fundó Heine para conmemorar la vida del marqués, lo que incluía suntuosos banquetes a base de crema de langosta, ensalada de mimosa y foie gras con trufas que celebraba cada año coincidiendo con el aniversario de Sade. A diferencia del catálogo científico que describía Bloch, Heine veía *Las 120 jornadas de Sodoma* como una obra de liberación artística. En la introducción escribió que no debía ir «dirigida al público, sino a las élites preparadas por su cultura para recibir la expresión última del pensamiento racional». Veía a Sade como un provocador injustamente perseguido por sus creencias, igual que se veía a sí mismo. Como señalaba en uno de sus numerosos artículos surrealistas dedicados al marqués, este era «el domesticador de la naturaleza», «el agresor de los dioses», «el desacato a la ley» y «el liberador del sexo». Antes de sucumbir a una enfermedad en 1940, Heine dedicó casi todo su tiempo y su dinero a encontrar y publicitar los escritos de su santo patrón. Gracias a ese trabajo, Sade sería conocido fuera de los dominios de los surrealistas como un icono de libertad artística.

Entre tanto, los surrealistas aficionados a Sade estaban naufragando. Breton, el mezquino tiránico, había excomulgado o enojado a muchos de los primeros miembros de su grupo, y el movimiento estaba profundamente dividido por la cuestión de si debían traducir sus ideas a la política. En una época en la que cada vez más gente pedía cambios sociales, los surrealistas de repente parecían incapaces de proyectar la prometida revolución más allá de los confines de sus creaciones artísticas.

Noailles, mientras tanto, se convirtió en una revolucionaria.[41] Trabó amistad con un radical de izquierdas llamado Michel Petitjean, participó en protestas callejeras, apoyó a la coalición progresista del Front Populaire cuando tomó las riendas del gobierno francés en 1936 y, supuestamente, incluso ayudó a facilitar munición a brigadas izquierdistas que lucharon contra Francisco Franco en la guerra civil española. Sus desdeñosos compañeros de la alta sociedad empezaron a llamarla «la Vizcondesa Roja», apelativo que probablemente le gustaba.

Pero, el 14 de junio de 1940, la Vizcondesa Roja guardó silencio mientas veía a los soldados nazis desfilar por los Campos Elíseos de París. Había intentado huir de la ciudad cuando quedó claro que las fuerzas francesas no podrían hacer frente a la invasión alemana iniciada un mes antes, pero había dado media vuelta con su limusina ante la desesperada congestión de carromatos sobrecargados, automóviles que hacían sonar las bocinas y parisinos de tez ceniza que avanzaban a pie.[42]

Charles se quedó en el sur de Francia, y ella se instaló en el París ocupado intentando retomar el estilo de vida que siempre había disfrutado. Comía con los vestigios de su círculo social en el Café de Flore mientras la mayoría de los habitantes de la ciudad veían cómo su ingesta de pan, carne y queso se reducía a unas pocas migajas diarias y su café era sustituido por garbanzos y bellotas estofados.[43] Gracias a sus buenos contactos y a que solo su padre era judío —lo cual quería decir que, según la ley nazi, no estaba mancillada—, pudo vivir tranquilamente en su mansión de la Place des États-Unis; ni siquiera fue molestada cuando decenas de miles de judíos franceses fueron enviados a los campos de concentración. Ya fuera por supervivencia o aburrimiento, o sencillamente por su incapacidad para mantenerse alejada de los escándalos, la heredera de Sade acabó participando en la que algunos verían como la traición definitiva a sus raíces radicales.

El 21 de noviembre de 1940, un coche se salió de la calzada en la oscuridad de la noche parisina. Entre el amasijo de hierros estaban Noailles y su compañero, un oficial nazi.[44] Ella sufrió una grave fractura de nariz que le provocó un llamativo resoplido. Intentó arreglarlo, pero el daño ya estaba hecho, y la cicatriz no desaparecería. Para la vizcondesa, la fiesta se había acabado.[45]

Los cánticos de «¡El poder está en las calles!» resonaban por los serpenteantes callejones que rodeaban el Théâtre de l'Odéon, situado en el centro de París. Era el 17 de mayo de 1968 y, aquel día de primavera, los gritos rezumaban la fuerza de la verdad: en pocas semanas, el barrio parisino se había zafado de las autoridades francesas.

La revuelta había empezado semanas antes. Inspirados por los movimientos izquierdistas que empezaban a afianzarse en toda Europa y Estados Unidos, universitarios de la capital y sus alrededores habían organizado manifestaciones multitudinarias contra las regulaciones restrictivas de los campus y el creciente desempleo juvenil. Pronto, las avenidas del Barrio Latino se llenaron de nubes de gas lacrimógeno mientras los soldados se enfrentaban a jóvenes furiosos protegidos por barricadas hechas con árboles y coches y armados con adoquines de la calle. Los altercados fueron a más cuando los trabajadores, hartos de la larga y represiva presidencia de Charles de Gaulle, el héroe de la segunda guerra mundial, salieron de las fábricas, los grandes almacenes y los centros médicos. Ahora, la mitad de la población activa de Francia se había unido a la que era la huelga general más grande de la historia del país.[46]

Envalentonados, los estudiantes irrumpieron en la Sorbona y convirtieron sus aulas en una «ciudadela de la revolución» a la que los transeúntes podían entrar a debatir los detalles de esa contracultura emergente. Pero, dos días antes, con la declaración de que «todos los teatros burgueses deberían convertirse en asambleas nacionales», los manifestantes se habían hecho con el control del Odéon, el cual habían transformado en un foro público en el que cualquiera podía subir al escenario y proclamar lo que le viniera a la mente.[47]

En aquel momento, la mayoría de la gente consideraba que la permutación oficial del surrealismo estaba muerta desde hacía mucho. Los horrores de la segunda guerra mundial y la amenaza de la aniquilación nuclear habían convertido las exaltadas celebraciones nihilistas del grupo en actos ingenuos y aterradoramente precisos. Breton había fallecido en 1966, años después de readmitir a un pintor surrealista excomulgado por tener la audacia de lucir el escudo de armas de la familia Sade en el aniversario de la muerte del marqués.[48] Pero allí, en la zona recientemente liberada de París, los ideales del movimiento estaban emergiendo de nuevo. En medio de los asientos de terciopelo rojo y las columnas doradas del Odéon, un grupo de juerguistas llevaban viejos disfraces teatrales y participaban en espectáculos desenfadados que un actor calificó como «el mayor espectáculo surrealista del siglo».[49] En las calles, unos carteles litografiados proclamaban: «Sé realista: pide lo imposible» y «Bibliothèque Nationale, libera a los libros». Cerca de allí, unas pintadas en las paredes de los edificios declaraban: «Acabemos con el sapo de Nazaret» y «Eyacula tus deseos».[50] Era como si el mismísimo Sade estuviera campando a sus anchas pertrechado de serigrafías y pintura en espray.

Aquella tarde, los jóvenes radicales que merodeaban por el Odéon vieron algo inesperado en medio del caos: un elegante Citroën DS blanco aparcado delante del teatro con un señorial chófer al volante. Del asiento de atrás bajó Marie-Laure de Noailles, que en aquel momento tenía sesenta y cinco años. Parecía una gitana estrafalaria con su traje Chanel holgado, el pelo teñido de castaño y unas gafas de sol chillonas. Aunque los años le habían robado su figura delgada y su afición al Gauloises Bleu le había dejado una voz ronca, sus ojos seguían desprendiendo el fervor de la Vizcondesa Roja. Estaba allí para compartir la sabiduría de su edad con una nueva generación de alborotadores.[51]

Probablemente no sabía que el Théâtre de l'Odéon y sus alrededores ocupaban el lugar donde antaño se encontraba el Hôtel de Condé, el palacio de la poderosa casa de Condé, derribado poco después de la revolución. Eso significaba que estaba adoptando su postura revolucionaria en el lugar de nacimiento del marqués de Sade, su famoso antepasado.

Pero, por subversivas que fueran sus hazañas, nunca habían cumplido otro cometido que escandalizar, y el espectáculo ya no daba para más. Los estudiantes que habían paralizado la nación no necesitaban las estudiadas provocaciones de los amados surrealistas de Noailles, y no estaban interesados ni en su dinero ni en su influencia, manchados como estaban por su elitismo.[52] Como afirmaba un cartel colgado cerca de allí: «Cultura: el arma favorita de la burguesía».[53] Noailles era poco más que un objeto fascinante, otro *souvenir* que habitaba la mansión de la Place des États-Unis. Así que, respetuosa pero firmemente, los manifestantes ignoraron sus opiniones y dejaron que la vizcondesa hablara en vano hasta que volvió a su limusina y le indicó al chófer que arrancara.[54]

Al mes siguiente, las agitadas autoridades francesas lograron recuperar el control del Odéon y la Sorbona. Los acontecimientos de Mayo del 68 no habían desencadenado una revolución, pero Francia ya no volvería a ser la misma. Un año después, el general De Gaulle anunció que dimitía tras perder una votación sobre un asunto de gobierno relativamente menor. Cuando le preguntaron por qué se iba, respondió: «Por la absurdidad».[55]

Las protestas serían una de las últimas aventuras de la Vizcondesa Roja. Dos años después, el 29 de enero de 1970, unos gritos de terror llenaron la mansión de la Place des États-Unis: «¡No quiero morir! ¡No quiero morir!».[56] La víspera, Noailles había sufrido un derrame cerebral a sus sesenta y siete años de edad, y ahora yacía en la cama con dificultades para respirar. Como de costumbre, se negaba a aceptar la situación. Se agarró desesperada a la vieja sirvienta que vivía con ella y le dejó arañazos profundos en los brazos. Pero esta vez, sus excentricidades no sirvieron de nada: murió aquella misma mañana.

Noailles dejó atrás a Charles, que siguió siendo su gran amigo, que no su amante, hasta el final. Él viviría otros once años, tan consagrado a la jardinería que una variedad de sus amadas camelias sería bautizada como «Vizconde de Noailles».[57] También dejó a dos hijas y cuatro nietos, que siempre la vieron más como un mito viviente que como un pariente íntimo, ya que solía estar demasiado ocupada montando algún espectáculo como para dedicar demasiadas energías al afecto familiar. Y dejó atrás algo más: el rollo de *Las 120 jornadas de Sodoma.*[58]

El manuscrito acabó en manos de Nathalie, su hija menor, una jinete profesional que nunca había mostrado un gran interés en las juergas de su madre. Pero ella también quedó cautivada por el pergamino.[59] El recipiente fálico diseñado por el marqués de Villeneuve-Trans un siglo antes se había perdido, así que guardaba el manuscrito en una caja de cuero que a su vez descansaba en un armario de su casa. E, igual que su madre antes que ella, Nathalie lo sacaba y lo desenrollaba para escrutarlo cuando pasaban por allí visitantes ilustres, como el escritor italiano Italo Calvino y el otrora surrealista Louis Aragon. Pero acabó enseñándoselo a la persona equivocada. En noviembre de 1982, Carlo Perrone, el hijo de Nathalie, recibió una llamada frenética de su madre: el rollo había desaparecido.

Las 120 jornadas de Sodoma, le dijo, había sido robado.[60]

8

Problema en Bibliópolis

2007

Lhéritier bebió un sorbo de vino y sonrió a su invitado. Al otro lado de la mesa estaba Frédéric Castaing, un vendedor de manuscritos parisino y presidente del Syndicat National de la Librairie Ancienne et Moderne, la auspiciosa asociación nacional de vendedores de libros raros. Lhéritier le había enseñado a Castaing su empresa y después lo había llevado a comer a Fouquet's, una de las *brasseries* más ostentosas de la ciudad. El objetivo de la reunión era impresionarlo. En Castaing, todo —su traje elegante, su tupé y su actitud sofisticada— rezumaba la autoridad del viejo mundo. Era la clase de persona a la que podía utilizar Lhéritier para que aportara influencia a Aristophil.

A sus casi sesenta años, Lhéritier había perdido tanto pelo y había añadido tanto peso a su baja estatura que se parecía a Alfred Hitchcock. Su rasgo más distintivo era una sonrisa pícara que esbozó al ponerse manos a la obra. El mundo de las cartas y los manuscritos era insular, le explicó a Castaing. En Francia, el mercado para esos materiales era más irrelevante cada día que pasaba. Había llegado el momento de aprovechar el fin de la escritura manual y llevar el negocio a unas cotas que el país no había visto nunca. Con la experiencia de Castaing y la perspicacia financiera de Lhéritier, la empresa podía ser imparable. En resumen, concluyó Lhéritier: «Debería trabajar con nosotros».

Castaing se mostró amablemente esquivo durante la comida. Le dio las gracias a Lhéritier por su tiempo y volvió a su tienda de manuscritos en la Rue Jacob, una calle estrecha llena de galerías de arte y *boutiques* de diseño no muy alejada del Sena. Castaing observó su pequeño pero elegante espacio de trabajo: en las paredes de color azul mate había misivas enmarcadas de D. H. Lawrence, Oscar Wilde y Jack London. Estatuillas de James Joyce y Victor Hugo vigilaban las ordenadas estanterías, llenas de libros de referencia y ejemplares encuadernados en piel. Al fondo había un armario raído que se utilizaba para guardar textos valiosos desde hacía más de un siglo. Allí era donde Castaing ayudaba a los compradores a determinar la relevancia y el valor de los documentos que había visto pasar de generación en generación, y donde ofrecía a una clientela selecta cartas y manuscritos con un valor que iba desde los quinientos euros hasta mil veces esa cifra. En aquella galería silenciosa, un bastión de todo lo que Lhéritier consideraba obsoleto, Castaing se juró a sí mismo que jamás trabajaría con Aristophil.[1]

Castaing había nacido en el seno del negocio. Su abuela paterna, Madeleine Castaing, había sido una de las anticuarias y decoradoras francesas más importantes del siglo XX, y su padre, Michel, fue el último propietario de Maison Charavay, la primera y más longeva tienda de manuscritos de Francia, hasta su cierre en 2006.[2] Castaing se había pasado la infancia explorando la ecléctica tienda de diseño que regentaba su abuela en París, donde los sillones rusos tapizados se mezclaban con alfombras con estampados de leopardo y falsas enredaderas. A la vuelta de la esquina, en Maison Charavay, el joven estudiaba los viejos archivos de cartas conservados en el armario que ahora tenía en su tienda, donde encontró manuscritos de Marcel Proust, Auguste Rodin y Gustave Flaubert. Y pasaba los veranos en el norte de Francia, jugando en la casa de campo de la familia, donde su abuela recibía a amigos como Jean Cocteau, Chaïm Soutine y Pablo Picasso.

De joven, Castaing no siempre congeniaba con su padre, ya que ambos chocaban en temas políticos. Michel Castaing se iría a la tumba creyendo que su hijo había lanzado un adoquín al escaparate de la tienda de Madeleine Castaing durante los altercados de Mayo del 68. Al principio, Castaing optó por renunciar al negocio familiar y trabajó de profesor de historia. Pero un día les enseñó a sus alumnos unas cartas originales de los revolucionarios franceses Maximilien Robespierre y Georges Danton que había tomado prestadas de la colección de Maison Charavay. Cuando vio el entusiasmo en los ojos de sus estudiantes, decidió seguir los pasos de su padre.[3]

Algunos rumoreaban que Castaing se había beneficiado de la fama y la clientela de Maison Charavay y que había abierto su tienda en lo que antaño era parte de la galería de muebles de su abuela en la Rue Jacob. Pero Castaing se había labrado un camino propio y apenas recibió ayuda de su padre. Inspirándose en los *westerns* de Hollywood y en otros productos de la cultura estadounidense que le gustaban de niño, se dedicó a materiales creados por F. Scott Fitzgerald, William Faulkner y Alfred Hitchcock mucho antes de que los vendedores franceses descubrieran el atractivo de las celebridades de EE. UU. Como presidente de la asociación francesa de vendedores de libros raros, orquestó la reubicación de la feria anual en el Grand Palais, la icónica sala de muestras con techo de cristal situada cerca de la Torre Eiffel, lo cual convirtió el acontecimiento en un gran espectáculo anual.

Estudiando los extensos archivos de Maison Charavay, Castaing se había convertido en un experto en documentos, y a la postre ocupó la presidencia de la Compagnie Nationale des Experts, una organización privada de especialistas en libros, arte y antigüedades que con frecuencia ejercían de peritos judiciales. Aprendió a utilizar la composición del papel, los patrones de las marcas de agua, los estampados de fabricación y los índices de absorción de tinta para determinar la fecha exacta de un documento. Sabía identificar las diferencias microscópicas entre la escritura con plumas fuente y plumillas de acero, estas más modernas. Además, se le daba bien detectar la caligrafía espontánea, apresurada e incluso descuidada que se asocia a los materiales auténticos. En los documentos históricos, como en la vida, cualquier cosa que pareciera demasiado perfecta levantaba sospechas.[4]

Había llegado un punto en que Castaing era considerado uno de los nombres más ilustres del mercado de las letras francesas. Hasta la llegada de Lhéritier. Para Castaing, la idea de convertir documentos valiosos en vehículos de inversión era una perversión de todo lo que valoraba su sector. El hecho de que Aristophil se encontrara en la misma calle y en aquel barrio en particular empeoraba aún más la afrenta.

Según el último recuento, la Liga Internacional de Libreros Anticuarios, el grupo de comercio global para los vendedores de libros raros, incluía a ciento ochenta y tres miembros de París, una cifra superior a la de Nueva York, Londres y Roma juntas.[5] La mayoría de esas tiendas, incluida la de Castaing, se encontraban en los barrios de Saint-Germain-des-Prés y Odéon, en el VI distrito, o cerca de ellos, una zona histórica de la margen izquierda que rodeaba la Sorbona. Los libreros y los editores habían empezado a congregarse allí en el siglo XVI para estar cerca de la universidad y, a la sazón, aquella pequeña zona albergaba a alrededor de un tercio de todas las librerías de París.[6] Mientras que los puestos de libros ubicados a orillas del río, o *bouquinistes*, atraían a casi todos los turistas, los grandes acuerdos se fraguaban en los callejones medievales que se alejaban del Sena. Allí, franqueando puertas engalanadas con *livres anciens* y *autographes*, uno podía encontrar librerías diminutas y abarrotadas con primeras ediciones autografiadas por Victor Hugo; cartas de amor de María Antonieta; gigantescos incunables, los rudimentarios libros del siglo XV que aparecieron en los albores de la imprenta; y libros en miniatura de tan solo unos centímetros de largo. Era un mundo formado por encuadernaciones en piel y páginas con bordes de oro que olía a polvo y a papel en descomposición. Allí, la ubicación exacta de una ilustración en la portadilla podía suponer una diferencia de miles de euros.

Fue allí donde, en la década de 1920, un joven escritor en ciernes llamado Ernest Hemingway rebuscaba en los puestos de la orilla del río, aprendiendo de una vendedora a juzgar el valor de un libro. «Si es bueno, el propietario lo hará encuadernar como es debido», le dijo. «Todos los libros en inglés van encuadernados, pero mal. No hay forma de juzgarlos.»[7]

La zona era famosa por otro aspecto relacionado con el mundo de las letras: albergaba la Rue de l'Odéon, una majestuosa vía que ocupaba una sola manzana entre el bulevar Saint-Germain y los Jardines de Luxemburgo y ostentaba más logros literarios por metro cuadrado que cualquier otra calle del mundo. En una de sus casas adosadas, Thomas Paine escribió *Los derechos del hombre,* y en otra, el escritor y editor Robert McAlmon trabajó en la publicación de *Tres historias y diez poemas*, el primer libro de Hemingway.[8] En el número 7, a mitad de la Rue de l'Odéon, Adrienne Monnier había abierto la Maison des Amis des Livres («Casa de los amigos de los libros»), una de las primeras librerías del país regentada por una mujer. La Maison se convirtió en lugar de encuentro para miembros de la vanguardia literaria francesa como Paul Valéry, André Gide y Paul Claudel, además de un joven André Breton y sus compañeros cuando planeaban su revolución surrealista.[9]

Inspirada por el éxito de la tienda, la compañera de Monnier, Sylvia Beach, de origen estadounidense, abrió una librería y biblioteca en lengua inglesa llamada Shakespeare and Company en el número 12 de Rue de l'Odéon.[10] El establecimiento de Beach se convirtió en uno de los favoritos de Hemingway, F. Scott Fitzgerald, Ezra Pound, Gertrude Stein y otros emigrantes literarios de la generación perdida. La calle también dio lugar a la primera edición del *Ulises* de James Joyce; con la ayuda de Monnier, Beach se convirtió en la editora improvisada de la novela cuando nadie quería serlo, ignorando así el consejo de George Bernard Shaw, que creía que era «una crónica repulsiva de una fase desagradable de la civilización».

Antes de todo esto, «Odéonia» —como llamaban Monnier y Beach a ese pequeño rincón de la ciudad— fue testigo de un acontecimiento no tan conocido pero no por ello menos trascendental. La avenida pasaba directamente por la antigua ubicación del Hôtel de Condé y culminaba en el Théâtre de l'Odéon. Eso significaba que la Rue de l'Odéon se hallaba a unos treinta metros del lugar de nacimiento del marqués de Sade.

Los libreros y vendedores de manuscritos del barrio eran cazadores de tesoros que cultivaban redes de informadores especializados, escrutando necrológicas en busca de pistas sobre colecciones notables y contratando a «recaderos» que escarbaran en los mercadillos y las subastas estatales. Empleaban una jerga esotérica consistente en términos como «páginas enmohecidas», «marcas de rúbrica», «bordes engalanados» y «encuadernaciones *remboîtage*». En las subastas públicas, conspiraban para pujar más alto que los forasteros y los aficionados y asegurarse así de que los materiales importantes no se les escapaban de las manos. Los vendedores podían mostrarse reacios a deshacerse de sus descubrimientos más preciados con independencia de la oferta económica, sobre todo si el interesado no les parecía especialmente digno de sus botines. No actuaban por pomposidad o avaricia, sino que entendían que no solo estaban comprando y vendiendo textos interesantes; estaban tratando con obras de arte.

Castaing encajaba a la perfección en aquel ambiente. Si acaso, los pocos vendedores parisinos que, como él, se habían especializado en manuscritos y cartas, prestaban servicio a un coleccionista de la palabra escrita especialmente intenso: el que aspiraba a adquirir documentos del puño y letra del autor.

También evitaba comprar artículos en las casas de subastas parisinas. Como su abuela, que exigía a los clientes potenciales que visitaran su galería en varias ocasiones antes de considerarlos dignos de sus servicios, Castaing prefería hacer negocios en la tranquilidad de su tienda, donde podía analizar a la gente. Allí podía juzgar sus reacciones al ver uno de los pocos guiones de *La guerra de los mundos*, la obra radiofónica de ciencia ficción creada por Orson Welles en 1938, que no habían sido destruidos durante la oleada de pánico posterior y la consiguiente redada policial en el estudio de grabación.[11] Al sentarse con los clientes a tomar una taza de té en su pulcra mesa de trabajo, podía calibrar su respuesta mientras él contaba cómo adquirió un ejemplar de *Por quién doblan las campanas* que, al final de la segunda guerra mundial, Hemingway había firmado y regalado a un portero cuando se dirigía a «liberar» el bar del Hôtel Ritz.

Pero el mundo de Castaing había cambiado, y el auge de internet había convertido la búsqueda de libros y cartas inusuales en una actividad mucho menos especializada. Ahora, gracias a Aristophil, el negocio había quedado patas arriba, ya que, hasta donde alcanzaba la memoria, el diminuto sector francés se había visto alimentado por la pasión de unos pocos vendedores y el fervor de unos pocos miles de clientes. En aquel momento, los textos se vendían y encerraban en cofres propiedad de gente de toda Francia y el extranjero, la cual a menudo no llegaba a ver nunca sus adquisiciones ni a deslizar las manos por el papel. Se sabía desde hacía mucho tiempo que el precio de un libro o manuscrito aumentaba o se desplomaba en función de los caprichos de los coleccionistas o de las subastas apasionadas. Ahora, los textos eran tratados como vehículos de inversión con unos índices de beneficios estables. A Castaing le preocupaba que el mundo que conocía y amaba quedara totalmente destruido si no se ponía freno a Lhéritier.

La venta de libros raros en la Sala 5 del Hôtel Drouot de París estaba a punto de empezar y, si procedía como la mayoría de las subastas, sería un asunto turbio. La mayoría de los vendedores consideraban las salas de subastas un terreno sagrado, un lugar de firmes reglas protocolarias forjadas a lo largo de generaciones. La mayoría de los compradores permanecían sentados en silencio. En lugar de vociferar sus ofertas, hacían gestos sutiles al subastador. El ruido de los espectadores rara vez iba más allá de una educada salva de aplausos. Todo el mundo entendía que aquel era un lugar de decoro y comedimiento.[12]

Entonces entró un hombre con sombrero negro. Su nombre era Jean-Claude Vrain y procedió a romper todas las reglas. A los pocos minutos del comienzo de la subasta, la voz ronca de Vrain interrumpió el silencio de los demás postores y anunció la oferta ganadora —unos 71.000 euros— por el manuscrito original de *Histoire secrète d'Isabelle de Bavière, Reine de France*, una de las novelas menores del marqués de Sade. Después se levantó y, quitándose el abrigo, dejó a la vista una figura robusta enfundada en un traje cobalto que parecía brillar entre los grises y marrones apagados de sus compañeros. Caminando por la sala, Vrain siguió adelante con su espectáculo. Se impuso en una guerra de pujas por un tratado político de Karl Marx al ofrecer 76.000 euros, más de cinco veces el precio estimado. «¡Marx lo merece!», exclamó a la multitud. «Es el mejor economista del mundo.» Luego participó en otra refriega por una lujosa edición original de *Madame Bovary*, de Gustave Flaubert, pero perdió el interés cuando el precio superó los 155.000 dólares. «Era el precio justo», declaró con indiferencia mientras los demás seguían pujando.

«¡Es usted el mejor!», gritó un espectador que no pudo contenerse mientras Vrain se hacía con un lote tras otro. Se le acercaron varias mujeres para felicitarlo, y otras le pidieron una foto. Al final de la subasta, los periodistas se agolpaban alrededor del hombre que se había convertido en la estrella del espectáculo. «Estoy satisfecho de mi actuación», dijo Vrain ante un micrófono, regodeándose en la atención recibida. «No ha estado mal para un tipo de clase trabajadora como yo.»

Los orígenes de Vrain eran obreros, y había trabajado en cadenas de montaje del sector automovilístico antes de entrar en el negocio de los libros raros cuando tenía algo más de treinta años. Pero, operando desde su atestado establecimiento, situado muy cerca de la Rue de l'Odéon, había utilizado su energía agresiva y su brutal honestidad para convertirse en uno de los vendedores más importantes de toda Francia. Hizo negocios con los diseñadores de moda Yves Saint Laurent y Alexander McQueen, y también con el multimillonario François Pinault. Proporcionó materiales al exprimer ministro Dominique de Villepin. Y cuando

Johnny Depp, el actor de Hollywood, quiso adquirir varias reliquias literarias, el librero le consiguió primeras ediciones de *Una temporada en el infierno* de Arthur Rimbaud y *El extanjero* de Albert Camus a cambio de un cuarto de millón de euros.[13]

Pero Vrain se había dado a conocer por algo más: su feroz y arraigada rivalidad con Frédéric Castaing.

En un mercado hermético en el que las discusiones podían durar un siglo, la hostilidad entre Castaing y Vrain era legendaria. Algunos decían que la discordia empezó por desacuerdos relacionados con sus respetivas ideologías comunistas. Otros afirmaban que Vrain, con su atuendo chabacano y su actitud arrogante, simplemente chocaba con el estilo remilgado y quisquilloso que desplegaba Castaing en los negocios. Ahora, Castaing tenía otro motivo para odiar a su rival: Vrain había aunado fuerzas con Lhéritier.[14]

Vrain se había convertido en uno de los máximos expertos en documentos de Aristophil y evaluaba sus adquisiciones antes de que fueran vendidas a los inversores. Ejercía de portavoz de la empresa y aparecía en sus vídeos ensalzando el sistema de Aristophil y declarando a la prensa que había «ocupado el lugar que dejaron las instituciones públicas y la Biblioteca Nacional, que no tienen un céntimo para invertir en nuestro legado».[15]

A Castaing, esa sociedad le resultaba molesta. En 2005, antes de conocer Aristophil, había publicado *Rouge cendres*, una novela negra en la que Augustin, uno de los principales villanos, estaba inspirado en Vrain. «En las [subastas] nunca se sentaba como tú y como yo, manteniendo un silencio decoroso», escribía sobre Augustin. «No, él se quedaba de pie al fondo de la sala, le hablaba bruscamente a todo el mundo y pujaba como quien pide un *café crème*.» En el libro, Augustin, sediento de riqueza y poder, se asocia con un turbio magnate para intentar arrinconar al mercado de las letras parisino. Ahora, la historia parecía estar haciéndose realidad.[16]

Durante sus reuniones, los libreros y vendedores de manuscritos parisinos habían manifestado discretamente su inquietud por Lhéritier y su modelo de negocio. Al fin y al cabo, la asociación de libreros anticuarios de Francia condenaba desde hacía mucho la utilización de libros y documentos históricos para la especulación económica. Pero, en público, la mayoría se guardaban sus opiniones. Muchos estaban ganando dinero con los gastos de Aristophil y el auge de mercado resultante. Algunos incluso recibían estipendios de la empresa por ofrecer chivatazos sobre hallazgos prometedores. Sin embargo, Castaing se negaba a mantener la boca cerrada. Como presidente de la asociación de libreros, empezó a condenar abiertamente a Aristophil. Cuando un periodista de *Que choisir*, una revista del consumidor, le preguntó por las colecciones de Aristophil en 2011, Castaing no fue parco en palabras. «Esos documentos no son vehículos de inversión», aseguró. «La demanda existe, pero proviene de un círculo relativamente pequeño de coleccionistas y bibliotecas públicas. Decir que una carta de Victor Hugo o Mallarmé incrementará automáticamente su valor cada año no es honesto.»[17]

Los artículos resultantes coincidieron con los primeros indicios de preocupación ciudadana por Aristophil. El éxito de la empresa parecía demasiado meteórico, demasiado inexplicable, como para ser totalmente legítimo. En noviembre de 2012, la oficina del fiscal general belga abrió una investigación a la sucursal de Aristophil en Bruselas por sospechas de actividades fraudulentas.[18] Al mes siguiente, el regulador del mercado de valores francés lanzó una advertencia a los consumidores sobre «inversiones atípicas» como cartas y manuscritos, y señalaba que la compraventa de esos materiales no estaba regulada de manera exhaustiva. Si bien los contratos de Aristophil estaban estructurados como acuerdos privados, con lo cual el Estado técnicamente no podía regularlos, el aviso era una clara referencia a la empresa.[19]

Pronto, la alerta resultaría profética. Aristophil siempre había hecho ofertas lucrativas a sus clientes cuando volvía a comprarles sus manuscritos al término del contrato de cinco años, permitiendo así que recuperaran su inversión, además del 40 % de beneficios previsto. Pero, ahora, la empresa empezaba a hacer aguas. Por primera vez, tenía problemas para readquirir todos los manuscritos de sus clientes a los porcentajes esperados.[20]

Castaing siguió aireando sus preocupaciones, aunque aquella cruzada le costó algunas relaciones personales. Durante mucho tiempo había sido amigo de Alain Nicolas, un importante vendedor de manuscritos parisino y autor de la guía de documentos históricos franceses *Les autographes.*[21] Nicolas había hablado en el funeral del padre de Castaing, y este le había regalado un bajorrelieve de los hermanos Goncourt, los inveterados cronistas del París literario del siglo XIX, que colgó en Maison Charavay. Pero cuando Castaing se enteró de que Nicolas estaba haciendo negocios con Lhéritier, rompió toda relación.

A Castaing no le importaba que Nicolas y otros que se habían alineado con Lhéritier lo llamaran despectivamente «Don Quijote» y «el Caballero Blanco» a sus espaldas. Tampoco tenía miedo de las repercusiones. Ya se había visto en otras situaciones difíciles.[22]

En 1985, Castaing había viajado a la Varsovia comunista para reunirse en secreto con los miembros de Solidarność, un sindicato político que luchaba por los derechos de los trabajadores, para que lo ayudaran a difundir sus ideas. Allí fue descubierto y la policía local lo detuvo. Después de llevarlo a una sala de interrogatorios y hacerle quemaduras con cigarrillos, los agentes sostuvieron en alto un documento que Castaign llevaba encima y gritaron: «¡¿Quién es Victor Hugo?! ¡¿Quién es Baudelaire?!». Durante el cacheo, habían descubierto uno de sus inventarios y creían que los artículos eran nombres en clave de espías.[23]

Cuando vieron que Castaing no constituía una amenaza, fue puesto en libertad y regresó a Francia amoratado y estremecido. Una foto tomada después del incidente mostraba a un joven Castaing con las manos vendadas y los ojos hundidos y turbados. Si había sobrevivido a aquella experiencia, sin duda podría enfrentarse a Aristophil.

Una cálida noche de abril de 2013 sonaron los tambores para anunciar la gran inauguración de la nueva sede de Aristophil, el Instituto de Cartas y Manuscritos. En aquella elegante esquina del centro de París, políticos y famosos bien vestidos cruzaron la puerta de hierro forjado y enfilaron una alfombra roja, flanqueados por guardias napoleónicos con tatuajes militares. Al entrar en la mansión de caliza blanca, con casi cuatrocientos años de antigüedad, se vieron rodeados de magnificencia: salones opulentos embellecidos con paredes doradas, frescos en los techos y lámparas de cristal. Mientras los asistentes bebían champán y admiraban las vitrinas de cartas y manuscritos, iban pasando camareros con pantalones bombachos y pelucas empolvadas. Aquí y allá había «mesas vivientes», camareras con vestidos del siglo XVIII y mesas de aperitivos atadas a la cintura como si fueran personajes salidos de *Alicia en el País de las Maravillas*.[24]

En medio de todo aquello se encontraba Lhéritier. El año anterior había invertido treinta y cuatro millones de euros en la compra del Hôtel de La Salle, una de las mansiones privadas más majestuosas de París y antiguo hogar de duques y duquesas y de Jean-Jacques-Régis de Cambacérès, autor del código civil francés. Lhéritier trasladó su sede al edificio y creó salas para exposiciones y actos especiales. El testamento de sus logros se encontraba justo enfrente de Éditions Gallimard, la editorial más prestigiosa del país. Era la clase de gesto en el que se había especializado la empresa. El sonriente Lhéritier, que lucía un traje negro impoluto bajo un retrato gigantesco de Napoléon, se había convertido en el auténtico rey de los manuscritos, y aquel era su palacio.[25]

Mientras los ricos de París se abrían paso entre la multitud para saludar a su anfitrión, no sabían que estaban hablando con una de las personas más acaudaladas del país. Cinco meses antes, Lhéritier se había hecho obscenamente rico, y de un modo que nada tenía que ver con Aristophil.

Debido a sus orígenes de clase obrera, Lhéritier siempre había jugado a la lotería. Así pues, cuando en noviembre de 2012 se enteró de que el bote de EuroMillions había alcanzado las nueve cifras, compró muchos boletos. Apostó por varias combinaciones de su fecha de nacimiento y las de sus hijos. El 13 de noviembre, cuando supo por su hija que el boleto ganador había sido adquirido en la zona, comprobó los resultados en internet y descubrió que los siete números —1, 16, 21, 24, 29, 2 y 6— coincidían con uno de los que él había comprado.[26] Ganó ciento sesenta y nueve millones de euros, el mayor bote de EuroMillions en toda la historia de Francia.[27]

Lhéritier no hizo público ese dinero caído del cielo, pero su estilo de vida alcanzó nuevas cotas.[28] Después de regalar varios millones a sus hijos y a su exmujer, compró una casa en las colinas de Niza que incluía un estanque y piscinas exterior e interior. Adquirió un Mercedes-Benz, un yate de dieciocho metros de eslora llamado *Narval II*, un equipo de caballos de carreras y dos globos aerostáticos con el logotipo de Aristophil. Le sobró más que suficiente para inyectar cuarenta y un millones de euros en su empresa, lo cual afianzó su situación económica.[29]

Aquel día, el de la inauguración del Instituto de Cartas y Manuscritos, Lhéritier se acercó a un estrado de cristal y, esbozando una sonrisa pícara, dio la bienvenida a los allí presentes a su «panteón de cartas y manuscritos». Habló de la historia de Aristophil y de sus logros en los últimos veinte años. Hacia el final del discurso, le dijo a la multitud que sus oponentes no eran más que unos locos y unos cobardes a los que movía la envidia por sus éxitos, y lanzó una amenaza a quienes osaran enfrentarse a él: «Podéis estar seguros de que lucharé incansablemente con todos aquellos que intenten desestabilizarnos y atacarnos».[30] En realidad, Lhéritier ya había iniciado la batalla.

Para desbaratar la investigación belga, el equipo legal de la empresa había sacado a la luz pruebas que indicaban que el juez instructor del caso había compartido información sobre el mismo de forma indebida, lo cual obligó al magistrado a recusarse.[31] Más cerca de casa, el presidente de un grupo de gestión de patrimonios con sede en París que había criticado las operaciones de Lhéritier se convirtió en blanco de amenazas legales y ataques públicos.[32] Los blogueros que cuestionaban el modelo de negocio de la empresa recibieron cartas amenazadoras, y una persona que la criticó en internet recibió una llamada anónima en la que le advirtieron que podía acabar con las rodillas rotas si no borraba sus publicaciones.[33]

En respuesta a los artículos críticos publicados por *Que Choisir*, la empresa cursó una demanda por injurias. La publicación, dedicada a los derechos de los consumidores, acudió a los tribunales para revocar tales acusaciones, pero acabó perdiendo por un tecnicismo. Por no informar adecuadamente de que Lhéritier había sido absuelto de la mayoría de los cargos relacionados con el caso de los sellos de Mónaco, la revista tuvo que publicar una rectificación y pagar un euro por daños y perjuicios y 1.500 para cubrir los gastos legales de Lhéritier.[34]

Ya solo quedaba Castaing. Para su detractor más ruidoso, Lhéritier orquestó una venganza especial, que llegó el 14 de noviembre de 2012 durante una subasta de manuscritos literarios franceses que se celebró en el Hôtel Drouot y debía presidir Castaing en calidad de experto. Aquella posición era un reconocimiento a la reputación de Castaing, así como una demostración pública de su estatus y habilidades. Pero, en cuanto dio comienzo la subasta, Castaing supo que algo no iba bien. Sentado al frente de la sala, vio consternado como el público permanecía en silencio un lote tras otro. Novelas manuscritas, guiones de teatro originales y borradores de libros inéditos no lograron generar interés. De los sesenta y cinco artículos que salieron a subasta, valorados en más de un millón de euros, solo encontraron comprador dieciséis lotes que supusieron tan solo 146.000 euros.[35]

Más tarde, Castaing conoció el motivo de la debacle. Lhéritier había ordenado a sus empleados que no compraran nada, y es probable que sus palabras tuvieran autoridad suficiente para que muchos otros miembros del sector desdeñaran la subasta.[36]

Meses después, el vendedor de manuscritos llegó a su tienda una mañana y encontró un catálogo de la subasta fallida en el peldaño de entrada. A la mañana siguiente apareció otro, y a la siguiente otro más. Las advertencias continuaron cada día durante una semana.[37]

9

Ciudadano Sade

2 de abril de 1790

Mientras los habitantes de París celebraban el Viernes Santo, Sade salió libre después de pasar trece años entre rejas. La revolución iniciada con la toma de la Bastilla un año antes le había brindado la libertad, aunque con una demora exasperante. El verano anterior, mientras permanecía encarcelado en la Bastilla, le informaron de que su paseo diario por las almenas había sido revocado por motivos de seguridad, pues habían estallado revueltas cerca de allí. Furioso, Sade cogió el largo embudo metálico con el que vaciaba su orinal en el foso de la prisión y, utilizándolo como megáfono, empezó a gritar por la ventana que los guardias estaban degollando prisioneros.[1]

Sade había ido demasiado lejos. La noche siguiente, a instancias del alcaide, seis guardias armados sacaron al marqués de su celda y, sin darle tiempo para vestirse ni coger sus pertenencias, lo metieron en un carruaje y lo llevaron al manicomio de Charenton, situado a las afueras de París. Allí vivió su cautividad más lúgubre hasta la fecha. En aquel momento, describió Charenton como «un lugar horrendo, organizado de modo que el aire nunca llegue al interior y los sollozos y los gritos de los prisioneros no puedan ser oídos por nadie»; un lugar cuyas instalaciones estaban repletas de «despojos en plenas facultades mentales pero olvidados durante siglos en un manicomio calamitoso».[2]

Lo más apremiante era que Sade había tenido que dejar sus documentos en la Bastilla. Desesperado por recuperarlos, firmó un poder notarial que autorizaba a su mujer a recoger sus muebles, libros y manuscritos. La mañana del 14 de julio, once días después de que lo sacaran de la celda, Renée-Pélagie se reunió con un jefe de policía que debía acompañarla a la cárcel. Pero entonces se produjo un altercado en una calle cercana, lo cual obligó al agente a posponer el asunto unas horas. Para entonces sería demasiado tarde. Los enfurecidos parisinos irrumpieron en la Bastilla aquella misma tarde, liberaron a los presos que quedaban y encontraron la celda de Sade exactamente como se había visto forzado a dejarla la semana anterior. La Revolución francesa estaba en marcha.

El marqués pasaría el resto de su vida pensando que *Las 120 jornadas de Sodoma* había sido destruido, perdido para siempre en el saqueo y la demolición de la Bastilla. «Cada día derramo lágrimas de sangre», escribió.

Pero aquel Viernes Santo, Sade estaba animado. La Asamblea Nacional Constituyente, el nuevo organismo de gobierno francés, había abolido la potestad del rey que le permitía detener y encerrar arbitrariamente a cualquiera de sus súbditos. Las autoridades se habían visto obligadas a dejar en libertad a Sade y a todos los demás encarcelados conforme a *lettres de cachet*, lo que condujo a su salida de Charenton después de ocho meses. «¡Buen día, buenos trabajos!», declaraba Sade, que a la sazón tenía cuarenta y nueve años, en una festiva carta a Gaufridy, su abogado. Prometió que a partir de entonces sería un hombre distinto: «¡He decidido enmendar mis errores y cumpliré mi palabra!».[3]

El París con el que se encontró Sade había experimentado una transformación radical. Por toda la capital, «árboles de la libertad» —un emblema inspirado en la Revolución americana— habían sido envueltos en guirnaldas con los colores de la revolución: azul, blanco y rojo, que acabarían simbolizando la libertad, la igualdad y la fraternidad. En las paredes, carteles de nuevos grupos políticos proclamaban visiones radicales que habrían estado prohibidas menos de un año antes. Por todas partes estaban cayendo iglesias y sus campanas eran fundidas para fabricar cañones. Y la Bastilla, una vez desmantelada, era tan solo un grito de moda. Los vendedores ambulantes ofrecían adornos con la forma de la fortaleza para que los parisinos los lucieran en su sencillo atuendo, pues la ropa ostentosa y las pelucas empolvadas de la Francia prerrevolucionaria habían quedado anticuadas.[4]

En una serie de decretos generales, el nuevo gobierno había prescindido de muchos de los viejos bastiones de la sociedad francesa, incluidos los privilegios feudales de la aristocracia y el poder de la Iglesia. El rey Luis XVI, que vivía bajo custodia en París, no había podido frenarlos. De repente, carniceros, comerciantes y maestros de escuela ocupaban cargos de poder por elección de sus compañeros varones. Habían desaparecido las regiones medievales que salpicaban todo el paisaje francés, sustituidas por una administración uniforme estructurada en cantones, distritos y departamentos.[5]

Incluso la cuantificación del espacio y el tiempo se vería transformada. En pocos años, el país sustituiría su bizantina organización de pesos y medidas por el sistema métrico, mucho más ordenado. En una disposición más radical, Francia revolucionaría su calendario, instituyendo semanas de diez días y declarando que, a partir de entonces, el año uno coincidiría con la fundación de la nueva república francesa en lugar del nacimiento de Cristo.[6]

La conmoción que supusieron esos cambios alejó a Sade del mundo exterior que tanto había anhelado. «Se me han quitado las ganas de todo», escribió. «A veces me invade el deseo de unirme a los monjes trapenses, y no puedo estar seguro de que algún día no desapareceré para no volver nunca más.»[7] Con una única moneda de oro en el bolsillo de su abrigo negro de algodón, el preso recién liberado se dirigió al convento de Sainte-Aure, donde su esposa ocupaba una sencilla habitación para poder sufragar los gastos de Sade en la prisión y mantener a raya las irracionales sospechas de este sobre su conducta. Pero Renée-Pélagie no quería saber nada más de él. Por un tiempo había vivido a la deriva. Hostigada por su madre e imbuida de la devoción de su alojamiento religioso, se había cansado de las exigentes cartas de Sade y de sus manuscritos profanos. Sus hijos habían sido criados por los abuelos maternos y, a punto de cumplir cincuenta años, había dejado atrás los tiempos en que incumplía la ley y encubría las fechorías de su marido. Ahora que Sade había recuperado la libertad, corría el peligro de verse arrastrada de nuevo por la vorágine. Su integridad física estaba en riesgo. A veces, durante sus visitas a la cárcel, Sade se ponía tan nervioso que los guardias se veían obligados a sujetarlo. Es más, la revolución había restituido todos los derechos civiles y económicos que la monarquía le había arrebatado al marqués, y Renée-Pélagie conocía suficientemente bien a su marido para temer cómo gestionaría los asuntos sociales y monetarios de la familia.[8]

Renée-Pélagie tomó una decisión: su vida con Sade había terminado, pero tenía demasiado miedo de decírselo a la cara. Se negó entonces a recibirlo en el convento y le hizo llegar una breve nota en la que exigía el final de su matrimonio. Pero no sería fácil: las autoridades francesas nunca habían aprobado el divorcio. Probablemente, a lo máximo que podía aspirar Renée-Pélagie era a una separación de bienes, un procedimiento legal que llevaba a la repartición de las posesiones materiales de la pareja, normalmente para proteger los bienes de la esposa ante un mal uso por parte del marido. Pero si Sade se negaba a seguir esa vía, Renée-Pélagie podía decantarse por una opción más infrecuente y extrema: solicitar una *séparation de corps et d'habitation*, o separación de persona y domicilio, en la que los tribunales permitían que marido y mujer vivieran separados tras descubrirse que uno de los dos, normalmente el marido, era culpable de depravación, bigamia, violencia extrema, intento de asesinato u otros delitos intolerables.[9]

Sin duda, Renée-Pélagie lo consideraba una última opción, pues ello exigiría someterse a sí misma y a su familia a un escrutinio legal.[10] Con todo, si Sade la obligaba a elegir esa vía, ambos sabían que contaba con suficiente material incriminatorio para ganar y, de paso, destruir la ya maltrecha reputación del marqués y seguramente poner fin a su recién hallada libertad. Según escribió al abogado de la familia en relación con su decisión de separarse: «Si escarba en su conciencia, M. de Sade verá justicia en mis motivos y reconocerá que no podría ser de otro modo. En cuanto al escándalo, es un maestro en la materia. Solo diré lo que él me obligue a decir para justificarme. Pero lo diré si me veo forzada».

En efecto, después de tachar la petición de separación inicial de su mujer de «monumento de mentiras y estupidez tan tosco y oscuro como mal escrito», Sade acabó cediendo a sus exigencias.[11] Aquel mes de septiembre, ambos firmaron un acuerdo de separación en el que Renée-Pélagie aceptaba no insistir en el reembolso de su cuantiosa dote a cambio de una pensión de cuatro mil libras anuales. El que había sido su marido jamás pagó un céntimo.

Si Renée-Pélagie hubiera esperado un poco más, habría encontrado una manera más fácil de poner fin a su matrimonio. Dos años después, el gobierno revolucionario aprobó la ley de divorcio más avanzada del mundo, que permitía a hombres y mujeres anular su matrimonio por razones diversas, desde el maltrato hasta la incompatibilidad de caracteres. La ley solo estuvo vigente durante once años, momento en el cual fue revocada por el nuevo régimen. Pero, en ese tiempo, París sería testigo de más de doce mil divorcios, o aproximadamente una cuarta parte de los nuevos matrimonios. En la gran mayoría de los casos, fueron las mujeres las que instigaron el proceso.[12] Por una vez en la vida, la cohibida Renée-Pélagie se había adelantado a su época.

En los meses previos a la disolución legal de su matrimonio, Sade utilizó un préstamo de su suegra, curiosamente, para saldar deudas pendientes y poder hospedarse en una serie de alojamientos, hasta que finalmente alquiló una pequeña casa con patio en una zona elegante de la ciudad. También empezó a salir con una nueva mujer, Marie-Constance Quesnet, una actriz de treinta y tres años y madre soltera que se instaló en casa de Sade con Charles, su hijo de seis años.

 Aunque Sade describía a Marie-Constance como «sensible», insistía en que su relación era estrictamente platónica. «Nada es más virtuoso que mi pequeña familia», escribió en una carta a Gaufridy, uno de los pocos amigos que le quedaban con los que podía escribirse. «Para empezar, no hay una sola palabra de amor.»[13]

Fueran ciertas sus declaraciones de castidad o no lo fueran, la obsesión de Sade con el libertinaje se había visto sustituida por una nueva: el dinero. Sufría una manifiesta falta de fondos, sobre todo porque no tenía manera de obtener beneficios de las tierras familiares de la Provenza. Devastados por años de malas cosechas y aterrados por los rumores de que los nobles estaban enviando bandoleros al campo para recuperar el control político, los campesinos y vecinos de la Francia rural se habían rebelado, saqueando castillos, destruyendo los archivos de sus obligaciones feudales e incluso atacando a aristócratas.[14] En vista del caos reinante, Sade se negó a viajar al sur de Francia para poner orden en sus asuntos económicos.

Tenía motivos para mantenerse alejado de allí. Al año siguiente, los hasta el momento dóciles habitantes del pueblo de La Coste se armaron con garrotes y picas y, presas del fervor, irrumpieron en el castillo de la colina. Al cabo de una hora, el amado refugio de Sade estaba hecho un desastre: la bodega fue saqueada, se rompieron ventanas y se destrozaron muebles y muchos objetos de valor fueron robados.[15]

Para conseguir ingresos inmediatos, Sade no tuvo más opción que ponerse a escribir. Identificándose como un hombre de letras en su correspondencia, empezó a enviar sus obras a teatros de todo París. Varias compañías las rechazaron, y un director comentó que su trabajo no era «compatible con las normas del decoro», aunque sus piezas dramáticas casi siempre evitaban las obscenidades y la blasfemia.[16]

Finalmente encontró compañías dispuestas a producir algunas selecciones de su obra. En noviembre de 1791, el Théâtre Molière, un nuevo escenario dedicado a piezas provocadoras y revolucionarias, presentó *Le comte Oxtiern, ou les effets du libertinage*. Pero el tono condescendientemente aristocrático de uno de sus personajes hizo que algunos miembros del público exigieran la bajada del telón durante el estreno, y la compañía no volvió a representar la obra. Meses después, el Théâtre-Italien estrenó su obra en un acto *Le suborneur* como aperitivo de una ópera cómica. Pero, durante la cuarta escena, un grupo de activistas revolucionarios llamados jacobinos entraron en tromba en el teatro luciendo gorras rojas de la libertad y declararon: «¡En todos los teatros, los amigos de la libertad combatirán las obras de los aristócratas!».

«El mes pasado, la facción jacobina canceló una obra mía en el Théâtre-Italien solo porque estaba escrita por [un antiguo noble]», protestó Sade a Gaufridy. «Me tenían reservado el ser la primera víctima. He nacido para estas cosas.»

Sade también probó suerte como novelista. En verano de 1791, el editor y librero parisino Jacques Girouard publicó una versión anónima de *Justine o los infortunios de la virtud*, una ampliación de una novelita corta que había escrito en la Bastilla. Puesto que el libro era casi tan obsceno como *Las 120 jornadas de Sodoma,* Sade y su editor tenían la esperanza de que se beneficiara de la demanda de ficción pornográfica radical que estaba inundando toda la Francia revolucionaria. Sade tachaba a la mayoría de esos competidores de «panfletos miserables» escritos por aficionados que no sabían nada sobre la lujuria. Teniéndose por un experto en tales asuntos, sometía a su protagonista, la beata y bondadosa Justine, a todas las formas de degradación imaginables, cortesía de médicos maníacos, monjes depravados y aristócratas homicidas. Al final, Justine es salvada por su hermana Juliette, pero muere cuando le cae un rayo encima.[17]

Escandalizados, los críticos denunciaron el libro. Un redactor de un periódico local declaró que la obra era «muy peligrosa» y advirtió que su título podía «llevar por el mal camino a jóvenes sin experiencia». Otro artículo aconsejaba que solo la leyeran «hombres maduros para ver lo lejos que uno puede ir en la degradación de la imaginación humana. Pero hay que arrojarlo al fuego inmediatamente después».[18]

Reseñas sensacionalistas como estas avivaron el interés ciudadano, y *Justine* se convirtió en un éxito clandestino. En la década posterior, varios editores publicaron cinco ediciones más de la novela. «La piden, la buscan, se está popularizando», escribió un ensayista de la época. «El veneno más cruel circula con la abundancia más fatídica.»[19] Aunque Sade nunca confesó ser el autor de ese libro ni de sus obras pornográficas posteriores, empezó a trascender la verdad sobre sus orígenes. Estaba labrándose una reputación basada en las transgresiones cometidas sobre la página y no en las que había cometido en otros lugares. Ese fue el primer paso crucial para cimentar su lugar en la historia.

Aun así, la novela no vendió lo suficiente para mejorar la fortuna de Sade. Por eso, ya había puesto su talento al servicio de una nueva actividad: la revolución.

El 24 de junio de 1791, trescientos mil parisinos se echaron a la calle, agolpándose en avenidas, azoteas, árboles y puertas para presenciar el retorno de su deshonrado monarca. Cuatro días antes, Luis XVI y su familia habían sido apresados durante lo que parecía un intento de huida al campo. Por lo visto, el rey esperaba materializar una alianza de naciones extranjeras para recuperar el control de Francia. Mientras soldados y ciudadanos armados escoltaban su carruaje para someterlo a arresto domiciliario en el palacio de las Tullerías, la multitud observaba en silencio. En las paredes de la capital podían leerse advertencias escritas con tiza: «Aquel que aplauda al rey será golpeado. Aquel que lo insulte será ahorcado».[20]

Cuando el carruaje entró en la recién bautizada Place de la Révolution, un hombre se abrió paso entre los espectadores, lanzó una carta al rey y, dándose la vuelta, enseñó sus partes a la muchedumbre. Era Sade.

O eso decía la historia que corrió por todo París. Independientemente de si Sade, con sobrepeso y debilitado, se arriesgó a cometer una provocación tan directa al soberano y, más aún, si físicamente era capaz de semejante hito, le escribió una carta a Luis XVI que Girouard, su editor, no tardó en publicar como un panfleto de ocho páginas titulado *Discurso de un ciudadano francés al rey de los franceses*. En la misiva, Sade atacaba a Luis XVI por intentar recuperar su poder feudal: «No hay un solo francés [...] que no prefiera la muerte a la restitución de vuestro despotismo abusivo». Hablando por propia experiencia, se lamentaba por «los tristes individuos a los que vos, con una simple firma [...] apartabais de una familia apenada y arrojabais de por vida a las celdas de esas temibles Bastillas repartidas por todo vuestro reino». También despotricaba contra la reina, la austriaca María Antonieta, y le decía al rey: «Devolvedla a su país, que la envió aquí a destilar más concienzudamente el odio destructivo y venenoso que tal nación ha sentido por nosotros a lo largo de la historia».[21]

En el momento en que el rey intentó darse a la fuga, buena parte de la nobleza ya había huido al campo, como acabarían haciendo los dos hijos de Sade, por aquel entonces soldados veinteañeros. Pero el marqués no solo se negó a emigrar, sino que, como decía en una carta a Gaufridy, estaba «entregado en corazón y mente a la revolución».[22]

Adoptando títulos proletarios como «Louis Sade» y «ciudadano Sade», se convirtió en un miembro activo de su revolucionario distrito parisino. Su implicación no flaqueó nunca, ni siquiera cuando los activistas militantes y un jacobino cada vez más poderoso llamado Maximilien Robespierre asumieron el control del barrio y lo convirtieron en uno de los más radicales de la ciudad. Los extremistas le cambiaron el nombre por el de Section des Piques, en referencia a las picas sangrientas de las masacres de septiembre de 1792, que se cobraron la vida de más de mil prisioneros, sacerdotes y presuntos simpatizantes de la monarquía.

Sade se hizo indispensable para sus compañeros revolucionarios. Se ofrecía para montar guardias de veinticuatro horas en el cuartel general de su zona, sito en una iglesia abandonada.[23] Fue comisario de hospitales, orfanatos y otras instituciones benéficas y se ocupó de rebautizar las calles del distrito, con designaciones patrióticas como «Rue des Citoyennes Françaises», «Rue des Hommes Libres» y «Rue Spartacus».[24] Escribió ensayos que abogaban por sustituir a las fuerzas militares por un ejército de reclutas ciudadanos, e hizo un llamamiento a que la nueva Constitución del país no fuera ratificada por representantes electos, sino directamente por el pueblo, una idea radical en aquella época.[25]

Impresionados, sus compañeros lo nombraron secretario de distrito y lo incluyeron en un jurado para investigar falsificaciones. «¡Soy juez, sí, juez! [...] ¿Quién podía imaginárselo?», escribió incrédulo a Gaufridy. «¡Pero felicíteme y, sobre todo, no olvide enviar dinero a *monsieur le juge,* o tenga por seguro que lo condenaré a muerte!»[26]

Aparentemente, el fervor revolucionario de Sade tenía sentido. Como ateo al que repugnaban las tediosas costumbres de la vida en la corte, tenía mucho en común con sus compañeros de armas. Estaba íntimamente vinculado a la caída de la Bastilla y el inicio de la revolución. Pero, en el fondo, seguía siendo noble. Tal como había escrito en la Bastilla en 1788, solo dos años antes de envolverse en los paramentos de la libertad, la igualdad y la fraternidad, la idea de que un plebeyo subiera un peldaño en la jerarquía le recordaba a «un sapo mugriento y asqueroso que por un instante trata de escapar del barro pero acaba cayendo de nuevo y desapareciendo».[27]

En realidad, solo había adoptado el papel revolucionario de boquilla. Como acto de supervivencia, se había consagrado a su interpretación más ambiciosa, una farsa en la que un error podía ser fatal. Mientras fingía ser un ciudadano modélico de su barrio, trabajaba en secreto para asegurarse de que sus títulos inmobiliarios y archivos familiares no fueran destruidos en la campaña nacional para acabar con los registros genealógicos. También se reunió discretamente con varios administradores financieros que más tarde serían ejecutados por ayudar a aristócratas a salvaguardar sus propiedades de la confiscación estatal.[28]

Después de años viendo cómo las cartas que escribía desde la cárcel eran escrutadas por los censores de la policía, Sade sabía que debía ser cuidadoso con el rastro que dejaba en papel. Como le comentaba a un conocido: «Debe ser prudente en sus cartas, [pues] el despotismo jamás abrió tantas como está abriendo ahora la libertad».[29] Escribió una carta en la que arremetía contra sus hijos por huir del país, pero probablemente la compuso de cara a la galería, ya que nunca la envió.[30] Eliminó partes de los textos de la cárcel que había podido conservar; por ejemplo, borrando un pasaje en el que decía: «No quiero [que la nobleza] tenga que regirse por las leyes del primer plebeyo [advenedizo] al que el rey quiera ascender».[31] Después de los asesinatos masivos de septiembre de 1792, escribió en una carta: «Nada es comparable al horror de las masacres que se cometieron». Sin embargo, acabó añadiendo en el interlineado: «Pero fueron justas».[32]

Y cuando María Antonieta subió al patíbulo en octubre de 1793, nueve meses después de que su marido perdiera la vida en la guillotina, Sade mencionó en un informe oficial que «el castigo de la austríaca fue justo».[33] No obstante, elaboró una respuesta muy distinta al asesinato en su cuaderno personal, donde imaginaba las palabras de la reina mientras aguardaba la ejecución: «Las bestias feroces que me rodean a diario inventan una humillación que hace que mi destino sea aún más horrible [...] Cuentan mis suspiros con deleite y sacian su sed con mis lágrimas».

En ocasiones, Sade se sentía lo bastante seguro como para desvelar sus verdaderos sentimientos con mucho más detalle que el que confería a sus personajes de ficción. Como decía en una carta enviada a Gaufridy en 1791:

> Soy antijacobino. Los odio a muerte. Adoro al rey, pero detesto los viejos abusos. Amo varios artículos de la Constitución y otros me repugnan. Quiero que se restablezca el lustre de la nobleza, porque acabar con él no solucionó nada. Quiero que el rey sea el líder de la nación. No quiero una asamblea nacional, sino dos cámaras como en Inglaterra, las

> cuales brindarían al rey una autoridad moderada y compensada por la concordia de una nación necesariamente dividida en dos órdenes; el tercero [el clero] es inútil y no quiero saber nada de él. Esa es mi profesión de fe. ¿Qué soy en este momento? ¿Aristócrata o demócrata? Abogado, dígamelo usted, porque yo no tengo la menor idea.[34]

Una noche de abril de 1793, Sade recibió a un invitado sorpresa en el despacho en el que trabajaba como secretario de distrito: Claude-René de Montreuil, su exsuegro de setenta y ocho años, al que no había visto en quince. Fuera, las calles oscuras estaban cubiertas de anuncios tricolores que declaraban: «Unidad, indivisibilidad, igualdad y fraternidad o muerte».[35] La recién creada república francesa había formado el Tribunal Revolucionario para erradicar a los enemigos del Estado. Los Montreuil, aristócratas que habían visto cómo huían del país la mayoría de sus hijos y nietos, temían convertirse en víctimas, así que recurrieron a la única persona que tenía influencia en su barrio, la Section des Piques.

«No pudo ser más agradable», escribió Sade acerca del encuentro aquella misma noche. «Creía que en cualquier momento me invitaría a hacerle una visita.»[36] Pero no había olvidado lo que le había hecho aquella familia. «Los Montreuil son mis mayores enemigos», le había dicho a Gaufridy el año anterior. «Además, son unos sinvergüenzas reconocidos, delincuentes a los que podría arruinar con una sola palabra si así lo quisiera.»[37]

Pronto tendría la oportunidad de hacerlo. A finales de julio de 1793, los miembros de la Section des Piques nombraron a Sade presidente. Aunque los miembros se turnaban en el puesto simbólico para cumplir mandatos de corta duración, esto supuso para Sade importantes labores administrativas, entre las cuales se incluía la capacidad de condenar a los Montreuil como delincuentes políticos, una acusación que directamente los habría enviado a la guillotina. Pero, en lugar de eso, Sade incluyó sus nombres en una lista de ciudadanos a los que debía exonerarse de sus cargos.

«Si hubiera dicho una palabra, habrían sido tratados con severidad», le contó a Gaufridy. «Pero callé; así es como me cobro mi venganza.» Sade no solo actuó así por venganza farisaica. En realidad, nunca había sido capaz de digerir la carnicería a gran escala que poblaba su ficción, y eso incluía el asesinato de los abuelos de sus hijos.[38]

El 2 de agosto de 1793, el presidente Sade, con una gorra de la libertad cubriéndole la calva, dimitió del cargo durante una reunión. «Querían que sometiera a voto una medida horrible e inhumana», escribió, sin especificar en qué consistía dicha medida. «No quise hacerlo.»[39] Es posible que guardara relación con el destino de los Montreuil, que acabaron sobreviviendo a la revolución y murieron una década más tarde. A lo mejor le pidieron que condenara a otro presunto traidor. Fuera lo que fuera, el terror que se había convertido en la orden del día era demasiado para el célebre marqués.

Eso no significaba que Sade hubiera abandonado el papel de revolucionario ardiente. En realidad, se había visto atrapado en su propia farsa. Igual que dos décadas antes no había podido resistirse a cometer actos de creciente depravación aun cuando la policía le pisaba los talones, ahora aspiraba a alcanzar cotas más elevadas en el régimen revolucionario. En noviembre de 1793 se personó ante la Convención Nacional, el organismo legislativo de la nueva república francesa, y recitó una petición en la que renunciaba a todas las religiones excepto el culto a la libertad. Calificando a Jesús de «esclavo judío de los romanos» y a María de «puta de Galilea», el ateo consumado animó a los ciudadanos de Francia a deshacerse de los «frívolos juguetes de una religión absurda».[40]

Por una vez, el ciudadano Sade había expresado a sus camaradas revolucionarios sus verdaderas creencias. Pero había cometido un grave error. A Robespierre, que iba camino de acumular poderes dictatoriales, le preocupaba el fervor anticristiano que inundaba el país. Se estaban profanando lugares sagrados y aparecieron carteles que declaraban: «La muerte no es más que un sueño eterno». Notre-

Dame se había convertido en el «Templo de la razón» e incluía bustos decorativos de Rousseau, Voltaire y Benjamin Franklin. Esas provocaciones religiosas entrañaban el riesgo de sembrar discordia en la nación y alejar a posibles aliados europeos. Ya no se podía tolerar el ateísmo sin complejos.[41]

Una semana después del discurso de Sade, Robespierre ocupó el estrado del cuartel general de los jacobinos en París e hizo pública su opinión al respecto. «El ateísmo es aristocrático», declaró.[42]

Ocho meses después, el 25 de julio de 1794, o 9 de Termidor, como era conocido según el calendario de la nueva república francesa, el alguacil del Tribunal Revolucionario recorrió París en busca de los últimos enemigos del pueblo que aquel día serían sometidos a un juicio sumario. Avanzó por una ciudad atenazada por el miedo y el derramamiento de sangre. El Gran Terror había alcanzado su clímax con cárceles abarrotadas y más de mil quinientos ciudadanos ejecutados en la capital francesa en menos de dos meses.[43] La llegada del alguacil normalmente significaba la muerte. Casi siempre, el juicio no era más que una breve parada camino de la guillotina. Aquel día, la lista del alguacil incluía a un exsacerdote, un químico, un carpintero, un florista, un vendedor de limonada y a «Aldonze Sade, exnoble y conde, hombre de letras y oficial de caballería, acusado de conspirar contra los republicanos».[44]

Sade esperó su destino en la Maison Coignard, un antiguo monasterio de las afueras de la ciudad convertido en hospital penitenciario. Había sido arrestado tres semanas después de pronunciar su discurso contra el cristianismo. El dictamen lo acusaba de fingir patriotismo al tiempo que mantenía simpatías monárquicas, además de ser, «en todos los sentidos, un hombre sumamente inmoral, altamente sospechoso e indigno de la sociedad».[45] Había sido desenmascarado como autor anónimo de la novela *Justine*, un descubrimiento peligroso en un momento en que las autoridades estaban tomando medidas drásticas contra la prostitución y la pornografía después de que Robespierre declarara que «la inmoralidad es la base del despotismo».[46]

Tras su detención, las autoridades habían trasladado a Sade a varios presidios: un antiguo convento en el que habían sido masacrados más de cien sacerdotes, una leprosería reconvertida y un manicomio para prostitutas reformadas que estaba tan abarrotado que el marqués se vio obligado a dormir en una letrina mugrienta.[47] Gracias a los esfuerzos de la devota compañera de Sade, Marie-Constance Quesnet, finalmente fue destinado a la Maison Coignard, donde los prisioneros adinerados pagaban por recuperarse de falsas enfermedades entre comodidades relativas. Pero, al poco de su llegada, la ciudad trasladó la guillotina del centro urbano a unos pocos centenares de metros del hospital penitenciario debido al hedor de los asesinatos en masa. Para Sade, la enorme tumba cavada en el jardín de la cárcel, que contenía más de mil cuerpos guillotinados pudriéndose bajo el calor estival, se convirtió en un recordatorio constante de que probablemente acabaría allí dentro.

El 25 de julio, el alguacil finalizó su recorrido por las cárceles de la ciudad y entregó a los prisioneros al Tribunal Revolucionario, donde los jueces condenaron a muerte a todos excepto a dos, ninguno de los cuales era Sade.[48] A las tres de la tarde, los gendarmes metieron a los convictos en un carromato abierto y la procesión puso rumbo a la guillotina. A mitad de camino, una multitud de ciudadanos enfurecidos y hartos de los asesinatos detuvo el convoy y empezó a desatar a los caballos. Los prisioneros estaban a punto de ganar su libertad cuando llegó el comandante en jefe de la guardia nacional y contuvo la agitación. La carreta retomó su viaje hacia el patíbulo.

Uno a uno, los convictos fueron conducidos a la máquina que había sido elogiada por la eficiencia y humanidad con que despachaba a los condenados. Después fueron tumbados boca abajo en un banco, con un collar de madera alrededor del cuello para impedir que se movieran. Desde allí no podían ver la cuchilla de cuarenta kilos, que describía un ángulo cuatro metros por encima de ellos, ni la palanca situada cerca de su oreja izquierda, sobre la cual apoyaba la mano el verdugo, vestido con un blusón de color rojo sangre. En un instante se oyó el aullido del hierro contra la madera, un destello de metal bajo la luz del sol y un ruido sordo cuando la cuchilla alcanzaba su objetivo. Finalmente, otro ruido tétrico en la cesta colocada debajo.[49]

Esa noche, cuando los enterradores lanzaron los cuerpos a la fosa común, Sade estaba allí, pero no entre los muertos. Seguía en la celda situada encima del jardín.

Cuando aquel día el alguacil recogió a los acusados de las cárceles, indicó que Sade se encontraba ausente. A lo mejor había cometido una equivocación en el fragor del momento. O, posiblemente, Marie-Constance había presentado una solicitud o sobornado a las autoridades adecuadas para que Sade recibiera el perdón. Más tarde, convencido de que ella era la responsable de su salvación, se lo dejó todo en su testamento, donde afirmaba: «Me apartó de la guadaña revolucionaria que sin duda pendía sobre mi cabeza».[50]

Fuera cual fuera el motivo, el Tribunal Revolucionario no tendría oportunidad de remediar el error. Al día siguiente, las autoridades escoltaron al desacreditado Robespierre a la guillotina y pusieron fin a su reino del terror. Meses después, Sade abandonó nuevamente la cárcel, pero esta vez, el tiempo que había pasado entre rejas lo había marcado más que nunca. Como le escribió a Gaufridy: «La guillotina que tenía ante mis ojos me hizo cien veces más daño que todas las Bastillas imaginables».[51]

Sade se hallaba en una ciudad acechada por las revueltas. El caos había provocado una deflación desmedida de la divisa, lo que sumió a muchos en una pobreza extrema, incluido Sade. Sus propiedades provenzales habían sido confiscadas durante su encarcelamiento y las autoridades eran reacias a liberarlas, ya que su nombre había aparecido, por error, en una lista de nobles que huyeron del país. Por primera vez en su vida, intentó conseguir trabajo, y escribió a varios funcionarios del gobierno que estaba «muy viajado en algunas regiones de Europa» y que posiblemente sería «útil para la composición o edición de obras literarias, o para la dirección o mantenimiento de una biblioteca, una oficina gubernamental o un museo».[52]

Sus apelaciones no llegaron a ninguna parte. Sade decidió vender lo que quedaba del Château de La Coste y otra propiedad familiar, unas ganancias que en 1796 le permitieron comprar una casa de campo pequeña pero confortable en un pueblo del norte de París. Pero finalmente se le agotaron los fondos y, dos años después, la terrible situación económica los obligó a él y a Marie-Constance a abandonar la casa y separarse, pues llegaron a la conclusión de que sería más fácil salir adelante si vivían de manera independiente. En los meses posteriores, Sade pasó por toda una serie de alojamientos cada vez más deprimentes. Vivió en casa de un granjero que le debía dinero, luego subsistió gracias a sobras de comida en la parte trasera de una buhardilla y finalmente ingresó en un hospicio público, donde convivió entre vagabundos para no «morir en cualquier esquina», como escribió en una carta.[53]

Sade continuó escribiendo. En 1795, la viuda de Girouard, el editor, que había sido ejecutado durante la revolución, publicó dos versiones anónimas de sendos libros de Sade: *Aline y Valcour*, una novela epistolar bastante casta que había escrito en la Bastilla, y *La filosofía en el tocador*, un trabajo más licencioso en forma de diálogo teatral.[54] En esta última, uno de los protagonistas lee en voz alta un panfleto filosófico titulado *Franceses, un esfuerzo más si queréis ser republicanos*, donde se sostiene que las leyes de la naturaleza no solo justifican la abolición de la pena de muerte, el aborto libre y la descriminalización de la homosexualidad, sino que también permiten el incesto, la violación, el robo y el asesinato. El tratado era pura sátira; Sade estaba tan desilusionado con el culto a la libertad como lo había estado siempre con el cristianismo.

En años posteriores, publicó anónimamente una serie mucho más ambiciosa: una obra ilustrada de pornografía extrema en diez volúmenes que incluía *La nueva Justine o las desgracias de la virtud*, una ampliación de su libro *Justine*, y *Juliette o las prosperidades del vicio*, la historia de Juliette, hermana de Justine. En este último relato, Juliette, una chica tan depravada como virtuosa era su hermana, se une a una maligna organización llamada Sociedad de Amigos del Crimen y se embarca en una gira por Europa, donde deja una estela de robos, violaciones y asesinatos. Entre otras figuras de la vida real con las que se encuentra durante su periplo, Juliette alterna con el papa Pío VI, famoso por sus elevadas virtudes, aunque en la historia de Sade es un pervertido que participa en una orgía grupal durante una misa negra celebrada en el Vaticano.[55]

La obra causó impacto en una época en la que en las salas de baile reabiertas de París sonaban canciones que satirizaban los extremos revolucionarios y en la que quienes marcaban tendencia lucían conjuntos reveladores inspirados en la Grecia y la Roma antiguas. Según la policía, los pervertidos inundaban los jardines del Palais-Royal, una popular galería comercial, interpretando escenas de la historia de Sade: «Las escenas de la execrable novela *Justine* se ponen en práctica con una audacia sin precedentes».[56]

Merced a las ganancias generadas por esos libros, Sade y Marie-Constance volvieron a la casa que compartían al norte de París en abril de 1800. Pero aquella serenidad no duraría demasiado. Once meses después, el 6 de marzo de 1801, Sade estaba hablando de negocios en la oficina de su editor cuando unos agentes irrumpieron en el edificio y anunciaron que estaba detenido. El marqués se había ganado un nuevo enemigo: Napoleón Bonaparte.[57]

El rollo

10

El pergamino robado

1983

La policía buscaba objetos robados en el abarrotado apartamento de Jean Grouet, un editor francés famoso por publicar polémicos tratados políticos y por apoyar diversas campañas contra el gobierno. Pero a las autoridades no les interesaban tanto las inclinaciones radicales de Grouet como su amistad con Nathalie de Noailles, hija de Marie-Laure de Noailles, la célebre Vizcondesa Roja. En septiembre de 1982, Nathalie le había prestado a Grouet el manuscrito de *Las 120 jornadas de Sodoma*. Cuando le pidió que se lo devolviera, Grouet le entregó el estuche de cuero. Sin embargo, al abrirlo, Nathalie vio que estaba vacío. Ahora, la policía lo estaba buscando. Durante el registro del piso de Grouet, los agentes encontraron otro manuscrito que le había arrebatado a Noailles —la partitura original de un ballet de Ígor Stravinski—, pero no *Las 120 jornadas de Sodoma*.[1]

Grouet reconoció haber afanado el rollo, pero les dijo a las autoridades que ya no estaba en sus manos, ni tampoco en Francia. Se lo había llevado a Suiza, donde se lo vendió a un hombre llamado Gérard Nordmann.[2] En vista de ello, Carlo Perrone, el hijo de Noailles, que residía en Italia, se desplazó a Ginebra. Tenía solo veintisiete años, pero se comportaba con la madurez de una persona que carga con unas responsabilidades considerables. Alessandro, el padre de Perrone, pertenecía a una de las familias más poderosas de Italia y había utilizado sus recursos para hacer crecer el imperio mediático del clan. Tras la muerte de Alessandro dos años antes, el control del negocio —los periódicos *Il messaggero* e *Il secolo xix* y las cadenas de televisión Tivuesse Telesecolo y RTI

 Rete Televisiva Italiana— recayó en su hijo, que había terminado sus estudios universitarios hacía muy poco. Como nuevo patriarca de la familia, la madre recurrió a Perrone para que la ayudara a recuperar el manuscrito robado.

Perrone tenía la cara larga y regia de su abuela, la Vizcondesa Roja, pero su actitud era más parecida a la de su abuelo Charles: tranquila, gentil y refinada. Tras el divorcio de sus padres cuando tenía diez años, Perrone pasaba gran parte del tiempo en Italia. Nunca había estado especialmente unido a su abuela, a quien recordaba como una mujer afectuosa pero distante que pasaba unas horas siendo el centro de atención en la mansión de su madre y luego se iba en su Citroën DS. Tampoco mantenía demasiados vínculos con el extraño pergamino que la vizcondesa legó a su madre. En una ocasión había intentado leer algún fragmento, pero le pareció aburrido. Sin embargo, entendía su importancia y lo que significaba para su familia y para Francia.

Ese era el motivo por el que Perrone se encontraba en el despacho de Nordmann, situado en lo alto de un edificio de seis plantas del centro de Ginebra. Por la ventana, Perrone divisaba casi toda la ciudad: una extensión de estructuras modernas, el lago Lemán, con su fuente Jet d'Eau arrojando agua a cientos de metros de altura y, a lo lejos, el pico nevado del Mont Blanc. En los pisos inferiores se encontraban los ajetreados pasillos de comida, los estantes de ropa y los mostradores de productos cosméticos de La Placette, el centro comercial más grande de Suiza. Era la tienda insignia de Maus Frères, un grupo empresarial que supervisaba cientos de grandes almacenes, supermercados, ferreterías y restaurantes en todo el mundo.[3] A sus poco más de cincuenta años, Nordmann era copropietario de todo. El reino mayorista, fundado por los Nordmann y otra familia suiza a principios del siglo XX, floreció cuando el país salió prácticamente indemne de la segunda guerra mundial y experimentó un auge económico sostenido.[4]

Nordmann, con un cabello gris impecable y gafas de plástico, sonrió a su joven invitado, desplegando las agradables atenciones por las que era conocido entre sus empleados.[5] Como muchos capitalistas suizos destacados, era una persona discreta y apenas denotaba la autoridad y la iniciativa que en pocos años llevarían a la revista *Fortune* a publicar que él y los copropietarios de Maus Frères habían amasado una fortuna de 3.600 millones de dólares, cosa que lo convertía en una de las cien personas más ricas del mundo.[6]

Perrone le explicó que su madre había perdido *Las 120 jornadas de Sodoma* y que las autoridades habían averiguado que actualmente estaba en manos de Nordmann. Había ido a recuperarlo y, a cambio, reembolsaría a Nordmann la cantidad que hubiera pagado por él. Perrone creía que, siendo ambos directivos de empresas, vivían en un mundo de conductas honestas y obligaciones legales. Sin duda, llegarían a un acuerdo sobre un manuscrito centenario.

Ante la petición de que renunciara al pergamino, Nordmann demudó su rostro, como si hubiera caído una cortina de terciopelo y en su lugar hubiera aparecido un muro de ladrillo. Cuando habló, sus palabras fueron rotundas.

—Mi sueño es tener ese manuscrito —le dijo a Perrone—. Lo conservaré el resto de mi vida.[7]

En aquel momento, el rollo se encontraba en la casa que Nordmann tenía a las afueras de Ginebra, más concretamente en un lugar destacado con impresionantes vistas a las montañas. Allí, unas estanterías que llegaban hasta el techo alojaban la que muchos consideraban la colección privada de erotismo más grande del mundo.[8]

Nordmann había empezado a coleccionar libros eróticos cuando era adolescente. Durante su primer encuentro con la mujer que acabaría convirtiéndose en su esposa, le ofreció un libro sobre cortesanas del siglo XVIII.[9] Recorría las librerías de París, donde hojeaba catálogos de subastas en busca de ediciones más raras que los volúmenes almacenados en la Maleta Privada del British Museum o la sección Enfer de la Bibliothèque Nationale de France. Sus descubrimientos incluían la única edición conocida de *Sonetos lujuriosos*, escritos por Pietro Aretino en el siglo XVI y, según se cree, el primer ejemplo de pornografía europea moderna. También, la serie de libros que contenían la versión original de *Historia de O*, la exitosa novela erótica de la década de 1950, cuyo autor seguía siendo un misterio.[10] Más tarde, la escritora francesa Anne Desclos desvelaría que había creado aquel divertimento amoroso para su amante, el también escritor y crítico Jean Paulhan, que describía su creación como «la carta de amor más ardiente que haya recibido un hombre». Nordmann hacía engalanar esas adquisiciones con su característico ex libris: un ala delicada con las palabras GERARD NORDMANN EXLIBRIS, con las letras E, R, O y S destacadas para que deletrearan la palabra EROS.[11]

Las búsquedas de Nordmann consumían gran parte de su tiempo y energía. Financiaba reediciones de novelas pornográficas descatalogadas desde hacía mucho tiempo así como tratados académicos sobre la historia de las publicaciones ilícitas. Invitaba a un grupo selecto de individuos de mentalidad afín a su santuario y les dejaba hojear su selección de pergaminos ilustrados japoneses y primeras ediciones del misterioso opus victoriano *Mi vida secreta*.[12] En una ocasión compró unos textos valiosos en Inglaterra y, en lugar de esperar a que llegaran por correo, envió un camión privado a casa del vendedor.[13]

Nunca le habían interesado especialmente los escritos hiperviolentos de Sade, pero aun así deseaba poseer algo tan mítico como *Las 120 jornadas de Sodoma*. Durante años había preguntado a sus fuentes francesas si los Noailles estarían dispuestos a deshacerse de él. Uno de esos contactos, un librero parisino llamado Louis Botherel, había puesto a Nordmann en contacto con Grouet después de que el editor se llevara el pergamino. El 17 de diciembre de 1982, Grouet viajó a Suiza y ofreció el manuscrito sin su estuche. Nordmann lo adquirió por trescientos mil francos, o cerca de cien mil euros de la actualidad.[14]

Convertido entonces en el epicentro de su colección, el rollo necesitaba un nuevo receptáculo. Trabajando con un importante encuadernador suizo llamado Jean-Luc Honegger, Nordmann diseñó una elegante caja con motivos geométricos impresos en su piel de ternero gris azulado. *Las 120 jornadas de Sodoma* fue alojado en su interior y atado fuertemente a una clavija de cristal hecha a medida.[15]

Nordmann casi nunca hablaba del motivo por el que coleccionaba textos eróticos. Él y su familia judía habían sobrevivido a los horrores del Holocausto gracias a su opulencia y a la neutralidad diplomática de Suiza. Aun así, cuando era joven había sido testigo de la práctica erradicación de toda una cultura, no solo en las cámaras de gas nazis, sino también en las quemas masivas de libros y otros intentos sistemáticos por aniquilar las artes y la literatura judías. Sin embargo, la acumulación de material pornográfico de Nordmann no solo obedecía a una labor de conservación altruista. Disfrutaba de aquella actividad, y no solo en un sentido sexual. Tal como había aprendido su predecesor victoriano Henry Spencer Ashbee mientras formaba su colección de literatura erótica, los libros ilícitos, debido a su naturaleza clandestina y a que tendían a ser destruidos, estaban entre los textos más difíciles de encontrar. Era la búsqueda del tesoro definitiva, y exigía una diligencia, una perseverancia y una riqueza considerables.[16]

En ese sentido, *Las 120 jornadas de Sodoma* era un tesoro especialmente atractivo, ya que en aquel momento era conocido por su papel protagonista en uno de los casos más famosos de censura del siglo XX. A finales de los años cuarenta, el editor francés Jean-Jacques Pauvert empezó a publicar las obras completas de Sade, incluyendo *Las 120 jornadas de Sodoma.* A diferencia de impresiones anteriores de los textos de Sade, como la versión que publicó Iwan Bloch en 1904 de *Las 120 jornadas de Sodoma* y la «edición crítica» de Maurice Heine que se comercializó treinta años después, esos libros fueron publicados abiertamente y no a través de suscripciones limitadas, e incluían el nombre real del editor y el lugar de publicación: el garaje de los padres de Pauvert. Fue una provocación directa, y las autoridades respondieron llevando el asunto a los tribunales.[17]

En la vista celebrada en diciembre de 1956, Pauvert no fue el único encausado. Como dijo el fiscal del Estado al tribunal: «Quien está siendo sometido a examen es el ilustre y "divino" marqués de Sade transcurridos más de ciento cuarenta años desde su muerte».[18] Muchos de los intelectuales más apreciados de la época subieron al estrado para defender al marqués, entre ellos los veteranos de la vanguardia Jean Cocteau y André Breton. Los literatos argumentaron que la obra no solo poseía valor científico, como afirmaba Iwan Bloch medio siglo antes, sino también mérito ético. Sade, dijeron, era un moralizador que sacaba a relucir las verdades oscuras de la condición humana para que la gente pudiera protegerse de ellas. Según la declaración que hizo el filósofo Georges Bataille ante el juez: «El marqués de Sade fue innovador porque, antes de él, nadie había dicho que los seres humanos disfrutaran contemplando el dolor y la muerte». Prohibir los textos de Sade, aventuró el crítico literario Jean Paulhan, equivaldría a censurar obras que no eran más peligrosas que ciertos pasajes de la Biblia.[19]

Esos argumentos no convencieron al juez. Halló culpable a Pauvert de ofender la moral pública, le impuso una multa de doscientos mil francos y ordenó la destrucción de los textos incriminatorios, incluido *Las 120 jornadas de Sodoma.*[20] Pero, en la apelación presentada un año después, un tribunal superior anuló el castigo. Pauvert era ya libre de imprimir las obras de Sade, y las repercusiones se extendieron fuera del territorio francés. Inspirada por el caso Pauvert y por una trascendental decisión del Tribunal Supremo estadounidense, que en 1957 definía la obscenidad como material «sin ninguna importancia social», la iconoclasta editorial neoyorquina Grove Press empezó a lanzar ediciones no censuradas de los textos de Sade, comercializándolas como obras de relevancia cultural. Ninguna fue prohibida o confiscada, ni siquiera *Las 120 jornadas de Sodoma.*[21] En años posteriores se abrieron las compuertas a ambos lados del Atlántico, y fueron salieron al mercado libros dedicados a temas picantes de toda índole sin que hubiera reacciones oficiales. Si podían publicarse las obras de Sade sin restricciones, habría que permitir todo lo demás.

Puede que Nordmann viera *Las 120 jornadas de Sodoma* como un símbolo de triunfo sobre la censura, pero ni siquiera esa interpretación podía explicar del todo su apego por el pergamino. Entre los bibliófilos tenía fama de generoso. Aunque, cuando lo compró, Nordmann no supiera que *Las 120 jornadas de Sodoma* había sido injustamente arrebatado a la familia Noailles, ¿por qué no renunció a él cuando Perrone se lo explicó en persona? ¿Por qué se arriesgó a mancillar su impoluta reputación y alterar su discreto estilo de vida aferrándose al rollo?

A lo mejor no podía evitarlo. Para algunos coleccionistas, la necesidad de acumular se volvía enfermiza, y esos individuos tenían un nombre: bibliomaníacos. Abundaban las historias sobre bibliomaníacos que mentían, robaban e incluso asesinaban para ampliar sus colecciones de libros. En 1836, Gustave Flaubert escribió a los catorce años uno de sus primeros relatos, «Bibliomanía», que trata de un hombre cuyo amor por los libros «ardía en su interior, consumía sus días, devoraba su existencia».[22] Basó su obra en la historia de don Vicente, un monje español convertido en librero que supuestamente asesinó a ocho personas para hacerse con sus codiciados volúmenes. Cuando el tribunal le preguntó si se arrepentía de sus crímenes, don Vicente repuso: «Todo el mundo ha de morir tarde o temprano, pero los buenos libros deben ser conservados».[23]

Aunque la historia de don Vicente probablemente era apócrifa, mucha gente había permitido que la bibliomanía consumiera su vida. Eso incluía a sir Thomas Phillipps, un aristócrata victoriano obsesionado por conseguir «un ejemplar de cada libro que existiera en el mundo» para consternación y ruina de su familia. Según una persona que visitó su mansión: «Todas las habitaciones están llenas de montones de papeles, [manuscritos], libros, escrituras, paquetes y otras cosas [...] Las ventanas de la casa nunca se abren, y el aire viciado y el olor a papel y [manuscritos] son casi insoportables». Cuando Phillipps murió en 1872, dejó cien mil libros y manuscritos. Su familia tardaría más de un siglo en dispersarlos.[24]

Luego estaba el marqués de Villeneuve-Trans, anterior propietario del rollo. La fanática necesidad de cultivar su colección de erotismo probablemente contribuyó a su ruina económica y lo obligó a vender gran parte de su amada biblioteca.

La pasión de Nordmann por los libros eróticos nunca llegó a ser tan abrumadora, pero parecía haber algo irracional en su obsesión por *Las 120 jornadas de Sodoma.* Tal vez no podía renunciar al pergamino porque en el fondo era un poco bibliomaníaco.

La familia Noailles se negó a renunciar al pergamino sin oponer resistencia. En Francia, Nathalie de Noailles presentó una querella contra Grouet, quien afirmó ante las autoridades que ella le había permitido hacer lo que quisiera con el pergamino para mantener su negocio. Después de años de batallas judiciales y apelaciones, el Tribunal Supremo de Francia se pronunció sobre el asunto en 1990: declaró culpable a Grouet y confirmó una decisión judicial anterior que le valió una sentencia suspendida de dos años de prisión y una multa de trescientos mil francos.[25] Más importante aún, el tribunal declaró que Grouet se había llevado ilegalmente *Las 120 jornadas de Sodoma* a Suiza y que lo había vendido sin el permiso de su propietario.[26] Ahora, la familia Noailles contaba con una resolución legal que determinaba que Nordmann había comprado una propiedad robada.

Las maniobras legales se desarrollaron en un contexto de creciente preocupación ciudadana por el tráfico de bienes culturales. Durante la segunda guerra mundial, el planeta asistió impotente a la mayor destrucción y traslado de obras de arte y tesoros de la historia moderna, impulsada por el régimen nazi. En 1954, una conferencia internacional redactó la Convención de La Haya para la Protección de los Bienes Culturales en caso de Conflicto Armado, un tratado que tenía por objetivo salvaguardar las antigüedades en tiempos de guerra.[27] Pero, con el paso de los años, quedó claro que el saqueo de objetos preciados no se limitaba a los tiempos de guerra. Cada vez llegaban más reliquias de lugares históricos y excavaciones arqueológicas de todo el mundo a salas de subastas, galerías de museos y casas particulares de coleccionistas adinerados, principalmente en Europa y Estados Unidos. Los intentos por devolver esos artículos a sus lugares de origen a menudo se veían obstaculizados por dificultades diplomáticas y legales, gracias a las diferencias en la forma en que los países gestionaban los materiales saqueados. Para agilizar el proceso, la Organización de las Naciones Unidas para la Educación, la Ciencia y la Cultura, o UNESCO, aprobó la Convención de 1970 sobre las medidas que deben adoptarse para prohibir e impedir la importación, la exportación y la transferencia ilícita de bienes culturales, que exigía que todos los Estados firmantes colaboraran en la restitución de objetos robados. Gracias al dictamen del tribunal francés, *Las 120 jornadas de Sodoma* encajaba en dicha definición.[28]

Solo había un problema: Suiza, con su reputación de neutralidad y su marcado compromiso con la privacidad de sus ciudadanos, aún no había firmado la convención de la UNESCO de 1970. Así pues, aunque la familia Noailles presentó una reclamación de propiedad en Ginebra, la única forma de obligar a Suiza a que colaborase en la recuperación del pergamino era demostrando en los tribunales que Nordmann no había actuado de buena fe cuando lo compró.[29] La idea de la buena fe, desarrollada durante la Ilustración y común en muchos sistemas legales, presuponía que las personas tendían a actuar con decencia en sus acuerdos con terceros.[30] Según ese concepto, incluso si alguien compraba un artículo robado, como aparentemente había hecho Nordmann con *Las 120 jornadas de Sodoma*, se suponía que esa persona no era culpable, a menos que hubiera ignorado evidencias claras y convincentes de que la transacción encerraba algo inadecuado.

El asunto inició un periplo por el sistema judicial suizo y, en 1998, el Tribunal Supremo Federal se hizo cargo del caso. Los jueces tuvieron en cuenta las pruebas a favor de Nordmann, entre ellas que la transacción había sido emprendida por un librero parisino de renombre y que Grouet no era un intruso dudoso, sino un amigo personal del propietario anterior del pergamino.[31] Es más, un experto en manuscritos franceses citado por el tribunal —Alain Nicolas, a quien todavía le faltaban años para hacer negocios con Aristophil y tener un enfrentamiento con Castaing— había determinado que los trescientos mil francos que pedía Grouet por el rollo no era una cifra anormalmente baja en comparación con su valor real, por lo que su precio no debería haber levantado sospechas.[32]

Los magistrados también tuvieron en cuenta varios hechos que sembraban dudas sobre el comportamiento de Nordmann. Grouet, por ejemplo, no le había proporcionado un permiso de exportación para el manuscrito, que se había entregado extrañamente desprovisto de su singular contenedor. Más grave todavía era que Nordmann sabía desde hacía mucho tiempo que la familia Noailles no estaba interesada en vender el manuscrito y que, gracias a sus contactos, le habría resultado fácil averiguar que, cuando lo adquirió, Nathalie de Noailles ya había informado a las autoridades francesas del robo.[33]

El 28 de mayo de 1998, el Tribunal Supremo de Suiza se pronunció sobre la cuestión. Uno por uno, los cinco jueces expresaron su opinión, hasta que hubo dos a favor de los Noaille y dos en contra. El último juez deshizo el empate al concluir que Nordmann había actuado de buena fe. A consecuencia de ello, *Las 120 jornadas de Sodoma* no sería devuelto a Francia.[34]

El fallo supuso un duro golpe para Nathalie de Noailles, que fallecería seis años después. Tras casi dos décadas de batallas judiciales, el Tribunal Supremo del país había dictado sentencia, y ni ella ni su hijo podían hacer nada al respecto.

Sin embargo, Nordmann no estuvo presente para saborear la victoria. Seis años antes, el 5 de febrero de 1992, había muerto tranquilamente en su cama. Al igual que dos propietarios anteriores del pergamino, había fallecido bastante joven, cuando tenía poco más de sesenta años. Ese mismo día, un libro se había deslizado de un estante y había aterrizado a su lado, como si fuera un homenaje de su colección. Llevaba por título *Los amores de un caballero*. Nordmann había cumplido su palabra con Perrone: se aferró al manuscrito hasta el final.[35]

En una colina con vistas a Ginebra, dos elegantes pabellones se alzan sobre un saliente rocoso, enmarcando una panorámica del lago. De entrada, nada resulta particularmente notable. Pero detrás de una pared situada en una esquina de la terraza, una escalera desciende en espiral hacia un santuario oculto. Allí se han excavado galerías en la tierra, los espacios oscuros están perforados por los rayos de luz que atraviesan las claraboyas.[36] Por todas partes, unas vitrinas de cristal equipadas con controles de temperatura y humedad y sistemas de iluminación de fibra óptica muestran algunos de los textos más notables de la historia de la humanidad: algunos de los primeros Evangelios del Nuevo Testamento que se conocen, escritos en papiros antiguos; primeras ediciones de la Biblia de Gutenberg y las noventa y cinco tesis de Martín Lutero; y un ejemplar completo del *First Folio* de Shakespeare con su encuadernación original. Cada uno descansa sobre unos brazos translúcidos calibrados para reducir la presión sobre los materiales, lo que hace que los textos recuerden a pájaros alzando el vuelo.[37]

Es la Bibliotheca Bodmeriana, diseñada para albergar una de las bibliotecas personales más extraordinarias jamás creadas. Martin Bodmer, heredero de una fortuna industrial suiza, pasó gran parte del siglo XX acumulando 150.000 textos muy preciados, lo cual le valió el apodo de «rey de los bibliófilos». Poco antes de su muerte, en 1971, lanzó la Fundación Martin Bodmer para preservar su biblioteca a perpetuidad. A fines de la década de 1990, la fundación privada decidió construir un edificio que reflejara la envergadura y grandeza de la colección. Tras vender un solo artículo, un dibujo de Miguel Ángel, por 7,4 millones de dólares en Sotheby's Nueva York, utilizó las ganancias para crear un museo debajo de la biblioteca original de Bodmer.[38]

Cuando se inauguró el nuevo museo en 2003, quería llamar la atención. La fundación contactó con la heredera de otra destacada colección literaria situada no muy lejos de allí: Monique Nordmann, la viuda de Gérard, que estaba interesada en que la biblioteca erótica de su marido recibiera el trato que merecía. El resultado fue *Eros Invaincu*, una exposición especial y muy publicitada en la Bibliotheca Bodmeriana, donde se exhibieron piezas importantes de la biblioteca de Nordmann. Llegaron visitantes de todo el mundo para escudriñar entre los textos obscenos y las lascivas ilustraciones. La atracción principal descansaba en una vitrina especial ubicada en la parte más profunda del museo: la primera exposición pública de *Las 120 jornadas de Sodoma*. Detrás de un cristal de seguridad y bajo una luz tenue yacía el pergamino parcialmente desenrollado con ambos extremos hacia arriba.[39]

Cuando terminó la exposición, Monique Nordmann accedió a que la Fundación Bodmer se encargara de la restauración del rollo. Y esta recurrió a Florence Darbre, su experta en conservación de papel y papiro. Entre sus colegas, era considerada una maga, alguien que podía hacer maravillas con los documentos, sin importar su edad o condición. A Darbre siempre le había fascinado que las finas láminas de fibra pudieran ser extremadamente frágiles y aun así resistir cientos o miles de años, y que pudieran contener cualquier cosa, desde notas irrelevantes hasta composiciones de gran trascendencia para el mundo. Después de estudiar historia del arte y egiptología, se adentró en el campo de la restauración, el cual requería paciencia, conocimientos profundos y, sobre todo, unas manos firmes.[40]

La preservación es tan antigua como la escritura, y varios profetas del Antiguo Testamento dejaron instrucciones detalladas sobre cómo salvaguardar mejor las crónicas más vitales.[41] Pero el proceso de conservación de libros y documentos no se convirtió en una verdadera profesión hasta mediados del siglo XX, y fue gracias a un desastre natural. En 1966, el río Arno, que surca el centro de Italia, se desbordó e inundó gran parte de Florencia. Cuando las aguas retrocedieron, la devastación había causado daños generalizados en muchos archivos y bibliotecas de la ciudad, dejando cientos de miles de libros, manuscritos y registros empapados y cubiertos de lodo. Expertos en conservación de todo el mundo se dieron cita en la ciudad para reparar los desperfectos y, de paso, estandarizaron procedimientos para el análisis de documentos, tratamientos químicos del papel y técnicas de restauración, entre otros. Había nacido una ciencia moderna.[42]

Cuando a Darbre le encomendaron la tarea de conservar el pergamino ya era uno de los nombres más importantes de la disciplina. Además de su labor en la Fundación Bodmer, trabajaba como restauradora de documentos privados, y en aquel momento estaba ayudando a la National Geographic Society a preservar el Evangelio de Judas Iscariote, perdido hacía mucho tiempo y cuyas páginas de papiro, descubiertas en la década de 1970, se hallaban tan deterioradas que prácticamente eran ilegibles.[43]

Darbre sabía que la conservación de documentos no consistía en que los materiales volvieran a parecer nuevos. Las marcas y desperfectos que el rollo había acumulado a lo largo de los años formaban parte de su historia. En su opinión, una mancha que se extendía por un extremo del manuscrito podía obedecer al entierro del pergamino en la Bastilla, y eliminarla sería como borrar parte de su historia. Por el contrario, su trabajo era preservar el estado actual del manuscrito para cerciorarse de que los desperfectos no lo destruirían en años venideros.

Según descubrió, el trabajo necesario acabaría siendo bastante mínimo. Las treinta y tres páginas a partir de las cuales se había ensamblado el pergamino estaban hechas de papel de alta calidad, y quienquiera que hubiese pegado las hojas de un extremo a otro —posiblemente el mismo Sade— había realizado un trabajo cuidadoso, asegurándose de que todo estuviera bien alineado. Así pues, empezó limpiando el manuscrito, pasando un cepillo suave por la superficie. Luego se concentró en los bordes que se habían arrugado y deshilachado, empleando un cepillo de punta fina para humedecer y desdoblar cada pliegue. Finalmente, con un adhesivo especial y delgadas tiras de papel japonés transparente, reparó pequeños desgarros en las páginas y en las uniones entre ellas, algunas de las cuales probablemente fueron causadas por la tinta ferrogálica corrosiva que había utilizado Sade.

Como siempre, trabajaba sin guantes, que eran incómodos y podían causar desgarrones. Además, la labor sutil que desarrollaba requería el sentido del tacto. Durante el proceso evitó pensar en la historia del pergamino que tenía bajo sus dedos. Tiempo atrás se había dado cuenta de que si reflexionaba demasiado sobre los orígenes de las reliquias en las que trabajaba —las manos sagradas de Miguel Ángel, la mente retorcida del marqués de Sade— nunca se atrevería a tocarlas.

Después de tres semanas de trabajo, Darbre devolvió *Las 120 jornadas de Sodoma* a la Bibliotheca Bodmeriana, donde continuó siendo expuesto, pero, como era un préstamo a largo plazo de Monique Nordmann, no permanecería allí para siempre. Sin embargo, años antes el rollo había estado a punto de convertirse en un elemento permanente de la biblioteca de Bodmer.

Casi todos los coleccionistas saben que sus amadas colecciones probablemente quedarán disgregadas después de su muerte, y las colecciones eróticas son especialmente susceptibles a la dispersión. En la Inglaterra del siglo XIX, Ashbee era muy consciente de ese hecho, motivo por el cual había puesto condiciones al Museo Británico, estipulando en su testamento que este podría adquirir sus tesoros literarios convencionales solo si conservaba también sus textos ilícitos. Nordmann también había tratado de encontrar una manera de conservar su colección. Poco antes de su muerte, ofreció discretamente su biblioteca completa a la Fundación Bodmer.[44]

En ese momento, no todos los miembros de la organización aceptaron la propuesta. Muchos creían que los materiales eran demasiado indecentes para darles cabida en su noble colección de grandes obras de la humanidad. Seguramente no ayudó que la pieza central de la colección de Nordmann, *Las 120 jornadas de Sodoma*, estuviera enredada en una batalla legal internacional. Al final, la fundación rechazó el regalo.

Pero a juzgar por la exposición *Eros Invaincu*, los líderes de la Fundación Bodmer ya no abrigaban tantas dudas sobre las actividades de Nordmann. Pero, dado que la colección de Nordmann ahora era propiedad de su familia, la oferta de donación ya no estaba sobre la mesa. Sería cuestión de tiempo que los tesoros de Nordmann fueran esparcidos por el viento.

En abril de 2006, en un cálido día de primavera, la casa de subastas Christie's París, un edificio de piedra caliza situado junto a los Campos Elíseos, abrió sus puertas para lo que un periódico calificó como «la venta erótica del siglo».[45] Un grupo selecto recibió catálogos especiales cuyas portadas incluían advertencias sobre las imágenes explícitas que contenían.[46] Los letreros colocados en la puerta de la sala de subastas declaraban que no se permitiría la entrada a menores de edad.[47] Tales indicaciones avivaron el entusiasmo por la subasta y, cuando empezó, el salón revestido de madera estaba repleto de postores y espectadores, todos ellos ansiosos por la venta de la biblioteca erótica de Gérard Nordmann.

Mientras unos azafatos con guantes blancos hacían desfilar los libros y manuscritos ante la multitud, las ventas avanzaban sin pausa. La edición en once volúmenes de *My Secret Life* se vendió por 38.400 euros.[48] Un conjunto de ciento dos ilustraciones lascivas de Jules-Adolphe Chauvet, el ilustrador erótico francés que intentó ayudar al marqués de Villeneuve-Trans a vender *Las 120 jornadas de Sodoma*, salió por 2.040 euros, cuatro veces su precio estimado.[49] Los manuscritos originales de *Historia de O* acabaron en manos de un empresario colombiano por 102.000 euros.[50] Los revolucionarios *Sonetos lujuriosos* de Pietro Aretino recaudaron 325.600 euros, la suma más alta de la subasta.[51] El texto renacentista único fue para un postor privado y nunca más se supo de él. Al final de una segunda tanda de subastas, celebrada el mes de diciembre siguiente, casi todo el contenido de la colección de Nordmann había desaparecido, tal como esperaba su viuda. Aunque ella siempre había apoyado sus actividades, nunca había compartido su pasión.[52]

Un artículo de la biblioteca de Nordmann no llegó a la sala de subastas de Christie's: *Las 120 jornadas de Sodoma.* Debido a la disputa latente sobre su propietario legítimo, era imposible que saliera a la venta, especialmente en Francia, sin provocar un escándalo internacional. Así que, por el momento, siguió en su cripta subterránea de la Bibliotheca Bodmeriana. Era demasiado controvertido para la venta erótica del siglo.

11

Borrado de la mente de los hombres

5 de julio de 1805

Los ricos del París de principios del siglo XIX llegaron en sus carruajes al psiquiátrico de Charenton, en las afueras de la ciudad, ansiosos por asistir a lo que se había convertido en una sensación cultural. Entraron en un pequeño teatro situado encima del ala de mujeres, donde, sentados junto a pacientes del hospital, buscaban rostros famosos entre la multitud. Se sabía que aquellos espectáculos mensuales abarrotados atraían a pilares de la alta sociedad, vástagos de sangre real y asesores del emperador Napoleón. Al sonido de un mazo, comenzó la función: una comedia en un acto cuyos actores a veces salían del escenario inesperadamente o se olvidaban de que estaban representando una obra teatral. En el centro de todo, interpretando el papel protagonista, dirigiendo la puesta en escena y atrayendo la atención «como una de esas criaturas monstruosas que se exhiben en jaulas», según uno de los asistentes, estaba Sade, de sesenta y cinco años.[1]

Desde su arresto en la oficina de su editor cuatro años antes, Sade había sido prisionero del estado policial instaurado por Napoleón tras asumir el poder. En el contexto de la represión cultural que clausuró muchos periódicos y teatros de París, las autoridades identificaron a Sade como el autor de las novelas obscenas *Justine* y *Juliette*. Y lo que era aún peor: creían que Sade había escrito *Zoloé*, una novela anónima que satirizaba a Josefina, la esposa de Napoleón, señalando que un personaje inspirado en ella disfrutaba de «un ardor por el placer cien veces mayor que [el de sus colegas], una avidez de dinero [propia de un usurero], el cual derrocha con la presteza de un jugador, y un amor vertiginoso por el lujo, lo suficientemente grande como para consumir los ingresos de diez provincias».[2]

Zoloé estaba lleno del tipo de obscenidades y críticas políticas que abundaban en la obra de Sade. Pero la novela carecía de su precisión mordaz y su inclinación por el nihilismo. Y nunca aflorarían pruebas fehacientes de que la obra había nacido de su pluma. Pero, aunque Sade nunca hubiera sido sospechoso de escribir *Zoloé*, probablemente habría provocado la ira del emperador francés de todos modos. Un relato de primera mano sobre el posterior exilio y muerte de Napoleón en la remota isla de Santa Elena probablemente hacía referencia a *Justine* cuando señalaba: «Como emperador [Napoleón] había escuchado un resumen y hojeado el libro más abominable jamás engendrado por la imaginación más depravada: era una novela que, incluso en la época de la [revolución], dijo que había asqueado a la moralidad pública, de modo que su autor había sido encerrado y así permanecía desde entonces».

Tras la detención de Sade, el comisario de policía de París rechazó un juicio público y concluyó que los procedimientos judiciales «provocarían un furor escandaloso que probablemente no se redima con un castigo suficientemente ejemplar». En lugar de eso, decidió «castigarlo administrativamente», encerrándolo discretamente por tiempo indefinido. Una vez más, Sade se hallaba encarcelado sin cargos ni posibilidad de apelación.[3]

Las autoridades primero confinaron a Sade en Sainte-Pélagie, un convento parisino reconvertido en prisión. Pasó dos años allí antes de que los guardias lo sorprendieran actuando de manera indecente con un grupo de jóvenes reclusos y en posesión de «un instrumento enorme que fabricó con cera y usó consigo mismo». Indignadas, las autoridades lo trasladaron a Bicêtre, una lúgubre institución antaño conocida como «la Bastilla de la chusma». Sade solo había pasado un mes allí cuando su exesposa e hijos solicitaron a la policía que lo transfiriera a un centro de mayor reputación. Más que preocuparse por su bienestar, querían proteger lo que quedaba del honor de su familia. Las autoridades decidieron internarlo una vez más en Charenton, el hospital psiquiátrico en el que había ingresado justo después de salir de la Bastilla. Sus obsesiones sexuales, concluyó la policía con un ápice de creatividad pseudocientífica, lo habían llevado a «un estado perpetuo de demencia libertina».

Esta vez, Sade encontró un aliado en Charenton: François Simonet de Coulmier, el director del hospital. Coulmier había sido sacerdote católico hasta que dejó el clero durante la Revolución francesa para dedicarse al hospital y a labores benéficas. En Charenton, rediseñó las instalaciones para utilizar tratamientos terapéuticos adaptados a los diagnósticos de los pacientes, una idea revolucionaria en aquel momento. Coulmier, un enano de modales vanidosos e intelecto refinado, también sentía pasión por el teatro y las mujeres hermosas, cosa que lo llevó a entablar amistad con su prisionero más notorio. Cuando las autoridades estatales exigieron que a Sade le fueran negados los instrumentos para escribir y el contacto con el mundo exterior, Coulmier ignoró la orden: «Me consideraría muy desafortunado si empleara mi tiempo en perseguir a un hombre que, aun siendo culpable de muchas cosas, ha demostrado, a través de un comportamiento consistente, el deseo de dejar atrás sus errores».[4]

Gracias a la buena voluntad de Coulmier y a una abultada factura anual que fue pagando a regañadientes su familia, Sade pudo disfrutar de una existencia privilegiada entre las instalaciones arboladas y los pintorescos prados de Charenton. Ocupaba una suite de dos habitaciones con cientos de libros y retratos de sus parientes favoritos, incluida su querida excuñada y amante, la cual había fallecido décadas antes. Su compañera, Marie-Constance, vivía al lado de las instalaciones, con el pretexto de ser una hija ilegítima que necesitaba permanecer bajo su cuidado. Sade podía pasear por los terrenos, pedía a los reclusos que le leyeran los periódicos y organizaba almuerzos y cenas varias veces por semana. En una carta a Gaufridy, su abogado desde hacía mucho tiempo, afirmaba: «No soy feliz, pero estoy bien».

Como siempre, siguió escribiendo. Llenaba diarios con tabulaciones de su tiempo en cautiverio y cálculos basados en los misteriosos símbolos numéricos que solo él podía ver. Escribió dos novelas relativamente comedidas, *Histoire secrète d'Isabelle de Bavière, Reine de France* y *La Marquise de Gange*. También creó una obra mucho más escandalosa, *Les entretiens du Château de Florbelle*, pero la policía confiscó el manuscrito y lo destruyó antes de que pudiera ser publicado.[5]

Lo más notable es que Sade se sumergió en el programa teatral de Charenton, el cual, según el médico jefe de la institución, «mantenía [a los pacientes] activos y ahuyentaba las ideas melancólicas, una fuente de locura demasiado común». Sade ayudó a diseñar el escenario, escribía las obras, dirigía los ensayos, planeaba la escenografía, ejercía de tramoyista, publicitaba las representaciones, repartía entradas y, en ocasiones, protagonizaba también el espectáculo. Conoció un éxito dramático y social que lo había esquivado mientras estuvo en libertad. Antes de las funciones, se ubicaba a las puertas del manicomio para dar la bienvenida a los asistentes, con una postura tan noble y erguida como le permitían su panza y su edad y con el cabello recogido y empolvado al estilo de antaño. Después invitaba a las damas más hermosas a cenar en sus aposentos, cautivándolas con su elegancia y a veces deslizando cartas de amor entre los pliegues de sus servilletas.[6]

Si bien los espectáculos teatrales de Sade no eran obras ejemplares de dicha disciplina, la mezcla de arte elevado y psicosis no se parecía a nada que el público hubiera experimentado antes. Como señaló un visitante de Charenton tras una de las actuaciones: «Después de los milagros que había presenciado, necesitaba abandonar ese lugar para estar seguro de que había conservado la razón».

Sade presentó numerosas peticiones de liberación, todas ellas ignoradas por los administradores. Mientras tanto, la policía registraba constantemente sus estancias, trataba de evitar que interactuara con el mundo exterior e intentó trasladarlo a una prisión más restrictiva. Aunque el encierro en Charenton iba ya por su segunda década, las autoridades nunca dejaron de considerarlo una amenaza. Si bien Coulmier logró rechazar la mayoría de los intentos del Estado por someter a Sade, las autoridades acabaron cansándose de sus juergas. En mayo de 1813, el ministro de Interior francés ordenó el fin de las actuaciones y fiestas en Charenton.[7]

Un año después, Francia se vio azotada por una nueva agitación política. Con su ejército diezmado y su imperio europeo destrozado por una coalición de potencias extranjeras, Napoleón dimitió como emperador en abril de 1814. Al mes siguiente, la población francesa, presa de un renovado fervor monárquico, celebró el regreso de Luis XVIII, el hermano exiliado del último monarca de Francia, y lo coronó rey de una nueva monarquía constitucional. Pero, aunque los torturadores napoleónicos de Sade perdieron su empleo, la situación de este empeoró. El nuevo gobierno destituyó a Coulmier de su cargo como director de Charenton, probablemente debido a sus actividades revolucionarias pasadas. El abogado que lo reemplazó no compartía el cariño de su predecesor por el famoso libertino del hospital. En el otoño de 1814, los informes del nuevo director llevaron a los administradores a pedir a la policía que «estudiara formas de sacar lo antes posible a M. de Sade de Charenton y enviarlo a un lugar donde ya no pueda hacer daño a la sociedad». Nuevamente, Sade fue tildado de enemigo del Estado. A pesar de sus grandes diferencias, cada uno de los regímenes políticos que se habían sucedido en Francia durante el último cuarto de siglo estaban de acuerdo en una cosa: Sade debía permanecer encerrado para siempre.

Tampoco cabía esperar ayuda o comprensión de la familia que le quedaba. Su exesposa, Renée-Pélagie, había muerto en 1810 a los sesenta y nueve años sin haberse reencontrado con su exmarido ni hacer las paces con él.[8]

 Su hija menor, Madeleine-Laure, nunca se casó y, según Sade, se pasó la vida «encurtida en la estupidez y la piedad» y apenas interactuó con su padre.[9] Durante un tiempo, Sade disfrutó de un vínculo más estrecho con su hijo mayor, Louis-Marie. Al igual que su padre, Louis-Marie abrigaba aspiraciones literarias, se embarcó en una ambiciosa historia escrita de Francia y desarrolló una reputación de libertino. Si bien padre e hijo tenían temperamentos volátiles que a veces agriaban su relación, Louis-Marie visitaba a menudo a Sade en Charenton y asistía a muchas de sus obras. Pero, en 1809, Louis-Marie sufrió una emboscada en Italia durante su tercer paso por el ejército de Napoleón tras llevar la vida caprichosa de un soltero. A sus cuarenta y un años, no sobrevivió al ataque.[10]

Quedaba el hijo mediano de Sade, Donatien-Claude-Armand, que respondía al nombre de Armand. Más parecido a sus abuelos, los Montreuil, a Armand le interesaban más la riqueza y su posición social que a su fantasioso hermano mayor. Cuidaba a regañadientes de su tocayo, ya que tenía poca paciencia con las crecientes peticiones de dinero de Sade, y menos aún con la notoriedad que su padre había conferido a su apellido. «Tu imperdonable crueldad te hace cerrar los ojos ante todo lo que estoy sufriendo», le escribió Sade con su estilo típicamente melodramático. «¿Amarás al hijo que lleva tu esposa en su seno si algún día te trata de esta manera?»[11]

En noviembre de 1814, Armand ofreció un poco de calidez a su padre. «Disfruté mucho leyendo *La Marquise de Gange*», escribió en una carta, refiriéndose a una novela histórica de Sade de reciente publicación.[12] Pero ese pequeño gesto de amabilidad no pudo compensar años de vergüenza. Armand acabaría permitiendo que la policía destruyera muchos de los papeles y manuscritos de su padre.[13]

A pesar de estar viviendo una situación cada vez más funesta, Sade se negaba a renegar de los comportamientos que lo habían sumido en tales circunstancias. De hecho, el septuagenario gozaba de los favores de una nueva amante: Madeleine Leclerc, la hija adolescente de una de las enfermeras del hospital, que trabajaba en el manicomio como lavandera. Aquella relación sería aprobada por la madre de Madeleine siempre y cuando esta recibiera un estipendio y fuera tolerada por la otra compañera de Sade, Marie-Constance. Sade enseñó a la niña a leer y escribir, le prohibía asistir a actos sociales y mantenía escarceos sexuales con ella, cuyos detalles plasmó en su diario.[14]

Sade no cambió ni en el ocaso de su vida. Sus actitudes y conducta, por viles que fueran, constituían su esencia. Como decía en una carta dirigida a la suegra de Armand, después de que esta lo animara a cambiar de actitud: «Aunque usted lo expresa con palabras mucho más amables y espirituales, lo que me está diciendo significa literalmente: "Saldrá cuando se porte bien". Pero yo me atrevo a responder: ¿Acaso alguien puede hablarle así a un viejo miserable abatido por la enfermedad y la prisión? O soy lo que debo ser, o nunca seré».[15]

Aun así, Sade vislumbraba el fin de su tormento. En la misma misiva, señala: «Que mis perseguidores tengan paciencia. La aflicción y la desesperación están abriendo mi ataúd. Me estoy preparando para entrar en él».

Los funcionarios del nuevo rey no tuvieron tiempo de trasladar a Sade a una nueva prisión. Su salud se había ido deteriorando —se quejaba de dolores de cabeza y estómago, reumatismo, mareos, espasmos corporales, piernas hinchadas y ceguera parcial—, y a finales de noviembre de 1814 empezó a sufrir unos dolores horribles en la parte inferior del abdomen y la ingle. Pronto ya no podría caminar.[16] Su estado no le impidió disfrutar de otra visita de Madeleine, la joven lavandera, durante la cual «se prestó como siempre a nuestros jueguecitos», según anotó Sade en su diario tras su partida.[17]

Pero el 1 de diciembre se fue a la cama con lo que el personal médico del hospital diagnosticó como «fiebre gangrenosa postrante». El hijo de Sade, Armand, fue a verlo la tarde siguiente, seguido de una visita del capellán del hospital. El sábado 2 de diciembre, un joven paciente llamado L. J. Ramon inició una vigilia junto a la cama de Sade, cuya respiración se volvía cada vez más trabajosa. A las diez de la noche, la habitación quedó en silencio. El marqués de Sade había fallecido.

El personal del hospital lo enterró en el otro extremo del cementerio, donde le dio sepultura religiosa y coronó su tumba con una lápida anónima decorada con una simple cruz. Años más tarde, cuando el hospital excavó esa parte del camposanto, los expertos médicos aprovecharon para examinar el cráneo de Sade, ya que la frenología, esto es, la práctica de estudiar los cráneos de las personas para determinar sus rasgos mentales, estaba muy en boga. Un frenólogo procedente de Alemania tomó prestado el cráneo y nunca lo devolvió. Probablemente lo perdió mientras impartía clases en su país de origen o en Estados Unidos, pero aun así logró ofrecer un análisis del cráneo de Sade. Según dijo, la «armonía que rige las combinaciones sublimes de las facultades intelectuales y los sentimientos humanos había dejado de existir en él», provocando «tal depravación en la moral y la filosofía del marqués de Sade que era el compuesto más amorfo de vicios y virtudes, actos de caridad y crimen, odio y amor».[18]

Pero Ramon, el interno que había presenciado la muerte de Sade y que más tarde se convertiría en el médico jefe de Charenton, también analizó el cráneo y llegó a una conclusión bien distinta: «Su cráneo era en todos los aspectos similar al de un padre de la Iglesia».

No es de extrañar que esas evaluaciones fueran tan discrepantes si tenemos en cuenta que la frenología nunca demostraría ser una ciencia objetiva. Pero también estuvieron entre los primeros indicios de los mitos extraños y a menudo contradictorios que empezaban a circular sobre Sade, ya que la verdad de sus actos y sus escritos se entremezclaban con la leyenda.

Sade no hubiera deseado todo aquello. Un poco más joven, hubiera acogido con satisfacción la fama eterna, pero al acercarse al final de su vida cambió de opinión sobre su legado. Sobre todo anhelaba liberarse del juicio de los demás, acabar con los escándalos de una vez por todas. Así lo expresó en las disposiciones funerarias que incluyó en su testamento, las cuales fueron ignoradas prácticamente en su totalidad por su hijo Armand. Según sus últimas voluntades, quería que su cuerpo fuera llevado a un bosque en una de las propiedades que le quedaban y enterrado sin ceremonias en un matorral anónimo. Debían esparcirse bellotas sobre su tumba para que pronto quedara cubierta de maleza. Así, había escrito, «toda huella de mi sepulcro desaparecerá de la faz de la Tierra, y de igual modo espero que toda huella de mi memoria se borre del recuerdo de los hombres».[19]

12

La gran ganga

9 de julio de 2013

Bruno Racine estaba disfrutando del sol estival junto a la piscina de su casa de campo en el sur de la Provenza. Se sentía a gusto, satisfecho al saber que estaba a punto de obtener una de sus mayores adquisiciones para una de las bibliotecas más grandes y reconocidas del mundo.[1]

Seis años antes, en 2007, Racine había sido nombrado presidente de la Bibliothèque Nationale de France, la biblioteca estatal fundada en 1368. Ahora, el grueso de los más de cuarenta millones de artículos de la institución estaba almacenados en una biblioteca ultramoderna que había costado miles de millones de dólares en el sur de París, un gigante de trescientos mil metros cuadrados coronado por cuatro elegantes torres de vidrio que parecían libros abiertos que se elevaban cientos de metros hacia el cielo.[2] Racine estaba al mando de todo. Tenía el aspecto diminuto y sin pretensiones del funcionario que había sido toda su vida, pero el hombre de sesenta y un años también era un novelista galardonado y tenía la ambición de llegar a la cima de la jerarquía política y cultural de Francia. Antes había sido presidente del Centro Pompidou, el icónico complejo multicultural y museo de arte moderno del centro de París, donde lideró las iniciativas para crear instituciones satélite en Shanghái y la ciudad francesa de Metz.[3] Desde que cogió el timón de la biblioteca nacional, Racine había puesto en marcha varios proyectos de revitalización. Había iniciado una renovación multimillonaria de la antigua sede de la biblioteca en el centro de París, incluyendo la restauración de la extensa sala de lectura con múltiples cúpulas. Había ampliado la digitalización de sus archivos de manuscritos, multiplicando por diez el número de documentos históricos a los que podía acceder la ciudadanía. Y se había propuesto aumentar la colección permanente de la biblioteca con tantos tesoros literarios como fuera posible.[4]

Esa decisión puso a Racine en competencia directa con los principales comerciantes y coleccionistas de Francia y otros países. En teoría, Racine contaba con varias ventajas. El Ministerio de Cultura, que supervisaba la biblioteca nacional, podía declarar tesoros nacionales las obras especialmente importantes que fueran a ser puestas a la venta, lo cual significaba que no podían salir del país ni ser comercializadas durante treinta meses mientras el Estado negociaba un precio de compra adecuado. Racine también podría eludir las vicisitudes de las salas de subastas haciendo valer el derecho preferencial del Estado sobre cualquiera de los textos en venta y declarando tan pronto como cayera el martillo del subastador que Francia adquiriría el lote por el mismo precio que la oferta ganadora.

Sin embargo, para llevar a cabo estos propósitos la biblioteca nacional necesitaba fondos de adquisición. Racine modificó los presupuestos estatales y utilizó incentivos fiscales para impulsar las donaciones privadas. Pronto acumuló un fondo de reserva considerable, que utilizó para consumar adquisiciones importantes, incluyendo los documentos del teórico marxista Guy Debord, los archivos del filósofo francés Michel Foucault y las memorias originales de Giacomo Casanova.[5] Ahora se disponía a conseguir un nuevo premio: *Las 120 jornadas de Sodoma* del marqués de Sade.

El esfuerzo había comenzado años antes. Tras la muerte de la viuda de Gérard Nordmann, Monique, en 2010, sus hijos hicieron saber que la familia estaba interesada en vender el pergamino. Racine se puso manos a la obra. Convenció al Ministerio de Cultura francés de que anunciara que el rollo sería proclamado tesoro nacional si era devuelto a Francia y se conservaba en la biblioteca nacional. Esa designación potencial ayudó a Racine a recaudar dinero para su compra, ya que los donantes privados que ayudaron a financiar la operación recibirían unos beneficios fiscales considerables.[6] Al mismo tiempo, la policía francesa y la Interpol incluyeron el pergamino en sus registros de bienes robados.[7] Si bien las designaciones eran eminentemente simbólicas, tenían el potencial de disuadir a entidades privadas interesadas en el manuscrito. Ahora sería muy difícil argumentar en un tribunal de justicia, como había hecho Nordmann, que no había forma de saber si el pergamino era considerado material de contrabando.

Entre tanto, Racine empezó a colaborar estrechamente con Carlo Perrone, el hijo de Nathalie de Noailles, y ambos viajaron a la Fundación Bodmer para comprobar el estado del manuscrito. La visita a las profundidades del museo subterráneo dejó al nieto de la Vizcondesa Roja visiblemente emocionado. Posteriormente, Perrone aceptó no hacer valer la propiedad del pergamino si era devuelto a Francia y depositado en la biblioteca nacional, e incluso se ofreció a ayudar a costear su adquisición. Trabajando a través de enlaces legales, Racine acordó un pago de 3,5 millones de euros a Serge Nordmann y sus hermanos. Los Nordmann, aún molestos por la decisión legal que afirmaba que el rollo no pertenecía a su familia, se negaron a entregar el rollo directamente a las autoridades francesas. En lugar de eso, acordaron entregárselo a un intermediario, que luego se lo haría llegar a la biblioteca nacional.[8]

En medio de estas delicadas negociaciones, Racine declaró a *The New York Times*: «[El pergamino] es una obra única, excepcional, y es un milagro que haya sobrevivido [...] Nos guste o no, pertenece a la Bibliothèque Nationale».[9] Las negociaciones habían concluido, los millones de euros que había en juego estaban listos para ser transferidos a varias cuentas bancarias de toda Europa, y la entrega final en Ginebra estaba programada para dos días después, el 11 de julio de 2013. Racine, sentado al borde de la piscina y disfrutando de unas vacaciones estivales en su refugio provenzal, parecía preparado para hacer realidad su deseo.

Fue entonces cuando sonó el teléfono. No habría entrega, le dijeron cuando respondió a la llamada. Los Nordmann habían cambiado de opinión. El trato quedaba cancelado.[10]

Entre bastidores, alguien más había estado tratando de hacerse con el manuscrito, la única persona dispuesta a ofrecer sumas ingentes por un documento con una procedencia tan controvertida: Lhéritier.[11]

Aristophil contactó con los Nordmann poco después de que la familia anunciara su intención de vender el pergamino. Aunque el abogado de Perrone había tratado de zanjar el asunto amenazando con confiscar el manuscrito si Aristophil lo adquiría y se lo devolvía Francia, Lhéritier no se dejó intimidar. Nunca le había interesado especialmente el marqués de Sade, pero comprendía el valor que entrañaba conseguir un documento de tanta relevancia literaria e histórica, y se prometió encontrar la manera de adquirirlo.

Poco antes de la entrega programada a la biblioteca nacional, Lhéritier ofreció a los Nordmann cuatro millones de euros, quinientos mil euros más de lo que habrían percibido de la biblioteca.[12] Aquella propuesta de última hora llevó a la familia a retractarse del pacto que Racine había estado negociando durante meses. Dado que el Estado no quería o no podía superar la oferta de Aristophil, la biblioteca no tenía forma de obtener el rollo.

Perrone no tuvo más opción que entablar negociaciones con Lhéritier. Trabajar con Aristophil parecía la única manera de devolver el manuscrito a Francia.[13] Pero la idea de que el rollo cayera en manos de una entidad privada en lugar de una institución estatal no le gustaba, por lo que aumentó sus exigencias. Al final, Lhéritier acordó pagar a Perrone 2,33 millones de euros. En total, Lhéritier acabó abonando siete millones de euros por el manuscrito, impuestos incluidos, y una abultada comisión a la persona que lo ayudó a orquestar el acuerdo: Jean-Claude Vrain, el importante librero parisino y archienemigo de Frédéric Castaing, el detractor de Aristophil.[14]

Además de la compensación económica, Aristophil aceptó reconocer el papel de ambas familias en la historia del pergamino. En todas las exposiciones relacionadas, la empresa incluiría notas que indicaran que Charles y Marie-Laure de Noailles habían adquirido el manuscrito en 1929, pero que recientemente había sido propiedad de la Colección Gérard Nordmann en Ginebra. No hubo reconocimiento de irregularidades por parte de ninguna de las familias, ningún intento de reparar décadas de acritud y disputas legales.[15]

Lhéritier también trató de apaciguar a la biblioteca nacional. Ofreció donar el manuscrito a la institución en un plazo de cinco años, después de vender las acciones de propiedad conjunta a los inversores, y volver a comprarlo una vez que la empresa lo hubiera promocionado y exhibido.[16] De ese modo, los accionistas podrían cosechar las recompensas de la compra de participaciones del pergamino y Aristophil podría jactarse de haber lanzado otro vehículo de inversión exitoso. Gracias a la donación, la empresa podría deducirse hasta un 60 % del coste del manuscrito conforme a una ley francesa diseñada para fomentar las contribuciones empresariales a las instituciones francesas.[17]

Racine, que había trabajado con Lhéritier en donaciones realizadas anteriormente por Aristophil a la biblioteca nacional, firmó el acuerdo, pero también debía ser ratificado por el Ministerio de Cultura. Teniendo en cuenta las tácticas comerciales previas de Lhéritier, ese paso amenazaba con ser un problema.

Las complicaciones se remontaban a 2010, cuando Aristophil adquirió una serie de cartas escritas por Charles de Gaulle mientras dirigía la resistencia francesa desde Inglaterra durante la segunda guerra mundial. La correspondencia había sido preservada durante décadas por la familia del secretario privado de De Gaulle en Londres, antes de que la empresa de Lhéritier la localizara y la comprara. Pero, al año siguiente, la inauguración de una exposición de las cartas de Aristophil desató un conflicto cuando el Estado declaró que pertenecían a los archivos nacionales.

 Según la ley francesa, todos los documentos producidos por funcionarios públicos pueden ser reclamados como propiedad estatal sin necesidad de restitución.[18]

Aristophil llevó el asunto a los tribunales, argumentando que, cuando De Gaulle escribió las cartas, técnicamente no era un funcionario público francés, ya que había sido despojado de su nacionalidad y condenado a muerte en rebeldía por el régimen de Vichy, tutelado por los nazis, que a la sazón controlaba gran parte del país. En 2012, a petición del tribunal, varios funcionarios del Estado francés fueron al museo de Aristophil y confiscaron las cartas. Pero, una vez en los archivos nacionales, los expertos descubrieron que les habían dado fotocopias de las misivas, una burla urdida sin duda desde Aristophil. Tras contactar con la empresa, esta hizo entrega de los originales, pero los funcionarios ministeriales no olvidaron el desaire. El incidente probablemente fue una de las principales razones por las que, un año después, el Ministerio de Cultura decidió que no haría negocios con Aristophil en relación con *Las 120 jornadas de Sodoma* y rechazó la oferta de donación del manuscrito a la biblioteca nacional.

Este hecho no hizo descarrilar los esfuerzos de Lhéritier. La decisión significaba que la empresa no gozaría de una exención fiscal por la compra, pero, a cambio, Aristophil podría conservar la propiedad del manuscrito a perpetuidad, cosa que le permitiría venderlo a los inversores una y otra vez.

La mañana del 25 de marzo de 2014, un *jet* privado Cessna asomó entre las nubes y aterrizó en el aeropuerto de Ginebra. Lhéritier salió de la cabina vestido con un abrigo color canela, una bufanda marrón, un traje negro, una corbata azul cobalto y un pañuelo de bolsillo a juego.[19] Detrás de él iba un equipo de noticias de la televisión francesa. Mientras las cámaras rodaban, Lhéritier esperó en la terminal a que llegaran dos representantes de una empresa suiza de transporte y almacenamiento especializada en bellas artes. Uno de los trabajadores llevaba una caja de cartón poco más grande que una caja de zapatos. Mientras se firmaban varios documentos de autorización, Lhéritier miró el recipiente con expectación.

«Llevo años esperando esto», les dijo a los periodistas. «La felicidad no anda lejos. Está ahí, en ese joyero.»

Cuando hubo concluido el papeleo, los trabajadores entregaron la caja a Lhéritier, que la llevó de regreso al avión privado. Una vez en el aire, quitó el embalaje y vio la caja plegable diseñada para Nordmann muchos años antes. Enfundándose unos guantes de algodón blanco, Lhéritier abrió la caja con cuidado. Dentro descansaba el pergamino, enrollado en torno a su clavija de vidrio, con sus poco más de diez centímetros de ancho y aproximadamente la mitad de diámetro. La luz de la ventanilla del avión caía sobre el quebradizo papel amarillo e iluminaba la minúscula y precisa caligrafía del marqués de Sade.

De regreso en París con el rollo en la mano, Lhéritier fue recibido con elogios. La prensa nacional aplaudió la repatriación del manuscrito y señaló que su precio de compra lo convertía en el tercer manuscrito más caro de toda Francia.[20] Relatando su intrincada procedencia, el periódico *Libération* proclamó que Lhéritier había escrito «un nuevo capítulo en una saga con tantos giros que Alejandro Dumas habría podido utilizar el material para una novela».[21] Lloyd's of London aseguró el pergamino por doce millones de euros, una cifra en parte basada en una evaluación de Vrain, un devoto admirador de Sade, quien señaló que el manuscrito era nada menos que «un documento mítico».[22]

En el semanario francés *L'Express*, el periodista Jérôme Dupuis siguió el caso con inquietud. Dupuis había pasado suficiente tiempo analizando las actividades del nuevo propietario del pergamino como para mostrarse escéptico ante cualquier cosa que tuviera que ver con Aristophil. Como muchos periodistas de éxito, Dupuis era sencillo y accesible, con su corte de pelo al rape y su atuendo informal. A principios de la década de 2000, tras años abordando investigaciones políticas y defendiéndose de demandas por difamación, había centrado su atención en un nuevo ámbito: la industria del libro.[23]

El tema le tocaba de cerca. Cuando era niño, Dupuis había desarrollado un apetito literario voraz, y a menudo leía un libro al día. También pensaba que el sector sería un terreno fértil para las noticias. En Francia, un gran triunfador que quisiera ser reconocido como una persona importante normalmente intentaba escribir un libro con el objetivo de que lo publicara la mejor editorial posible. Al cubrir el sector editorial, Dupuis tendría una posición ventajosa con los agentes de poder de la nación y aquellos que buscaban unirse a sus filas. Pronto descubrió que las pasiones y el elitismo inspirados por el amor a los libros que reinaba en el país, por no mencionar las enormes sumas que cambiaban de manos entre comerciantes y coleccionistas de textos raros, tendían a engendrar malos comportamientos.

Dupuis empezó en 2001, narrando en *L'Express* la historia del manuscrito de la célebre novela *Viaje al fin de la noche*, de Louis-Ferdinand Céline, que había reaparecido recientemente después de haber estado perdida durante décadas. Pronto descubrió otras primicias literarias, incluido el modo en que las celebridades intentaban aprovechar el sector editorial para mejorar su reputación.[24] En 2011, informó de que Patrick Poivre d'Arvor, el famoso presentador de noticias francés y amigo íntimo de Lhéritier, había plagiado buena parte de su biografía a Ernest Hemingway, sustrayendo casi cien páginas de material de un libro estadounidense. El escándalo llevó al editor de Arvor a publicar una versión abreviada de la biografía sin los pasajes problemáticos.[25]

En ese momento, las fuentes de Dupuis le habían contado historias sobre Aristophil. Se enteró de que la compañía estaba comprando gran cantidad de materiales en casas de subastas y empleando prácticas comerciales agresivas que incomodaban a algunos vendedores. En 2012 empezó a investigar en serio a la empresa. Acorralaba a vendedores de libros raros en los pasillos de Drouot y los interrogaba en restaurantes apartados de Saint-Germain-des-Prés, pues sabía que las fuentes francesas se mostraban más comunicativas durante una buena comida regada con vino. Habló con inversores de Aristophil, sorprendido por lo poco que parecían saber acerca de la empresa a la que habían confiado gran parte de sus ahorros. Lo asombraba la magnitud del imperio de Lhéritier: la gran cantidad de cartas y manuscritos involucrados, las cantidades de dinero que gastaba y el increíble número de inversores que se habían sumado a la operación.[26]

A diferencia de los encargos típicos de Dupuis, esta no era una historia de expertos del sector y gente poderosa del mundo de la cultura. Era una crónica sobre gente corriente muy alejada de las casas de subastas de París que en muchos casos arriesgaba todo lo que había ganado en la promesa financiera de la palabra escrita. Le preocupaba, pero no sabía qué hacer con Aristophil. Fue entonces cuando recordó lo que le había dicho siempre su mentor: lo más difícil de una investigación es averiguar qué estás buscando exactamente.

Dupuis se dio cuenta de que la pregunta crucial era la siguiente: ¿cómo se las arreglaba Aristophil para gestionar su negocio con tanto éxito? Sus libros y manuscritos eran reales, al igual que el dinero que pagaba a sus inversores. Pero ¿cómo podía generar rendimientos tan estables y cuantiosos con materiales cuyo valor había oscilado durante mucho tiempo debido a tasaciones subjetivas y a los caprichos de un mercado cerrado? Para responder a esa pregunta, Dupuis llegó a la conclusión de que debía pensar como un narrador. Para llegar al corazón de una operación que involucraba decenas de miles de documentos y millones y millones de euros, necesitaba contar la historia de los textos históricos que constituían su eje, de cómo se movían esos libros y manuscritos a través del sistema de Aristophil, desde la adquisición inicial hasta la división en acciones de propiedad conjunta, la distribución entre los inversores y la recompra de los materiales por parte de la empresa cinco años después. Y lo más importante: tenía que averiguar si en ese proceso había algo que debiera inquietar a los inversores.

En plena investigación, Dupuis recibió un extraño correo electrónico de Lhéritier. El jefe de Aristophil le dijo que una fuente lo había alertado de sus actividades. Lhéritier dejó entrever que sabía que Dupuis pasaba varios meses al año pescando salmones con mosca en Escocia. Tal vez, propuso Lhéritier, podían establecer vínculos a través de su amor común por la pesca. Dupuis interpretó su tono como amistoso, aunque ligeramente amenazante. Parecía que Lhéritier estaba investigando al investigador y quería que Dupuis lo supiera.[27]

Sin inmutarse, Dupuis siguió adelante con la investigación desde su piso de Montparnasse. En mayo de 2013 publicó su primer artículo sobre Aristophil en *L'Express*. En él describía el «imperio de papel» de Lhéritier: los cien millones de euros que gastaba cada año en libros y manuscritos, las grandes galas que atraían a la élite de la ciudad y las adquisiciones desorbitadas de mansiones parisinas y bienes inmuebles mediterráneos por parte de Lhéritier. Gracias a los registros y a las cuentas que Dupuis había investigado durante meses, también detallaba cómo los documentos históricos de la empresa parecían aumentar de valor de maneras que desafiaban cualquier pronóstico. En 2007, por ejemplo, Aristophil había adquirido una carta de Van Gogh en Sotheby's por 250.000 euros para ofrecérsela a los inversores cinco años después por casi novecientos mil. En otra ocasión se hizo con un manuscrito del poeta francés Paul Verlaine por trescientos mil euros y luego lo vendió a sus clientes por 1,4 millones de euros. Y, según estimaciones de la empresa, el documento de Einstein que había lanzado el modelo de negocio de Aristophil ahora valía 26,5 millones de euros, más de cincuenta veces lo que Lhéritier había pagado por él en 2002.[28]

Esos elevados márgenes de beneficio nunca habían sido escrutados ni cuestionados, ya que Aristophil funcionaba como un sistema cerrado. Una vez adquiridos, sus libros y manuscritos no volvían a salir a subasta pública, donde se hubieran puesto a prueba las desmesuradas tasaciones de la empresa. Por el contrario, los precios de los materiales se dividían entre cientos de inversores, la mayoría de los cuales no tenían idea de que Aristophil había aumentado significativamente su coste. Y, aunque el comercio de manuscritos estaba en auge, lo cual reforzaba las afirmaciones de la empresa, dicho auge en gran parte obedecía a la propia Aristophil, ya que dominaba el mercado y pagaba precios elevados por los materiales. En lugar del típico comprador, que siempre buscaba la mejor oferta, el modelo comercial de Aristophil parecía incentivar el máximo gasto posible en sus adquisiciones y luego venderlas a un precio aún mayor a sus inversores.

Las estrictas leyes francesas de difamación y la naturaleza litigiosa de Lhéritier significaban que Dupuis debía ser prudente con lo que escribía. Pero el periodista empezaba a sospechar que la empresa era una gran estafa. En concreto, creía que Lhéritier había urdido un elaborado esquema Ponzi, un tipo de estafa en la que los beneficios no eran generados por ningún negocio real y funcional. En tales operaciones, las nuevas inversiones se utilizaban para pagar las antiguas a fin de que la empresa pareciera sólida a medida que crecía. A pesar de sus diversas permutaciones y grandes diferencias de envergadura, la mayoría de los esquemas Ponzi compartían similitudes fundamentales. Las señales de alerta más obvias eran los promotores que garantizaban altos rendimientos con poco riesgo aparente, mecanismos comerciales que estaban fuera del alcance de los reguladores financieros y unos pagos a accionistas que resultaban extrañamente consistentes a pesar de los cambios del mercado. Aristophil cumplía todos los criterios.[29]

La empresa también jugaba con los impulsos románticos que solían utilizar los estafadores financieros para impulsar sus estafas. Como señala Tamar Frankel, profesora de derecho de la Universidad de Boston, en su libro *The Ponzi Scheme Puzzle: A History and Analysis of Con Artists and Victims*, de 2012, «las historias de inversión de los estafadores tienen el aura de una emocionante búsqueda del tesoro. Una búsqueda del tesoro promete una gran recompensa, una aventura, un misterio ligado al riesgo».[30] Los misterios, las aventuras y las recompensas de coleccionar cartas y manuscritos históricos habían cautivado durante mucho tiempo a los coleccionistas de libros y autógrafos, pero también podían utilizarse para atraer a posibles víctimas de fraude.

Si, en efecto, Aristophil era un esquema Ponzi, significaba que, tarde o temprano, la empresa no encontraría suficientes inversores nuevos para compensar sus gastos y pagos. Cuando eso sucediera, Dupuis sabía que quienes habían invertido en la empresa —por no mencionar el mercado de las letras propiamente dicho— estarían abocados al desastre. Como le dijo un librero: «Si algún día se desmorona el sistema, será una catástrofe».[31]

El artículo de Dupuis, un texto radical y minucioso publicado por una de las revistas de actualidad más importantes del país, no podía borrarse fácilmente con amenazas de demanda u otras tácticas típicas de Aristophil. A medida que aparecían sus reportajes y otras crónicas reveladoras en los medios de comunicación, la imagen pública de la empresa de Lhéritier pasó de ser una historia de éxito a convertirse en un negocio potencialmente inestable. Entre la preocupante cobertura mediática, las continuas advertencias de detractores como Castaing, los recientes avisos del gobierno en relación con las inversiones en cartas y manuscritos y el hecho de que Aristophil recientemente había tenido dificultades para pagar a algunos de sus inversores, las autoridades francesas recibían cada vez más presiones para tomar medidas.

Cinco meses después de que saliera a la luz el artículo de Dupuis, la Dirección General de Consumo y Prevención del Fraude abrió una investigación a Aristophil. Los investigadores registraron las oficinas de la empresa y entrevistaron a muchos de sus empleados. Asimismo, se reunieron con Castaing y otros comerciantes de la zona y les preguntaron cómo funcionaba normalmente el mercado de libros y manuscritos y por qué Aristophil parecía tener capacidad para incumplir todas las reglas.[32]

Habría sido el momento perfecto para que Lhéritier moderara sus hazañas, pero se había vuelto más ostentoso que nunca. Meses antes, Dupuis había visto el rostro sonriente de Lhéritier en los quioscos de todo París gracias a un artículo de portada en una revista llamada *Winner: The Magazine of Success*. Dentro de la publicación, repleta de fotografías llamativas de las posesiones de Aristophil, un extenso artículo escrito en francés e inglés alababa a Lhéritier y su empresa en lo que parecía un publirreportaje de treinta y seis páginas. «Lhéritier es el rey reconocido, el señor de las letras y los manuscritos, una persona desconcertante y fascinante», declaraba el artículo. «Vive a toda velocidad. De ahí su irresistible aceleración y su crónico deseo de conquistar, crear e imaginar.»[33]

En enero de 2014, la empresa lanzó «Cercle Aristophil», un programa VIP que ofrecía premios a los grandes clientes; por ejemplo, estancias en un hotel parisino de cinco estrellas, entradas para el Festival de Cine de Cannes y viajes en *jet* privado.[34] La empresa también organizó su gala más deslumbrante hasta la fecha: una celebración masiva del décimo aniversario del Museo de Cartas y Manuscritos y el vigésimo aniversario de *Plume* en el Monte-Carlo Bay Hotel and Resort de Mónaco que supuestamente costó casi un millón de euros.[35] Mientras tanto, Lhéritier estaba sentando las bases para una nueva y audaz iniciativa. Planeaba lanzar su propia empresa de subastas para acabar con otras ya establecidas como Drouot y sus costosas comisiones.[36]

No parecía importar que al personal de Aristophil empezara a preocuparle que las maniobras y los gastos de la empresa fueran insostenibles,[37] ni que el confidente de Lhéritier, el librero Vrain, le hubiera advertido que actuara con discreción y le hubiera escrito en un correo electrónico: «Te estás metiendo en líos, Gérard. Ten en cuenta que estamos rodeados de una panda de imbéciles».[38] O que, en febrero de 2014, los investigadores del gobierno elaboraran un informe de veintiséis páginas que acusaba a la empresa de prácticas comerciales engañosas y que fue remitido a la fiscalía de París. Aunque dicho informe no salió a la luz en su momento, era el primer paso de un posible proceso penal.[39]

El jefe de Aristophil insistió en seguir adelante con tan ambiciosos planes, aun cuando su imperio se hallaba al borde del desplome. Así, un mes después de que los investigadores completaran su informe, no se lo pensó dos veces y viajó a Ginebra para hacerse con uno de los manuscritos más valiosos y notorios del mundo.

Lhéritier no podría haber elegido mejor momento para devolver *Las 120 jornadas de Sodoma* a Francia. Aquel año, el país estaba homenajeando la figura de Sade, la culminación de una larga reevaluación que alcanzaría su clímax el 2 de diciembre de 2014, coincidiendo con el bicentenario de su muerte. Como parte de la *fête*, varios escritores franceses de renombre escribieron nuevas y provocadoras biografías de Sade, y la famosa Bibliothèque de la Pléiade sacó al mercado una lujosa edición integral de mil cien páginas.[40] *Le Figaro* y *The Paris Review* publicaron artículos de opinión sobre el marqués, mientras que la revista *Le Point* lanzó una edición especial dedicada al «misterio de Sade», y preguntaba en su portada: «¿Es un héroe moderno?».[41]

El escritor francés Michel Onfray trató de contrarrestar la adulación con un nuevo libro, *La passion de la méchanceté*, en el cual afirmaba que Sade había sido un delincuente sexual y posiblemente un asesino. La reprimenda apenas hizo mella en las festividades.[42] En Ginebra, la Fundación Bodmer organizó una exposición titulada *Sade, un ateo enamorado*.[43] Aunque el pergamino de la institución brillaba por su ausencia, la muestra incluyó una versión en veinticinco volúmenes de *Las 120 jornadas de Sodoma* que un artista alemán había pasado tres años transcribiendo al braille, lo cual permitía leer la obra de Sade a través de la piel.

Muy cerca del Instituto de Cartas y Manuscritos de Lhéritier en París, el Musée d'Orsay anunció una exposición titulada *Sade: atacar al sol*.[44] Para publicitar el espectáculo, el popular museo de arte lanzó un vídeo promocional que presentaba una orgía de sexo suave con cuerpos retorciéndose para deletrear la palabra «SADE». Como parte de la exposición, el Musée d'Orsay pidió a Lhéritier que le prestara *Las 120 jornadas de Sodoma.* Al fin y al cabo, el título del espectáculo provenía de la novela: en un momento dado, uno de los protagonistas libertinos está tan desanimado por los pocos delitos que quedan por cometer en la Tierra que declara: «Cuántas veces, Dios mío, habré deseado que fuera posible atacar al sol, privar al universo de él o utilizarlo para incendiar el mundo».[45]

Lhéritier se negó.[46] El Musée d'Orsay dependía del Ministerio de Cultura y temía que si le prestaba el manuscrito al museo, sus enemigos de dicho organismo encontraran la manera de no devolvérselo nunca.

Por el contrario, el 25 de septiembre de 2014, un mes antes de la fecha prevista para la exposición que el Musée d'Orsay pretendía dedicar a Sade, Aristophil inauguró la primera muestra en su nueva sede: *Sade: el marqués de las sombras, el príncipe de las luces.*

Para la exposición, la galería de la planta baja del instituto había sido decorada como un burdel de la *belle époque.* Las paredes de color rojo sangre se curvaban a través del recinto, enmarcando escritos lascivos de Blaise Pascal, Giacomo Casanova y Molière. Unos velos transparentes mostraban imágenes eróticas, plasmando la evolución del libertinaje a lo largo de los siglos. En el centro de la sala, de un extremo a otro de la exposición, había una vitrina de cristal alargada. Aristophil la había construido dos años antes, cuando acogió una exposición itinerante del primer borrador de *On the Road (En el camino)*, que su autor, Jack Kerouack, había escrito a máquina en un rollo de treinta y seis metros durante una fiebre creativa de tres semanas en 1951. Ahora, la vitrina contenía el plato fuerte de la exposición de Sade: el manuscrito desenrollado de *Las 120 jornadas de Sodoma.*[47]

Lhéritier, vestido con un llamativo traje azul y una corbata de cachemira a juego, dio la bienvenida a la multitud a la primera exposición del pergamino que se celebraba en

 Francia, y se jactó de que la hazaña le había supuesto tres años de tensas negociaciones.[48] Los expertos evaluaron la importancia del manuscrito, y un especialista advirtió a los padres que mantuvieran alejados a los niños para que no los corrompiera irremediablemente. Al caer la noche, unos reflectores rojos que rodeaban la mansión iluminaron los árboles con el color festivo de la sangre.[49]

Técnicamente, el plato fuerte de la exposición ya no pertenecía a Aristophil. Inmediatamente después de obtener el manuscrito de manos de los Nordmann, la empresa lo había dividido en acciones de propiedad conjunta valoradas en cinco mil euros cada una y las había ofrecido a inversores de toda Francia. Cientos de personas aceptaron la oferta, incluida Sylvie Le Gall, empleada de una compañía de seguros de Estrasburgo, una ciudad situada en el noreste del país. Le Gall acababa de vender su coche y quería utilizar el dinero para diversificar sus activos. Un corredor independiente le habló de la última propuesta de inversión de Aristophil. Cuando era estudiante, Le Gall había leído *La filosofía en el tocador* de Sade, que le pareció atrevido, aunque un poco tedioso. Le fascinaba la historia del pergamino, pero en realidad no le interesaban los libros y manuscritos raros; para ella, el viejo texto era un vehículo de inversión.[50] El 14 de abril de 2014, tres semanas después de que Lhéritier adquiriera el pergamino, Le Gall firmó un documento legal de cuatro páginas por el cual compraba seis acciones de «El rollo de la Bastilla del marqués de Sade» por un precio total de treinta mil euros. Según el contrato, al cabo de cinco años ofrecería de nuevo sus acciones a Aristophil por 43.425 euros, un beneficio potencial del 44,75 %.[51] Y, así, Le Gall se convirtió en uno de los cuatrocientos veinte inversores que, por un montante de doce millones de euros, pasaron a engrosar la larga lista de personas que se habían hecho con el pergamino.[52]

La exposición de Aristophil fue todo un éxito; al otro lado del canal, el periódico sensacionalista británico *The Daily Mail* declaró: «Se exhibe el *Cincuenta sombras de Grey* original».[53] Pero no a todos los que estaban interesados en el pergamino les gustó aquel espectáculo. Después de años luchando por repatriar el manuscrito, Carlo Perrone no asistió a la presentación. Se sentía frustrado por que el documento no hubiera acabado en la biblioteca nacional, y tenía un mal presagio con Aristophil.[54] Los Nordmann también evitaron las festividades. Las negociaciones habían sido demasiado enconadas como para que participaran en el regreso a casa. Racine asistió a la exposición, aunque la retirada de la oferta de la biblioteca nacional por el manuscrito era uno de sus mayores remordimientos profesionales. El fiasco había avivado aún más las hostilidades entre Aristophil y el Ministerio de Cultura, y Racine temía que la tensión pudiera extenderse en breve a la ciudadanía.[55]

En Estrasburgo, Sylvie Le Gall barajó la posibilidad de visitar París para ver el pergamino del cual era parcialmente propietaria, pero aquello no era una prioridad. Dedujo que no había prisa: por primera vez en varias generaciones, no parecía que el manuscrito fuera a ir a ninguna parte.[56]

Sade

13

El divino marqués

22 de enero de 1948

Las ramas desnudas de los robles centenarios se elevaban hacia el cielo invernal cuando Gilbert Lely se acercó al viejo castillo en busca de los secretos del marqués de Sade.[1] Una década antes, Lely, un poeta surrealista, se había hecho amigo de Maurice Heine, un experto en Sade, cuando publicó su versión de *Las 120 jornadas de Sodoma*. Tras la muerte de Heine en 1940, Lely se propuso rescatar a Sade de las sombras. A pesar del culto a Sade que desarrollaron los surrealistas y otros miembros de la vanguardia, se sabía muy poco acerca del autor. Después de que Iwan Bloch escribiera sobre él a principios de siglo, apenas se había intentado ofrecer detalles de la vida del marqués, que seguía envuelta en rumores y mitos.[2]

Lely había concertado una visita al castillo aislado en mitad de las colinas boscosas de la región de Champagne, al este de París, porque creía que allí podría encontrar información que nadie hubiera descubierto antes. El castillo renacentista, con dos alas majestuosas que enmarcaban un patio adoquinado, había vivido épocas mejores. Sus torres con pináculos se estaban desmoronando y en la fachada de caliza blanca se apreciaban agujeros de bala de los soldados alemanes que habían saqueado la propiedad años antes. El caballero que abrió la chirriante puerta principal miró al visitante con ojos llorosos, un vestigio de los experimentos médicos a los que fue sometido mientras estuvo en un campo de trabajo nazi durante la guerra. Para Lely, la frente prominente, los labios carnosos, los ojos entrecerrados y la nariz aguileña eran inconfundibles. Estaba mirando al marqués de Sade.[3]

Comenzando con Armand, el hijo menor de Donatien Alphonse François de Sade, la casa de Sade se había esforzado en borrar cualquier vestigio de su infame pariente. Nadie del clan le puso el nombre de Donatien a ninguno de sus hijos, mientras que sí seguían bautizando a las hijas en honor a su célebre antepasada renacentista Laura de Sade. Cuando, en la década de 1930, Charles de Noailles contactó con los miembros de la familia y les propuso hablar del antepasado que compartían con su esposa, ellos se negaron.[4] Y, durante generaciones, no se había utilizado el título de «marqués» para referirse al progenitor de la familia. Por eso, cuando nació Xavier de Sade en 1922, no se le mencionó a su tatarabuelo. Y ese fue el motivo por el que, tras la muerte de su padre y sus hermanos en un accidente de tren cuando él era niño —hecho que convirtió a Xavier en el varón más longevo de la familia—, nunca adoptó el título oficial de marqués de Sade.[5]

Pero ahora, gracias a su encuentro con Lely en el castillo familiar, Xavier, de veinticinco años, se enteró de que le habían ocultado parte de su historia.[6] Xavier, un aristócrata elegante de creencias conservadoras y una profunda fe católica, tenía poco en común con su antepasado, pero empezaba a sentir curiosidad. Al recorrer el castillo, pasó junto a chimeneas de piedra destrozadas y frescos de techo enmohecidos, recuerdos persistentes de los años de abandono y de la ocupación nazi. En el piso superior, que ocupaba la polvorienta biblioteca, encontró lo que andaba buscando: un baúl inmenso. Cuando Xavier volvió de la guerra, descubrió que, junto a la biblioteca, los nazis habían encontrado una habitación secreta llena de viejos registros familiares y que habían esparcido su contenido por la propiedad. Él lo había recogido todo y lo había guardado en el baúl; los materiales incluían dos cajas antiguas cerradas con sellos rojos fechados en 1815. Al abrir las cajas, vio miles y miles de documentos, todos ellos cubiertos con la caligrafía del marqués de Sade.

Aunque su familia había escondido a su antepasado, no había destruido por completo su extensa producción. Era una caótica amalgama de cavilaciones, discursos, recuerdos de viaje, obras de teatro inéditas, manuscritos originales y numerosas cartas escritas por y para Sade. Juntos, los documentos detallaban la infancia de Sade y la relación con sus padres, sus escándalos y problemas con la ley, sus prolongados internamientos y las creaciones literarias resultantes. Algunos documentos parecían escritos con la sangre de Sade.

Xavier dio acceso a Lely a los documentos y, durante la década siguiente, este último publicó varias colecciones de cartas de Sade y una biografía en dos volúmenes que exponía los detalles de una vida que se había perdido en el tiempo. A medida que Sade emergía de los márgenes artísticos y literarios, académicos e intelectuales consideraron que era buen momento para un análisis. Sus escritos eran tan únicos, tan extremos, que concluyeron que tenía que haber una razón subyacente para sus actividades. Sin embargo, nadie se ponía de acuerdo en cuál.

En un influyente ensayo titulado «¿Debemos quemar a Sade?», la intelectual francesa Simone de Beauvoir argumentaba que el marqués había planteado preguntas vitales sobre la libertad personal: «¿Podemos, sin renunciar a nuestra individualidad, satisfacer nuestras aspiraciones a la universalidad? ¿O solo podemos integrarnos en la comunidad mediante el sacrificio de nuestras diferencias individuales?».[7] El escritor Pierre Klossowski teorizaba que Sade había estudiado el choque entre la naturaleza y Dios,[8] mientras que el filósofo Michel Foucault escribió que el marqués estaba obsesionado con las múltiples facetas del deseo humano. Otros consideraban a Sade un protofeminista. Gracias a la lujuria desenfrenada de sus personajes femeninos, la novelista Angela Carter afirmaba que estaba «reivindicando derechos de libertad sexual para las mujeres» y convirtiéndolas «en seres de poder».[9]

Algunos vislumbraron una verdad más oscura en la obra de Sade. Mientras que los surrealistas lo presentaban como un cronista del potencial humano desprovisto de cualquier regla, tras la segunda guerra mundial muchos lectores veían lo contrario. En las representaciones del mal absoluto que hilvanaba Sade intuían una premonición de los campos de concentración y los hongos nucleares del siglo xx. Como señalaba el autor francés Albert Camus poco después de la guerra: «Dos siglos adelantado a su tiempo y a una escala reducida, Sade ensalzó las sociedades totalitarias en nombre de la libertad desenfrenada».[10] Max Horkheimer y Theodor W. Adorno, dos sociólogos que se vieron obligados a huir de la Alemania nazi, desarrollaron esa idea en *Dialéctica de la Ilustración*, su libro de 1947, equiparando la tortura reglamentada del castillo de Silling ideado por Sade con el auge del fascismo. «El estricto régimen de la sociedad libertina de *Las 120 jornadas de Sodoma*», escribieron, «prefigura la organización, desprovista de fines sustanciales, que había de abarcar toda la vida».[11] La humanidad, parecía decir Sade, no estaba destinada a la grandeza. Se precipitaba hacia la aniquilación.

Lo único en lo que coincidían los académicos era en que Sade ofrecía ideas relevantes para los lectores de la era moderna. En Francia y Estados Unidos, cuando las editoriales empezaron a publicar ediciones generales de las obras de Sade, a menudo las complementaban con uno o más ensayos críticos, ya que los análisis indicaban que los escritos del marqués poseían importancia suficiente como para no ser eliminados.[12] Como dijo el teórico literario francés Roland Barthes en sus estudios lingüísticos sobre Sade: «Por escrito, la mierda no tiene olor; Sade puede inundar a sus compañeros en ella y no percibimos el más mínimo tufillo».[13] En otras palabras: los horribles crímenes que describía Sade quedaban aprisionados en la página.

En 1966, algunas de esas atrocidades parecieron salir en libertad. En abril de ese año, el mundo vio cómo Ian Brady, de veintiocho años, y Myra Hindley, de veintitrés, comparecían en los tribunales de la pintoresca ciudad inglesa de Chester para ser juzgados por asesinato. Ambos habían sido acusados de matar a tres jóvenes, incluidos un niño y una niña, cuyos cuerpos fueron hallados en una zona desolada del noroeste de Inglaterra llamada Saddleworth Moor. Las autoridades creían que la pareja también había matado a otros niños desaparecidos, pero no se habían encontrado más cuerpos. Los denominados «asesinatos de los páramos» coparon los titulares de todo el planeta. Cuando dieron comienzo los procedimientos legales, Brady y Hindley se sentaron detrás de un vidrio a prueba de balas y todas las mujeres fueron apartadas del jurado. Durante el juicio, un experto en fotografía que examinó las imágenes que había tomado la pareja de sus crímenes testificó que «ningún adjetivo del idioma inglés» era «apropiado» para lo que había visto. Cuando los abogados reprodujeron un audio de dieciséis minutos que ambos habían grabado mientras torturaban a una de sus víctimas, muchos de los allí presentes rompieron a llorar.[14]

Los fiscales tomaron especial nota de las lecturas de Brady, que incluían una versión en inglés de *Justine* y un libro sobre la vida y las ideas del marqués de Sade. Describieron cómo Brady había utilizado la filosofía de Sade para intentar adoctrinar a otros, leyendo de un cuaderno en el que uno de los colegas del acusado parafraseaba al marqués al escribir: «La violación no es un delito, es un estado de ánimo. El asesinato es un pasatiempos y un placer supremo». Cuando un abogado interrogó a Brady sobre la naturaleza pornográfica de los libros, este respondió: «No se les puede llamar pornográficos. Se pueden comprar en cualquier puesto de libros».

Poco parecía importar que Brady hubiera cometido varios de los asesinatos antes de obtener su ejemplar de *Justine*. El crítico literario George Steiner hablaba por boca de muchos cuando señaló en una carta a *The Times Literary Supplement* que existía una «alta probabilidad de que la lectura de Sade y otros materiales relacionados fuera un factor significativo» en el comportamiento de los presuntos asesinos.[15]

El jurado solo tardó dos horas en condenar a Brady y Hindley por asesinato, lo cual les supuso la cadena perpetua. Después del juicio, el Reino Unido prohibió la publicación o importación de todos los escritos de Sade, prohibición que se prolongaría durante más de tres décadas.

 Muchos consideraron que la decisión estaba justificada. Según concluía la novelista inglesa Pamela Hansford Johnson: «Hay libros que no son aptos para todas las personas, y algunas personas que no son aptas para todos los libros».[16]

En la luz mortecina de un día de verano en la Provenza, un grupo de granjeros, algunos de ellos armados con horcas, recorrió una ladera empinada con varios tractores ruidosos.[17] Era el 14 de julio de 2010, el Día de la Bastilla, y al igual que sus antepasados revolucionarios, centraron su ira en la fortaleza que acechaba más adelante: las ruinas de La Coste, la antigua propiedad de Sade, ahora conocida como Lacoste. Estaban allí por el actual señor del castillo, un hombre que se deleitaba en la provocación y la controversia. Su nombre era Pierre Cardin, y era uno de los diseñadores de moda más poderosos del mundo.

Cardin se había hecho famoso, y muy rico, por vender a las masas sus diseños de la era espacial, y había sido uno de los primeros en convertir su nombre en una marca global, produciendo perfumes, cosméticos, artículos para el hogar, tabaco, *jets* privados e incluso calzoncillos bóxer con el emblema «Pierre Cardin». En 2000 visitó los vestigios de Lacoste, que habían sufrido un gran deterioro desde su saqueo durante la revolución, y llegó a la conclusión que el lugar merecía el tratamiento Cardin. Compró la propiedad a un profesor de inglés que la había reformado poco a poco, y se dedicó a apuntalar los restos y embellecer sus habitaciones y patios vacíos con esculturas modernas, por ejemplo, jirafas y vacas en tecnicolor a tamaño natural. En un campo polvoriento situado al otro lado del puente del castillo erigió una estatua de bronce de Sade, con su cabeza encerrada en una jaula de metal. Asimismo, empezó a comprar y remodelar casas en el tranquilo pueblo encaramado a la ladera, las cuales convirtió en galerías de arte, una panadería de lujo y una tienda de comida *gourmet* con colores llamativos y una decoración moderna. Pronto, la calle adoquinada que atravesaba la ciudad estaba salpicada de negocios como

Boulangerie du Marquis y Moulin de Sade. Según Cardin, su objetivo era crear un «Saint-Tropez cultural», y le dijo a un periodista que, mientras que a algunas personas les gustaba coleccionar cuadros o sellos, él coleccionaba casas y terrenos.[18]

Parte de los cuatrocientos habitantes del pueblo agradecieron las mejoras y la atención. Otros se oponían a que Cardin convirtiera su hogar en una Disneylandia de alta costura.[19] La situación llegó a un punto crítico cuando Cardin anunció sus planes para la construcción de un campo de golf engalanado con esculturas inmensas en cuarenta hectáreas de tierras inactivas situadas a las afueras de Lacoste. Indignados por lo que veían como un despilfarro de las reservas de agua y la profanación de la prístina tierra provenzal, los agricultores de la zona exigieron reunirse con Cardin, pero no obtuvieron respuesta. Así que su intención era ahora llevar la lucha a la puerta de su casa. Igual que Sade antes que él, Cardin había organizado un festival de teatro que atrajo a las élites culturales de todo el mundo, y el Día de la Bastilla era la inauguración del certamen anual. Mientras el sol se ocultaba tras las onduladas colinas del oeste, los granjeros se detuvieron frente al castillo y bloquearon la entrada hasta que Cardin accediera a escuchar sus inquietudes.

Una figura inmaculadamente vestida franqueó los muros de piedra del castillo: era Cardin, con el pelo blanco alborotado y sus características gafas negras enmarcando una mirada de irritación. Para que las festividades pudieran seguir adelante, accedió a las demandas de los agricultores.[20] Al día siguiente, después de reunirse con ellos, desechó el proyecto del campo de golf. Es posible que tal decisión no fuera del todo altruista. A sus ochenta y ocho años, el diseñador probablemente pensó que no merecía la pena el esfuerzo.

Aunque el que fuera el entorno de Sade se había salvado de una invasión de estatuas y carritos de golf, el bloqueo apenas ralentizó la comercialización del escritor maldito. Tal como había predicho Guillaume Apollinaire en 1909, el hombre al que denominaba «el divino marqués» había conseguido dominar en muchos sentidos la segunda mitad del siglo XX, pero no necesariamente como imaginaba el poeta vanguardista. El nacimiento de una versión nueva y más elegante de Sade tuvo lugar en Estados Unidos. Una reseña de una edición inglesa de *Justine* que apareció en *The New York Times* en 1965 apuntaba a lo que estaba por venir al señalar que, más que ser encarcelada, una encarnación moderna de Sade «podría haber acabado en Hollywood como asesor de las películas de terror de Vincent Price, el colaborador secreto de las novelas de James Bond».[21]

Efectivamente, los detalles de la vida y la obra de Sade eran perfectos para el mundo de la cultura pop. En 1965, el estreno en Broadway de la obra *Marat/Sade*, un relato ficticio en el que Sade montaba una obra en el manicomio de Charenton, causó sensación, hasta el punto de que dio lugar a una adaptación cinematográfica, un LP del protagonista leyendo fragmentos de la obra de Sade y una portada en la revista *Life* que anunciaba la llegada del «loco nuevo mundo de Batman, Superman y el marqués de Sade».[22] Cuatro años después, *De Sade*, una película en lengua inglesa, convirtió la vida del marqués en una comedia sexual psicodélica llena de orgías *soft-core* y acompañada de un anuncio en *Playboy*. En 1975, el director italiano Pier Paolo Pasolini trasladó el libertinaje del castillo de Silling a una república fascista de la segunda guerra mundial en su película *Salò o los 120 días de Sodoma*. El largometraje, una denuncia del consumismo, la corrupción política y el voyerismo del propio cine, suscitó controversia por sus representaciones gráficas de sexo y torturas, así como por el hecho de que Pasolini, muy crítico con la élite gobernante italiana, fue brutalmente asesinado en misteriosas circunstancias poco después de terminar el rodaje.[23] Finalmente, en 2000, Hollywood volvió al tema del internamiento de Sade en Charenton con la película *Quills*, protagonizada por Geoffrey Rush como un Sade envejecido que lucha por la libertad artística y escribe algunas obras con su propia sangre.[24]

En Francia, Sade también se estaba convirtiendo en una estrella popular. En 1990, coincidiendo con el 250° aniversario de su nacimiento, Bibliothèque de la Pléiade, un icónico sello editorial francés, anunció la publicación de ediciones autorizadas de las novelas de Sade con eslóganes como «El infierno en papel de Biblia», una referencia al papel delgado que utilizaba la editorial para sus libros.[25] El calabozo de Vincennes, ahora rodeado por el parque público más grande de París, inauguró una reconstrucción de la antigua celda del marqués como atracción turística. Y, al otro lado de la ciudad, el moderno restaurante Morot-Gaudry creó un plato de rodajas de carne rojo sangre y salsa muselina «bien batida», al que dio el nombre de «Boeuf à la Marquis de Sade».[26]

Xavier de Sade, que contribuyó a la popularidad de su antepasado al desvelar los detalles de su vida, siguió aquellos cambios con emociones contradictorias. En ocasiones criticó o incluso interpuso demandas para tratar de sofocar iniciativas que en su opinión daban mala reputación a Sade, como el lanzamiento del galardón literario «Prix Sade», el cual, a su juicio, recompensaba tonterías pornográficas, así como el uso generalizado del término «sadismo».[27] Al mismo tiempo, no se oponía estrictamente a la comercialización de su tocayo. Registró el apellido familiar y lanzó una línea de champán con la marca Sade.

Pero, sobre todo, Xavier se dedicó a dar sentido a los documentos del marqués de Sade.[28] Colaboró con Lely hasta la muerte de este en 1985, y más tarde proporcionó materiales a otros biógrafos de Sade. Ignoró a los familiares que lo acusaban de empañar el legado de la noble casa de Sade, y siguió trabajando incluso cuando su riqueza menguó y se vio obligado a vender el antiguo castillo familiar. Finalmente, mientras agonizaba en su lecho en 2010, hizo llamar a sus parientes.

«De lo único que estoy orgulloso», les susurró en sus últimas palabras inteligibles, «es de haber rehabilitado al marqués de Sade».

Con su actitud remilgada, Thibault de Sade no llamaba la atención mientras tomaba un café en la terraza de un pequeño restaurante parisino y disfrutaba de las vistas primaverales de los Jardines de Luxemburgo.[29] A la vuelta de la esquina estaban el Théâtre de l'Odéon y el famoso tramo literario de la Rue de l'Odéon, lo cual significaba que se encontraba a pocos pasos del lugar de nacimiento de su tatarabuelo. Igual que Xavier, su padre, Thibault tenía la frente despejada, los labios carnosos y la nariz aguileña de su antepasado, pero ahí terminaban las similitudes. En comportamiento y filosofía, Thibault defendía la moderación. El asesor del gobierno, de sesenta y dos años, llevaba el pelo corto y bien acicalado y chaquetas y corbatas discretas. Medía sus palabras y evitaba cualquier muestra de extremismo. Había aprendido a pasar desapercibido cuando los periódicos hicieron su agosto al descubrir que él, un Sade, ahora estaba a cargo de los valores familiares y los derechos de las mujeres como parte de su trabajo en un organismo estatal.[30]

Pero, más que sus cuatro hermanos, era él quien había estado más cerca de continuar con el trabajo de su padre. Sus dos hermanas, Marie Laure y Marie Aigline, estaban interesadas en su legado, pero nunca lo convirtieron en una faceta importante de sus vidas. Su hermano mayor, Elzéar, a veces sacaba a relucir el título de marqués de Sade cuando la prensa le hacía preguntas sobre su antepasado, pero ahí acababa todo.[31] Hughes, el mediano y más extravagante, con su melena plateada y su afición por los atuendos coloridos, destrozó la *omertà* familiar al bautizar a uno de sus hijos Donatien y abrazar el potencial comercial de su tocayo vendiendo vino, licores y velas con el nombre de Maison de Sade. Hugues incluso había contactado con Victoria's Secret para desarrollar una línea de lencería con la marca Sade.[32]

Pero Thibault era el que más tiempo había pasado con su padre en la biblioteca del castillo. También era el que más cautivado se sentía cuando la familia pasaba las tardes sentada en sillones imperio intercambiando anécdotas sacadas de los periódicos. Cuando estudiaba en la Sorbona, Thibault escribió su disertación sobre la cosmovisión política de Sade, y desde entonces había trabajado con académicos para seguir investigando a su antepasado. Algún día esperaba crear una fundación para apoyar el trabajo académico sobre Sade, y animó a sus dos hijos adultos a continuar con el legado familiar.[33]

En 2014, Thibault se emocionó al saber que *Las 120 jornadas de Sodoma* había regresado a Francia. Él y su hermano Hughes incluso asistieron a la gran inauguración de la exposición de Aristophil por invitación personal de Lhéritier. Pero también creía que el pergamino había regresado a casa contaminado. Gracias a sus estudios, Thibault estaba convencido de que, durante sus años en las mazmorras de Vincennes y la Bastilla, Sade se había obsesionado con la venganza, no solo contra los supuestos culpables de su encarcelamiento, sino también contra todos los emancipados de todo el mundo, todos aquellos que gozaban de libertad mientras él languidecía entre rejas.[34]

Thibault creía que, por tanto, Sade había escrito *Las 120 jornadas de Sodoma* con un solo propósito en mente. Para él no era casual que Sade se dirigiera a sus lectores con mucha más frecuencia que en sus otras obras, escribiendo cosas como: «Es ahora, querido lector, cuando tienes que preparar tu corazón y tu espíritu para el relato más impuro que haya sido creado desde que el mundo existe». Thibault creía que el plan de Sade era que, a medida que avanzaba la novela, la historia se volviera cada vez más contundente y espantosa hasta que solo quedara una oleada de horror soporífero. El marqués, según concluyeron él y otros expertos en la materia, había diseñado la historia para llevar a sus lectores de la mano, para arrastrarlos cada vez más a su mundo de locura, hasta que fueran casi cómplices de los crímenes que describía. En su opinión, Sade había ideado *Las 120 jornadas de Sodoma* como una prisión.[35]

Para Thibault, el pergamino estaba condenado, envenenado por la lógica de su concepción retorcida. Su idea se veía reforzada por el caos y la miseria que el manuscrito había dejado a su paso en su periplo europeo: fortunas agotadas, relaciones arruinadas, agitación social, robos y disputas legales, soledad y dolor, enfermedad y muerte. Mientras exponía su teoría en la terraza del restaurante, el semblante impasible de Thibault se desvaneció, dejando tras de sí una sonrisa apasionada, incluso maníaca. El cielo primaveral pronto se llenaría de nubes de humo poco halagüeñas. Ese mismo día, un incendio accidental en Notre-Dame iluminaría el centro de París con llamas imponentes y consumiría el tejado de la catedral.

«El manuscrito», declaró Thibault entre sorbo y sorbo de café, «siempre ha estado maldito».[36]

El imperio de las letras

14

El prisionero junto al mar

18 de noviembre de 2014

La policía llegó poco después del amanecer, exactamente dos semanas antes del bicentenario de la muerte de Sade. Saliendo de entre la niebla, se acercaron a las imponentes puertas rojas del Museo de Cartas y Manuscritos. Lhéritier estaba reunido en su despacho con varios empleados cuando su asistente personal entró corriendo a darle la noticia. Abajo había veinte agentes de la brigada contra la delincuencia económica de la policía judicial parisina.[1]

Intentando mantener la calma, Lhéritier hizo pasar al comandante de la brigada a su oficina y le preguntó qué estaba ocurriendo. ¿Acaso estaban investigando denuncias por bienes culturales robados? ¿O quizá se trataba de un error? El comandante se negó a decirle nada, salvo que estaba allí como parte de una investigación abierta por la fiscalía de París.[2] Mientras la brigada se dispersaba por la mansión, requisando documentos y discos duros, docenas de agentes entraron en las sucursales de Lhéritier en todo París y otros lugares. A unas pocas manzanas, los gendarmes irrumpieron en el Museo de Cartas y Manuscritos de Aristophil, así como en la librería de Vrain. En un edificio de oficinas de Lyon, casi cuatrocientos kilómetros al sureste, las fuerzas del orden empezaron a estudiar minuciosamente los archivos del distribuidor principal de Aristophil. Y en las colinas de la Riviera francesa, unos agentes entraron en la casa multimillonaria de Lhéritier.

Estaban cerrando Aristophil. Había que confiscarlo todo, hasta el último manuscrito, y eso incluía *Las 120 jornadas de Sodoma*.

Aristophil se derrumbó a una velocidad asombrosa.[3] Lo que en 2013 había empezado como unas discretas indagaciones del gobierno se había convertido en una investigación criminal muy pública. El día de las redadas policiales, la oficina del fiscal de París congeló las cuentas bancarias de la empresa, confiscó sus propiedades y cerró su página web. Los medios de comunicación franceses se hicieron eco de la noticia y anunciaron: «El juez Dehorn despedaza a Aristophil» y «¿Acabará el emperador de los manuscritos como Madoff?».[4] Los empleados siguieron trabajando en el museo y en la exposición de *Las 120 jornadas de Sodoma*, a pesar de que las colecciones habían sido puestas bajo custodia del gobierno y nadie sabía si seguiría cobrando su salario.

A principios de marzo de 2015, la brigada financiera de la policía judicial parisina citó a Lhéritier en su oficina central. Después de un largo interrogatorio que se prolongó varios días, los agentes lo escoltaron hasta el Tribunal Superior de París. Allí conoció los detalles del caso. Según los fiscales, todos los elementos de Aristophil —su singular programa de inversión, su dominio del mercado de cartas y manuscritos, la valoración excesivamente entusiasta de sus activos, sus fiestas ostentosas— eran parte de un elaborado esquema Ponzi, tal como sospechaban Dupuis y otros.[5] El juez de instrucción asignado al caso escuchó los argumentos y luego enumeró las imputaciones. Como fundador y presidente de la empresa, Lhéritier fue acusado de fraude organizado, blanqueo de dinero, apropiación indebida de activos empresariales, prácticas de marketing engañosas, abuso de confianza y publicación de balances económicos inexactos. Solo por el cargo de fraude organizado se enfrentaba hasta a diez años de prisión y a una multa de un millón de euros.[6]

Como parte de la investigación, las autoridades se incautaron de todas las posesiones de Lhéritier: sus ganancias en EuroMillions, su casa en el Mediterráneo, sus caballos de carreras y sus globos aerostáticos. Tras pagar una fianza de quinientos mil euros, Lhéritier pudo seguir viviendo en su casa de Niza y viajar libremente por Francia a la espera de la resolución de su caso. Pero no podía salir del país sin autorización judicial. El único motivo por el que tenía dinero era su hijo Fabrice, a quien había regalado veinticinco millones de euros del premio de lotería.

Lhéritier no era el único objetivo de las autoridades por las supuestas fechorías de Aristophil. Por su papel en el negocio, el juez acusó a Valérie, la hija de Lhéritier, de fraude organizado y la sometió a investigación por complicidad en otras actividades de la empresa. Las autoridades también imputaron a varios asociados de Lhéritier, incluidos su notario, el contable de la empresa, los directores de las compañías de distribución de manuscritos Finestim y Art Courtage y el profesor de derecho de la Sorbona que había ayudado a redactar los contratos de venta. Vrain también se vio atrapado en la redada. Por su papel en la empresa, el juez lo acusó de estafa.[7]

A través de sus contactos, Dupuis logró acceder a los archivos de la investigación, cosa que le brindó una panorámica del funcionamiento interno de Aristophil.[8] Desveló que Lhéritier había pagado a una empresa de tecnología para que borrara las críticas a Aristophil en internet y que había contratado a investigadores para que rastrearan a sus enemigos, entre ellos Castaing. Detalló cómo el jefe de Aristophil había pagado 250.000 euros a dos periodistas para que escribieran una obra de teatro protagonizada por él, una producción que nunca llegaría a estrenarse. Y también desveló que Lhéritier había cogido el manuscrito original de Einstein que inspiró su programa de inversión y, tras comprárselo de nuevo a los inversores de Aristophil, intentó vendérselo a varios famosos, incluidos Bill Gates, Steven Spielberg y Harvey Weinstein. Ninguno aceptó, seguramente porque el precio del manuscrito, que Lhéritier había adquirido en su momento por 559.500 dólares, alcanzaba los treinta y dos millones de dólares.

Lo más importante es que Dupuis descubrió la pieza que faltaba para saber cómo la empresa podía inflar drásticamente los valores de sus participaciones antes de vendérselas a los inversores. Las subidas de precios parecían obedecer a generosas estimaciones proporcionadas por expertos bien remunerados. Como afirmaba uno de los agentes de la empresa en una conversación telefónica interceptada por los investigadores, «Lhéritier cuenta con una red de expertos que evalúan sus obras. Él compra obras de arte y, dos o tres años después, hace que se cuadruplique su precio gracias a una red de expertos con los que mantiene una relación de amistad».[9]

Dupuis descubrió un ejemplo de esto cuando tuvo acceso a varios correos electrónicos entre Lhéritier y Vrain. Según unos e-mails de diciembre de 2012, Lhéritier había pedido a Vrain que evaluara un manuscrito firmado por Helen Churchill Candee, una escritora estadounidense que sobrevivió al hundimiento del *Titanic.* Aunque Aristophil había comprado el texto por unos cientos de miles de euros, Lhéritier le dijo a Vrain que, en su opinión, 1,1 millones de euros sería un valor más adecuado para el documento. Dos horas después, Vrain respondió con su tasación. Aunque no había visto el texto original, Vrain confirmó que, en efecto, la cifra de 1,1 millones de euros que había propuesto Lhéritier era más que correcta. «Declaro que he tasado el manuscrito por un valor asegurado de 1.100.000 euros», escribía. «Certificado sincero y genuino».[10]

Aunque vendedores como Vrain ofrecían a Aristophil unas tasaciones desorbitadas, según los archivos del caso también vendían sus propios materiales a la empresa por dos, seis o incluso cincuenta veces el precio que habían pagado por ellos, lo cual les reportaba enormes ganancias. El propio Vrain fue responsable de proporcionar a Aristophil casi ochenta millones de euros en artículos entre 2009 y 2014.[11] A medida que trascendían esas revelaciones, todo el mercado de libros y manuscritos sufrió una sacudida. «Los miembros del sector en Francia son cómplices», declaró un destacado vendedor de documentos históricos estadounidense sobre el asunto. «Para mí, la historia es que, en algún sentido, esas personas lo permitieron. Y no eran actores menores del sector.»[12]

El exprimer ministro francés Dominique de Villepin se vio envuelto en el escándalo cuando los medios de comunicación descubrieron que costosas selecciones de su colección de documentos históricos habían acabado en manos de Aristophil, a menudo gracias a Vrain, que ejercía de intermediario.[13] Y la noticia de que la policía había detenido e interrogado al presentador de informativos Patrick Poivre d'Arvor por su relación con el rey de los manuscritos dio lugar a titulares escabrosos, sobre todo porque Dupuis ya había desvelado que Lhéritier agasajaba a su célebre amigo con textos escritos por Eugène Delacroix y Louis-Ferdinand Céline, por no mencionar el préstamo que le concedió de cuatrocientos mil euros.[14]

En ese momento, Aristophil había dejado de existir. Tres meses después de las redadas, incapaz de seguir adelante con sus actividades comerciales, la empresa y sus subsidiarias se declararon en bancarrota.[15] El Tribunal Comercial de París asignó un administrador legal para tratar de resucitar la empresa, pero los fiscales rechazaron el plan de reorganización propuesto, argumentando que nada lograría que el negocio fuera solvente. Así pues, las instalaciones fueron cerradas y vendidas. Sesenta y un empleados perdieron sus puestos de trabajo y los manuscritos fueron requisados. Pronto, en el lugar donde se accedía al Museo de Cartas y Manuscritos del Boulevard Saint-Germain de París, una sucursal de Bang & Olufsen estaba vendiendo productos electrónicos daneses de alta gama. No muy lejos de allí, parte de la lujosa mansión que albergaba el Instituto de Cartas y Manuscritos de Lhéritier y que expuso *Las 120 jornadas de Sodoma* fue reconvertida en una sala de exhibición de alfombras.

«La prensa ahora me llama el Bernie Madoff de Francia», dijo Lhéritier en un francés teñido de amargura. «Le contaré cómo mataron a Aristophil. Me vendrá bien hablar de esto, explicar cómo la destruyeron.»[16]

Lhéritier estaba sentado en el salón con techo de madera de su casa, situada en las colinas que dominan Niza, un enorme edificio de piedra construido sobre los restos de la antigua iglesia que antaño ocupaba el lugar. Ese día de principios de diciembre, dos años después de las redadas policiales, la ciudad estaba tranquila: las multitudes que se daban cita allí en verano habían desaparecido hacía mucho y los juerguistas navideños aún estaban por llegar. En su casa, un solárium lleno de plantas contenía una bañera de hidromasaje y una pequeña piscina cubierta, y fotos de sus hijos y nietos compartían espacio con antigüedades y cuadros con marcos dorados. En un baño de la planta baja, un inodoro electrónico contaba con un asiento con calefacción y una tapa que se abría automáticamente, la última extravagancia para el hijo de un fontanero. Como de costumbre, Lhéritier iba impecablemente vestido: traje azul cobalto, camisa de cuadros con cuello abierto y pañuelo de bolsillo a juego. Pero, bajo la intensa luz blanca proveniente del Mediterráneo, el hombre de sesenta y ocho años parecía más viejo y cansado que en las numerosas fotos en las que presidía galas suntuosas.

La casa era el último reducto de Lhéritier, el único vestigio de su imperio. Atrás había quedado el bullicio de la sede de Aristophil y las casas de subastas de París. Se había pasado años trepando la jerarquía social de Francia: forjando lazos con comerciantes de libros y manuscritos, cultivando alianzas con famosos y gente poderosa. Ahora lo habían abandonado casi todos, excepto su familia.

Pero Lhéritier no pensaba rendirse. Había salido victorioso de toda una sucesión de escándalos y desastres, y su objetivo era hacerlo una vez más. «Si verdaderamente hubiera engañado a la gente, me escondería», zanjó, con unos ojos azul verdoso que irradiaban ira. «Como sé que tengo razón y que no engañé a nadie, no permitiremos que se salgan con la suya».

Se pasaba el día estudiando documentos legales y redactando informes de sus actividades comerciales, unos informes que estaba seguro de que limpiarían su nombre. Ahora, con una taza de café en la mano y Frank Sinatra en el equipo de música, estaba listo para comentar los resultados de esa labor. A lo largo de la tarde fue cogiendo de sus estantes materiales publicitarios de Aristophil y libros de referencia sobre documentos históricos al tiempo que las montañas de libros y documentos se acumulaban sobre la mesa. Según él, Aristophil era una empresa respetable que ponía a personas de toda Francia y otros países en contacto con el mundo de las cartas y los manuscritos. Al mismo tiempo, gracias a sus estrategias de adquisición, la empresa había salvaguardado muchos tesoros franceses que de lo contrario habrían podido acabar en manos de coleccionistas e instituciones extranjeras.

Todo se había derrumbado, pero, insistió, no por una mala gestión interna o por engaños. Culpaba de lo sucedido a una conspiración secreta del gobierno. Poco a poco, fue exponiendo su versión: se había ganado la animosidad de altos funcionarios de los ministerios de cultura, finanzas y justicia al hacer peligrar el *statu quo*. Lo había hecho poniendo patas arriba unos mercados de libros y manuscritos monopolizados por la élite de Francia, repartiendo entre la gente las riquezas literarias que antaño acaparaban quienes ostentaban el poder. Aquella situación era intolerable, y los poderosos habían decidido acabar con él. «Hice todo lo posible para desarrollar este mercado», aseguraba, «y nos cortaron las alas porque iba demasiado bien».

Tampoco ayudó que Lhéritier tuviera el descaro de ir mucho más allá de su rol, que tuviera la audacia de hacer alarde de su éxito. «Para vivir feliz en Francia, tienes que vivir escondido», dijo. Y él no quería vivir así. Insistió en que sus adversarios contaron con la ayuda de periodistas como Dupuis, que estaban ansiosos por publicitar un escándalo ficticio. Castaing también tenía parte de culpa por vilipendiar a Aristophil por una mera cuestión de celos. «Castaing es un matón», dijo Lhéritier. «Era un dios en el mundo de los libros y los manuscritos y, de repente, estábamos invadiendo su territorio, así que nos atacó.»

Finalmente, tras la compra de *Las 120 jornadas de Sodoma*, sus enemigos concluyeron que era momento de actuar. «El ministro de Cultura y algunos fiscales maliciosos pensaban que podrían adueñarse gratuitamente del manuscrito después de la destrucción de Aristophil», aseguraba. «Prefirieron colocar una bomba en el corazón de Aristophil y sus museos, y explotó».[17]

Las pesquisas sobre Aristophil parecían prolongarse indefinidamente. Nadie sabía cuándo finalizaría la investigación penal o cuándo llegaría a juicio. Teniendo en cuenta la complejidad del presunto fraude, las innumerables transacciones financieras y las miles de víctimas potenciales, era probable que pasaran muchos años hasta que un tribunal dirimiera el asunto.

Lhéritier se sentía envalentonado por la demora. Sentado en su casa de Niza, desestimó las acusaciones lanzadas contra él. «Puede que tarde dos o tres años, pero no me atraparán», dijo.[18] Insistió en que no podía ser condenado por fraude, abuso de confianza o prácticas comerciales engañosas, ya que su empresa nunca había hecho nada para defraudar a sus clientes. Aristophil jamás había garantizado que volvería a comprar las acciones de propiedad conjunta. Sus contratos, cuidadosamente redactados, estipulaban que los inversores ofrecerían sus acciones a la empresa al cabo de cinco años, pero Aristophil no tenía la obligación de comprarlas en todos los casos. ¿Y el 40 % de rendimiento que esperaban obtener los accionistas a raíz de sus inversiones? Eso eran promesas demasiado entusiastas de agentes independientes, aseguró, no una política de empresa.

Además, señaló Lhéritier, después de ganar la lotería invirtió varios millones en la empresa. Si Aristophil hubiera sido una farsa, esa inversión lo habría convertido en su víctima número uno. «Debes tener un motivo para defraudar a la gente», dijo. «Yo desde luego no necesitaba dinero. Podría haberme jubilado cuando quisiera».

Pero quedaban dudas sobre su premio de EuroMillions. Las probabilidades de que ganara ese bote eran de una entre ciento treinta y nueve millones.[19] ¿Realmente había sucedido justo cuando su empresa necesitaba una gran inyección económica? ¿O había utilizado dinero desviado clandestinamente de Aristophil para comprarle el billete ganador a otra persona a fin de que aquellas ganancias inesperadas parecieran legítimas? No era la primera vez que se urdía un plan así. En 1991, el mafioso estadounidense James «Whitey» Bulger supuestamente compró parte de las ganancias de un billete de lotería premiado en Boston con 14,3 millones de dólares para simular que había obtenido su riqueza por medios legales.[20]

Para manipular el que entonces era el bote más cuantioso de la historia de Francia, Lhéritier habría tenido que localizar y pagar al auténtico ganador antes de que la noticia se hiciera pública. De lo contrario, habría tenido que manipular el funcionamiento interno de un sistema de lotería transnacional para crear un boleto ganador cuyos números coincidieran perfectamente con sus cumpleaños y los de sus hijos. Llevar a cabo tal maniobra lo habría convertido en uno de los mayores cerebros delictivos de Europa, lo cual eclipsaría todo lo que había sido acusado de hacer con Aristophil. «Parece una serie de policías americana», dijo Lhéritier.[21] Sin embargo, tras años investigando sus empresas, las autoridades aún no habían dejado entrever que hubiera algo extraño en ese premio de lotería.

Lhéritier insistió en que no era el Bernie Madoff de Francia. La empresa que regentaba este en Wall Street no vendía nada tangible; Aristophil, en cambio, comerciaba con manuscritos reales con un valor real. La verdad, declaró Lhéritier, saldría a la luz cuando por fin subiera al estrado. Al preguntarle cuántos años de cárcel creía que le impondrían, esbozó su sonrisa pícara y formó un círculo con los dedos: cero.

Mientras el sol se ponía sobre Niza, tiñendo el cielo de un tono lavanda espectacular, Lhéritier salió al patio trasero. Recorrió el suelo de piedra y bordeó la piscina al aire libre hasta llegar a un estanque decorativo situado al fondo de la propiedad, justo antes de que la tierra iniciara su descenso hacia la ciudad y el mar. Después arrojó comida para peces a las coloridas carpas koi, que nadaron en dirección a él, y cerró el gallinero, con sus cuarenta aves. Sus dos pastores belgas, Skipper y Gypsy, correteaban entre los patos y los gansos emperadores que vagaban libremente entre los árboles frutales y los olivos. «Esto es como mis orígenes humildes», comentó, refiriéndose a la casa de su infancia, situada en los pastos del noreste de Francia.

«A diferencia de las personas, los animales no te traicionan», dijo Lhéritier, observando a sus compañeros salvajes. «Solo te decepcionan cuando mueren.»[22]

Lhéritier no fue el único que se sintió traicionado por la caída de Aristophil. El proceso de quiebra de la empresa puso al descubierto el alcance de los daños. Unas dieciocho mil personas tenían ochocientos cincuenta millones de euros invertidos en el programa cuando implosionó. Con los intereses que esperaban recibir, a los clientes de la empresa ahora se les adeudaban mil doscientos millones de euros. Esa cifra significaba que Lhéritier era el presunto artífice del esquema Ponzi más grande de la historia de Francia.[23]

Los números sorprendieron incluso a aquellos que, como Castaing, creían desde hacía tiempo que Aristophil era una estafa. Nadie se había dado cuenta del alcance de la operación, de cuántas personas habían caído en sus garras. Aun con su premio de lotería, liquidar todos los activos de Lhéritier no permitiría que los clientes recuperaran sus inversiones, y menos aún los beneficios que creían que iban a derivarse de ellas.

Buscando otras alternativas, los inversores formaron asociaciones de consumidores y presentaron demandas contra las empresas auxiliares que ayudaron a propiciar el ascenso de Aristophil.[24] Algunos grupos apuntaron a los asesores financieros que habían vendido contratos de Aristophil. Otros fueron creados por los propios agentes de Aristophil, ya que, igual que sus clientes, habían invertido en el sistema. Una organización llamada ADILEMA reunió a unos seiscientos miembros y demandó al notario de Aristophil por dar el visto bueno a sus contratos de inversión.[25] El grupo más grande, organizado por dos importantes abogados especialistas en derecho de inversiones, reunió a más de mil quinientos clientes y se enfrentó a los bancos que hacían negocios con Aristophil, argumentando que las instituciones habían ignorado las señales de alerta sobre la empresa.[26] Una asociación fue noticia cuando las autoridades descubrieron que su fundador había recibido una donación de doscientos mil euros de Fabrice, el hijo de Lhéritier.[27]

Ninguna de esas iniciativas auguraba desenlaces rápidos. El éxito de la mayoría, si no todas, dependía de la resolución del caso Aristophil, que probablemente tardaría años en llegar. Mientras tanto, el grueso de los clientes de Aristophil no se había unido a esas asociaciones. Algunos compartían la opinión de Lhéritier, según el cual, la empresa habría seguido prosperando de no ser por la intromisión del gobierno. Otros simplemente no sabían qué hacer. Ninguno tenía resultados tangibles de su inversión más allá de un contrato de propiedad emitido por una empresa que ya no existía.

Había anochecido cuando Lhéritier acabó de atender a sus animales y volvió a la casa. Después de hablar del desplome de Aristophil durante horas, no había mencionado una sola vez la difícil situación de sus clientes.«Es triste», dijo finalmente cuando se le preguntó por los inversores de su empresa. Pero insistió en que no era responsable de lo sucedido: «Tal vez cometí algunos errores de gestión, pero nunca intenté estafar a nadie».[28] Los inversores debían culpar a otros, no a él. «Yo les diría a los clientes que se dirijan a los autores de esta destrucción, no a mí», sentenció. «Solo puedo decirles una cosa, y lo he dicho desde el principio: deben tener paciencia y confianza. Sus colecciones siguen existiendo. No han perdido nada.»

No todos podían ser pacientes. Robert Cipollina, el expiloto de motociclismo originario de Aviñón que pensaba utilizar los beneficios de su inversión para comprar un coche nuevo, cambió de parecer en 2014 y decidió que las ganancias serían para sus hijos, pues él padecía una leucemia terminal. Ahora se había ido, y su hija Aude Nehring, directora de un banco en Luxemburgo, había asumido su causa, luchando por una cuestión de principios para recuperar la inversión perdida.[29]

Luego estaba Jean-Claude Le Coustumer, el dueño de varias peluquerías que había gastado 1,7 millones de euros en varias colecciones de cartas y manuscritos. En marzo de 2015, el hijastro del hombre de sesenta y nueve años explicó en un periódico cómo se había visto involucrada su familia en el caso Aristophil. En respuesta, el asesor financiero que le vendió a Le Coustumer sus acciones llamó repetidas veces a su cliente, indignado por lo que veía como una traición. Dos días después, la esposa de Le Coustumer lo encontró muerto en su cama, cerca de la cual había un frasco de pastillas vacío.[30]

En la primavera de 2019, después de años esperando algún cambio en el estado de sus inversiones perdidas, miles de antiguos clientes de Aristophil se encontraron con una sorpresa en el buzón: un ejemplar de *Affaire Aristophil: liquidation en bande organisée*, un libro de trescientas treinta y seis páginas que prometía contar la verdad sobre «el hijo del fontanero que, en el ámbito de las letras y los manuscritos, se convirtió en el mayor coleccionista, inversor, mecenas y creador de museos privados del mundo antes de perderlo todo». Según el prólogo, el libro demostraría de una vez por todas si Lhéritier era «uno de los mayores estafadores del mundo o la víctima de un complot sin precedentes para confiscar su negocio y sus propiedades personales».[31]

El libro, que incluía referencias detalladas a la investigación criminal y los asuntos financieros de Aristophil, dejaba clara su respuesta a esa pregunta: los responsables de la quiebra de Aristophil eran funcionarios corruptos, colegas traicioneros y periodistas hambrientos de escándalos. La historia también culpaba a administradores judiciales, abogados y subastadores sin escrúpulos que no dudaron en sacar provecho de la catástrofe.

La única persona que no era responsable, según el libro, era Gérard Lhéritier. En el texto se afirmaba que, si de algo era culpable el rey de los manuscritos, era de confiar demasiado en quienes creía sus amigos y de juzgar errónemente la influencia de sus enemigos. «[Sus oponentes] nunca toleraron que un exsoldado autodidacta fuera mejor que ellos», señalaba el libro. «El gran error de Gérard Lhéritier fue subestimar su poder.»[32] *Affaire Aristophil* concluía con listas exhaustivas de los logros de Lhéritier: obras importantes adquiridas por su empresa, exposiciones que había ayudado a organizar, libros y catálogos que escribió y obsequios y donaciones que legó a diversas causas.[33]

La autora era Isabelle Horlans, una veterana periodista francesa que había escrito otros libros sobre escándalos legales.[34] Pero los detractores de Lhéritier veían sus huellas dactilares en aquel elaborado intento por limpiar su nombre, igual que había hecho a raíz del caso de los sellos de Mónaco. El prólogo era obra de Didier van Cauwelaert, novelista y antiguo presidente del Instituto de Cartas y Manuscritos.[35] Y el libro había sido remitido a los inversores de Aristophil por la «Asociación de Amigos del Museo de Cartas y Manuscritos», o AMBLEM, una nueva organización cuya presidenta, Karine Duchochois, fue la primera en recibir el Premio Conde de Montecristo, un galardón literario que otorgaba Lhéritier a autores de libros dedicados a errores judiciales franceses.[36] Gran parte de la logística de AMBLEM estaba a cargo de Footprint Consultants, una empresa de comunicaciones parisina que había trabajado durante mucho tiempo con Aristophil y aún representaba a Lhéritier.[37]

Lhéritier no negaba que hubiera trabajado estrechamente con Horlans en el libro. Reconoció que le había brindado acceso a sus registros comerciales y archivos judiciales y que ella, a su vez, le había permitido leer borradores del manuscrito.[38] Cuando el abogado de Lhéritier manifestó su preocupación por que su cliente trabajara con Horlans, Lhéritier indicó a la periodista que no permitiera al letrado leer un ejemplar de anticipo.[39] Meses después de su publicación, Lhéritier dijo incluso que había ayudado a financiar el libro. «Hay un contrato por las tarifas, por todo, por las plataformas», aseguró. «Si te pido que escribas un libro, me dirás: "Claro, pero no lo haré gratis". Es algo completamente normal en Francia.»[40] Al cabo de dos días, después de hablar con Horlans, se retractó de sus declaraciones y adujo que eran una broma.[41]

Independientemente de la verdadera participación de Lhéritier en *Affaire Aristophil*, compartía su idea fundamental: era inocente de todos los cargos y nunca había hecho nada malo. Insistió en que no era un cerebro criminal que había tramado sin ayuda de nadie el esquema Ponzi más grande en la historia de Francia.

Parte de lo que decía Lhéritier era cierto. Al margen de si uno consideraba que había ideado una estafa masiva o simplemente creado una empresa pionera, era fácil imaginarlo como una especie de sabio, un hombre dado a la profundidad y los matices. Pero en persona nunca resultaba especialmente profundo. Al conversar se sentía más cómodo hablando de su habilidad para los negocios. Tenía poco que comentar sobre la importancia de la colección de manuscritos que había acumulado, o sobre qué decía de la sociedad francesa el hecho de que un exvendedor de seguros salido de la nada hubiera sido capaz de desbaratar el mundo de la élite culta de París. No había reflexiones sobre el significado profundo del célebre negocio de manuscritos y libros raros de París. Para él era solo un mercado ignorado durante mucho tiempo y a la espera de ser explotado.

Fueran cuales fueran los verdaderos motivos de Lhéritier, no habría sido capaz de hacerlo solo. La empresa nunca habría alcanzado aquellas cotas sin ayuda. Los asesores financieros y los expertos en documentos, todos ellos bien remunerados, estuvieron encantados de apoyar el sistema con historias de beneficios fantásticos y valoraciones excesivas. Presas del entusiasmo, los funcionarios gubernamentales, los periodistas y gran parte del mercado de libros y manuscritos de París miraron a otro lado. Y miles de inversores seducidos por la increíble oportunidad aceptaron invertir sus ahorros en la empresa sin hacer preguntas incómodas sobre dónde iría su dinero.

Nada de esto convertía a Lhéritier en un hombre inocente. Igual que el marqués de Sade, el autor de su más famosa adquisición, estaba tan concentrado en sus oponentes, reales o imaginarios, que no se dio cuenta de que él mismo se había convertido en su peor enemigo. Parecía absolutamente incapaz de reconocer el papel que había tenido su ego en la catástrofe de Aristophil, en las vidas que había destruido a su paso, incluida la suya.

Para distraerse de sus problemas, a Lhéritier le gustaba sumergirse en su hogar de adopción: pasar tiempo entre la fauna que tenía en su propiedad, practicar la pesca de alta mar en el yate de su hijo y rodearse de la belleza de la ciudad costera con la que había soñado desde niño. Una de sus diversiones preferidas, en las cálidas tardes de diciembre, era almorzar en un restaurante situado en la azotea de uno de los elegantes hoteles que se extendían a lo largo del paseo marítimo. Mientras regaba un carpaccio de ternera con una costosa botella de syrah francés, las motocicletas recorrían el paseo de los Ingleses, nueve pisos más abajo, y los veleros se deslizaban por el azul infinito del Mediterráneo. Bajo la luz del sol vespertino, Lhéritier parecía animado, listo para embarcarse en su próxima aventura. Si ya había protagonizado regresos, podía hacerlo una vez más. «Estoy trabajando en un proyecto nuevo», dijo con una de sus sonrisas cómplices. «Relacionado con el asedio de París.»[42]

Pero incluso su abogado, el importante letrado Francis Triboulet, que había defendido a sospechosos en asesinatos sonados, escándalos de agresión sexual y estafas de inversión en Nigeria, dudaba de que alguna vez fuera a recuperarse por completo. «Tiene sesenta y ocho años. Le queda poco para los setenta, y es bastante duro vivir con eso», dijo Triboulet. «¿Saldrá airoso de sus problemas legales? Sí, realmente cabe esa posibilidad. Pero una cosa es segura: nunca volverá del todo.»[43]

Como todos aquellos que buscaron o reclamaron la propiedad de *Las 120 jornadas de Sodoma*, Lhéritier descubrió que su premio solo le había ocasionado sufrimiento y pérdidas. «Es increíble», decía. «Adquirí el manuscrito y, a los siete meses, Aristophil quebró». A lo mejor, el pergamino realmente estaba maldito. «Si no hubiera tocado el manuscrito, Aristophil tal vez seguiría aquí», aventuraba.[44]

Pero lo dijo entre risas, tomando un café mientras contemplaba el mar después de la comida. En realidad, nunca había pensado demasiado en las repercusiones de la obra magna de Sade ni en la siniestra corrupción que describía. En una ocasión había intentado leer la novela, pero sus horrores le causaron repugnancia. A las pocas páginas, la dejó para no volver a retomarla nunca más.

15

La venta negra

19 de diciembre de 2017

Mientras los parisinos se protegían del frío y corrían por la ciudad en busca de regalos navideños de última hora, *Las 120 jornadas de Sodoma* se encontraba en una galería situada en el segundo piso de la casa de subastas Hôtel Drouot, su primera aparición pública en tres años. Encerrado tras un cristal de seguridad y bien enrollado en torno a su clavija, el manuscrito ocupaba el mismo estuche de piel de ternero en el que Lhéritier lo había sacado de Ginebra, la caja abierta como una ostra mostrando su perla.[1]

Los espectadores se agachaban y pegaban el rostro al cristal, ansiosos por ver aquel objeto legendario. Gruesas franjas de tinta corrían a lo largo de ambos bordes del pergamino, delineando unos márgenes estrechos más allá de los cuales el papel se había desprendido. En medio, la escritura meticulosa fluía incesante. Era difícil imaginar que alguien hubiera escrito algo tan pequeño y preciso, y más aún alguien que tenía problemas de visión y trabajaba a la luz de las velas. Completar aquella empresa en treinta y siete días debió de requerir una fuerza de voluntad extrema. No parecía obra de un loco.

Alrededor de la oscura galería de subastas, con sus paredes cubiertas con sombrías cortinas negras, visitantes y equipos de televisión examinaban unas largas vitrinas que contenían otros tesoros de las colecciones de Aristophil: un manuscrito del siglo XV profusamente ilustrado cuyas páginas estaban adornadas con imágenes de caballeros luchando; un libro de visitas que el autor francés Antoine de Saint-Exupéry había firmado en 1942 con un boceto de su creación más célebre, el Principito, un año antes de que el personaje apareciera impreso por primera vez; o un manuscrito original de *Ursule Mirouët*, una obra de Honoré de Balzac fechada en 1841, que mostraba la caligrafía fina y ladeada del novelista. En el centro descansaba el diminuto pergamino. Era la estrella del espectáculo.

La pared situada detrás del pergamino mostraba el logotipo de Aristophil, pero no el emblema majestuoso que Lhéritier había diseñado para su empresa. Ahora, la insignia presentaba una sola «A» en negrita enmarcada por un borde elegante. El logotipo hacía referencia a un nuevo comienzo. Representaba Les Collections Aristophil, una prolongada serie de subastas públicas anunciada dos meses antes para liquidar las 130.000 cartas y manuscritos de Aristophil.[2] Según el anuncio, la serie conllevaría numerosas ventas en los próximos seis años. Todo empezaría con la subasta de más de un centenar de las adquisiciones más célebres de la empresa, incluyendo *Las 120 jornadas de Sodoma*. Todo —las afirmaciones de Lhéritier de que su imperio se basaba en valores reales, la capacidad de sus dieciocho mil clientes para recuperar sus inversiones, la estabilidad del mercado de manuscritos— dependía del éxito de las subastas. La primera prueba sería la venta inicial, que tendría lugar en Drouot al día siguiente.

El plan ya había descarrilado. Dos días antes de la subasta, el gobierno francés declaró que dos de las piezas que saldrían a subasta merecían ser tesoros nacionales: los manifiestos surrealistas de André Breton y *Las 120 jornadas de Sodoma*.[3] Todo lo relacionado con el pergamino era extraordinario, aseguró el ministro de Cultura francés en el anuncio oficial: su asombrosa creación, sus viajes por Europa, su influencia en la literatura francesa del siglo XX y su posición como «la más radical y monumental» de las obras de Sade.[4] El mismo gobierno que antaño había reprimido la producción de Sade ahora juzgaba que su creación más obscena debía ser elevada a la categoría de emblema del legado francés al mundo.

Los artículos en cuestión no podían salir del país y debían ser excluidos de la venta mientras el Estado trabajaba con los tribunales y expertos en subastas para negociar un precio de mercado justo. El pergamino que ocupaba un lugar destacado en todos los materiales promocionales y las publicaciones en prensa, el manuscrito que, según los expertos, alcanzaría al menos un tercio de los once a dieciséis millones de euros que pretendía recaudar la subasta, no saldría a la venta.

Aun así, los subastadores decidieron incluir el pergamino en la exposición de preventa en Drouot, ya que tenían la esperanza de que despertara interés por la subasta del día siguiente. Pero quienes admiraban la reliquia sabían que, en cuanto terminara la exposición, sería trasladada a su caja fuerte, guardada bajo llave durante incontables años mientras los funcionarios del gobierno y los expertos de la casa de subastas regateaban su valor. Justo cuando estaba a punto encontrar un nuevo hogar, el pergamino volvía a escabullirse.

El año anterior, el Tribunal de Comercio de París había hecho un llamamiento a empresas de subastas que quisieran liquidar los activos de Aristophil a cambio de una prima del 25 % sobre las ventas. La tarea sería amedrentadora: en el sector, nadie había intentado organizar, catalogar y vender ciento treinta mil documentos no relacionados, la mayoría de los cuales iban acompañados de complejas demandas de propiedad. Para lograrlo, la empresa tendría que ser tremendamente ambiciosa, por no decir un poco temeraria.

El trabajo fue adjudicado a la empresa francesa Aguttes, la única que se postuló. Había sido fundada en 1974 por Claude Aguttes, un subastador autodidacta cuyo porte y atuendo recatados ocultaban un historial de audaces movimientos comerciales. En 2009, Aguttes y su equipo organizaron una subasta del contenido del famoso hotel La Mamounia, de estilo *art déco* y situado en Marrakech, Marruecos, tras pasar seis meses inventariando cuidadosamente sillones y tocadores usados por artistas como Édith Piaf, Josephine Baker y Omar Sharif.[5] Más recientemente, la empresa se estrenó en el negocio de los fósiles al subastar un esqueleto de dinosaurio de diez metros de envergadura en una venta especial celebrada en el primer piso de la Torre Eiffel.[6] Ahora, Aguttes dirigía la empresa de subastas independiente más próspera del país, cosa que le permitió comprar un castillo milenario en la ladera de un volcán francés inactivo y reconvertirlo en casa de campo.[7]

A veces, el atrevimiento de Aguttes le traía problemas. En 2012 le prohibieron operar durante dos meses tras vender un cuadro ruso del siglo XIX de dudosa autenticidad. Pero, en el mundo del arte, muchos lo atribuyeron a un error inevitable de quien estaba dispuesto a correr riesgos, que era justamente la clase de persona que se necesitaba para un desafío como el de Aristophil.[8]

Como primer paso, la empresa de Aguttes tomó posesión de las cartas y manuscritos de Aristophil. Sacaron cientos de cajas de un almacén situado a las afueras de París donde las autoridades guardaban los documentos, las trasladaron cuidadosamente en camiones blindados y las depositaron en un búnker ignífugo y climatizado en una ubicación secreta donde estaban sometidos a vigilancia armada permanente. Luego, una docena de trabajadores inspeccionó sistemáticamente cada uno de los documentos, confirmando su identidad y autenticidad e introduciendo los datos en un sistema de seguimiento, todo bajo la atenta mirada de un alguacil de los tribunales. El proceso llevó seis meses. Después, el equipo empezó a devolver las cartas y los manuscritos a los inversores que habían adquirido la propiedad indivisa de los documentos de Aristophil en virtud de uno de los costosos contratos «Amadeus», y que ahora querían recuperarlos.[9]

Pero aún quedaba la gran mayoría de la colección, buena parte de la cual eran cartas y manuscritos cuya propiedad estaba dividida entre varios inversores conforme a los contratos «Coraly's» de Aristophil. Dado que no había forma de repartir físicamente los materiales entre sus propietarios, el tribunal confirió a Aguttes autoridad para subastar todos los activos al mejor precio posible y utilizar las ganancias para pagar a sus copropietarios. No importaba si algunos de los inversores no estaban de acuerdo con el plan. Con miles de documentos, la mayoría divididos entre numerosos propietarios, el tribunal llegó a la conclusión de que sería imposible obtener una aprobación unánime para cualquier propuesta.

Hôtel Drouot era la opción obvia para las subastas. Dirigida por un colectivo de empresas de subastas francesas, estaba considerada una de las más antiguas y venerables del mundo. Durante generaciones, Drouot fue la cámara de compensación pública de las riquezas nacionales gracias al monopolio de las subastas francesas establecido por decreto real. La casa había vendido las propiedades personales del rey francés Luis Felipe, del siglo XIX, piezas de la Torre Eiffel, cuadros de Monet y Renoir, e incluso calzoncillos de Napoleón. Durante mucho tiempo, Drouot había sido un centro de venta de sellos, lo cual llevó a muchos comerciantes a abrir negocios en la Rue Drouot, cerca de la casa de subastas. Eso incluía a Roumet, la filatélica que tres décadas antes había inspirado la obsesión de Lhéritier por las cartas.[10]

En 2000, las reformas legales acabaron con el monopolio de Drouot, que se vio obligada a ceder parte de su mercado de lujo a Christie's y Sotheby's.[11] La empresa perdió aún más lustre en 2010, cuando trascendió que los «Cols Rouge», el escuadrón de porteadores de arte que había manejado el inventario de Drouot desde la época de Napoleón III, habían robado obras de arte y joyas por valor de varios millones de euros.[12] Pero, en cuanto a la variedad de artículos en venta, Drouot seguía siendo inigualable. Todos los días, miles de personas visitaban sus dieciséis salas de subastas, donde quedaban boquiabiertas y pujaban por lotes que iban desde grafitis de Banksy hasta dibujos únicos de Astérix. Y, más que ningún otro lugar de Francia, Drouot se ocupaba de las subastas de libros y materiales escritos.

Ahora, Aguttes y Drouot estaban preparadas para celebrar la primera venta de Aristophil. Cada aspecto de la subasta había sido concebido para obtener los precios más altos posibles. Al final, era lo único que importaba. En el mundo de las cartas y los manuscritos, las valoraciones de los expertos llegaban solo a cierto nivel. En ese sector, donde cada artículo era único y cada criterio inherentemente subjetivo, para determinar el valor de una colección había que ponerla a la venta. Las desorbitadas tasaciones de Aristophil, basadas en estudios de mercado y valoraciones excesivamente entusiastas de socios bien remunerados, habían existido en un vacío. Ahora, por primera vez en la historia, se pondría a prueba el valor de aquel imperio de las letras.

Mientras se acercaba la fecha de la subasta, Lhéritier esperaba furioso en su casa de Niza. Desde que se anunciara la venta de Aristophil, había escrito repetidamente al Tribunal de Comercio de París condenando el plan. Según él, todo era un error: la elección de Aguttes para realizar las subastas, ya que, según él, tenía una reputación cuestionable y poca experiencia en cartas y manuscritos; la inclusión de fotografías, cuadros y antigüedades en la primera venta, porque, si bien pertenecían al patrimonio de Aristophil, poco tenían que ver con la especialidad de la empresa; y la decisión de programar la subasta justo antes de Navidad, ya que no era un momento oportuno para una venta importante, especialmente si incluía cartas de Hitler y Mussolini.[13]

Lhéritier predijo que los inversores de Aristophil acabarían pagándolo caro. «La liquidación de Aristophil se está convirtiendo cada vez más en una mala premonición», concluía en una carta. Aquellas ventas mal organizadas serían el golpe de gracia para su otrora magnífico imperio.

Lhéritier no solo pensaba en sus antiguos clientes. También estaba en juego la reputación que le quedaba. Creía que, al arruinar la liquidación, Aguttes podía desvirtuar la verdadera relevancia de los materiales. Aquellos documentos, insistía, valían lo que él había prometido debido a un acontecimiento de gran magnitud del que llevaba años alertando: el fin de la era de la escritura a mano.[14]

Lhéritier no mentía. En las últimas décadas, la comunicación escrita había experimentado una de sus mayores transformaciones desde que los antiguos sumerios empezaron a plasmar la lengua cuneiforme en tablillas de arcilla. Los Common Core State Standards de EE. UU., que estipulaban lo que debían aprender los estudiantes en todo el país, aconsejaban a los instructores que solo enseñaran caligrafía en jardín de infancia y primer curso, y no recomendaban enseñar cursiva.[15] A principios de la década de 2010, el Pew Research Center descubrió que los estadounidenses de dieciocho a veintinueve años enviaban y recibían un promedio de casi ochenta y ocho mensajes de texto al día, y un sondeo británico con dos mil personas reveló que uno de cada tres encuestados no había escrito a mano nada especialmente importante en seis meses.[16] Y, mientras se enviaban a diario 215.000 millones de correos electrónicos a través de internet, sus homólogos físicos prácticamente se habían extinguido.[17] El servicio de correos de EE. UU. descubrió que el hogar estadounidense medio enviaba o recibía solo cinco cartas personales al año.

En archivos y bibliotecas de todo el mundo, los encargados de conservar el patrimonio escrito se enfrentaban a un cambio fundamental en la naturaleza de la cultura escrita. A medida que los textos importantes pasaron de revistas y manuscritos a *bytes* de datos electrónicos, los expertos tuvieron que encontrar la manera de valorar los discos duros y otros materiales «nacidos en formato digital».[18] Asimismo, tuvieron que averiguar cómo almacenar y proteger esos artículos de la «putrefacción de los bits», la degradación magnética y la descomposición natural que deja inutilizables la mayoría de los medios de almacenamiento electrónico en unas pocas décadas. Ahora que las figuras públicas habían pasado de escribir cartas a intercambiar correos electrónicos, textos y publicaciones en las redes sociales, tenían que determinar cómo analizar una producción tan gigantesca y descubrir misivas importantes.[19] Y ahora que la modificación de obras escritas se reducía a pulsar unas pocas teclas en lugar de escribir varios borradores, muchos se preguntaban si el mundo había perdido la capacidad para rastrear el nacimiento y evolución de las obras maestras de la literatura.

Mientras tanto, los coleccionistas de cartas y manuscritos hacían frente a una amenaza para su existencia. Como decía un vendedor de libros raros en un artículo para la Liga Internacional de Libreros Anticuarios: «Hemos pasado de un manuscrito único que nos da una idea clara del proceso creativo del autor a una copia estéril y limpia que puede ser producida en cantidades potencialmente ilimitadas y que no nos dice nada sobre el proceso creativo del autor [...] El futuro del coleccionismo de manuscritos y la erudición literaria está en peligro».[20]

A Lhéritier no le interesaba tanto lo que supondría el fin de la escritura a mano para archivistas y coleccionistas como para sus balances de resultados. Lejos de un cataclismo, él veía la desaparición de los documentos escritos como una oportunidad para quienes hubieran tomado las debidas precauciones. Estaba seguro de que, cuando la gente se diera cuenta de que las generaciones futuras no tendrían acceso a cartas personales de Barack Obama, canciones garabateadas por Lady Gaga o manuscritos redactados y corregidos por Stephen King, los vestigios de una época de bolígrafos, plumas y lápices serían tan preciados como un violín Stradivarius.

«En los sótanos de Estados Unidos y Europa, la gente guarda cajas y cajas de cartas», había dicho Lhéritier un año antes en el restaurante del hotel de Niza con vistas al mar. «Son tesoros totalmente escondidos.»[21] Lhéritier fue uno de los primeros en darse cuenta de ese hecho, y se propuso acumular tantos tesoros manuscritos como pudiera. Estaba convencido de que, si quienes organizaron las nuevas subastas de Aristophil hubieran entendido lo que significaban realmente sus colecciones, si hubieran sido un poco más inteligentes a la hora de planificar las ventas, todos los que habían creído en él se verían ampliamente recompensados. Pero, según sus pronósticos, las subastas serían un fiasco.

«L'ADJUGÉ!»

La voz imponente de Claude Aguttes resonó por toda la sala de subastas al anunciar a golpe de mazo que se había vendido el primer lote de la colección Aristophil. Las pantallas de vídeo instaladas alrededor de la sala mostraban el artículo, un cuadro de la Madonna y el Niño atribuido al pintor renacentista Giovanni Pietro Rizzoli, y la oferta ganadora, treinta mil euros, seguida de sus equivalentes en dólares, libras, yuanes y otras divisas. Era una cifra respetable, en el extremo superior de su estimación de preventa, pero en modo alguno espectacular.

Mientras los espectadores desbordaban la sala y los pasillos, las cámaras de informativos enfocaron a Aguttes, que, situado tras el estrado, parecía un profesor con semblante serio. Entre el público se encontraba Jérôme Dupuis con su libreta en la mano. Cerca estaba sentado el abogado de una de las mayores asociaciones de consumidores, formada por inversores de Aristophil; había asistido para evaluar las diferencias entre los precios de la subasta y los valores prometidos por Lhéritier. Al fondo estaba Hugues de Sade, el extravagante hermano de Thibault, atraído por la noticia de que el manuscrito de su antepasado había estado a punto de salir a subasta. A su alrededor había postores, en su mayoría hombres mayores, tapándose la boca mientras hablaban por teléfono y gesticulando sutilmente cuando el precio era el adecuado.[22]

Entonces salió a la venta el segundo lote: un boceto de unos amantes abrazados obra del artista italiano Girolamo Francesco Maria Mazzola, del siglo XVI. Señalando a un lado y otro de la sala, Aguttes iba aceptando las ofertas con movimientos rápidos fruto de años de práctica, y entonces anunció el precio final. «Setenta y cinco mil euros», dijo, una ganga relativa, pues se había vendido cinco mil euros por debajo del precio mínimo estimado. Un empleado entregó un recibo naranja al ganador, que estaba sentado cerca de la parte delantera de la sala: Jean-Claude Vrain, más llamativo que nunca con su sombrero de ala ancha.

La subasta continuó, pero con creciente apatía. En muchos momentos, la sala estaba tranquila, sin las pujas espectaculares ni los enfrentamientos animados que normalmente provocaban reacciones de emoción o salvas de aplausos moderados en subastas como aquella. Una partitura musical escrita a mano por Richard Wagner se vendió por debajo del precio estimado, al igual que una serie de cartas entre el poeta francés Paul Valéry y su hija. Muchos artículos no llegaron a venderse: una primera edición de *Les plaisirs et les jours* de Marcel Proust y un mechón de pelo de Napoleón. Poco a poco, la multitud empezó a disminuir. Para atraer la atención de los coleccionistas estadounidenses, los organizadores de la subasta habían incluido el manuscrito de la superviviente del *Titanic* que Aristophil vendió a sus inversores por 1,1 millones de euros. Pero, cuando empezó la venta, los teléfonos situados en un lateral de la sala permanecieron en silencio y no llegaron ofertas del otro lado del Atlántico. Aguttes pasó a la siguiente venta.

Muchos de los lotes más grandes fueron para Vrain: un texto único de Alejandro Dumas por 82.000 euros y un manuscrito original de Balzac por 1,17 millones de euros. Pero, incluso Vrain, tal vez humillado por su participación en el escándalo que condujo a la venta, parecía inusualmente recatado. Durante casi toda la subasta, el vendedor de libros permaneció en su asiento, evitando las ostentaciones que tanto enfurecían a su rival Castaing.

Durante la puja por una carta de Horatio Nelson, un hombre se puso de pie e interrumpió la venta. «Soy un antiguo inversor de Aristophil», dijo a los allí presentes. «Para cualquiera que, como yo, no sepa lo que está pasando, reunámonos en el pasillo.» Mientras los guardias de seguridad, que llevaban auriculares transparentes, intentaban calmar los ánimos, los cámaras y periodistas rodearon a la pequeña multitud de inversores de Aristophil que se dieron cita fuera. «Esto es una falta absoluta de profesionalidad», dijo uno de ellos. «A algunos ni siquiera se nos informó de la venta.»

«Tengo miedo, no puedo hacer nada», protestó otro inversor, señalando la sala de subastas, donde se había reanudado la venta. «Esta gente puede hacer lo que quiera con nuestras propiedades.»

La subasta concluyó con un aura de callada decepción. Casi un tercio de los artículos ofertados no se había vendido. Muchos de los que sí se vendieron no alcanzaron los valores mínimos de preventa que los expertos les habían asignado. En total, la subasta recaudó algo menos de tres millones de euros, muy lejos de los once a dieciséis millones que habían pronosticado los expertos antes de que los dos lotes más importantes fueran declarados tesoros nacionales.[23] Lo más preocupante era que ninguno de los materiales, con independencia de la cotización alcanzada, estuvo cerca de los precios que habían pagado por ellos los clientes de Aristophil. Al día siguiente, el titular del artículo de Dupuis sobre la venta rezaba: «El mercado cuenta la cruel verdad sobre el escándalo de Aristophil».[24]

Mientras los asistentes salían de Drouot, varios exmarchantes de libros y arte parisinos se reunieron en L'Adjugé!, el restaurante de la casa de subastas, para reflexionar sobre lo ocurrido. Por lo general, cuando Drouot subastaba una colección importante, las ventas conseguidas se celebraban como un homenaje a los esfuerzos invertidos en su creación. Pero aquello fue distinto. «Parecía un funeral», dijo Serge Plantureux, un especialista en copias fotográficas que había asistido a la venta con unos tirantes de color rojo chillón. Después de beber un sorbo de café, resumió la tarde con un sombrío movimiento de cabeza: «Ha sido una venta negra».[25]

Castaing no asistió a la primera subasta de Aristophil. El vendedor de manuscritos prefería el estilo refinado de las ventas cara a cara, y se negó a aprovechar la quiebra del imperio de las letras de Lhéritier. Ignoró los rumores según los cuales a él le resultaba fácil adoptar una postura moral porque había nacido rodeado de privilegios. Ya fuera por principios o por esnobismo, no quería relación alguna con Aristophil.

Las ventas de Aristophil continuaron en los meses siguientes. Una secuencia de siete subastas celebradas en

 Drouot en junio de 2018 arrojó resultados más prometedores, generando 17,6 millones de euros.[26] Las sólidas ventas persistieron unos meses más tarde cuando una serie de cinco subastas recaudó 8,8 millones de euros.[27] Luego, en 2019, catorce ventas supusieron dieciocho millones de euros más. La narrativa en torno a Aristophil cambió el escándalo persistente por los triunfos en las salas de subastas. Tesoros como una carta de Frida Kahlo firmada con besos de pintalabios rojo y misivas escritas por Iósif Stalin durante la segunda guerra mundial atrajeron a decenas de miles de visitantes y la cobertura de BBC News y *The New York Times*. Los resultados decepcionantes, como un borrador parcial de *Las bodas de Fígaro* de Mozart que no encontró comprador, se vieron eclipsados por logros como la venta del manuscrito de Einstein que había propiciado el innovador programa de inversiones de Aristophil por 11,6 millones de euros, aproximadamente cuatro veces la estimación previa a la subasta.[28]

Las obras que habían permanecido encerradas en la cámara ultrasecreta de Aguttes viajaron a instituciones de todo el mundo. La biblioteca nacional de Francia obtuvo un manuscrito original de Gustave Flaubert y decenas de materiales más, mientras que el Museo Van Gogh de Ámsterdam se hizo con una importante carta de su homónimo.[29] En noviembre de 2019, el Brontë Parsonage Museum logró adquirir el manuscrito en miniatura de Charlotte Brontë que había perdido ante Aristophil en una guerra de ofertas anterior, utilizando 780.000 euros que había recaudado con la ayuda de Judi Dench, presidenta de Brontë Society.[30]

Aun así, expertos como Castaing conocían la verdad: los que más se jugaban en las subastas estaban perdiendo enormes cantidades de dinero. El manuscrito en miniatura se vendió al Brontë Parsonage Museum por aproximadamente la mitad de lo que habían invertido en él los clientes de Aristophil.[31] Los 11,6 millones de euros del manuscrito de Einstein seguían siendo inferiores a los doce millones que los inversores habían pagado por él casi dos décadas antes. Y la gran mayoría de los lotes dieron rendimientos mucho más bajos. Después de tres años de subastas, el precio medio de los documentos de Aristophil oscilaba entre el 10 y el 15 % de lo invertido por los clientes.[32] Ello significaba que los inversores perderían casi el 90 % de sus inversiones. A pesar de sus quejas, no había nada que pudieran hacer para detener el proceso. El Tribunal de Comercio de París había tomado una decisión: así se repartirían los materiales.

En marzo de 2019, Dupuis soltó una bomba en *L'Express*: algunos inversores perderían sus activos sin ningún tipo de reembolso. El gobierno francés pretendía confiscar cientos de documentos de Aristophil sin compensación alguna, entre ellos la carta de despedida del rey Luis XVI a sus súbditos y las misivas de Charles de Gaulle por las que Lhéritier se había enfrentado al Ministerio de Cultura. Según la ley francesa, los textos pertenecían al Estado, no a quienes se los habían comprado a Aristophil.[33]

Castaing siguió los acontecimientos con frustración. Observó cómo Vrain continuaba gastando a espuertas, a veces comprando materiales a una fracción del precio por el que se los había vendido en su momento a Aristophil. Se dio cuenta de que Aguttes había recurrido al destacado experto en manuscritos Thierry Bodin, quien, según los informes, había ganado millones vendiendo documentos a Aristophil y había criticado a Castaing por hablar mal de la empresa.[34] La situación actual era como un giro cruel en una de las novelas policíacas que había escrito Castaing: personas como Vrain y Bodin se beneficiaron del ascenso de Aristophil y menospreciaron a Castaing por hacer saltar las alarmas. Ahora eran ellos quienes se beneficiaban de su quiebra.

Como a todos los profesionales del sector, a Castaing le preocupaba el declive de los documentos escritos a mano, y estaba ansioso por lo que ello pudiera suponer para su gremio y para el futuro del patrimonio escrito.[35] Pero se burlaba de las afirmaciones de Lhéritier, según el cual, la digitalización de la palabra escrita convertiría las cartas y los manuscritos existentes en reliquias de gran valor. Él lo veía simplemente como otra falsa promesa en el imperio de mentiras de Lhéritier.

Como presidente de la organización privada Compagnie Nationale des Experts, Castaing había pedido a las autoridades que se tomaran su tiempo con las subastas de Aristophil y que las prolongaran veinte o treinta años. Nadie le escuchó. Ahora estaban apareciendo indicios de que el mercado de cartas y manuscritos acusaba un exceso de oferta.[36] Cuando una serie de cartas de Marcel Proust subastadas en Christie's París no encontró comprador, algunos culparon a las ventas de Aristophil por inundar el mercado. Y cuando una subasta de materiales de Sade, incluida la silla de escritorio favorita del marqués, tuvo unas ventas decepcionantes, los organizadores —los tres hermanos Sade— achacaron la falta de interés a la agitación relacionada con Aristophil.[37] Por el momento solo habían salido a la venta unos pocos miles de artículos de la colección Aristophil, con lo cual quedaban más de cien mil cartas y manuscritos con un valor cada vez más reducido.

Durante mucho tiempo, las tiendas de libros y manuscritos del centro de París habían cerrado acuerdos con un apretón de manos y el amor mutuo por la palabra escrita. Ahora, ese mundo estaba erizado de sospechas y descontento. «Aristophil ha mancillado el mundo de los autógrafos», dijo Castaing en su tienda de la Rue Jacob una tranquila mañana de verano de 2019.[38] En la quietud de su galería de manuscritos, rodeado de vestigios de los diseños de su abuela y restos de las primeras tiendas de manuscritos del planeta, parecía existir en un dominio atemporal. De hecho, todos los días seguía los pasos del marqués de Sade. Unas puertas más adelante se encontraba el edificio donde Sade, llegado a París tras la muerte de su madre, había sido arrestado por el inspector Marais.[39]

Pero Castaing era consciente de que las cartas y los manuscritos no existían en el vacío. Sabía que los dueños de esos objetos tenían poder sobre su destino, contribuyendo a su legado, modelando la percepción que de ellos tenía el mundo y usándolos para arrojar luz sobre la condición humana. Pero también sabía que las personas podían acabar viéndose definidas por esos tesoros, asociadas eternamente a los textos que buscaban y poseían, para bien o para mal. Las reliquias literarias podían ser vías de escape o podían ser prisiones. Las riquezas de Aristophil los habían atrapado a todos, y él creía que nadie escaparía pronto. «Este asunto durará años y años», afirmaba. «Yo no viviré para ver el final.»[40]

Epílogo

Sepultado

9 de julio de 2021

El anuncio llegó con poca fanfarria: tres años y medio después de declarar que *Las 120 jornadas de Sodoma* merecía ser un tesoro nacional y con el 232º Día de la Bastilla a la vuelta de la esquina, el gobierno francés hizo público que había adquirido el pergamino.[1]

Los 4,55 millones de euros que había empleado el Estado en la compra del manuscrito a los cuatrocientos veinte inversores de Aristophil que habían adquirido acciones de propiedad conjunta provenían de un solo donante: Emmanuel Boussard, un rico banquero de inversiones francés. Para Boussard, que había trabajado en Wall Street antes de lanzar un fondo de cobertura de miles de millones de euros, la donación, que le supuso considerables ventajas fiscales, era un ejemplo de filantropía al estilo estadounidense: pragmática, profesional y desapasionada.[2] Aunque Boussard se había criado en el centro de París rodeado de libreros famosos y había acumulado una formidable colección de libros, no estaba particularmente interesado en Sade o su obra. De hecho, le interesaba mucho más el propietario más famoso del pergamino, Lhéritier, y durante años había advertido a sus socios y reguladores que Aristophil se revelaría como una estafa. Pero cuando se enteró por un colega filántropo de que a las autoridades les preocupaba no encontrar suficientes donaciones privadas para adquirir el controvertido pergamino, el banquero ofreció el montante total. Habría preferido financiar la compra de los otros documentos de Aristophil que el gobierno había declarado tesoros nacionales, como los manifiestos surrealistas de André Breton, pero esas adquisiciones habían sido financiadas por varios donantes adinerados, incluido Carlo Perrone, el nieto de la Vizcondesa Roja.

Los 4,55 millones de euros estaban por debajo de lo que había desembolsado Lhéritier para recuperar *Las 120 jornadas de Sodoma* en Suiza, y eran menos de la mitad de lo que habían gastado Sylvie Le Gall y otros inversores en acciones de Aristophil. Si el ministerio hubiera aceptado la oferta que hizo Lhéritier en 2014 para donar *Las 120 jornadas de Sodoma* después de cinco años a cambio de incentivos fiscales, el pergamino probablemente ya estaría en manos del Estado sin costes adicionales. Lhéritier, aún a la espera de un juicio que podía no llegar nunca, vio una traición en las acciones del gobierno. «Es una estafa del Estado francés», afirmó en un correo electrónico enviado desde su casa de Niza.[3]

La adquisición del pergamino por parte del Estado pasó desapercibida, ya que Francia y el resto del mundo estaban en ese momento ocupados con la pandemia mundial de COVID-19. Durante casi todo el año anterior, la Torre Eiffel había estado vetada a los visitantes, el Louvre había quedado vacío y casi todos los *bouquinistes* que bordeaban el Sena habían permanecido cerrados.[4] En los barrios de Saint-Germain-des-Prés y Odéon, en el corazón de la ciudad, la mayoría de los vendedores de libros y manuscritos habían bajado la persiana, y muchos temían que un buen número nunca volvería a abrir, un duro golpe para un mercado que ya iba en retroceso. En las dos décadas anteriores, más del 40 % de las librerías de la zona habían cerrado debido a la gentrificación y al auge de las compras en línea.[5]

El rollo fue enviado al edificio Arsenal de la biblioteca nacional, en la margen derecha, y guardado bajo llave entre miles de documentos relacionados con la Revolución francesa. El nuevo hogar del manuscrito era especialmente apropiado: el abuelo de Boussard había trabajado como comisario de la Biblioteca del Arsenal y su padre se había pasado la infancia explorando sus colecciones.

El manuscrito de *Las 120 jornadas de Sodoma* había sido creado en una de las prisiones más formidables de la historia y había sido testigo de las primeras salvas de la Revolución francesa. En el siglo XVIII se había movido en círculos clandestinos de coleccionistas de literatura erótica y había estado a punto de convertirse en propiedad del Imperio británico. Había ayudado a inspirar una revolución sexual y se había salvado por poco de las hogueras del Holocausto. Había dado lugar a una de las obras de arte más notorias del siglo XX, desatado disturbios y convertido a un pilar de la alta sociedad francesa en un revolucionario. Había sido robado y pasado de contrabando por toda Europa, y había caído en manos de una de las personas más ricas del planeta. Asimismo, se había convertido en el plato fuerte de una iniciativa que tenía por objetivo transformar la propiedad global de la palabra escrita, pero que acabó dejando en ruinas al mayor mercado de libros y manuscritos del mundo. Ahora, el viaje del pergamino había llegado a su fin en una biblioteca estatal, a menos de mil metros de donde había sido escrito, en el lugar que antaño ocupaba la Bastilla.

Sería fácil imaginar la llegada del manuscrito a su lugar de reposo final como una escena de la película *En busca del arca perdida*: el tesoro protagonista sepultado en una cámara acorazada anónima y condenado al olvido. Pero, en realidad, la inmensa mayoría de los materiales históricos de archivos y bibliotecas de investigación son de fácil acceso para la ciudadanía. Los artículos que son demasiado frágiles o valiosos para tal exposición a menudo se escanean y se ponen a disposición en formato electrónico como parte de la digitalización masiva de obras escritas, lo que ha permitido que el acceso a documentos históricos esté mucho más extendido que nunca. Millones de textos, tanto mecanografiados como manuscritos, están disponibles en internet. Muchos de los documentos que cuentan la historia de *Las 120 jornadas de Sodoma* —las cartas escritas desde la celda del marqués de Sade, los escritos bibliográficos de Henry Spencer Ashbee, los textos casi científicos de Iwan Bloch, las crónicas periodísticas sobre el último gesto revolucionario de Marie-Laure Noailles, los registros judiciales de la batalla internacional por el pergamino, los artículos de prensa y las publicaciones de blogs que detallan el ascenso y caída de Aristophil— se pueden consultar desde cualquier rincón del planeta y, en muchos casos, se pueden traducir instantáneamente a casi cualquier idioma.[6]

A medida que las comunicaciones se han digitalizado gracias a internet y los *e-readers*, las noticias anuncian «el fin de los libros» y la llegada del «futuro postexto».[7] Pero los agoreros llevan siglos prediciendo la muerte de la escritura, y siempre se han equivocado. Cuando Gutenberg inventó la imprenta, los eruditos proclamaron: «Los libros impresos nunca serán el equivalente a los códices escritos a mano, sobre todo porque los libros impresos a menudo son deficientes en ortografía y apariencia».[8] En el siglo XIX, un poeta francés afirmó: «El periódico está matando al libro».[9] Y otros lamentaron el nacimiento de la «escritura mecánica» introducida por la máquina de escribir. En 1913, Thomas Edison anunció que, con la llegada del cine, los libros no tardarían en «quedar obsoletos en las escuelas públicas».[10] Pero la escritura se ha vuelto cada vez más versátil y el acceso a los resultados es cada vez más omnipresente. En el siglo XXI, gracias a las redes sociales, la jerga de internet, los hipervínculos, los signos de puntuación novedosos, los emoticonos, los GIF y los memes, la comunicación es más cooperativa y dinámica que en cualquier otro momento de la historia.[11]

Ahora que Francia ha obtenido *Las 120 jornadas de Sodoma*, será de nadie y de todos. Puede que nadie vuelva a ser capaz de reprimirlo, atesorarlo, explotarlo o pasarlo de contrabando. Por el contrario, es probable que personas de todo el mundo puedan conectarse y acceder a imágenes en alta resolución de cada centímetro del pergamino. Podrán leer por sí mismos el texto diabólico que durante siglos ha despertado pasiones, provocado convulsiones e inspirado insurrecciones grandes y pequeñas. Podrán escrutar los trazos de pluma increíblemente pequeños y perfectamente elaborados en una celda por alguien que tal vez fue un lunático, o tal vez no. Por primera vez en toda su existencia, el manuscrito finalmente será gratuito y su maldición podrá continuar.

Notas

Epígrafe

1. Maurice Lever, «Je Jure au Marquis de Sade, Mon Amant, de Nêtre Jamais Qu'à Lui...». (París: Librairie Arthème Fayard, 2005), 120.

2. Alfred Bonnardot, *The Mirror of the Parisian Bibliophile: A Satirical Tale*, trad. Theodore Wesley Koch (Chicago: Lakeside, 1931), 1.

Prólogo

1. Donatien Alphonse François de Sade, *120 Days of Sodom,* trad. Will McMorran y Thomas Wynn (Londres: Penguin Classics, 2016), 3.

2. Iwan Bloch, *Neue Forschungen über den Marquis de Sade und Seine Zeit: Mit Besonderer Berücksichtigung der Sexualphilosophie de Sade's auf Grund des Neuentdeckten Original-Manuskriptes Seines Hauptwerkes* «Die 120 Tage von Sodom» (Berlín: Max Harrwitz, 1904), 389-391.

3. Simon Nicolas Henri Linguet, *Memoirs of the Bastille,* vol. 2 (Edimburgo: edición privada, 1885), 33.

4. Francine du Plessix Gray, *At Home with the Marquis de Sade* (Nueva York: Penguin Books, 1999), 263.

5. Donatien Alphonse François de Sade, *Letters from Prison*, trad. Richard Seaver (Nueva York: Arcade, 1999), 346-347.

6. Gray, *At Home,* 238

7. Maurice Lever, *Sade: A Biography* (Nueva York: Fa-

rrar, Straus and Giroux, 1993), 310-311, 208; Gray, *At Home,* 283.

8. Neil Schaeffer, *The Marquis de Sade: A Life* (Nueva York: Alfred A. Knopf, 1999), 312.

9. Lever, *Sade,* 312-313.

10. Sade, *Letters from Prison,* 166; Lever, *Sade,* 326; Sade, *Letters from Prison,* 148.

11. Lever, *Sade,* 321.

12. Sade, *Letters from Prison*, 359-360.

13. Gray, *At Home*, 11, 412-413.

14. Schaeffer, *The Marquis de Sade,* 336; Jean Paulhan, *Le Marquis de Sade et Sa Complice* (Bruselas: Éditions Complexe, 1987), 28.

15. Sade, *120 Days of Sodom*, 56.

16. Georges Bataille, *Literature and Evil* (Londres: Marion Boyars, 1985), 121.

17. Jean-Jacques Pauvert, *Sade's Publisher: A Memoir* (Nueva York: Paris Writers Press, 2016), 145.

18. Loren Glass, *Rebel Publisher: Grove Press and the Revolution of the Word* (Nueva York: Seven Stories, 2018), 136-137.

19. Annie Le Brun, *Sade: A Sudden Abyss* (San Francisco: City Lights Books, 1990), 12.

20. Will McMorran, «Translating Violence», *The Bad Books Blog,* 26 de septiembre de 2016, www.thebadbooksblog.com/2016/09/26/translating-violence/(visitada el 21 de octubre de 2020).

21. Will McMorran, entrevista con el autor, 24 de septiembre de 2020.

22. Bloch, *Neue Forschungen über den Marquis de Sade und Seine Zeit*, 383.

23. «L'Épilogue Français des "Cent Vingt Journées de Sodome"», *Le Point*, 3 de abril de 2014, www.lepoint.fr/livres/l-epilogue-francais-des-cent-vingt-journees-de-sodome-03-04-2014-1808871_37.php (visitada el 16 de diciembre de 2019).

24. John J. Goldman, «Gutenberg Bible Is Sold for Record $4.9 Million», *Los Angeles Times*, 23 de octubre de 1987, www.latimes.com/archives/la-xpm-1987-10-23-mn-10733-story.html (visitada el 5 de marzo de 2020); «Sale 6012: Wentworth: Lot 2:

Chaucer, Geoffrey (c. 1345-1400). The Canterbury Tales», Christie's, www.christies.com/lotfinder/lot/chaucer-geoffrey-the-canterbury-tales-wes-998506-details.aspx (visitada el 5 de marzo de 2020); «Sale 9878: The Library of Abel E. Berland: Lot 100: Shakespeare, William (1564-1616). Comedies, Histories, & Tragedies», Christie's, www.christies.com/lotfinder/lot/shakespeare-william-comedies-histories-tra-3098350-details.aspx (visitada el 5 de marzo de 2020).

25. John Lichfield, «Marquis de Sade: Rebel, Pervert, Rapist... Hero?», *Independent*, 14 de noviembre de 2014, www.independent.co.uk/news/world/europe/marquis-de-sade-rebel-pervert-rapist-hero-9862270.html (visitada el 30 de enero de 2021).

26. Pascal Fulacher, entrevista con el autor, 14 de abril de 2019; Jean-Pierre Guéno, entrevista con el autor, 29 de mayo de 2019.

27. Sade, *120 Days of Sodom*, 59.

Capítulo 1. Reliquia de libertad

1. David M. Ludlum, «Bad Weather and the Bastille», *Weatherwise* 43, n.° 3 (junio de 1989), 141.

2. David Garrioch, *The Making of Revolutionary Paris* (Berkeley: University of California Press, 2002), 1, 18-20, 48.

3. Peter McPhee, *Liberty or Death: The French Revolution* (New Haven, Conn.: Yale University Press, 2016), 7.

4. McPhee, *Liberty or Death*, 70-71.

5. Christopher Hibbert, *The Days of the French Revolution* (Nueva York: Harper Perennial, 1980), 69-70.

6. Hans-Jürgen Lüsebrink y Rolf Reichardt, *The Bastille: A History of a Symbol of Despotism and Freedom*, trad. Norbert Schürer (Durham, N. C.: Duke University Press, 1997), 15.

7. Lüsebrink y Reichardt, *The Bastille*, 11-18.

8. Lüsebrink y Reichardt, *The Bastille*, 42-43.

9. Hibbert, *The Days of the French Revolution*, 72.

10. Hibbert, *The Days of the French Revolution*, 70-80; Georges Pernoud y Sabine Flaissier, *The French Revolution* (Nueva York: G. P. Putnam's Sons, 1960), 40-41.

11. Pernoud y Flaissier, *The French Revolution*, 41-42.

12. Simon Schama, *Citizens: A Chronicle of the French Revolution* (Nueva York: Vintage Books, 1989), 420.

13. Hibbert, *The Days of the French Revolution*, 72.

14. Michel Delon, *La 121ème Journée: L'Incroyable Histoire du Manuscrit de Sade* (París: Albin Michel, 2020), 75.

15. Jacques Duprilot y Jean Paul Goujon, «Le Rouleau de la Mer Morte, *120 Journées de Sodome*, de 1789 à l'Aube du XXIe Siècle», *Histoires Littéraires* 18, n.° 70 (2017), 37.

16. Schama, *Citizens*, 409-413, 416-418.

17. Monique Cubells, «Les Mouvements Populaires du Printemps 1789 en Provence», *Provence Historique* 36, n.° 145 (1986), 309-323.

18. «Tableau des Vainqueurs de la Bastille, par Ordre Alphabétique, Noms, Surnoms, Qualités & Professions: Publiée pour la Première Fois d'Après le Manuscrit Authentique, Conservé au Musée des Archives Nationales», *Journal Officiel de la Bastille,* sup. (París: 1889).

19. «Archives Nationales», www.archives-nationales.culture.gouv.fr/en/web/guest (visitada el 12 de noviembre de 2020); Jean-Paul Goujon, «Une dernière question», e-mail, 23 de octubre de 2020.

20. Duprilot y Goujon, «Le Rouleau de la Mer Morte», 26, 34.

21. Jonathan Fenby, *France: A Modern History from the Revolution to the War on Terror* (Nueva York: St. Martin's, 2015), 124.

22. Duprilot y Goujon, «Le Rouleau de la Mer Morte», 34; Romée de Villeneuve-Trans-Flayosc, *Notice sur les Villeneuve Arcs, Trans, Flayosc, Suivie d'un Appendice Où Se Trouvent Relatés les Titres Ayant Existé ou Existant Encore dans la Maison de Villeneuve en Provence* (Lyon: Société Anonyme de l'Imprimerie A. Rey, 1926), 88.

23. L. Romée de Villeneuve Esclapon, *Histoire de la Maison de Villeneuve en Provence: Généalogie et Preuves des Nouvelles Générations de 1850 à Nos Jours* (Fontenay-le-Comte, Francia: Imprimerie Loriou, 1989), 31, 251

24. Guillaume Barles, «Le Dernier Seigneur de Trans: Louis Henri de Villeneuve, 1739-1794», *Bulletin de la Société d'Études Scientifiques et Archéologiques Draguignan et du Var* 25 (1980), 14.

25. Villeneuve Esclapon, *Histoire de la Maison de Villeneuve*, 251.

26. John Carter, *ABC for Book Collectors* (New Castle, Del.: Oak Knoll, 1995).

27. John Baxter, entrevista con el autor, 14 de abril de 2019.

28. Willa Z. Silverman, *The New Bibliopolis: French Book Collectors and the Culture of Print, 1880-1914* (Toronto, Ont.: University of Toronto Press, 2008), 5, 64, 79-80.

29. Gershon Legman, *The Horn Book* (New Hyde Park, N. Y.: University Books, 1964), 61-62.

30. Marie-Françoise Quignard y Raymond-Josué Seckel, *L'Enfer de la Bibliothèque: Eros au Secret* (París: Bibliothèque Nationale de France, 2019), 194-219.

31. Legman, *The Horn Book*, 82, 91, 102.

32. Silverman, *The New Bibliopolis*, 178.

33. Patrick J. Kearney, *A Catalogue of the Publications of Jules Gay, Jean-Jules Gay and Gay et Doucé*, ed. rev. (Santa Rosa, Calif.: Scissors & Paste Bibliographies, 2019), 5-6.

34. Gray, *At Home,* 414.

35. Laurence L. Bongie, *Sade: A Biographical Essay* (Chicago: University of Chicago Press, 1998), 282.

36. Sade, *120 Days of Sodom,* xxii.

37. Gray, *At Home*, 414.

38. Frederick Hankey, Jacques Duprilot y Jean-Paul Goujon, *Ce N'Est Pas Mon Genre de Livres Lestes… : Lettres Inédites à Richard Monckton Milnes, Lord Houghton (1857-1865)* (n.p.: Miss Jenkins, 2012), 78.

39. Jacques Duprilot, *Gay et Doucé: Éditeurs sous le Manteau, 1877-1882* (París: Éditions Astarté, 1998), 49.

40. Duprilot y Goujon, «Le Rouleau de la Mer Morte», 40.

41. Villeneuve-Trans-Flayosc, *Notice sur les Villeneuve Arcs, Trans, Flayosc,* 90.

42. Duprilot y Goujon, «Le Rouleau de la Mer Morte», 30.

43. Ronald Pearsall, *The Worm in the Bud: The World of Victorian Sexuality* (Toronto, Ont.: Macmillan, 1969), xi, guardas, 371-372.

44. William Roberts, *A Portrait of Holywell Street and Its Environs* (Santa Rosa, Calif.: Scissors & Paste Bibliographies, 2019), 3.

45. Patrick J. Kearney, *Frederick Hankey (1821-1882): A Biographical Sketch* (Santa Rosa, Calif.: Scissors & Paste Bibliographies, 2019), 2, 6.

46. Edmond de Goncourt y Jules de Goncourt, *Journal des Goncourt: Mémoires de la Vie Littéraire*, vol. 2, 1862-1865 (París: G. Charpentier, 1888), 134-135.

47. Duprilot y Goujon, «Le Rouleau de la Mer Morte», 30; Robert Allen, «Prices and Wages in Paris, 1400-1914», Nuffield College de la Universidad de Oxford, www.nuff.ox.ac.uk/users/Allen/studer/paris.xls (visitada en 5 de diciembre de 2020).

48. Duprilot y Goujon, «Le Rouleau de la Mer Morte», 30.

49. Kearney, *Frederick Hankey,* 9.

50. Kearney, *Frederick Hankey,* 14-15.

51. Ian Gibson, *The Erotomaniac: The Secret Life of Henry Spencer Ashbee* (Cambridge, Mass.: Da Capo, 2001), 22-23.

52. Hankey, Duprilot y Goujon, *Ce N'Est Pas Mon Genre de Livres Lestes*, 76-77.

53. Steven Marcus, *The Other Victorians: A Study of Sexuality and Pornography in Mid-Nineteenth-Century England* (New Brunswick, N. J.: Transaction, 2009), 72.

54. Gibson, *The Erotomaniac*, 26, 39.

55. Pisanus Fraxi, *Index Librorum Prohibitorum: Being Notes Bio-Biblio-Iconographical and Critical, on Curious and Uncommon Books* (Londres: edición privada, 1877), li.

56. Fraxi, *Index Librorum Prohibitorum*, 422-424.

57. Fraxi, *Index Librorum Prohibitorum,* lxx.

58. Hankey, Duprilot y Goujon, *Ce N'Est Pas Mon Genre de Livres Lestes,* 77.

59. Gibson, *The Erotomaniac*, 166, 194-229.

60. Gibson, *The Erotomaniac*, 128.

61. Gibson, *The Erotomaniac*, 153; Legman, *The Horn Book,* 115.

62. Villeneuve Esclapon, *Histoire de la Maison de Villeneuve en Provence,* 250.

Capítulo 2. *Par ballon monté*

1. Gérard Lhéritier, *Intime Corruption: L'Affaire des Timbres Rares de Monaco* (París: L'Archipel, 2006), 31-33.

2. Lhéritier, *Intime Corruption*, 23-24.

3. Lhéritier, *Intime Corruption*, 26-27.

4. Lhéritier, *Intime Corruption,* 28-31; Gérard Lhéritier, entrevista con el autor, 18 de julio de 2019.

5. Richard Holmes, *Falling Upwards: How We Took to the Air* (Nueva York: Pantheon, 2013), 251-252.

6. Holmes, *Falling Upwards*, 256-257.

7. Holmes, *Falling Upwards*, 262.

8. Holmes, *Falling Upwards*, 279; John Fisher, *Airlift 1870: The Balloons and Pigeons in the Siege of Paris* (Londres: Max Parrish, 1965), 39, 268, 280.

9. Gérard Lhéritier, *Collection 1870: Ballons Montés, Boules de Moulins* (París: Éditions Aristophil, 2000), 361-365.

10. Holmes, *Falling Upwards*, 291-293.

11. Lhéritier, *Collection 1870,* 44.

12. Lhéritier, *Intime Corruption*, 137-138.

13. Joseph E. Fields, «The History of Autograph Collecting», en *Autographs and Manuscripts: A Collector's Manual*, ed. Edmund Berkeley, Jr. (Nueva York: Charles Scribner's Sons, 1978), 40-41; Christine Nelson, *The Magic of Handwriting: The Pedro Corrêa do Lago Collection* (Colonia, Alemania: Taschen, 2018), 18.

14. Mary A. Benjamin, *Autographs: A Key to Collecting* (Nueva York: Dover, 1986), 7.

15. Fields, «The History of Autograph Collecting», 42.

16. Nicholas A. Basbanes, *On Paper: The Everything of Its Two-Thousand-Year History* (Nueva York: Alfred A. Knopf, 2013), 49.

17. Nicholas A. Basbanes, *A Gentle Madness: Bibliophiles, Bibliomanes, and the Eternal Passion for Books* (Nueva York: Henry Holt, 1995), 72.

18. Benjamin, *Autographs: A Key to Collecting*, 9.

19. Gates P. Thruston, *Autograph Collections and Historic Manuscripts* (Sewanee, Tenn.: University Press, 1902), 16; A. N. L. Munby, *The Cult of the Autograph Letter in England* (Londres: Athlone, 1962), 11.

20. Munby, *The Cult of the Autograph Letter in England*, 10.

21. Étienne Charavay, *La Science des Autographes: Essai Critique* (París: Charavay Frères, 1887), viii, xi.

22. Joseph Rosenblum, *Prince of Forgers* (New Castle, Del.: Oak Knoll, 1998), 8-9.

23. Charavay, *La Science des Autographes,* xiv.

24. Adrian Hoffman Joline, *Meditations of an Autograph Collector* (Nueva York: Harper & Brothers, 1902), 2-3.

25. Mary A. Benjamin, «Values», en *Autographs and Manuscripts: A Collector's Manual,* 182.

26. Kenneth W. Rendell, *History Comes to Life: Collecting Historical Letters and Documents* (Norman: University of Oklahoma Press, 1995), 65, 203, 207.

27. Clifton Waller Barrett, «Introduction», en *Autographs and Manuscripts: A Collector's Manual,* xvii.

28. Alain Nicolas, *Les Autographes* (París: Maisonneuve & Larose, 1988), 10.

29. Benjamin, «Values», 187.

30. Lhéritier, *Intime Corruption,* 33.

31. Lhéritier, *Intime Corruption,* 34-35.

32. Stephen Datz, *Stamp Investing* (Loveland, Colo.: General Philatelic Corporation, 1997), 5-7.

33. Roger-Louis Bianchini, «Enquête sur la Fortune des Grimaldi», *L'Express,* 15 de junio de 2000, www.lexpress.fr/actualite/monde/europe/enquete-sur-la-fortune-des-grimaldi_491985.html (visitada el 3 de febrero de 2020).

34. Jon Henley, «Stamps Scandal Leaves Mark on Royals», *The Guardian,* 7 de marzo de 1999, www.theguardian.com/world/1999/mar/08/jonhenley (visitada el 3 de febrero de 2020).

35. «Monaco Stamp Scandal», Stamp-Scandal.com, visto en la Wayback Machine, web.archive.org/web/20040219035058/http://www.stamp-scandal.com/Stamp_Scandal1.htm (visitada el 23 de marzo de 2022).

36. Jean-Pierre Murciano, *Juge sur la Côte d'Azur: Missions Impossibles* (Neuilly-sur-Seine, Francia: Michel Lafon, 2001), 36, 40, 48.

37. Lhéritier, *Intime Corruption,* 18-20; Jean-Pierre Murciano declinó varias peticiones de entrevistas.

38. Lhéritier, *Intime Corruption,* 137-138.

39. Lhéritier, *Intime Corruption,* 149, 165, 203, 230, 255.

40. Lhéritier, *Intime Corruption,* 12.

41. Lhéritier, *Intime Corruption,* 256.

42. Judgment of the Cour d'Appel d'Aix-en-Provence, 28 de febrero de 2007.

CAPÍTULO 3. EN EL SENO DEL LUJO Y LA ABUNDANCIA

1. Lever, *Sade*, 120.
2. Robert Darnton, *The Forbidden Best-Sellers of Pre-revolutionary France* (Nueva York: W. W. Norton, 1996), 3.
3. James A. Steintrager, *The Autonomy of Pleasure: Libertines, License, and Sexual Revolution* (Nueva York: Columbia University Press, 2016), 81-82.
4. Chad Denton, *Decadence, Radicalism, and the Early Modern French Nobility: The Enlightened and Depraved* (Lanham, Md.: Lexington Books, 2017), xiv.
5. Nina Kushner, *Erotic Exchanges: The World of Elite Prostitution in Eighteenth-Century Paris* (Ithaca, N. Y.: Cornell University Press, 2013), 10, 29-42.
6. Lever, Sade, 119-120.
7. Lever, *Sade*, 3-10.
8. Lever, *Sade*, 36-39.
9. Lever, *Sade*, 25-26, 27, 82.
10. Lever, *Sade*, 31-32.
11. Lever, *Sade*, 120.
12. Honoré Gabriel Riqueti, *Comte de Mirabeau, Des Lettres de Cachet et des Prisons d'État, Seconde Partie* (Hamburgo: s.e., 1882), 47.
13. Olivier Bernier, *Pleasure and Privilege: Life in France, Naples, and America 1770-1790* (Garden City, N. Y.: Doubleday, 1981), 7.
14. Riqueti, *Des Lettres de Cachet*, 47-48.
15. Lever, *Sade*, 310-311.
16. Riqueti, *Des Lettres de Cachet*, 15-16.
17. Schaeffer, *The Marquis de Sade,* 519; Gray, *At Home,* 21; Lever, *Sade*, 530.
18. Lever, *Sade*, 38, 49-50.
19. Donatien Alphonse François de Sade, *Aline et Valcour* (París: Gallimard, 1990), 403. Citado en Lever, *Sade*, 51.
20. Bongie, *Sade*, 29.
21. Bongie, *Sade*, 20-21, 71.
22. Lever, *Sade*, 50.
23. Schaeffer, *The Marquis de Sade*, 262; Lever, *Sade*, 14-15.

24. Lever, *Sade*, 57-58.
25. Lever, *Sade*, 61-62.
26. Bongie, *Sade*, 82.
27. Gray, *At Home*, 46.
28. Lever, *Sade*, 69.
29. Lever, *Sade*, 84-85.
30. Lever, *Sade*, 86.
31. Gray, *At Home*, 53.
32. Schaeffer, *The Marquis de Sade*, 38.
33. Lever, *Sade*, 108-109.
34. Lever, *Sade*, 116.
35. Schaeffer, *The Marquis de Sade*, 49.
36. Gray, *At Home*, 52, 60, 61.
37. Gray, *At Home*, 56; Lever, *Sade*, 109.
38. Lever, *Sade*, 111.
39. Lever, *Sade*, 120.
40. Bongie, *Sade*, 105.
41. Lever, *Sade*, 122.
42. Kushner, *Erotic Exchanges*, 5.
43. Lever, *Sade*, 144.
44. Lever, *Sade*, 152.
45. Lever, *Sade*, 153-156.
46. Gray, *At Home*, 54, 141.
47. Lever, *Sade*, 164.
48. Lever, *Sade*, 171.
49. Lever, *Sade*, 152.

Capítulo 4. *Psychopathia Sexualis*

1. Günter Grau, *Iwan Bloch: Hautarzt, Medizinhistoriker, Sexualforscher* (Teetz: Hentrich & Hentrich, 2007), 10, 16-17.
2. Rory MacLean, *Berlin: Portrait of a City Through the Centuries* (Nueva York: Weidenfeld & Nicolson, 2014), 172.
3. David Clay Large, *Berlin* (Nueva York: Basic Books, 2000), 82-87.
4. Eva-Maria Schnurr, «Berlin's Turn of the Century Growing Pains», *Spiegel International*, 22 de noviembre de 2012, www.

spiegel.de/international/germany/the-late-19th-century-saw-the-birth-of-modern-berlin-a-866321.html (visitada el 21 de noviembre de 2020).

5. Robert Beachy, *Gay Berlin: Birthplace of a Modern Identity* (Nueva York: Alfred A. Knopf, 2014), 5.

6. Beachy, *Gay Berlin*, 31.

7. Beachy, *Gay Berlin*, 55-58.

8. Erich Ebstein, «In Memoriam: Iwan Bloch with Bibliographia Blochiana», *Medical Life* 30, n.º 2 (febrero de 1923): 57-70.

9. Deborah Hayden, *Pox: Genius, Madness, and the Mysteries of Syphilis* (Nueva York: Basic Books, 2003), xviii.

10. Iwan Bloch, *Beiträge zur Aetiologie der Psychopathia Sexualis* (Dresde: Verlag von H. R. Dohrn, 1902), 377.

11. Edward Ross Dickinson, *Sex, Freedom, and Power in Imperial Germany, 1880-1914* (Nueva York: Cambridge University Press, 2014), 164.

12. Benjamin Kahan, *The Book of Minor Perverts: Sexology, Etiology, and the Emergences of Sexuality* (Chicago: University of Chicago Press, 2019), 1.

13. Bloch, *Beiträge zur Aetiologie der Psychopathia Sexualis*, 251-252.

14. Vern Bullough, *Science in the Bedroom: A History of Sex Research* (Nueva York: Basic Books, 1994), 6, 10.

15. Bullough, *Science in the Bedroom*, 59.

16. Anna Katharina Schaffner, *Modernism and Perversion: Sexual Deviance in Sexology and Literature, 1850-1930* (Nueva York: Palgrave Macmillan, 2012), 60.

17. Schaffner, *Modernism and Perversion*, 176-177.

18. Schaffner, *Modernism and Perversion*, 182-184.

19. Anna Katharina Schaffner, «Fiction as Evidence: On the Uses of Literature in Nineteenth-Century Sexological Discourse», *Comparative Literature Studies* 48, n.º 2 (2011), 165.

20. Richard von Krafft-Ebing, *Psychopathia Sexualis*, trad. Charles Gilbert Chaddock (Filadelfia: F. A. Davis, 1894), 57, 71.

21. Iwan Bloch, *Der Marquis de Sade und Seine Zeit: Ein Beitrag zur Kultur-und Sittengeschichte des 18* (Berlín: H. Barsdorf, 1906), 57.

22. Iwan Bloch a Henry Spencer Ashbee, 21 de julio de 1900, herederos de Iwan Bloch/Robert Bloch, archivos de la Magnus Hirschfeld Society, Berlín, Alemania.

23. Gibson, *The Erotomaniac*, 141-142.

24. Bloch, *Sex Life in England* (Nueva York: Panurge, 1934), 348, 352-353.

25. Donatien Alphonse François de Sade, *120 Journées de Sodome, ou l'École du Libertinage*, trad. Eugène Dühren (París: Club des Bibliophiles, 1904), ii, vii.

26. Allen, «Prices and Wages in Paris, 1400-1914».

27. Sade, *120 Journées de Sodome*, iii.

28. Bloch, *Neue Forschungen über den Marquis de Sade und Seine Zeit*, 390.

29. Ebstein, «In Memoriam: Iwan Bloch», 59.

30. Sade, *120 Journées de Sodome*, vii.

31. Sade, *120 Days of Sodom*, 28.

32. Iwan Bloch, *Marquis de Sade's Anthropologia Sexualis of 600 Perversions: «120 Days of Sodom, or the School for Libertinage» and the Sex Life of the French Age of Debauchery from the Private Archives of the French Government* (Nueva York: Falstaff, 1934), x.

33. Ebstein, «In Memoriam: Iwan Bloch», 70.

34. Grau, *Iwan Bloch*, 59-60.

35. Arthur Bernstein, «Iwan Bloch: Ein Nachruf», *Zeitschrift für Sexualwissenschaft* 9, n.° 10 (enero de 1923), 265.

36. Sade, *120 Journées de Sodome*, 11.

37. Iwan Bloch, *The Sexual Life of Our Time in Its Relations to Modern Civilization* (Londres: Rebman, 1909), 488-490.

38. Beachy, *Gay Berlin*, 86-87, 97, 113, 172.

39. Erwin Haeberle, «Interview About Iwan Bloch and the Marquis de Sade», e-mail, 29 de agosto de 2019.

40. Beachy, *Gay Berlin*, 88.

41. Grau, *Iwan Bloch*, 14.

42. Bloch, *The Sexual Life of Our Time*, 236.

43. Bloch, *The Sexual Life of Our Time*, 250.

44. Bloch, *The Sexual Life of Our Time*, 490, 524.

45. Laurie Marhoefer, *Sex and the Weimar Republic: German Homosexual Emancipation and the Rise of the Nazis* (Toronto, Ont.: University of Toronto Press, 2015), 3-4.

46. Beachy, *Gay Berlin*, 163-184.

47. MacLean, *Berlin: Portrait of a City*, 173-174.

48. Christopher Isherwood, *Christopher and His Kind, 1929-1939* (Nueva York: Farrar, Straus and Giroux, 1976), 49.

49. Beachy, *Gay Berlin*, 184.

50. Elena Mancini, *Magnus Hirschfeld and the Quest for Sexual Freedom: A History of the First International Sexual Freedom Movement* (Nueva York: Palgrave MacMillan, 2010), 40; Ralph M. Leck, *Vita Sexualis: Karl Ulrichs and the Origins of Sexual Science* (Urbana: University of Illinois Press, 2016), 181.

51. John R. McDill, *Lessons from the Enemy: How Germany Cares for Her War Disabled* (Filadelfia: Lea & Febiger, 1918), 101.

52. Louis Morin, *Comment le Docteur Boche, pour Justifier à l'Avance les Infamies Allemandes, Accusait de Sadisme Sanglant les Français en Général et les Parisiens en Particulier* (París: C. Bosse, 1918).

53. Johannes Werthauer, «Iwan Bloch: An Obituary», *Abendblatt*, 26 de enero de 1923.

54. Grau, *Iwan Bloch*, 24.

55. Werthauer, «Iwan Bloch: An Obituary».

56. Sigmund Freud, carta a Julius Schuster, 7 de enero de 1923, herederos de Iwan Bloch/Robert Bloch, archivos de la Magnus Hirschfeld Society, Berlín, Alemania.

57. Beachy, *Gay Berlin*, 220.

58. Beachy, *Gay Berlin*, 169.

59. Isherwood, *Christopher and His Kind*, 128; Beachy, *Gay Berlin*, 244.

60. Isherwood, *Christopher and His Kind*, 128.

61. Isherwood, *Christopher and His Kind*, 128-129.

62. MacLean, *Berlin: Portrait of a City*, 184.

63. Beachy, *Gay Berlin*, 243.

64. Richard Plant, *The Pink Triangle: The Nazi War Against Homosexuals* (Nueva York: Henry Holt, 1986), 110, 149, 180.

65. Beachy, *Gay Berlin*, 246.

66. Murray J. White, «The Legacy of Iwan Bloch (1872-1922)», *New Zealand Psychologist* 1, n.º 2 (1972).

282 Capítulo 5. El auge de un imperio

1. Xavier Deroche (hijastro de Jean-Claude Le Coustumer), entrevista con el autor, 30 de octubre de 2019; el asesor financiero no respondió a varias peticiones de entrevista.

2. Barbara Chabbal, «Les Librairies Parisiennes: Résistance et Mutations, Evolution 2003-2014», *L'Apur: Atelier Parisien d'Urbanisme*, mayo de 2016; Vincent Monadé, entrevista con el autor, 11 de abril de 2019.

3. Matthew G. Kirschenbaum, *Track Changes: A Literary History of Word Processing* (Cambridge, Mass.: Belknap Press of Harvard University Press, 2016), xiv-xv.

4. Thomas Pynchon, «Is It O.K. to Be a Luddite?», *New York Times,* 28 de octubre de 1984, www.archive.nytimes.com/www.nytimes.com/books/97/05/18/reviews/pynchon-luddite.html (visitada el 16 de septiembre de 2020).

5. Kirschenbaum, *Track Changes,* ix.

6. Gore Vidal, «In Love with the Adverb», *New York Review of Books*, 29 de marzo de 1984, www.nybooks.com/articles/1984/03/29/in-love-with-the-adverb/ (visitada el 16 de septiembre de 2020).

7. Aude Nehring (hija de Robert Cipollina), entrevista con el autor, 5 de noviembre de 2016.

8. Geoffroy (apellido eliminado a petición del entrevistado), entrevista con el autor, 23 de octubre de 2019.

9. Jean-Marie Leconte, entrevista con el autor, 10 de noviembre de 2016.

10. Isabelle Horlans, *Affaire Aristophil: Liquidation en Bande Organisée* (París: Le Passeur, 2019), 181.

11. Xavier Deroche, entrevista con el autor, 30 de octubre de 2019.

12. Gérard Lhéritier, entrevista con el autor, 8 de diciembre de 2016.

13. «EINSTEIN, Albert and Michele BESSO. Autograph manuscript, comprising a series of calculations using the early version ("Entwurf") of the field equations of Einstein's general theory of relativity...», Christie's, www.christies.com/lotfinder/

lot/einstein-albert-and-michele-besso-autograph-manuscript-3983409-details.aspx (visitada el 14 de noviembre de 2019).

14. Vincent Noce, «Aristophil Gavé en Lettres d'Or», *Libération,* 1 de febrero de 2013, www.liberation.fr/societe/2013/02/01/aristophil-gave-en-lettres-d-or_878630 (visitada el 14 de noviembre de 2019).

15. Alain Poncet, entrevista con el autor, 13 de junio de 2019.

16. Horlans, *Affaire Aristophil*, 272.

17. «Welcome to HistoryForSale», www.historyforsale.com/profile (visitada el 6 de julio de 2020).

18. Horlans, *Affaire Aristophil*, 166; Jean-Jacques Daigre declinó ser entrevistado porque el proceso legal seguía en marcha.

19. Mohammed Aïssaoui, «Les Beaux Jours du Manuscript», *Le Figaro*, 20 de diciembre de 2012, www.lefigaro.fr/livres/2012/12/20/03005-20121220ARTFIG00642-les-beaux-jours-du-manuscrit.php (visitada el 4 de junio de 2020).

20. «Napoleon's Coded Kremlin Letter Sold for $243,500 at Fontainebleau Auction House», *ArtDaily*, 3 de diciembre de 2012, www.artdaily.cc/news/59301/Napoleon-s-coded-Kremlin-letter-sold-for-243-500-at-Fontainebleau-Auction-House-#.Xc3j6FdKg2w (visitada el 14 de noviembre de 2019).

21. Bryony Jones, «Miniature Bronte Manuscript Sparks Bidding War», CNN, 15 de diciembre de 2011, www.cnn.com/2011/12/15/world/europe/bronte-manuscript-sold-at-auction/index.html (visitada el 14 de noviembre de 2019).

22. Henry Samuel, «André Breton's Surrealist Manifesto Sold at Auction in France», *Telegraph*, 22 de mayo de 2008, www.telegraph.co.uk/news/worldnews/europe/france/2003659/Andre-Bretons-Surrealist-Manifesto-sold-at-auction-in-France.html (visitada el 14 de noviembre de 2019).

23. Horlans, *Affaire Aristophil*, 313-316.

24. Norimitsu Onishi y Constant Méheut, «Pedophile Scandal Can't Crack the Closed Circles of Literary France», *New York Times,* 28 de noviembre de 2020, www.nytimes.com/2020/11/28/world/europe/france-literary-prizes-matzneff.html (visitada el 4 de diciembre de 2020).

25. William Grimes, «Pierre Berès, Tenacious Book Collec-

 tor, Dies at 95», *New York Times*, 3 de agosto de 2008, www.nytimes.com/2008/08/03/world/europe/03beres.html (visitada el 4 de diciembre de 2020).

26. Thomas Anquetin, «Les Autographes Ont Leur Musée: Des Lettres et Manuscrits d'Artistes et de Personnages Historiques Rassemblés à Saint-Germain-des-Prés», *Le Figaro*, 20 de agosto de 2004; Alexis Geng, «Les Manuscrits Ont Leur Musée à Paris», *Le Monde*, 17 de septiembre de 2004.

27. Horlans, *Affaire Aristophil*, 26.

28. Horlans, *Affaire Aristophil*, 324-326.

29. Jérôme Dupuis, «Aristophil: La Chute d'un Empire de Papiers», *L'Express*, 10 de marzo de 2015, www.lexpress.fr/actualite/societe/justice/aristophil-la-chute-d-un-empire-de-papiers_1659704.html (visitada el 15 de noviembre de 2019); Patrick Poivre d'Arvor y Didier van Cauwelaert declinaron ser entrevistados.

30. Horlans, *Affaire Aristophil*, 88.

31. Horlans, *Affaire Aristophil*, 89-90.

32. Vincent Monnier, «Affaire Aristophil: Gérard Lhéritier, le Madoff des Lettres?», *L'Obs*, 5 de diciembre de 2014, www.nouvelobs.com/societe/20141205.OBS7091/affaire-aristophil-gerard-lheritier-le-madoff-des-lettres.html (visitada el 5 de marzo de 2020); Didier van Cauwelaert, «Gérard Lhéritier–Chasseur de Textes», *Le Point*, 21 de junio de 2012, www.lepoint.fr/livres/gerard-lheritier-chasseur-de-textes-21-06-2012-1477643_37.php (visitada el 5 de marzo de 2020); Vincent Noce, «Aristophil Gavé en Lettres d'Or», 1 de febrero de 2013, www.liberation.fr/societe/2013/02/01/aristophil-gave-en-lettres-d-or_878630 (visitada el 5 de marzo de 2020).

33. Horlans, *Affaire Aristophil*, 305, 254.

34. Ken Rendell, entrevista con el autor, 8 de agosto de 2019.

35. Horlans, *Affaire Aristophil*, 192-193; Jacques de Saint Victor, «Le Testament Politique de Louis XVI Retrouvé», *Le Figaro*, 20 de mayo de 2009, www.lefigaro.fr/actualite-france/2009/05/20/01016-20090520ARTFIG00025-le-testament-politique-de-louis-xvi-retrouve-.php (visitada el 22 de noviembre de 2019).

36. Ken Rendell, entrevista con el autor, 8 de agosto de 2019.

Capítulo 6. La tiranía de la lujuria

1. Lever, *Sade*, 195-196.
2. Lever, *Sade*, 180.
3. Lever, *Sade*, 187, 192-193.
4. Lever, *Sade*, 198-199, 202, 206.
5. Schaeffer, *The Marquis de Sade*, 174.
6. Lever, *Sade*, 203.
7. Lever, *Sade*, 160.
8. Lever, *Sade*, 396.
9. McPhee, *Liberty or Death*, 25-28.
10. Schaeffer, *The Marquis de Sade*, 122-123.
11. Donatien Alphonse François de Sade, *Juliette*, trad. Austryn Wainhouse (Nueva York: Grove, 1968), 269-270.
12. Schaeffer, *The Marquis de Sade*, 132.
13. Gray, *At Home*, 94.
14. Schaeffer, *The Marquis de Sade*, 142.
15. Lever, *Sade*, 210.
16. Paul Friedland, «Beyond Deterrence: Cadavers, Effigies, Animals and the Logic of Executions in Premodern France», Historical Reflections / Réflexions Historiques 29, n.° 2 (2003), 314.
17. Lever, *Sade*, 211.
18. Friedland, «Beyond Deterrence», 309.
19. Bongie, *Sade*, 133.
20. Sade, *120 Days of Sodom*, 256.
21. Lever, «Je Jure au Marquis de Sade», 31.
22. Lever, «Je Jure au Marquis de Sade», 47.
23. Lever, «Je Jure au Marquis de Sade», 56.
24. Jeffrey Merrick, «Patterns and Prosecution of Suicide in Eighteenth-Century Paris», *Historical Reflections / Réflexions Historiques* 16, n.° 1 (1989), 4, 10.
25. Lever, *Sade*, 215-216.
26. Lever, *Sade*, 223, 227.
27. Lever, *Sade*, 229.
28. Lever, *Sade*, 230.
29. Schaeffer, *The Marquis de Sade*, 169.
30. Lever, *Sade*, 230-232.

31. Schaeffer, *The Marquis de Sade*, 301.
32. Lever, *Sade*, 117, 144.
33. Schaeffer, *The Marquis de Sade*, 180.
34. Schaeffer, *The Marquis de Sade,* 223; Gray, *At Home*, 143.
35. Lever, *Sade*, 286.
36. Lever, *Sade*, 324.
37. Gray, *At Home*, 59.
38. Lever, *Sade*, 254.
39. Gray, *At Home*, 89, 163.
40. Lever, *Sade*, 249.
41. Lever, *Sade*, 251, 256, 258.
42. Schaeffer, *The Marquis de Sade*, 175, 187.
43. Lever, *Sade*, 278.
44. Lever, *Sade*, 282.
45. Lever, *Sade*, 283.
46. Lever, *Sade*, 289.
47. Gray, *At Home*, 187.
48. Gray, *At Home*, 208.
49. Schaeffer, *The Marquis de Sade*, 255-256.
50. Lever, *Sade*, 173-174, 208.

Capítulo 7. El reino de la Vizcondesa Roja

1. Lancelot Hamelin y Luca Erbetta, *Dans les Eaux Glacées du Calcul Égoiste*, vol. 1, Le Bal des Matières (Grenoble: Éditions Glénat, 2018), 6.
2. Alexandre Mare y Stéphane Boudin-Lestlenne, *Charles et Marie-Laure de Noailles: Mécènes du XX Siècle* (París: Bernard Chauveau Édition, 2018), 93-94.
3. James Lord, *Six Exceptional Women: Further Memoirs* (Nueva York: Farrar, Straus and Giroux, 1994), 103-106; Mare y Boudin-Lestlenne, *Charles et Marie-Laure de Noailles*, 92-93.
4. «Le Bal des Matières: La Fête Comme Célébration Artistique», Festival de L'Histoire de l'Art, www.festivaldelhistoiredelart.com/programmes/le-bal-des-matieres-1929/ (visitada el 10 de diciembre de 2020).

5. Mare y Boudin-Lestlenne, *Charles et Marie-Laure de Noailles*, 18.

6. Laurence Benaïm, *Marie Laure de Noailles: La Vicomtesse du Bizarre* (París: Bernard Grasset, 2001), 168, 230.

7. Benaïm, *Marie Laure de Noailles*, 12.

8. Benaïm, *Marie Laure de Noailles*, 107.

9. Mare y Boudin-Lestlenne, *Charles et Marie-Laure de Noailles*, 296.

10. Benaïm, *Marie Laure de Noailles*, 165.

11. «L'Age d'Or (1930)», vídeo de YouTube, 1:02:37, Eric Trommater, 2 de junio de 2014, www.youtube.com/watch?-v=RDbav8hcl5U (visitada el 12 de diciembre de 2020).

12. Sue Roe, *In Montparnasse: The Emergence of Surrealism in Paris, from Duchamp to Dalí* (Nueva York: Penguin Press, 2019), 29; Mary Ann Caws, *Creative Gatherings: Meeting Places of Modernism* (Londres: Reaktion, 2019), 242.

13. Roe, *In Montparnasse*, 135, 157, 162.

14. Marie Audran, «Les Noailles, Ces Personnages de Roman Qui Ont Vraiment Existé», *Le Point*, 29 de julio de 2010, www.lepoint.fr/culture/les-noailles-ces-personnages-de-roman-qui-ont-vraiment-existe-29-07-2010-1220323_3.php (visitada el 13 de diciembre de 2020).

15. Mare y Boudin-Lestlenne, *Charles et Marie-Laure de Noailles*, 17-18, 151-153.

16. Mare y Boudin-Lestlenne, *Charles et Marie-Laure de Noailles*, 181-184.

17. Luis Buñuel, *My Last Sigh: The Autobiography of Luis Buñuel* (Nueva York: Vintage Books, 2013), 115-116.

18. Guillaume Apollinaire, *L'Oeuvre du Marquis de Sade* (París: Collection des Classiques Galants, 1909), 24-30.

19. Alyce Mahon, *The Marquis de Sade and the Avant-Garde* (Princeton, N. J.: Princeton University Press, 2020), 93.

20. Mark Polizzotti, *Revolution of the Mind: The Life of André Breton* (Nueva York: Farrar, Straus and Giroux, 1995), 367, 529.

21. Roe, *In Montparnasse*, 182.

22. André Breton, Manifeste du Surréalisme (París: Éditions du Sagittaire, 1924), 26.

23. Buñuel, *My Last Sigh*, 217-218.

24. «*L'Age d'Or* (1930)».

25. Delon, *La 121ème Journée*, 93.

26. Paul Hammond, *L'Âge d'Or* (Londres: British Film Institute, 1997), 58-60.

27. Hammond, *L'Âge d'Or*, 60-61.

28. Benaïm, *Marie Laure de Noailles*, 203-204.

29. Hammond, *L'Âge d'Or*, 64.

30. Mare y Boudin-Lestlenne, *Charles et Marie-Laure de Noailles*, 253.

31. Benaïm, *Marie Laure de Noailles*, 268.

32. Lord, *Six Exceptional Women*, 93.

33. Benaïm, *Marie Laure de Noailles*, 271, 266, 385.

34. Mare y Boudin-Lestlenne, *Charles et Marie-Laure de Noailles*, 272.

35. Mare y Boudin-Lestlenne, *Charles et Marie-Laure de Noailles*, 303-304.

36. Mare y Boudin-Lestlenne, *Charles et Marie-Laure de Noailles*, 273.

37. Lord, *Six Exceptional Women,* 128, 130; Benaïm, *Marie Laure de Noailles*, 377.

38. Francine du Plessix Gray, «The Surrealists' Muse», *New Yorker,* 24 de septiembre de 2007, www.newyorker.com/magazine/2007/09/24/the-surrealists-muse (visitada el 16 de diciembre de 2020).

39. Benaïm, *Marie Laure de Noailles*, 271.

40. Delon, *La 121ème Journée*, 80-84, 94-96.

41. Benaïm, *Marie Laure de Noailles*, 288.

42. Mary McAuliffe, *Paris on the Brink: The 1930s Paris of Jean Renoir, Salvador Dalí, Simone de Beauvoir, André Gide, Sylvia Beach, Léon Blum, and Their Friends* (Lanham, Md.: Rowman & Littlefield, 2018), 275.

43. Gray, «The Surrealists' Muse»; Alistair Horne, *Seven Ages of Paris* (Nueva York: Alfred A. Knopf, 2002), 364.

44. Benaïm, *Marie Laure de Noailles*, 313.

45. Lord, *Six Exceptional Women*, 101.

46. Daniel Singer, *Prelude to Revolution: France in May 1968* (Cambridge, Mass.: South End, 2002), xviii-xix.

47. Singer, *Prelude to Revolution*, 166.

48. Polizzotti, *Revolution of the Mind*, 605-606.

49. Kate Bredeson, *Occupying the Stage: The Theater of May '68* (Evanston, Ill.: Northwestern University Press, 2018), 52, 59.

50. Johan Kugelberg y Philippe Vermés, *Beauty Is in the Street: A Visual Record of the May '68 Paris Uprising* (Londres: Four Corner, 2011), 184, 185, 195.

51. Edgar Schneider, «C'est la Vicomtesse au "Happening" de l'Odéon», *Paris Presse,* 18 de mayo de 1968.

52. Lord, *Six Exceptional Women*, 152.

53. Harold Rosenberg, «Surrealism in the Streets», *New Yorker,* 21 de diciembre de 1968, 52-55, www.newyorker.com/magazine/1968/12/28/surrealism-in-the-streets (visitada el 7 de diciembre de 2020).

54. Lord, *Six Exceptional Women*, 153.

55. Fenby, *France: A Modern History*, 402.

56. Lord, *Six Exceptional Women*, 85-86.

57. «Camellia Sasanqua "Vicomte de Noailles"», La Maison du Camélia, www.la-maison-du-camelia.fr/camelias-sasanqua/camelia-vicomte-de-noailles/ (visitada el 18 de diciembre 2020).

58. Carlo Perrone, entrevista con el autor, 11 de octubre de 2019.

59. Carlo Perrone, entrevista con el autor, 11 de octubre de 2019.

60. Carlo Perrone, entrevista con el autor, 11 de octubre de 2019.

Capítulo 8. Problema en Bibliópolis

1. Frédéric Castaing, entrevista con el autor, 15 de diciembre de 2016.

2. Emily Evans Eerdmans, *The World of Madeleine Castaing* (Nueva York: Rizzoli International, 2010), 7.

3. Frédéric Castaing, entrevista con el autor, 11 de abril de 2019.

4. Rendell, *History Comes to Life*, 14-15, 21-26.

5. «Booksellers», International League of Antiquarian Book-

 sellers, www.ilab.org/page/booksellers (visitada el 21 de marzo de 2022).

6. Chabbal, «Les Librairies Parisiennes», 2.

7. Ernest Hemingway, *A Moveable Feast: The Restored Edition* (Nueva York: Scribner, 2009), 35-36.

8. John Baxter, *Saint-Germain-des-Prés: Paris's Rebel Quarter* (Nueva York: Harper Perennial, 2016), 128-129.

9. Gérard Durozoi, *History of the Surrealist Movement* (Chicago: University of Chicago Press, 2002), 1.

10. Sylvia Beach, *Shakespeare and Company* (Nueva York: Harcourt, Brace, 1959), 20, 52.

11. Frédéric Castaing, entrevista con el autor, 11 de abril de 2019.

12. Observaciones del autor, 8 de noviembre de 2016.

13. Jérôme Dupuis y Laurent Léger, «L'Incroyable Histoire du "Madoff" Français», *L'Express*, 3 de noviembre de 2018, www.lexpress.fr/actualite/societe/l-incroyable-histoire-du-madoff-francais_2043901.html (visitada el 15 de noviembre de 2019).

14. Bonnardot, *The Mirror of the Parisian Bibliophile*, xxvii.

15. «ARISTOPHIL film de presentation», vídeo de YouTube, 7:32:52, Aristophil, 7 de junio de 2012, www.youtube.com/watch?v=S_AbE2uKfpg (visitada el 12 de septiembre de 2020); Vincent Noce, «Aristophil Gavé en Lettres d'Or», *Libération*, 1 de febrero de 2013, www.liberation.fr/societe/2013/02/01/aristophil-gave-en-lettres-d-or_878630/ (visitada el 18 de mayo de 2021).

16. Frédéric Castaing, *Rouge Cendres* (París: Ramsay, 2005).

17. Erwan Seznec, «Lettres et Manuscrits, Étranges Investissements», *Que Choisir*, 31 de marzo de 2011, www.quechoisir.org/actualite-lettres-et-manuscrits-etranges-investissements-n10453/ (visitada el 20 de noviembre de 2019).

18. Radia Sadani, «Bruxelles: Soupçons d'Escroquerie dans le Marché des Manuscrits», *RTBF*, 28 de noviembre de 2012, www.rtbf.be/info/societe/detail_bruxelles-soupcons-d-escroquerie-dans-le-marche-de-l-art?id=7883105 (visitada el 20 de noviembre de 2019).

19. «L'Autorité des Marchés Financiers Appelle les Épargnants à la Plus Grande Vigilance en Matière de Placements

Atypiques Proposés au Public», Autorité des Marchés Financiers, 12 de diciembre de 2012, www.amf-france.org/technique/multimedia?docId=workspace://SpacesStore/41202e80-6bd2-4a4b-87a6-ed12bdf401bc_fr_1.0_rendition (visitada el 20 de noviembre de 2019).

20. Francis Triboulet, entrevista con el autor, 10 de noviembre de 2016.

21. Frédéric Castaing, entrevista con el autor, 11 de julio de 2019; Alain Nicolas, entrevista con el autor, 9 de julio de 2019.

22. Horlans, *Affaire Aristophil*, 82

23. Frédéric Castaing, entrevista con el autor, 15 de diciembre de 2016.

24. Dupuis and Léger, «L'Incroyable Histoire du "Madoff" Français».

25. Horlans, *Affaire Aristophil*, 25.

26. «EuroMillions Results for Tuesday 13th November 2012», Euro-Millions.com, www.euro-millions.com/results/13-11-2012 (visitada el 21 de noviembre de 2019).

27. Grégory Leclerc, «Le Gagnant à 169 Millions d'Euros de l'Euromillion se Confie à Nice-Matin», *Nice-Matin*, 13 de noviembre de 2013, www.nicematin.com/faits-societe/le-gagnant-a-169-millions-d-euros-de-l-euromillion-se-confie-a-nice-matin-332241 (visitada el 21 de noviembre de 2019).

28. Dupuis y Léger, «L'Incroyable Histoire du "Madoff" Français».

29. Horlans, *Affaire Aristophil*, 158.

30. Gérard Lhéritier, «Discours Inauguration Hôtel de La Salle» (discurso, 24 de abril de 2013), transcripción facilitada por Lhéritier.

31. Horlans, *Affaire Aristophil*, 161.

32. Jean-Pierre Rondeau, entrevista con el autor, 30 de enero 2020; Lhéritier rehusó contestar a tales alegaciones.

33. Rémi Mathis, entrevista con el autor, 8 de noviembre de 2011; Hugues Ouvrard, entrevista con el autor, 30 de enero 2020; Lhéritier rehusó contestar a tales alegaciones y señalaba: «Son incomprensibles e ilusorias, así que me es imposible responder».

34. Dictamen del Tribunal de Grande Instance de París, 25

de marzo de 2013, n.° 13/00538; Erwan Seznec, entrevista con el autor, 9 de septiembre de 2019.

35. «Exceptionnel Ensemble de Manuscrits Littéraires de Marcel Aymé et de Marguerite Duras», *La Gazette Drouot*, www.gazette-drouot.com/ventes-aux-encheres/13882-exceptionnel-ensemble-de-manuscrits-litteraires-de-marcel-ayme-et-de-marguerite-duras (visitada el 20 de julio de 2020).

36. Gérard Lhéritier, entrevista con el autor, 18 de julio de 2019.

37. Frédéric Castaing, entrevista con el autor, 15 de diciembre de 2016.

Capítulo 9. Ciudadano Sade

1. Lever, *Sade*, 350.
2. Lever, *Sade*, 351.
3. Lever, *Sade*, 357.
4. Gray, *At Home*, 311.
5. McPhee, *Liberty or Death*, 88.
6. Emmet Kennedy, *A Cultural History of the Revolution* (New Haven, Conn.: Yale University Press, 1989), 348.
7. Lever, *Sade*, 360.
8. Lever, *Sade*, 361-363.
9. Suzanne Desan, «Making and Breaking Marriage: An Overview of Old Regime Marriage as a Social Practice», en *Family, Gender, and Law in Early Modern France*, eds. Suzanne Desan y Jeffrey Merrick (University Park: Pennsylvania University Press, 2009), 14-17.
10. Gray, *At Home*, 302.
11. Lever, *Sade*, 368-369.
12. Suzanne Desan, *The Family on Trial in Revolutionary France* (Berkeley: University of California Press, 2006), 123.
13. Lever, *Sade*, 390.
14. Georges Lefebvre, *The Great Fear of 1789: Rural Panic in Revolutionary France* (Princeton, N. J.: Princeton University Press, 2014), x-xi.
15. Lever, *Sade*, 432.

16. Lever, *Sade*, 376, 379-381, 383.
17. Gray, *At Home*, 317.
18. Lever, *Sade*, 384-385.
19. Gray, *At Home*, 371.
20. Gray, *At Home*, 325-326.
21. Gray, *At Home*, 326-327.
22. Lever, *Sade*, 439.
23. Schaeffer, *The Marquis de Sade*, 428.
24. Gray, *At Home*, 312-313.
25. Lever, *Sade,* 440-441; Schaeffer, *The Marquis de Sade*, 426.
26. Lever, *Sade*, 440.
27. Lever, *Sade*, 404.
28. Lever, *Sade*, 424, 420.
29. Lever, *Sade*, 439.
30. Lever, *Sade*, 428.
31. Bongie, *Sade*, 226.
32. Lever, *Sade*, 430.
33. Gray, *At Home*, 333.
34. Lever, *Sade*, 416-417.
35. Pernoud aynd Flaissier, *The French Revolution*, 248.
36. Lever, *Sade*, 442.
37. Lever, *Sade*, 444.
38. Lever, *Sade*, 444.
39. Lever, *Sade*, 443.
40. Schaeffer, *The Marquis de Sade*, 436-437.
41. Gray, *At Home*, 338.
42. Lever, *Sade*, 461.
43. Colin Jones, *The Great Nation* (Nueva York: Columbia University Press, 2002), 496.
44. Lever, *Sade*, 465.
45. Lever, *Sade*, 457.
46. Gray, *At Home*, 338.
47. Gray, *At Home*, 344.
48. Lever, *Sade*, 465-66.
49. Daniel Gerould, *Guillotine: Its Legend and Lore* (Nueva York: Blast, 1992), 23.
50. Schaeffer, *The Marquis de Sade*, 446.
51. Gray, *At Home*, 347.

52. Gray, *At Home,* 350.
53. Lever, *Sade*, 505-506.
54. Lever, *Sade*, 476-477.
55. Gray, *At Home*, 377-378.
56. Lever, *Sade*, 498-499.
57. Lever, *Sade*, 512.

Capítulo 10. El pergamino robado

1. Herbert Mitgang, «Sale of French Publisher Raises Bookmen's Fears», *New York Times*, 18 de enero de 1981, www.nytimes.com/1981/01/18/books/sale-of-french-publisher-raises-bokmen-s-fears.html (visitada el 13 de septiembre de 2021); Patrick Besson, «La Chronique de Patrick Besson», *Le Point*, 27 de agosto de 2020, www.pressreader.com/france/le-point/2020 0827/281556588208293 (visitada el 13 de septiembre de 2021).

2. Carlo Perrone, entrevista con el autor, 11 de octubre de 2019.

3. «Third Generation», Maus Frères SA, www.maus.ch/en/practice/third-generation/(visitada el 13 de enero de 2021).

4. «Established in Geneva in 1902», *Maus Frères SA*, www.maus.ch/en/about/ (visitada el 14 de enero de 2021); Clive H. Church y Randolph C. Head, *A Concise History of Switzerland* (Cambridge: Cambridge University Press, 2013), 230.

5. Jacques Chamay, «Hommage: Gérard Nordmann N'Est Plus», *Journal de Genève et Gazette de Lausanne*, 10 de febrero de 1992, 28.

6. Julianne Slovak, «The Billionaires», *Fortune*, 11 de septiembre de 1989.

7. Carlo Perrone, entrevista con el autor, 2 de diciembre de 2016.

8. Charles Méla, entrevista con el autor, 8 de enero de 2021.

9. Rainer Michael Mason, ed., *Eros Invaincu: La Bibliothèque Gérard Nordmann* (Pariís: Fondation Martin Bodmer, 2004), 10, 321.

10. Mason, *Eros Invaincu,* 322-323; John De St. Jorre, «The Unmasking of O», *New Yorker,* 1 de agosto de 1994, 43.

11. Mason, *Eros Invaincu,* 14.

12. Mason, *Eros Invaincu*, 322.

13. Patrick Kearney, «Demande d'Entretien Concernant Gérard Nordmann», e-mail, 12 de octubre de 2020.

14. Decisión del Tribunal Federal suizo, 28 de mayo de 1998, 5C.16/1998, 4-5.

15. *Les Collections Aristophil: Vente Inaugurale,* catálogo de subasta (París: Aguttes, 2017), 55.

16. «French Collection», *Economist,* 8 de diciembre de 2006, www.economist.com/news/2006/12/08/french-collection (visitada el 15 de enero de 2021).

17. Pauvert, *Sade's Publisher*, 113-114.

18. Jean Jacques Pauvert, *Nouveaux (et Moins Nouveaux) Visages de la Censure, Suivie de l'Affaire Sade* (París: Les Belles Lettres, 1994), 69.

19. Pauvert, *Sade's Publisher*, 192-193.

20. Pauvert, *Sade's Publisher*, 197, 208.

21. Amy S. Wyngaard, «Translating Sade: The Grove Press Editions, 1953-1968», *Romanic Review* 104, n.ºs 3-4 (mayo-noviembre de 2013), 313-314, 324.

22. Gustave Flaubert, *Bibliomania: A Tale* (Londres: Rodale, 1954), 10.

23. Basbanes, *A Gentle Madness*, 33-34.

24. Werner Muensterberger, *Collecting: An Unruly Passion* (Princeton, N. J.: Princeton University Press, 1994), 75.

25. Decisión del Cour d'Appel de París, 8 de diciembre de 1988, n.° 7708/87.

26. Decisión del Cour de Cassation, Chambre Criminelle, 11 de junio de 1990, n.° C 89-80.467.

27. Sharon Waxman, *Loot: The Battle over the Stolen Treasures of the Ancient World* (Nueva York: Times Books, 2008), 2-7.

28. Marc-André Renold, «Cross-Border Restitution Claims of Art Looted in Armed Conflicts and Wars and Alternatives to Court Litigations», estudio encargado y supervisado por el Departamento Temático de Derechos de los Ciudadanos y Asuntos Constitucionales del Parlamento Europeo a petición del Comité JURI, mayo de 2016.

29. J. Murray Luck, *A History of Switzerland: The First*

 100,000 Years; Before the Beginnings to the Days of the Present (Palo Alto, Calif.: Society for the Promotion of Science and Scholarship, 1985), 740.

30. Marc-André Renold, entrevista con el autor, 13 de diciembre de 2019.

31. Decisión del Tribunal Federal suizo, 28 de mayo de 1998, 5C.16/1998, 3-4.

32. Alain Nicolas, entrevista con el autor, 9 de junio de 2019.

33. Decisión del Tribunal Federal suizo, 28 de mayo de 1998, 5C.16/1998, 1998, 3-5.

34. Decisión del Tribunal Federal suizo, 28 de mayo de 1998, 5C.16/1998, 16-17.

35. Mason, *Eros Invaincu*, 10.

36. «A Spiritual Edifice», vídeo de YouTube, 26:17, Fondation Martin Bodmer, 17 de junio de 2015, www.youtube.com/watch?v=BZvirZAstJI (visitada el 19 de enero de 2021).

37. «The Collections», Fondation Martin Bodmer, www.fondationbodmer.ch/en/the-collections/ (visitada el 19 de junio de 2021).

38. Charles Méla, entrevista con el autor, 8 de enero de 2021; Carol Vogel, «$7 Million Michelangelo», *New York Times*, 29 de enero de 1998, www.nytimes.com/1998/01/29/arts/7-million-michelangelo.html (visitada el 10 de enero de 2021).

39. Charles Méla, entrevista con el autor, 8 de enero de 2021.

40. Florence Darbre, entrevista con el autor, 13 de enero de 2021.

41. Michele Valerie Cloonan, *Preserving Our Heritage: Perspectives from Antiquity to the Digital Age* (Chicago: Neal-Schuman, 2015), xxiv.

42. Sheila Waters, *Waters Rising: Letters from Florence* (Ann Arbor, Mich.: Legacy, 2016), 4-11.

43. Florence Darbre, entrevista con el autor, 13 de enero de 2021.

44. Charles Méla, entrevista con el autor, 8 de enero de 2021.

45. Clive Aslet, «Erotic Sale of the Century (Wife Says It's Got to Go)», *Daily Telegraph*, 20 de abril de 2006, www.telegraph.co.uk/culture/art/3651695/Erotic-sale-of-the-century-wife-says-its-got-to-go.html (visitada el 20 de enero de 2021).

46. Judith Benhamou, «Le Must de la Bibliothèque Érotique», *Les Echos*, 7 de abril de 2006, www.lesechos.fr/2006/04/le-must-de-la-bibliotheque-erotique-567466 (visitada el 20 de enero de 2021).

47. *Secret Museums: In Search of Hidden Erotic Art,* dirigida por Peter Woditsch (Icarus Films, 2009), online.

48. «[ASHBEE, Henry Spencer (1834-1900)?]. My Secret Life. Amsterdam Not for publication [imp. Auguste Brancart?, vers 1890?]», Christie's, www.christies.com/en/lot/lot-4698934 (visitada el 21 de enero de 2021).

49. «[CHAUVET, Jules-Adolphe?]—Suite de 102 figures galantes ou libres, attribuées à Chauvet (vers 1875) pour illustrer les Mémoires de J. Casanova», Christie's, www.christies.com/en/lot/lot-4839916 (visitada el 21 de enero de 2021).

50. «REAGE Pauline [Dominique Aury (1907-1998)]. Histoire d'O et Retour à Roissy Manuscrits autographes», Christie's, www.christies.com/en/lot/lot-4699236 (visitada el 21 de enero de 2021); Corydon Ireland, «A Collection Unlike Others», *Harvard Gazette*, 7 de noviembre de 2012, www.news.harvard.edu/gazette/story/2012/11/a-collection-unlike-others/ (visitada el 21 de enero de 2021).

51. «[L'ARÉTIN (Pietro Aretino, 1492-1556). Sonnetti lussuriosi. Venise: Giovanni Tacuino da Tridino? vers 1527]», Christie's, www.christies.com/en/lot/lot-4698928 (visitada el 21 de enero de 2021).

52. «Bibliothèque Erotique Gérard Nordmann–Première Partie», Christie's, www.christies.com/en/auction/biblioth-que-erotique-g-rard-nordmann-premi-re-partie-20695/ (visitada el 20 de enero de 2021); «Bibliothèque Erotique Gérard Nordmann–2ème Partie», Christie's, www..christies.com/en/auction/biblioth-que-erotique-g-rard-nordmann-2-me-partie-20800/ (visitada el 20 de enero de 2021).

Capítulo 11. Borrado de la mente de los hombres

1. Lever, *Sade*, 527-528.
2. Lever, *Sade*, 514, 547.

3. Lever, *Sade*, 514, 518-519.
4. Lever, *Sade*, 546, 554.
5. Lever, *Sade*, 548-549.
6. Lever, *Sade*, 527-531.
7. Lever, *Sade*, 557, 559.
8. Lever, *Sade*, 547.
9. Gray, *At Home*, 392.
10. Lever, *Sade*, 543-544.
11. Lever, *Sade*, 552.
12. Lever, *Sade*, 549.
13. Gray, *At Home,* 409.
14. Schaeffer, *The Marquis de Sade*, 511-512.
15. Lever, *Sade*, 550-551.
16. Lever, *Sade*, 542-543.
17. Lever, *Sade*, 563-564.
18. Lever, *Sade*, 566-567.
19. Gray, *At Home*, 410.

Capítulo 12. La gran ganga

1. Bruno Racine, entrevista con el autor, 12 de diciembre de 2019.

2. «François-Mitterrand», Bibliothèque Nationale de France, www.bnf.fr/en/francois-mitterrand (visitada el 13 de diciembre de 2019).

3. Alan Riding, «Arts, Briefly; A Shake-Up in Paris at the Pompidou Center», *New York Times*, 29 de marzo de 2007, archive.nytimes.com/query.nytimes.com/gst/fullpage-9407E5DD1030F93AA15750C0A9619C8B63.html (visitada el 13 de diciembre de 2019).

4. Bruno Racine, entrevista con el autor, 9 de abril de 2019.

5. Elaine Sciolino, «It's a Sadistic Story, and France Wants It», *New York Times*, 21 de enero de 2013, www.nytimes.com/2013/01/22/books/frances-national-library-hopes-to-buy-sades-120-days.html (visitada el 13 de diciembre de 2019).

6. Nathaniel Herzberg, «Caché, Volé, Racheté: L'Histoire Folle d'un Manuscrit de Sade», *Le Monde*, 1 de octubre de 2012,

www.lemonde.fr/livres/article/2012/10/01/cache-vole-rachete-l-histoire-folle-du-manuscrit-de-sade_1767353_3260.html (visitada el 13 de diciembre de 2019).

7. Vincent Noce, «Caché, Disparu, Volé, Racheté, Le Manuscrit Mythique de Sade Revient en France», *Libération*, 3 de abril de 2014, www.next.liberation.fr/livres/2014/04/03/cache-disparu-vole-rachete-le-manuscrit-mythique-de-sade-revient-en-france_992764 (visitada el 13 de diciembre de 2019).

8. Bruno Racine, entrevista con el autor, 9 de abril de 2019.

9. Sciolino, «It's a Sadistic Story».

10. Bruno Racine, entrevista con el autor, 12 de diciembre de 2019.

11. Corinne Hershkovitch, entrevista con el autor, 11 de diciembre de 2019.

12. «Contrat de Vente entre Nathalie Nordmann, Alain Nordmann, Serge Nordmann, et Aristophil SAS».

13. «Protocole de Vente du Manuscrit "Les 120 Journées de Sodome", de Sade», memorándum firmado por Carlo Perrone y Gérard Lhéritier, 26 de febrero de 2014.

14. Gérard Lhéritier, entrevista con el autor, 6 de diciembre de 2016.

15. «Protocole de Vente du Manuscrit "Les 120 Journées de Sodome", de Sade».

16. Philippe Durand, «SADE–Synthèse de la position de la BNF», e-mail, 20 de diciembre de 2013.

17. «Loi N.° 2003-709 du 1er Août 2003 Relative au Mécénat, aux Associations et aux Fondations», www.legifrance.gouv.fr/affichTexte.do?cidTexte=JORFTEXT000000791289 (visitada el 16 de diciembre de 2019).

18. Gérard Lhéritier, entrevista con el autor, 20 de julio de 2019.

19. «Grâce à Aristophil le Manuscrit du Divin Marquis de Sade Revient en France», vídeo de YouTube, 2:52, Aristophil, 7 de abril de 2014, www.youtube.com/watch?v=x-7JFXCS5es (visitada el 16 de diciembre de 2019).

20. «L'Épilogue Français des "Cent Vingt Journées de Sodome"», *Le Point*, 3 de abril de 2014, www.lepoint.fr/livres/l-epilogue-francais-des-cent-vingt-journees-de-sodome-03-04-2014-1808871_37.php (visitada el 16 de diciembre de 2019).

21. Noce, «Caché, Disparu, Volé, Racheté».

22. Jean-Claude Vrain a Gérard Lhéritier, 14 de abril de 2014.

23. Jérôme Dupuis, entrevista con el autor, 22 de mayo de 2020.

24. Jérôme Dupuis, «Le Mystérieux Itinéraire du Voyage», *L'Express*, 5 de mayo de 2001.

25. Jérôme Dupuis, «Le Plagiat de PPDA», *L'Express*, 4 de enero de 2011, www.lexpress.fr/culture/livre/le-plagiat-de-ppda_949676.html (visitada el 17 de diciembre de 2019).

26. Jérôme Dupuis, entrevista con el autor, 22 de mayo de 2020.

27. Jérôme Dupuis, entrevista con el autor, 8 de noviembre de 2016.

28. Jérôme Dupuis, «Vente de Manuscrits: L'Étrange Système Aristophil», *L'Express*, 7 de mayo de 2013, www.lexpress.fr/culture/livre/vente-de-manuscrits-l-etrange-systeme-aristophil_1247044.html (visitada el 17 de diciembre de 2019).

29. Tamar Frankel, *The Ponzi Scheme Puzzle: A History and Analysis of Con Artists and Victims* (Nueva York: Oxford University Press, 2012), 171-173.

30. Frankel, *The Ponzi Scheme Puzzle*, 28-29.

31. Dupuis, «Vente de Manuscrits».

32. Horlans, *Affaire Aristophil*, 215-216.

33. *Winner: The Magazine of Success*, n.° 8, julio de 2013.

34. «Dans les Coulisses d'Aristophil: Fouquet's, Jets Privés et ISF... Les Argumentaires d'Aristophil», Bibliophilie.com, 17 de septiembre de 2015, www.bibliophilie.com/dans-les-coulisses-daristophil-fouquets-jets-prives-et-isf-les-argumentaires-daristo phil/ (visitada el 18 de diciembre de 2019).

35. Dupuis y Léger, «L'Incroyable Histoire du "Madoff" Français».

36. Francis Triboulet, entrevista con el autor, 10 de noviembre de 2016.

37. Dupuis and Léger, «L'Incroyable Histoire du "Madoff" Français».

38. Horlans, *Affaire Aristophil*, 269.

39. Horlans, *Affaire Aristophil*, 215-216.

40. «D. A. F. de Sade: Justine et Autres Romans», La Pléiade,

www.la-pleiade.fr/Catalogue/GALLIMARD/Bibliotheque-de-la-Pleiade/Justine-et-autres-romans (visitada el 19 de diciembre de 2019).

41. Alexandre Devecchio, «Michel Onfray: Sade, Marine Le Pen, L'École et Moi», *Le Figaro*, 26 de septiembre de 2014, www.lefigaro.fr/vox/politique/2014/09/26/31001-20140926ARTFIG00442-michel-onfray-sade-marine-le-pen-l-ecole-et-moi.php (visitada el 19 de diciembre de 2019); Paulin Césari, «Pour en Finir Avec Sade», *Le Figaro*, 14 de noviembre de 2014, www.lefigaro.fr/arts-expositions/2014/11/14/03015-20141114ARTFIG00220-pour-en-finir-avec-sade.php (visitada el 19 de diciembre de 2019); Sarah Moroz, «Horrific Practices», *Paris Review,* 2 de diciembre de 2014, www.theparisreview.org/blog/2014/12/02/horrific-practices/ (visitada el 19 de diciembre de 2019); Catherine Golliau, «Pourquoi Sade Nous Fascine», *Le Point,* 25 de septiembre de 2014, www.lepoint.fr/culture/pourquoi-sade-nous-fascine-25-09-2014-1866575_3.php (visitada el 19 de diciembre de 2019).

42. Michel Onfray, *La Passion de la Méchanceté* (París: Éditions Autrement, 2014), 12-13.

43. Marianne Grosjean, «À la Fondation Martin Bodmer, on a Sade dans la Peau», *Tribune de Genéve*, 6 de diciembre de 2014, www.tdg.ch/culture/fondation-martin-bodmer-sade-peau/story/31893574 (visitada el 19 de diciembre de 2019); Delon, *La 121ème Journée*, 163.

44. *Sade: Attacking the Sun,* Musée d'Orsay, www.musee-orsay.fr/en/events/exhibitions/in-the-museums/exhibitions-in-the-musee-dorsay/article/sade-41230.html (visitada el 19 de diciembre de 2019).

45. Sade, *120 Days of Sodom*, 154

46. Gérard Lhéritier, entrevista con el autor, 6 de diciembre de 2016.

47. Gérard Lhéritier, entrevista con el autor, 6 de diciembre de 2016.

48. «Sade et l'Éventail des Libertinages», vídeo de YouTube, 12:12, Les Nautes de Paris, 1 de octubre de 2014, www.youtube.com/watch?v=Fgum6vvB2_Q (visitada el 4 de septiembre de 2020).

49. Tony Perrottet, «Who Was the Marquis de Sade?», *Smithsonian Magazine*, febrero de 2015, www.smithsonianmag.com/history/who-was-marquis-de-sade-180953980/?page=2 (visitada el 4 de septiembre de 2020).

50. Sylvie Le Gall, entrevista con el autor, 2 de mayo de 2019.

51. «Corpus Scriptural Prestige», firmado por Sylvie Le Gall, 14 de abril de 2014.

52. Gérard Lhéritier, «Plus de questions!», e-mail, 16 de enero de 2017.

53. Jenny Awford, «The Original Fifty Shades of Grey Goes on Display», *Daily Mail*, 19 de septiembre de 2014, www.dailymail.co.uk/news/article-2762859/Marquis-Sade-s-The-120-Days-Sodom-goes-display.html (visitada el 4 de septiembre de 2020).

54. Carlo Perrone, entrevista con el autor, 2 de diciembre de 2016.

55. Bruno Racine, entrevista con el autor, 9 de abril de 2019.

56. Sylvie Le Gall, entrevista con el autor, 2 de mayo de 2019.

Capítulo 13. El divino marqués

1. Mahon, *The Marquis de Sade and the Avant-Garde*, 99.

2. Hobart Ryland, «Recent Developments in Research on the Marquis de Sade», *French Review* 25, n.º 1 (octubre de 1951): 10-12.

3. John Brunton, «Revolution in Their Blood», *Advertiser*, 8 de julio de 1989.

4. Gray, *At Home,* 418.

5. Thibault de Sade, entrevista con el autor, 1 de febrero de 2021.

6. Thibault de Sade, entrevista con el autor, 1 de febrero de 2021; Hugues de Sade, entrevista con el autor, 9 de noviembre de 2016.

7. Simone de Beauvoir, «Must We Burn Sade?», en Donatien Alphonse François Sade, *The 120 Days of Sodom and Other Writings*, trad. Austryn Wainhouse y Richard Seaver (Nueva York: Grove, 1966), 4.

8. Pierre Klossowski, «Nature as Destructive Principle», en Sade, *The 120 Days of Sodom and Other Writings,* 65; Mitchell

Dean y Daniel Zamora, «Did Foucault Reinvent His History of Sexuality Through the Prism of Neoliberalism?», *Los Angeles Review of Books*, 18 de abril de 2018, www.lareviewofbooks.org/article/did-foucault-reinvent-his-history-of-sexuality-through-the-prism-of-neoliberalism/ (visitada el 2 de febrero de 2021).

9. Angela Carter, *The Sadeian Woman and the Ideology of Pornography* (Nueva York: Pantheon, 1978), 26.

10. Albert Camus, *The Rebel: An Essay on Man in Revolt* (Nueva York: Vintage International, 1991), 47.

11. Max Horkheimer y Theodor W. Adorno, *Dialectic of Enlightenment: Philosophical Fragments* (1947; repr., Stanford, Calif.: Stanford University Press, 2002), 69.

12. Will McMorran, «Introducing the Marquis de Sade», *Forum for Modern Language Studies* 51, n.º 2 (abril de 2015), 141-142; Wyngaard, «Translating Sade», 313-214, 325-326.

13. Roland Barthes, *Sade, Fourier, Loyola* (Nueva York: Hill and Wang, 1976), 137.

14. Roger Shattuck, *Forbidden Knowledge: A Landmark Exploration of the Dark Side of Human Ingenuity and Imagination* (San Diego: A Harvest Book / Harcourt Brace, 1996), 256-258.

15. Sade, *120 Days of Sodom,* xxv.

16. Sade, *120 Days of Sodom*, xxv.

17. Tony Perrottet, «The Marquis de Sade Is Dead! Long Live Pierre Cardin!», *Slate*, 17 de diciembre de 2008, www.slate.com/human-interest/2008/12/the-marquis-de-sade-is-dead-long-live-pierre-cardin.html (visitada el 4 de febrero de 2021).

18. Nathalie Feld, «Les "Américains" du Village François de la Mode», *France-Amérique*, 13 de octubre de 2010, www.france-amerique.com/en/les-americains-du-village-francais-de-la-mode/ (visitada el 3 de febrero de 2021).

19. Tony Perrottet, «Ever Wonder What Pierre Cardin Has Been Up To?», *Wall Street Journal*, 23 de junio de 2011, www.wsj.com/articles/SB10001424052702304186404576388143793160396 (visitada el 3 de febrero de 2021).

20. «Pierre Cardin Renonce à un Projet de Golf dans le Vaucluse», Agence France-Presse, 16 de julio de 2010.

21. Alex Szogyi, «A Full Measure of MadNess», *New York Times*, 25 de julio de 1965.

22. Steintrager, *The Autonomy of Pleasure*, 284-287.

23. Delon, *La 121ème Journée*, 157-159.

24. Steintrager, *The Autonomy of Pleasure*, 292.

25. Delon, *La 121ème Journée*, 14.

26. Daniel Rogov, «The Divine Marquis», *Jerusalem Post*, 31 de mayo de 1990.

27. Susan Heller Anderson, «Saving Château and Writings of Marquis de Sade», *New York Times*, 7 de diciembre de 1981, www.nytimes.com/1981/12/07/style/saving-chateau-and-writings-of-marquis-de-sade.html (visitada el 3 de febrero de 2021); «De Sade Prize Whips His Family into Frenzy», *Australian*, 3 de agosto de 2001.

28. Thibault de Sade, entrevista con el autor, 2 de febrero de 2021.

29. Thibault de Sade, entrevista con el autor, 15 de abril de 2019.

30. Frank Kools, «Franse Kruistocht Tegen Ontwrichting», *Trouw*, 20 de octubre de 1995.

31. Adam Sage, «My Family Has Been Punished Enough, Claims de Sade's Heir», *Times* (Londres), 20 de diciembre de 2014, www.thetimes.co.uk/article/my-family-has-been-punished-enough-claims-de-sades-heir-b0ptbhkkl7g (visitada el 4 de febrero de 2021).

32. Hugues de Sade, entrevista con el autor, 9 de noviembre de 2016.

33. Thibault de Sade, entrevista con el autor, 2 de febrero de 2021.

34. Sade, *120 Days of Sodom*, 59.

35. Jean-Christophe Abramovici, entrevista con el autor, 11 de noviembre de 2016.

36. Thibault de Sade, entrevista con el autor, 15 de abril de 2019.

Capítulo 14. El prisionero junto al mar

1. Gérard Lhéritier, entrevista con el autor, 6 de diciembre de 2016.

2. Horlans, *Affaire Aristophil*, 30-32.

3. Mélanie Delattre, Christophe Labbé y Laure Rougevin-Baville, «Descente de Police au Musée des Lettres et Manuscrits», *Le Point*, 18 de noviembre de 2014, www.lepoint.fr/justice/descente-de-police-au-musee-des-lettres-et-manuscrits-18-11-2014-1882159_2386.php (visitada el 22 de enero de 2020).

4. Vincent Noce, «La Justice Écorne Aristophil, le Roi du Manuscrit», *Libéracion,* 20 de noviembre de 2014, www.next.liberation.fr/arts/2014/11/20/la-justice-ecorne-aristophil-le-roi-du-manuscrit_1146972 (visitada el 22 de enero de 2020); Eric Treguier, «L'Empereur des Manuscrits Finira-t-Il Comme Madoff?», *Challenges*, 27 de noviembre de 2014, www.challenges.fr/entreprise/gerar-lheritier-aristophil-finira-t-il-comme-madoff_132277 (visitada el 22 de enero de 2020).

5. Benoit Huet, «Legal documents», e-mail, 26 de enero de 2017.

6. Article 313-2, Code de Procédure Pénale, Legifrance, wwW.legifrance.gouv.fr/affichCode.do?idSectionTA=LEGISCTA000006165331&cidTexte=LEGITEXT000006070719 (visitada el 23 de enero de 2020).

7. Horlans, *Affaire Aristophil*, 55-59.

8. Jérôme Dupuis, «Le Grand Krach des Manuscrits», *L'Express*, 12 de noviembre de 2015, www.lexpress.fr/actualite/societe/justice/le-grand-krach-des-manuscrits_1734536.html (visitada el 16 de enero de 2020); Dupuis y Léger, «L'Incroyable Histoire du "Madoff" Français».

9. Dupuis y Léger, «L'Incroyable Histoire du "Madoff" Français».

10. Dupuis, «Le Grand Krach des Manuscrits».

11. Jean-Claude Vrain v. Maxime Saada, Donatien Lemaitre y Frédéric Castaing, 16189000087 juicio 2, Tribunal de Grande Instance de París, 17.ª Cámara Correccional, 17 de septiembre de 2019.

12. Anónimo a petición, entrevista con el autor, 21 de febrero de 2019.

13. «Villepin, ou l'Éclatante Réussite du Bibliophile», *Le Canard Enchaîné*, 18 de marzo de 2015; Dupuis y Léger, «L'Incroyable Histoire du "Madoff" Français».

14. Jérôme Dupuis, «Pourquoi PPDA a Été Placé en Garde à Vue», *L'Express*, 26 de noviembre de 2015, www.lexpress.fr/actualite/societe/justice/pourquoi-ppda-a-ete-place-en-garde-a-vue-hier_1739610.html (visitada el 23 de enero de 2020).

15. Horlans, *Affaire Aristophil*, 107-110.

16. Gérard Lhéritier, entrevista con el autor, 6 de diciembre de 2016.

17. Gérard Lhéritier, «Le don», e-mail, 19 de marzo de 2017.

18. Gérard Lhéritier, entrevista con el autor, 8 de diciembre de 2016.

19. «EuroMillions Odds & Statistics», EuroMillions, www.euromillions.online/euromillions-odds-statistics/ (visitada el 23 de enero de 2020).

20. Kevin Cullen, «US Orders Lottery to Hold Bulger's Winnings», *Boston Globe*, 18 de julio de 1995, www.archive.boston.com/news/local/massachusetts/articles/1995/07/18/us_orders_lottery_to_hold_bulgers_winnings/ (visitada el 23 de enero de 2020).

21. Gérard Lhéritier, «La loterie», e-mail, 29 de enero de 2018.

22. Gérard Lhéritier, entrevista con el autor, 6 de diciembre de 2016.

23. Nicolas Lecoq-Vallon, entrevista con el autor, 10 de diciembre de 2016.

24. Benoît Huet, entrevista con el autor, 10 de diciembre de 2016; Alain Poncet, entrevista con el autor, 11 de noviembre de 2019.

25. Philippe Julien, entrevista con el autor, 10 de diciembre de 2016.

26. Nicolas Lecoq-Vallon, entrevista con el autor, 10 de diciembre de 2016.

27. Erwan Seznec, «Affaire Aristophil: Une Association d'Aide aux Victimes au Financement Trouble», *Que Choisir*, 25 de mayo de 2015, www.quechoisir.org/actualite-affaire-aristophil-une-association-d-aide-aux-victimes-au-financement-trouble-n2741/ (visitada el 24 de enero de 2020).

28. Gérard Lhéritier, entrevista con el autor, 6 de diciembre de 2016.

29. Aude Nehring, entrevista con el autor, 5 de noviembre de 2016.

30. Xavier Deroche, entrevista con el autor, 30 de octubre de 2019.

31. Horlans, *Affaire Aristophil*, 9, 12.

32. Horlans, *Affaire Aristophil*, 289.

33. Horlans, *Affaire Aristophil*, 305-331.

34. Isabelle Horlans rechazó varias solicitudes de entrevista.

35. Dupuis y Léger, «L'Incroyable Histoire du "Madoff" Français».

36. Horlans, *Affaire Aristophil*, 245-246.

37. Christophe Reille, entrevista con el autor, 15 de abril de 2019.

38. Gérard Lhéritier, entrevista con el autor, 20 de julio de 2019.

39. Francis Triboulet, entrevista con el autor, 10 de noviembre de 2016.

40. Gérard Lhéritier, entrevista con el autor, 18 de julio de 2019.

41. Gérard Lhéritier, entrevista con el autor, 20 de julio de 2019.

42. Gérard Lhéritier, entrevista con el autor, 8 de diciembre de 2016.

43. Francis Triboulet, entrevista con el autor, 10 de noviembre de 2016.

44. Gérard Lhéritier, entrevista con el autor, 8 de diciembre de 2016.

Capítulo 15. La venta negra

1. Observaciones del autor, 19 de diciembre de 2017.

2. Vincent Noce, «An Inestimable Collection», *La Gazette Drouot*, 10 de diciembre de 2017, www.gazette-drouot.com/en/sale/les-collections-aristophil/88463?showAgenda=false#4957 (visitada el 24 de febrero de 2020).

3. Aguttes, «2 Trésors Nationaux», nota de prensa, 18 de diciembre de 2017.

4. Ministère de la Culture, «Classement en Tant Que Trésors Nationaux, d'un Manuscrit du Marquis de Sade et d'un En-

 semble d'Écrits d'André Breton», nota de prensa, 19 de diciembre de 2017.

5. Claire Bommelaer, «La Mamounia, pour le Plaisir des Yeux», *Le Figaro*, 23 de mayo de 2009, www.lefigaro.fr/culture/2009/05/23/03004-20090523ARTFIG00226-la-mamounia-pour-le-plaisir-des-yeux-.php (visitada el 25 de febrero de 2020).

6. «Dinosaurs & Natural History», Aguttes, www.expertise.aguttes.com/en/dinosaurs-natural-history/ (visitada el 25 de febrero de 2002).

7. Florian Gallant, «19 Ans Après Son Rachat, le Château de Tournoël à Volvic N'A Plus Rien d'une Ruine», *La Montagne*, 2 de agosto de 2019, www.lamontagne.fr/volvic-63530/loisirs/19-ans-apres-son-rachat-le-chateau-de-tournoel-a-volvic-n-a-plus-rien-d-une-ruine_13617432/ (visitada el 25 de febrero de 2020).

8. «Painting Probe Leads to Two-Month Sale Ban for Aguttes», *Antiques Trade Gazette*, 30 de julio de 2012, www.an tiquestrade gazette.com/news/2012/painting-probe-leads-to-two-month-sale-ban-for-aguttes/ (visitada el 25 de febrero de 2020).

9. Vincent Noce, «Dernière Ligne Droite pour les Manuscrits d'Aristophil», *La Gazette Drouot,* 24 de marzo de 2017, www.gazette-drouot.com/article/derniere-ligne-droite-pour-les-manuscrits-d-aristophil/7651 (visitada el 11 de diciembre de 2021).

10. Jean Bruce y Miguel Elliott, *Drouot Vu Par* (París: Éditions Binôme, 1999).

11. Doreen Carvajal, «French Auction House Trades Haughty for Hip», *New York Times*, 1 de junio de 2015, www.nytimes.com/2015/06/02/arts/international/french-auction-house-trades-haughty-for-hip.html (visitada el 24 de febrero de 2020).

12. Amah-Rose Abrams, «Art Handlers and Auctioneers Involved in Shocking Drouot Scam Get Jail Time», *Artnet News*, 7 de septiembre de 2016, www.news.artnet.com/art-world/jail-sentences-art-handlers-drouot-scam-636716 (visitada el 24 de febrero de 2020).

13. Gérard Lhéritier a Valérie Leloup Thomas *et al.*, 24 de octubre de 2017; Gérard Lhéritier a Christian Tessiot *et al.*, 6 de noviembre de 2017.

14. Gérard Lhéritier, entrevista con el autor, 8 de diciembre de 2016.

15. Maria Konnikova, «What's Lost as Handwriting Fades», *New York Times*, 2 de junio de 2014, www.nytimes.com/2014/06/03/science/whats-lost-as-handwriting-fades.html (visitada el 28 de febrero de 2020); Liana Heitin, «Why Don't the Common-Core Standards Include Cursive Writing?», *PBS NewsHour*, 17 de octubre ede 2016, www.pbs.org/newshour/education/scary-clown-rumors-serious-business-schools (visitada el 28 de febrero de 2020).

16. Aaron Smith, «How Americans Use Text Messaging», Pew Research Center, 19 de septiembre de 2011, www.pewresearch.org/internet/2011/09/19/how-americans-use-text-messaging/ (visitada el 28 de febrero de 2020); Eddie Wrenn, «Could We Forget How to Write? The Typical Adult Has Not Scribbled Anything by Hand for Six Weeks», *Daily Mail*, 22 de junio de 2012, www.dailymail.co.uk/sciencetech/article-2163175/Could-forget-WRITE-The-typical-adult-scribbled-hand-weeks.html (visitada el 28 de febrero de 2020).

17. Council on Library and Information Resources, *A Report from the Task Force on Technical Approaches for Email Archives* (Washington, D.C.: Council on Library and Information Resources, agosto de 2018), 1; John Mazzone and Samie Rehman, *The Household Diary Study: Mail Use and Attitudes in FY 2017* (Washington, D.C.: United States Postal Service, marzo de 2018), 20, www.prc.gov/docs/105/105134/USPS_HDS_FY17_Final%20Annual%20Report.pdf, visitada el 28 de febrero de 2020.

18. Kirschenbaum, *Track Changes*, 220.

19. Rachel Foss, entrevista con el autor, 3 de febrero de 2020; Stephen Enniss, entrevista con el autor, 28 de enero de 2020.

20. Barry R. Levin, «Manuscript Collecting: An Endangered Species», Liga Internacional de Libreros Anticuarios, 27 de noviembre de 2013, www.ilab.org/index.php/articles/manuscript-collecting-endangered-species (visitada el 28 de febrero de 2020).

21. Gérard Lhéritier, entrevista con el autor, 8 de diciembre de 2016.

22. Observaciones del autor, 20 de diciembre de 2017.

23. Aguttes, «Bilan de la Vente Inaugurale du 20/12/2017», informe de venta, 22 de diciembre de 2017.

24. Jérôme Dupuis, «Le Marché Dit Sa Cruelle Vérité sur le

 Scandale Aristophil», *L'Express*, 21 de diciembre de 2017, www.lexpress.fr/culture/livre/le-marche-dit-sa-verite-cruelle-sur-le-scandale-aristophil_1970797.html (visitada el 26 de febrero de 2020).

25. Jérôme Dupuis, «Le Marché Dit Sa Cruelle Vérité sur le Scandale Aristophil», *L'Express*, 21 de diciembre de 2017, www.lexpress.fr/culture/livre/le-marche-dit-sa-verite-cruelle-sur-le-scandale-aristophil_1970797.html (visitada el 26 de febrero de 2020).

26. Michael Stillman, «2018: It Was a Very Good Year (for Books and Paper at Auction)», Rare Book Hub, febrero de 2019, www.rarebookhub.com/articles/2560 (visitada el 27 de febrero de 2020).

27. Opérateurs de Ventes pour les Collections Aristophil, «Récapitulatif des Ventes 1 à 28 des Collections Aristophil du 20 Décembre 2017 au 4 Décembre 2019 à Drouot», informe de venta, 5 de diciembre de 2019.

28. «Mozart Manuscript Fails to Sell at Paris Auction», *ArtDaily*, 21 de junio de 2018, www.artdaily.cc/news/105539/Mozart-manuscript-fails-to-sell-at-Paris-auction#.XlgQx6hKg2w (visitada el 27 de febrero de 2020); Claire Parker, «Rare Einstein Manuscript That "Almost Miraculously" Survived Sold for More Than $13 Million in Paris Auction», *Washington Post*, 22 de noviembre de 2021 (visitada el 27 de noviembre de 2021).

29. Opérateurs de Ventes pour les Collections Aristophil, «A Session d'Automne des Collections Aristophil Totalise 8,8m€», nota de prensa, 21 de noviembre de 2018; J. M. Sultan, «Une Lettre de Vincent van Gogh au Critique Qui A Reconnu son Génie Exposée à Amsterdam», *Passéisme*, 15 de mayo de 2019, www.passeisme.com/articles/une-lettre-de-vincent-van-gogh-au-critique-qui-a-reconnu-son-genie-exposee-a-amsterdam/ (visitada el 27 de febrero de 2020).

30. Alison Flood, «Brontë Society Secures Last of Charlotte's Minute Teenage Books», *Guardian*, 18 de noviembre de 2019, www.theguardian.com/books/2019/nov/18/bronte-society-secures-last-of-charlottes-minute-teenage-books (visitada el 27 de febrero de 2020).

31. Horlans, *Affaire Aristophil*, 269.

32. Vincent Noce, «More Grief for Aristophil Investors as French Government Seizes Hundreds of Documents», *Art Newspaper,* 28 de mayo de 2019, www.theartnewspaper.com/news/aristophil-investors-face-further-setback (visitada el 27 de febrero de 2020).

33. Jérôme Dupuis, «L'État Lorgne sur les 130,000 Manuscrits d'Aristophil», *L'Express*, 25 de marzo de 2019, www.lexpress.fr/culture/l-etat-lorgne-sur-les-manuscrits-d-aristophil_2069353.html (visitada el 16 de septiembre de 2020).

34. Mélanie Delattre, Christophe Labbé y Laure Rougevin-Baville, «Descente de Police au Musée des Lettres et Manuscrits», *Le Point*, 18 de noviembre de 2014, www.lepoint.fr/justice/descente-de-police-au-musee-des-lettres-et-manuscrits-18-11-2014-1882159_2386.php (visitada el 5 de marzo de 2020).

35. Frédéric Castaing, «Question sur l'avenir de la collecte d'autographes et de manuscrits», e-mail, 10 de febrero de 2002.

36. Béatrice de Rochebouët, «Aux Enchères, des Lettres de Proust ne Trouvent Pas Preneur», *Le Figaro*, 8 de octubre de 2019, www.lefigaro.fr/culture/encheres/proust-mis-au-pied-de-la-lettre-20191008 (visitada el 27 de febrero de 2020).

37. Thibault de Sade, entrevista con el autor, 2 de febrero de 2021.

38. Frédéric Castaing, entrevista con el autor, 11 de julio de 2019.

39. Lever, *Sade*, 281.

40. Frédéric Castaing, entrevista con el autor, 11 de julio de 2019.

Epílogo

1. Ministère de la Culture, «Le Ministère de la Culture Annonce l'Acquisition par l'État de Manuscrits Littéraires Majeurs Qui Entrent dans les Collections de la BnF à la Suite de Leur Classement Trésors Nationaux», nota de prensa, 9 de julio de 2021.

2. Emmanuel Boussard, entrevista con el autor, 22 de julio de 2021.

3. Gérard Lhéritier, «Questions sur le rouleau de Sade», e-mail, 23 de mayo de 2021.

4. Liz Alderman, «Along the Seine, Booksellers Try to Hold Off an Unhappy Ending», *New York Times*, 7 de noviembre de 2002, www.nytimes.com/2020/11/07/world/europe/france-paris-seine-books.html (visitada el 22 de mayo de 2021).

5. Constant Méheut, «In the Latin Quarter, Paris's Intellectual Heartbeat Grows Fainter», *New York Times*, 22 de marzo de 2021, www.nytimes.com/2021/03/22/world/europe/latin-quarter-paris-bookstores.html (visitada el 22 de mayo de 2021).

6. Stephen Enniss, entrevista con el autor, 28 de enero de 2020; Naomi Nelson, entrevista con el autor, 5 de marzo de 2020.

7. Leah Price, *What We Talk About When We Talk About Books: The History and Future of Reading* (Nueva York: Basic Books, 2019), 1; Farhad Manjoo, «Welcome to the Post-Text Future», *New York Times*, 14 de febrero de 2018, www.nytimes.com/interactive/2018/02/09/technology/the-rise-of-a-visual-internet.html (visitada el 22 de mayo de 2021).

8. Nicholas A. Basbanes, *A Splendor of Letters: The Permanence of Books in an Impermanent World* (Nueva York: HarperCollins, 2003), 312-315.

9. Price, *What We Talk About When We Talk About Books,* 165; Cynthia Monaco, «The Difficult Birth of the Typewriter», *Invention & Technology,* primavera-verano de 1988, www.inventionandtech.com/content/difficult-birth-typewriter-1 (visitada el 22 de mayo de 2021).

10. Price, *What We Talk About When We Talk About Books,* 165.

11. Gretchen McCulloch, *Because Internet: Understanding the New Rules of Language* (Nueva York: Riverhead, 2019), 14-15.

Agradecimientos

Igual que en la larga historia de *Las 120 jornadas de Sodoma*, mucha gente intervino en el viaje de este libro. Los primeros que merecen reconocimiento son Grace Hood y Vince Darcangelo, que en 2015 me contaron una historia increíble: recientemente habían intentado visitar un museo de París para ver un célebre manuscrito del marqués de Sade, pero en la puerta les dieron el alto unos policías que estaban desalojando las instalaciones y mencionaron a un hombre que era conocido como el Bernie Madoff de Francia. Cuando expresé mi interés en la cuestión, ambos tuvieron la amabilidad y generosidad de satisfacerlo.

Un gran número de personas colaboraron en la posterior documentación y creación de este libro, entre ellas Jean-Christophe Abramovici, Sascha Alper, Naomi Baron, Barbara Basbanes, Nicholas Basbanes, Dan Baum, John Baxter, Robert Beachy, Terry Belanger, Kate Bredeson, Libby Burton, Ash Carter, Frédéric Castaing, Robert Darnton, Ron Doyle, Andrea Dupree, Jacques Duprilot, Jérôme Dupuis, Abigail Edge, Stephen Enniss, Rachel Foss, Rick Gekoski, Jean-Paul Goujon, Erwin J. Haeberle, Neil Hannum, Michael Henry, Jean-Pascal Hesse, Glenn Horowitz, Meghan Houser, Benoit Huet, Philippe Julien, Patrick J. Kearney, Ben Kinmont, Matthew Kirschenbaum, Anne Lamort, Ralph Leck, Thomas Ledoux, David Lowenherz, Jeff Martin, Peter McGraw, Will McMorran, Charles Méla, Caron Mineo, Leslie Morris, Bradford Mudge, Naomi Nelson, Serge Nordmann, David Patterson, Maximillian Potter, Nicole

Prause, Leah Price, Bruno Racine, Ken Rendell, Marc-André Renold, Julian Rubinstein, David Sirota, Nicole Sullivan, Anne Trubek, Hélion de Villeneuve Esclapon, John von Sothen, Francis Wahlgren y Larry Weissman. Sin duda hay muchos más.

Un agradecimiento especial a los primeros aficionados a los libros que conocí en mi vida: Barbara, Jim y Kelly Warner, que me infundieron el amor por las palabras y me apoyaron cuando decidí convertir esa pasión en una carrera profesional. Y este libro no habría sido posible sin la ayuda de Cole Stangler, que empezó como traductor extraordinario y acabó siendo un buen amigo.

Pero, sobre todo, gracias a mi familia: Emily, Gabriel, Charlotte y nuestro perro Lafayette. Me habéis apoyado en años de esfuerzos, me habéis animado en momentos de dificultad e incertidumbre y me habéis brindado el regalo del espacio y la paciencia. Me siento muy agradecido de teneros.

Bibliografía

Anderson, James M. *Daily Life During the French Revolution*. Westport, Conn: Greenwood, 2007.

Apollinaire, Guillaume. *L'Oeuvre du Marquis de Sade*. París: Collection des Classiques Galants, 1909.

Asimov, Isaac. *Buy Jupiter, and Other Stories*. Garden City, N. Y.: Doubleday, 1975.

Barras, Paul. *Memoirs of Barras, Member of the Directorate*. Vol. 1, *The Ancient Régime and the Revolution*. Nueva York: Harper & Brothers, 1895.

Barthes, Roland. *Sade, Fourier, Loyola*. Nueva York: Hill and Wang, 1976 [hay trad. cast.: *Sade, Fourier, Loyola*. Madrid: Cátedra, 2011].

Basbanes, Nicholas A. *A Gentle Madness: Bibliophiles, Bibliomanes, and the Eternal Passion for Books*. Nueva York: Henry Holt, 1995.

—, On Paper: *The Everything of Its Two-Thousand-Year History*. Nueva York: Alfred A. Knopf, 2013.

—, *A Splendor of Letters: The Permanence of Books in an Impermanent World*. Nueva York: HarperCollins, 2003.

Bataille, Georges. *Literature and Evil*. Londres: Marion Boyars, 1985 [hay trad. cast.: *La literatura y el mal*. Barcelona: Nortesur, 2010].

Baxter, John. *Saint-Germain-des-Prés: Paris's Rebel Quarter*. Nueva York: Harper Perennial, 2016.

Beach, Sylvia. *Shakespeare and Company*. Nueva York: Harcourt, Brace, 1959.

Beachy, Robert. *Gay Berlin: Birthplace of a Modern Identity*. Nueva York: Alfred A. Knopf, 2014.

Benaïm, Laurence. *Marie Laure de Noailles: La Vicomtesse du Bizarre*. París: Bernard Grasset, 2001.

Benjamin, Mary A. *Autographs: A Key to Collecting*. Nueva York: Dover, 1986.

Berkeley, Edmund Jr., ed. *Autographs and Manuscripts: A Collector's Manual*. Nueva York: Charles Scribner's Sons, 1978.

Bernier, Olivier. *Pleasure and Privilege: Life in France, Naples, and America 1770-1790*. Garden City, N. Y.: Doubleday, 1981.

Bloch, Iwan. *Beiträge zur Aetiologie der Psychopathia Sexualis*. Dresde: Verlag von H. R. Dohrn, 1902.

—, *Marquis de Sade: His Life and Works*. Nueva York: Castle, 1947.

—, *Marquis de Sade's Anthropologia Sexualis of 600 Perversions: «120 Days of Sodom, or the School for Libertinage» and the Sex Life of the French Age of Debauchery from the Private Archives of the French Government*. Nueva York: Falstaff, 1934.

—, *Neue Forschungen über den Marquis de Sade und Seine Zeit: Mit Besonderer Berücksichtigung der Sexualphilosophie de Sade's auf Grund des Neuentdeckten Original-Manuskriptes Seines Hauptwerkes «Die 120 Tage von Sodom»*. Traducido por Eugene Duhren. Berlín: Max Harrwitz, 1904.

—, *Sex Life in England*. Nueva York: Panurge, 1934.

—, *The Sexual Life of Our Time in Its Relations to Modern Civilization*. Londres: Rebman, 1909.

Bocher, Héloïse. *Démolir la Bastille: L'Édification d'un Lieu de Mémoire*. París: Vendémiaire, 2014.

Bongie, Laurence L. *Sade: A Biographical Essay*. Chicago: University of Chicago Press, 1998.

Bonnardot, Alfred. *The Mirror of the Parisian Bibliophile: A Satirical Tale*. Traducido por Theodore Wesley Koch. Chicago: Lakeside, 1931.

Bredeson, Kate. *Occupying the Stage: The Theater of May '68*. Evanston, Ill.: Northwestern University Press, 2018.

Breton, André. *Manifeste du Surréalisme*. París: Éditions du

Sagittaire, 1924 [hay trad. cast: *Manifiestos del surrealismo*. Madrid: Visor, 2009].

Bruce, Jean, y Miguel Elliott. *Drouot Vu Par*. París: Éditions Binôme, 1999.

Bullough, Vern. *Science in the Bedroom: A History of Sex Research*. Nueva York: Basic Books, 1994.

Buñuel, Luis. *My Last Sigh: The Autobiography of Luis Buñuel*. Nueva York: Vintage Books, 2013 (hay ed. cast: *Mi último suspiro*, Barcelona: Taurus, 2018].

Camus, Albert. *The Rebel: An Essay on Man in Revolt*. Nueva York: Vintage International, 1991 [hay trad. cast.: *El hombre rebelde*. Madrid: Alianza, 2005].

Carter, Angela. *The Sadeian Woman and the Ideology of Pornography*. Nueva York: Pantheon, 1978.

Carter, John. *ABC for Book Collectors*. New Castle, Del.: Oak Knoll, 1995.

Castaing, Frédéric. *Rouge Cendres*. París: Ramsay, 2005.

Caws, Mary Ann. *Creative Gatherings: Meeting Places of Modernism*. Londres: Reaktion, 2019.

Charavay, Étienne. *La Science des Autographes: Essai Critique*. París: Charavay Frères, 1887.

Church, Clive H., y Randolph C. Head. *A Concise History of Switzerland*. Cambridge: Cambridge University Press, 2013.

Cloonan, Michele Valerie. *Preserving Our Heritage: Perspectives from Antiquity to the Digital Age*. Chicago: Neal-Schuman, 2015.

Darnton, Robert. *The Forbidden Best-Sellers of Pre-revolutionary France*. Nueva York: W. W. Norton, 1996.

Datz, Stephen. *Stamp Investing*. Loveland, Colo.: General Philatelic Corporation, 1997.

Delon, Michel. *La 121ème Journée: L'Incroyable Histoire du Manuscrit de Sade*. París: Albin Michel, 2020.

Denton, Chad. *Decadence, Radicalism, and the Early Modern French Nobility: The Enlightened and Depraved*. Lanham, Md.: Lexington Books, 2017.

Desan, Suzanne. *The Family on Trial in Revolutionary France*. Berkeley: University of California Press, 2006.

Desan, Suzanne, y Jeffrey Merrick, eds. *Family, Gender, and Law in Early Modern France*. University Park: Pennsylvania University Press, 2009.

Dickinson, Edward Ross. *Sex, Freedom, and Power in Imperial Germany, 1880-1914*. Nueva York: Cambridge University Press, 2014.

Dulaure, Jacques-Antoine. *Liste des Noms des Ci-devant Nobles: Nobles de Race, Robins, Financiers, Intrigans, & de Tous les Aspirans à la Noblesse, ou Escrocs d'Icelle; avec des Notes sur Leurs Familles*. Vol. 1. París: Garnery, 1791.

Duprilot, Jacques. *Gay et Doucé: Éditeurs sous le Manteau, 1877-1882*. París: Éditions Astarté, 1998.

Durozoi, Gérard. *History of the Surrealist Movement*. Chicago: University of Chicago Press, 2002.

Dworkin, Andrea. *Pornography: Men Possessing Women*. Nueva York: Perigee, 1981.

Eerdmans, Emily Evans. *The World of Madeleine Castaing*. Nueva York: Rizzoli International, 2010.

Fenby, Jonathan. *France: A Modern History from the Revolution to the War on Terror*. Nueva York: St. Martin's, 2015.

Fisher, John. *Airlift 1870: The Balloons and Pigeons in the Siege of Paris*. Londres: Max Parrish, 1965.

Flaubert, Gustave. *Bibliomania: A Tale*. Londres: Rodale, 1954 [hay trad. cast.: *Bibliomanía*. Madrid: Gadir, 2013].

Frankel, Tamar. T*he Ponzi Scheme Puzzle: A History and Analysis of Con Artists and Victims*. Nueva York: Oxford University Press, 2012.

Fraxi, Pisanus. *Index Librorum Prohibitorum: Being Notes Bio-Biblio-Icono-graphical and Critical, on Curious and Uncommon Books*. Londres: edición privada, 1877.

Froulay Créquy, Renée-Caroline-Victoire. *Souvenirs de Marquise de Créquy: 1710 à 1800, Tome Troisième*. La Haya: G. Vervloet, 1834.

Gabin, Jean-Louis. *Gilbert Lely: Biographie*. París: Librairie Séguier, 1991.

Garrioch, David. *The Making of Revolutionary Paris*. Berkeley: University of California Press, 2002.

Gerould, Daniel. *Guillotine: Its Legend and Lore*. Nueva York: Blast, 1992.

Gertzman, Jay A. *Bookleggers and Smuthounds: The Trade in Erotica, 1920-1940*. Filadelfia: University of Pennsylvania Press, 2011.

Gibson, Ian. *The Erotomaniac: The Secret Life of Henry Spencer Ashbee*. Cambridge, Mass.: Da Capo, 2001.

Glass, Loren. *Rebel Publisher: Grove Press and the Revolution of the Word*. Nueva York: Seven Stories, 2018.

Goncourt, Edmond de, y Jules de Goncourt. *Journal des Goncourt: Mémoires de la Vie Littéraire*. Vol. 2, *1862-1865*. París: G. Charpentier, 1888 [hay trad. cast.: *Diarios. Memorias de la vida literaria*. Sevilla: Renacimiento, 2017].

Grau, Günter. *Iwan Bloch: Hautarzt, Medizinhistoriker, Sexualforscher*. Teetz: Hentrich & Hentrich, 2007.

Gray, Francine du Plessix. *At Home with the Marquis de Sade*. Nueva York: Penguin Books, 1999.

Halverson, Krista, ed. *Shakespeare and Company, Paris: A History of the Rag and Bone Shop of the Heart*. París: Shakespeare and Company Paris, 2016.

Hamelin, Lancelot, y Luca Erbetta. *Dans les Eaux Glacées du Calcul Égoiste*. Vol. 1, *Le Bal des Matières*. Grenoble: Éditions Glénat, 2018.

Hamilton, Charles. *Collecting Autographs and Manuscripts*. Ed. rev. Santa Monica, Calif.: Modoc, 1993.

Hammond, Paul. *L'Âge d'Or*. Londres: British Film Institute, 1997.

Hankey, Frederick, Jacques Duprilot, y Jean-Paul Goujon. *Ce N'Est Pas Mon Genre de Livres Lestes...: Lettres Inédites à Richard Monckton Milnes, Lord Houghton (1857-1865)*. N.p.: Miss Jenkins, 2012.

Hayden, Deborah. *Pox: Genius, Madness, and the Mysteries of Syphilis*. Nueva York: Basic Books, 2003.

Hemingway, Ernest. *A Moveable Feast: The Restored Edition*. Nueva York: Scribner, 2009 [hay trad. cast.: *París era una fiesta*. Barcelona: Debolsillo, 2014].

Hibbert, Christopher. *The Days of the French Revolution.* Nueva York: Harper Perennial, 1980.

Holmes, Richard. *Falling Upwards: How We Took to the Air.* Nueva York: Pantheon, 2013.

Hopkins, David, ed. *A Companion to Dada and Surrealism.* West Sussex: John Wiley & Sons, 2016.

Horkheimer, Max, y Theodor W. Adorno. *Dialectic of Enlightenment: Philosophical Fragments.* Stanford, Calif.: Stanford University Press, 2002 [hay trad. cast.: *Dialéctica de la ilustración.* Madrid: Trotta, 2018].

Horlans, Isabelle. *Affaire Aristophil: Liquidation en Bande Organisée.* París: Le Passeur, 2019.

Horne, Alistair. *Seven Ages of Paris.* Nueva York: Alfred A. Knopf, 2002.

Isherwood, Christopher. *Christopher and His Kind, 1929-1939.* Nueva York: Farrar, Straus and Giroux, 1976.

Joline, Adrian Hoffman. *Meditations of an Autograph Collector.* Nueva York: Harper & Brothers, 1902.

Jones, Colin. *The Great Nation.* Nueva York: Columbia University Press, 2002.

Kahan, Benjamin. *The Book of Minor Perverts: Sexology, Etiology, and the Emergences of Sexuality.* Chicago: University of Chicago Press, 2019.

Kearney, Patrick J. *A Catalogue of the Publications of Jules Gay, Jean-Jules Gay and Gay et Doucé.* Ed. rev. Santa Rosa, Calif.: Scissors & Paste Bibliographies, 2019.

—, *Frederick Hankey (1821-1882): A Biographical Sketch.* Santa Rosa, Calif.: Scissors & Paste Bibliographies, 2019.

Kendrick, Walter. *The Secret Museum: Pornography in Modern Culture.* Berkeley: University of California Press, 1996.

Kennedy, Emmet. *A Cultural History of the French Revolution.* New Haven, Conn.: Yale University Press, 1989.

Kirschenbaum, Matthew G. *Track Changes: A Literary History of Word Processing.* Cambridge, Mass.: Belknap Press of Harvard University Press, 2016.

Krafft-Ebing, Richard von. *Psychopathia Sexualis.* Traducido por Charles Gilbert Chaddock. Filadelfia: F. A. Davis, 1894.

Kugelberg, Johan, y Philippe Vermés. *Beauty Is in the Street: A Visual Record of the May '68 Paris Uprising*. Londres: Four Corner, 2011.

Kushner, Nina. *Erotic Exchanges: The World of Elite Prostitution in Eighteenth-Century Paris*. Ithaca, N. Y.: Cornell University Press, 2013.

Large, David Clay. *Berlin*. Nueva York: Basic Books, 2000.

Le Brun, Annie. *Á Distance*. Issy-les-Moulineaux, France: Éditions Carrère, 1984.

—, *Sade: A Sudden Abyss*. San Francisco: City Lights Books, 1990.

Leck, Ralph M. *Vita Sexualis: Karl Ulrichs and the Origins of Sexual Science*. Urbana: University of Illinois Press, 2016.

Lefebvre, Georges. *The Great Fear of 1789: Rural Panic in Revolutionary France*. Princeton, N. J.: Princeton University Press, 2014 [hay trad. cast: *El gran pánico de 1789: La Revolución Francesa y los campesinos*. Barcelona: Paidós, 1986].

Legman, Gershon. *The Horn Book*. New Hyde Park, N. Y.: University Books, 1964.

Lély, Gilbert. *The Marquis de Sade: A Definitive Biography*. Nueva York: Grove, 1961.

Lerner, Paul. *Hysterical Men: War, Psychiatry, and the Politics of Trauma in Germany, 1890-1930*. Ithaca, N. Y.: Cornell University Press, 2003.

Lever, Maurice. «Je Jure au Marquis de Sade, Mon Amant, de Nêtre Jamais Qu'à Lui...». París: Librairie Arthème Fayard, 2005.

—, *Sade: A Biography*. Nueva York: Farrar, Straus and Giroux, 1993.

Lhéritier, Gérard. *Collection 1870: Ballons Montés, Boules de Moulins*. París: Éditions Aristophil, 2000.

—, *Intime Corruption: L'Affaire des Timbres Rares de Monaco*. París: L'Archipel, 2006.

—, *Les Ballons de la Liberté*. París: Plon, 1995.

Linguet, Simon Nicolas Henri. *Memoirs of the Bastille*. Vol. 2. Edimburgo: edición privada, 1885.

Lord, James. *Six Exceptional Women: Further Memoirs*. Nueva York: Farrar, Straus and Giroux, 1994.

Luck, J. Murray. *A History of Switzerland: The First 100,000 Years; Before the Beginnings to the Days of the Present*. Palo Alto, Calif.: Society for the Promotion of Science and Scholarship, 1985.

Lüsebrink, Hans-Jürgen, y Rolf Reichardt. *The Bastille: A History of a Symbol of Despotism and Freedom*. Traducido por Norbert Schürer. Durham, N. C.: Duke University Press, 1997.

Mackay, Charles. *Memoirs of Extraordinary Popular Delusions and the Madness of Crowds*. Vol. 1. Londres: Office of the National Illustrated Library, 1852.

MacLean, Rory. *Berlin: Portrait of a City Through the Centuries*. Nueva York: Weidenfeld & Nicolson, 2014.

Mahon, Alyce. *The Marquis de Sade and the Avant-Garde*. Princeton, N. J.: Princeton University Press, 2020.

Mancini, Elena. *Magnus Hirschfeld and the Quest for Sexual Freedom: A History of the First International Sexual Freedom Movement*. Nueva York: Palgrave MacMillan, 2010.

Marcus, Steven. *The Other Victorians: A Study of Sexuality and Pornography in Mid-Nineteenth-Century England*. New Brunswick, N. J.: Transaction, 2009.

Mare, Alexandre, y Stéphane Boudin-Lestlenne. *Charles et Marie-Laure de Noailles: Mécènes du XX Siècle*. París: Bernard Chauveau Édition, 2018.

Marhoefer, Laurie. *Sex and the Weimar Republic: German Homosexual Emancipation and the Rise of the Nazis*. Toronto, Ont.: University of Toronto Press, 2015.

Mason, Rainer Michael, ed., *Eros Invaincu: La Bibliothèque Gérard Nordmann*. París: Fondation Martin Bodmer, 2004.

McAuliffe, Mary. *Paris on the Brink: The 1930s Paris of Jean Renoir, Salvador Dalí, Simone de Beauvoir, André Gide, Sylvia Beach, Léon Blum, and Their Friends*. Lanham, Md.: Rowman & Littlefield, 2018.

—, *When Paris Sizzled: The 1920s Paris of Hemingway, Chanel, Cocteau, Cole Porter, Josephine Baker, and Their Friends*. Londres: Rowman & Littlefield, 2016.

McCulloch, Gretchen. *Because Internet: Understanding the New Rules of Language*. Nueva York: Riverhead, 2019.

McDill, John R. *Lessons from the Enemy: How Germany Cares for Her War Disabled*. Filadelfia: Lea & Febiger, 1918.

McPhee, Peter. *Liberty or Death: The French Revolution*. New Haven, Conn.: Yale University Press, 2016.

Mirabeau, Honoré-Gabriel de Riquetti. *Enquiries Concerning Lettres de Cachet: The Consequences of Arbitrary Imprisonment, and a History of the Inconveniences, Distresses, and Sufferings of State Prisoners*. Francia: Whitestone, Byrne, Cash, Moore, and Jones, 1787.

Morin, Louis. *Comment le Docteur Boche, pour Justifier à l'Avance les Infamies Allemandes, Accusait de Sadisme Sanglant les Français en Général et les Parisiens en Particulier*. París: C. Bosse, 1918.

Muensterberger, Werner. *Collecting: An Unruly Passion*. Princeton, N. J.: Princeton University Press, 1994.

Munby, A. N. L. *The Cult of the Autograph Letter in England*. Londres: Athlone, 1962.

Murciano, Jean-Pierre. *Juge sur la Côte d'Azur: Missions Impossibles*. Neuilly-sur-Seine, Francia: Michel Lafon, 2001.

Nadeau, Maurice. *The History of Surrealism*. Nueva York: Macmillan, 1965 [hay trad. cast.: *Historia del surrealismo*. Barcelona: Ariel, 1971].

Nelson, Christine. *The Magic of Handwriting: The Pedro Corrêa do Lago Collection*. Colonia, Alemania: Taschen, 2018.

Nicolas, Alain. *Les Autographes*. París: Maisonneuve & Larose, 1988.

Onfray, Michel. *La Passion de la Méchanceté*. París: Éditions Autrement, 2014.

Parker, Kate, y Norbert Sclippa. *Sade's Sensibilities*. Lewisburg, Penn.: Bucknell University Press, 2015.

Paulhan, Jean. *Le Marquis de Sade et Sa Complice*. Bruselas: Éditions Complexe, 1987.

Pauvert, Jean-Jacques. *Nouveaux et Moins Nouveaux Visages de la Censure, Suivie de l'Affaire Sade*. París: Les Belles Lettres, 1994.

—, *Sade's Publisher: A Memoir*. Nueva York: Paris Writers Press, 2016.

Pearsall, Ronald. *The Worm in the Bud: The World of Victorian Sexuality*. Toronto, Ont.: Macmillan, 1969.

Pernoud, Georges, y Sabine Flaissier. *The French Revolution*. Nueva York: G. P. Putnam's Sons, 1960.

Perry, Heather R. *Recycling the Disabled: Army, Medicine, and Modernity in WWI Germany*. Manchester, U. K.: Manchester University Press, 2014.

Petrarca, Francesco. *The First Modern Scholar and Man of Letters: A Selection from His Correspondence with Boccaccio and Other Friends, Designed to Illustrate the Beginnings of the Renaissance*. Nueva York: G. P. Putnam's Sons, 1909.

Plant, Richard. *The Pink Triangle: The Nazi War Against Homosexuals*. Nueva York: Henry Holt, 1986.

Polizzotti, Mark. *Revolution of the Mind: The Life of André Breton*. Nueva York: Farrar, Straus and Giroux, 1995.

Ponzi, Charles. *The Rise of Mr. Ponzi: The Long-Suppressed Autobiography of a Financial Genius*. Austin, Tex.: Despair, 2009.

Price, Leah. *What We Talk About When We Talk About Books: The History and Future of Reading*. Nueva York: Basic Books, 2019.

Quignard, Marie-Françoise, y Raymond-Josué Seckel. *L'Enfer de la Bibliothèque: Eros au Secret*. París: Bibliothèque Nationale de France, 2019.

Rendell, Kenneth W. *History Comes to Life: Collecting Historical Letters and Documents*. Norman: University of Oklahoma Press, 1995.

Riqueti, Honoré Gabriel, *Comte de Mirabeau. Des Lettres de Cachet et des Prisons d'État*, Vol. 2. Hamburgo: n.p., 1882.

Roberts, William. *A Portrait of Holywell Street and Its Environs*. Santa Rosa, Calif.: Scissors & Paste Bibliographies, 2019.

Roe, Sue. *In Montparnasse: The Emergence of Surrealism in Paris, from Duchamp to Dalí*. Nueva York: Penguin Press, 2019.

Rosenblum, Joseph. *Prince of Forgers*. New Castle, Del.: Oak Knoll, 1998.

Sade, Donatien Alphonse François de. *Aline et Valcour*. París: Gallimard, 1990 [hay trad. cast.: *Aline y Valcour, o la novela filosófica*. Madrid: Akal, 2023].

—, *Die Hundertzwanzig Tage von Sodom, oder die Schule der Ausschweifung*. Traducido por Karl von Haverland. Leipzig: Privatdruck, 1909.

—, *Juliette*. Traducido por Austryn Wainhouse. Nueva York: Grove, 1968 [hay trad. cast.: *Juliette o las prosperidades del vicio*. Barcelona: Tusquets, 2009].

—, *Justine, Philosophy in the Bedroom, and Other Writings*. Traducido por Richard Seaver y Austryn Wainhouse. Nueva York: Grove, 1965 [hay trad. cast.: *Justine o los infortunios de la virtud*. Barcelona: Tusquets, 1994].

—, *Letters from Prison*. Traducido por Richard Seaver, Nueva York: Arcade, 1999.

—, *120 Days of Sodom*. Traducido por Will McMorran y Thomas Wynn. London: Penguin Classics, 2016.

—, *The 120 Days of Sodom and Other Writings*. Traducido por Austryn Wainhouse y Richard Seaver. Nueva York: Grove, 1966.

—, *120 Journées de Sodome, ou l'École du Libertinage*. Traducido por Eugène Dühren. París: Club des Bibliophiles, 1904 [hay trad. cast.: *Las 120 jornadas de Sodoma*. Madrid: Akal, 2004].

Schaeffer, Neil. *The Marquis de Sade: A Life*. Nueva York: Alfred A. Knopf, 1999.

Schaffner, Anna Katharina. *Modernism and Perversion: Sexual Deviance in Sexology and Literature, 1850-1930*. Nueva York: Palgrave Macmillan, 2012.

Schama, Simon. *Citizens: A Chronicle of the French Revolution*. Nueva York: Vintage Books, 1989.

Shattuck, Roger. *Forbidden Knowledge: A Landmark Exploration of the Dark Side of Human Ingenuity and Imagination*. San Diego: A Harvest Book/Harcourt Brace, 1996.

Silverman, Willa Z. *The New Bibliopolis: French Book Collectors and the Culture of Print, 1880-1914*. Toronto, Ont.: University of Toronto Press, 2008.

Singer, Daniel. *Prelude to Revolution: France in May 1968*. Cambridge, Mass.: South End, 2002.

Steintrager, James A. *The Autonomy of Pleasure: Libertines, License, and Sexual Revolution*. Nueva York: Columbia University Press, 2016.

Thruston, Gates P. *Autograph Collections and Historic Manuscripts*. Sewanee, Tenn.: University Press, 1902.

Trubek, Anne. *The History and Uncertain Future of Handwriting*. Nueva York: Bloomsbury, 2016.

Villeneuve-Trans-Flayosc, Romée de. *Notice sur les Villeneuve Arcs, Trans, Flayosc, Suivie d'un Appendice Où Se Trouvent Relatés les Titres Ayant Existé ou Existant Encore dans la Maison de Villeneuve en Provence*. Lyon: Société Anonyme de l'Imprimerie A. Rey, 1926.

Villeneuve Esclapon, L. *Romée de. Histoire de la Maison de Villeneuve en Provence: Généalogie et Preuves des Nouvelles Générations de 1850 à Nos Jours*. Fontenay-le-Comte, France: Imprimerie Loriou, 1989.

Waters, Sheila. *Waters Rising: Letters from Florence*. Ann Arbor, Mich.: Legacy, 2016.

Waxman, Sharon. *Loot: The Battle over the Stolen Treasures of the Ancient World*. Nueva York: Times Books, 2008.

Índice analítico

En las subentradas, Sade hace referencia a Donatien Alphonse François de Sade

Índice